妙不可言

LESSONS IN CHEMISTRY

[美] 邦妮·加莫斯 / 著

王冬佳 / 译

Bonnie Garmus

北京联合出版公司
Beijing United Publishing Co.,Ltd.

图书在版编目（CIP）数据

妙不可言 /（美）邦妮 · 加莫斯著；王冬佳译 . --北京：北京联合出版公司，2023.5

ISBN 978-7-5596-6571-3

Ⅰ . ①妙… Ⅱ . ①邦… ②王… Ⅲ . ①长篇小说—美国—现代 Ⅳ . ① I712.45

中国国家版本馆 CIP 数据核字（2023）第 033549 号

北京市版权局著作权合同登记号　图字：01–2023–0788

妙不可言

作　　者：［美］邦妮 · 加莫斯
译　　者：王冬佳
出 品 人：赵红仕
产品经理：慧　木
责任编辑：高霁月
出版统筹：慕云五　孙淑慧　马海宽
装帧设计：陆 璐 @kominskycraper

北京联合出版公司出版
（北京市西城区德外大街 83 号楼 9 层　100088）
北京盛通印刷股份有限公司印刷　　　新华书店经销
字数 300 千字　880 × 1240 毫米　1/32　15 印张
2023 年 5 月第 1 版　2023 年 5 月第 1 次印刷
ISBN　978–7–5596–6571–3
定价：68.00 元

献给我的母亲玛丽·斯旺·加莫斯

目录

CONTENTS

PART 1

伊丽莎白与卡尔文：你是你，我是我

“生活从来都是不公平的，可你依旧视它为公平的——仿佛纠正了一些错误的事情之后，其他事也都能被拽到正轨上一样。然而事实不是这样的。……不要再在这种制度上纠缠了。你要想办法战胜它。”

第一章

1961 年 11 月

事情追溯到 1961 年，那时候，女人们都还穿着衬衫连衣裙，参加花园俱乐部，粗心大意地开着没有安全带的车，拉着一群孩子出去；那时候，还没有人知道接下来的时代思潮，更不知道这场思潮的参与者会用接下来六十年时间将这个时期载入史册；那时候，大规模战争已经过去，秘密战争逐渐拉开帷幕，人们脑中开始萌发出新奇的想法，认为一切皆有可能，三十岁的伊丽莎白·佐特每天天刚蒙蒙亮就起床了，那时她只知道一件事：人生已无望。

即便如此，她也还是会去实验室给女儿准备午餐。

她在一张小纸条上写了一行字“供脑力劳动消耗的能源”，随后把纸条塞进了午餐盒里。接着，她停顿了一下，手里握着铅笔，像是在反复思考着什么。她马上又写了一张字条：“课间休息时注意运动，不要总是有意无意地让着那些男孩子。”然后，她又犹豫了一下，用铅笔轻轻地敲打着桌子。紧接着又写了第三张字条："孩子，这并非臆想，其实绝大多数人的本性都是恶的。"写完，她把后面两张字条放到了最上面。

绝大多数很小的孩子都不识字，即便认得些，也只是"狗"和"走"这样的字。不过，伊丽莎白·佐特的女儿，玛德琳·佐特，从三岁起就开始认字了，现如今五岁的她已经读过了狄更斯的大多数作品。

说到玛德琳这个孩子——她连巴赫的协奏曲都能够哼出来，却不会系鞋带；能解释地球是如何转动的，却不会玩圈叉游戏。问题就在于此。提起音乐天才，人们都觉得很了不起，但识字早没什么大不了的。因为识字这种事，其他人早晚都能学会，只不过识字早的人先行了一步而已。所以，第一个学会认字的人并没有什么特别之处——反倒会惹人厌。

玛德琳深谙这个道理。于是，她每天早晨——母亲离开之后，趁着临时前来照顾她的邻居哈丽特忙活的时候——都会把母亲留下的字条从午餐盒中抽出来，看过一遍之后统统放到衣柜后面的一只鞋盒里，里面装的都是母亲在此前写的字条。到了学校，她就假装跟其他小朋友一样：几乎不认字。对于玛德琳来讲，合群才是最重要的。因为她掌握的论据是不容辩驳的：母亲一向不合群，结果成了现在这样。

在南加州的康芒斯镇，那里的气候算是暖和，但又不至于太暖，天空是蓝色的，却又不至于太蓝，空气是清新的，因为当时的空气就是那个样子，玛德琳躺在床上，闭着眼睛。她知道，过一会儿就会有人在自己的额头上轻轻地亲吻一下，温柔地给她掖一掖肩头的被子，还会在她耳边小声地说一句"珍惜当下"。接下来会听到汽车打火，随后是轮胎在地上碾过的声音，再后来就是那辆普利茅斯开到马路上，再费一番周折从倒挡转换到一挡。随后，她这位一向愁眉不展的母亲就一路开往电视台演播室，系好围裙，上台录节目。

节目名字叫作《六点钟晚餐》，毫无疑问，伊丽莎白·佐特便是这节目的主角明星。

第二章

派恩

伊丽莎白·佐特曾是一名化学家，她有着无瑕的肌肤，气质形象一看便知不凡，过去是这样，将来更是如此。

跟那些优秀的明星一样，她也是被人挖掘出来的。不过，伊丽莎白的出道之路有些不同，她不是在水吧被人发现的，也不是偶尔坐在长凳上被人发现的，也没有幸运的引荐过程。她是因为一起盗窃案——确切地说是一起盗窃食物的案件——被人看好的。

事情很简单：有一个名叫阿曼达·派恩的孩子，她的食欲超级好，有些诊疗专家认为孩子拥有这种好的食欲很关键，但是这孩子吃的一直都是玛德琳的午餐。玛德琳的午餐可不一般。其他孩子在吃花生酱跟果冻三明治的时候，玛德琳打开午餐盒，里面装的是上一餐剩下的厚厚的千层面，一小条黄油西葫芦，一份被四等分的猕猴桃，五颗犹如珍珠般圆润的樱桃番茄，一小只莫顿盐瓶，两块依旧热乎的巧克力曲奇，红色保温瓶里装着满满一瓶冰牛奶。

这也正是为什么大家都想吃玛德琳的午餐的原因，玛德琳自己也非常喜欢吃。不过，玛德琳把午饭让给了阿曼达，维持友情总是要做出一些牺牲的。此外还有一个原因，阿曼达是全校唯一不嘲笑怪小孩的人，而玛德琳早就知道自己就是那个怪小孩。

直到后来，伊丽莎白发现玛德琳的衣服开始变得松松垮垮的，贴在她那瘦瘦的身体上，像块破窗帘一样，于是，伊丽莎白想弄明白到底是怎么回事。根据她的估量，玛德琳每天食物的摄入量完全可以满足她这个阶段身体发育的最大需求，然而看到女儿变得这么瘦，从科学的角度来讲的确说不通。难道是因为骨骼在快速生长？不对。她在计算的时候已经把这个因素考虑在内了。难道是早发性食欲紊乱？不可能。玛德琳晚饭超级能吃。难道是患了白血病？肯定不是。伊丽莎白从不自己吓唬自己——她可不是那种因为臆想女儿患上了不治之症而导致夜不能寐的人。身为一名科学家，她总要找出一个合理的解释，而见到阿曼达·派恩的那一刻，那孩子的小嘴唇上还沾着胡椒酱，她立马就知道答案了。

一个星期三的下午，伊丽莎白冲进当地电视台的演播室，直接越过秘书，说道："派恩先生，我给您打了三天电话，您却连一次礼貌性的回复都没有。我是伊丽莎白·佐特，玛德琳·佐特的妈妈。我们的孩子都在伍迪小学读书。我来这儿是为了告诉您，您的女儿正在假借友谊的名义占我女儿的便宜。"看他一脸茫然，她又说道，"您女儿吃了我女儿的午餐。"

“午——餐？”沃尔特·派恩一边打量着面前这位气质不凡的女人，一边不解地问。只见这个女人身穿白色实验室工作服，散发着神圣的光辉，不过，衣服上的一处细节除外：上衣口袋上印着两个鲜红色的字母缩写“E.Z.”。

伊丽莎白再次以警告的语气说道：“您的女儿阿曼达，她吃了我女儿的午餐。而且很明显，她这样已经有好几个月了。”

沃尔特只是呆呆地看着她。她又高又瘦，头发颜色犹如烤焦了的黄油吐司，被拢在脑后，用一支铅笔固定着。她站在那里，两手叉腰，嘴唇红似火，皮肤亮泽，鼻子挺直。她低下头来看了看他，就像一名战场上的医护人员，正在衡量眼前的这个病人值不值得抢救。

“情况是这样的，为了吃到我女儿的午餐，她就假装是我女儿的好朋友，”她继续说道，“这种做法绝对应该遭到谴责。”

“请问，您是哪位？”沃尔特结结巴巴地问道。

“伊丽莎白·佐特！”她厉声回应，“玛德琳·佐特的妈妈！”

沃尔特点点头，他在努力地消化着眼前的这一幕。做了这么长时间的午后电视节目制片人，他懂得什么是戏剧。可眼前的景象到底是怎么回事？他继续盯着她。他看似无动于衷的反应令她震惊。实际上，他是被她的表现惊到了：她难道是来参加试镜的？

“不好意思，”他最后说了句，“所有护士的角色都已经敲定了。”

“什么意思？”她厉声问道。

结果，两人之间的交流停顿了好长一段时间。

“阿曼达·派恩。”她又说了一遍。

他眨了眨眼睛。“我女儿？嗯，”他突然紧张地说，“她怎么了？你是医生？是从学校来的吗？”说着，他猛地站起身来。

“我的老天，不是这样的，”伊丽莎白回应道，“我是一名化学家。我趁着午饭时间从黑斯廷斯赶来这里，就是因为你一直不回我的电话。”见他表情依旧困惑，她又做了一番解释：“知道黑斯廷斯研究所吗？或者可以说是某个有重大研究突破的机构？”她无奈地叹了口气。“我想说的是，我花了好大一番力气为我女儿玛德琳准备了营养丰富的午餐——我相信，为了孩子，你也一定会这么做。”见他还是一脸茫然地盯着她，她补充道：“因为，你也一定关心阿曼达的认知与身体发育。你也一定知道，孩子的认知与身体发育要靠维生素和矿物质的均衡搭配。”

“问题是，派恩太太……”

“没错，我知道。她什么都不做。我试着联系她，结果听说她在纽约。”

“我们离婚了。”

“很遗憾，可是，离婚跟午饭没有什么关系。”

“或许没什么关系吧，可是——”

“男人也可以做午饭的，派恩先生。从生物学的角度讲，这不是不可能的。”

“当然了。”他赞同她的说法。说着，他随手拉过来一把椅子。“来，佐特太太，您请坐。”

“我的回旋加速器里还放着东西，”她看了一眼手表，不耐烦地说道，“我们聊得够明白了吧？”

“回旋……”

“是亚原子粒子加速器。”

伊丽莎白环视了一下周围的墙壁，上面贴满了各种夸张的肥皂剧与娱乐节目的宣传海报。

“我的作品，”说着，沃尔特突然觉得这些东西有些俗气，因而感到有些尴尬，“您看过吗？”

她转过身来面对着他。“派恩先生，”她语气稍微和缓地说，“抱歉，我没有时间也没有条件为您的女儿准备午餐。我们都知道，食物是开发智力的催化剂，是家庭关系的黏合剂，决定着我们的未来。可是——”她话还没说完，就眯起眼睛盯上了一幅肥皂剧的海报，画上的一位护士正在给一位病患提供特殊的护理服务，“谁能有时间教全国人做优质的膳食呢？我倒是希望我有时间，然而事实并非如此。您呢？”

正当她要转身离开的时候，脑子里灵光一现的派恩喊住了她，只听他赶紧说了一句：“等等，请稍等一下——拜托。什么——您刚才说什么？教国人学做膳食——优质的膳食？”

四周之后，《六点钟晚餐》播出了。虽然伊丽莎白并不十分热衷于此——她是一名化学家——但她还是接受了这份工作，理由很简单：可以拿到更多的酬劳，毕竟，她还有个孩子要养。

打从伊丽莎白穿围裙上台的第一天起，有一件事就很明了：她具备那样的“气场”，所谓的“气场”，就是那种说不清道不明却又能实实在在被人感受到的东西。不过，她的个性是确实存在的——太过坦率，太过严肃，弄得大家都搞不清楚到底是什么造就了她这种个性。别的烹饪节目都是请一些好脾气的主厨来，他们倒雪莉酒的时候都兴高采烈的，然而伊丽莎白·佐特不同，她则是严肃认真。她从来不笑，也从不开玩笑。她的菜品也跟她一样，真诚且实在。

不到六个月的时间，伊丽莎白的节目就火了。不到一年，她就成了名人。不到两年，这个节目就发挥了强大的威力，不仅拉近了父母与子女的关系，更拉近了普通市民与国家的关系。毫不夸张地说，伊丽莎白·佐特做完饭之后，整个国家的人都乖乖坐下来吃饭。

就连副总统林登·约翰逊都在看她的节目。在面对一位记者的死缠烂打时，副总统对这位记者说，“想知道我的想法吗？我觉得你应该少写点东西，多去看看电视节目。去看看《六点钟晚餐》吧——看看佐特，她就知道自己该干什么。”

事实的确如此。伊丽莎白·佐特从来不会给大家讲解怎么做小黄瓜三明治或精致蛋奶酥。她的烹饪方法很实在：炖菜、砂锅菜，总之都是用大的金属锅做的。她强调食物种类的搭配。此外，她觉得食物的量要讲究。她坚信，凡是值得动手一做的菜品，时间都应控制在一小时以内。每次节目结束，她都会说那句标准的结束语：“孩子们，摆好桌子。你们的妈妈要自己待一会儿。”

后来，一位知名记者写了一篇文章，题为《为什么她做什么我们都喜欢吃》，此外，还捎带着把她说成是“小妞儿莉齐①”，这个名字喊起来很溜，一见报，立即就成了她的专属称谓。从那天起，陌生人都喊她小妞儿，但女儿玛德琳依旧喊她妈妈，虽然她只是个孩子，却清楚地懂得，这个昵称配不上妈妈的聪明才智。她是一名化学家，不

① 伊丽莎白的昵称。

是电视上的厨子。在自己唯一的孩子面前，伊丽莎白多少有些不自然，觉得有些尴尬。

有时，伊丽莎白晚间躺在床上，她在想，自己的生活怎么会变成这样。不过，这种疑惑并未持续多久，因为她早就知道来龙去脉。

那人的名字叫作卡尔文·埃文斯。

第三章

黑斯廷斯研究所
十年前，1952年1月

卡尔文·埃文斯同样也在黑斯廷斯研究所工作，不过他跟伊丽莎白不同，伊丽莎白工作的场所有很多人，他却独自拥有一间宽敞的实验室。

从他既往骄人的成绩来看，绝对值得拥有一间实验室。十九岁时，他的研究成果助力英国化学名家弗雷德里克·桑格[①]斩获了诺贝尔奖；二十二岁时，他独创出一种能更快合成单蛋白的方法；二十四岁时，他在二苯硒酚反应性方面的重大研究突破使其一跃登上了《今日化学》期刊的封面。此外，他还发表了16篇科研成果，收到了十几家国际会议的邀请，哈佛大学也聘请他为研究员，而且是两度邀请。结果都被他拒绝了。他拒绝了哈佛两次。部分原因在于，早年间，哈佛

① 弗雷德里克·桑格（Frederick Sanger，1918—2013），英国生物化学家，曾经在1958年和1980年两度获得诺贝尔化学奖。

大学曾经拒绝过他的入学申请，还有就是——嗯，其实，也没有什么别的原因——卡尔文人很聪明，却有一个缺点，那就是爱记仇。

除了爱记仇以外，他的坏脾气也是远近闻名的。跟其他许多聪明的人一样，他不明白为什么别人的理解力那么差。此外，他还是一个性格内向的人，虽说不是什么缺点，却往往会让人觉得他冷冰冰的。最糟糕的是，他还是名船手。

不会有哪个船手告诉你说船手很无趣。因为，船手只喜欢跟人讲划船的那些事。只要屋子里有两名或者以上的船手，他们就会从一开始谈论的工作或天气这种常规性话题转换到后来漫无目的、无休止地聊起船、泡罩装置、桨、把套、尔格①、划桨动作、训练、指令、桨叶出水、回桨、平均速度、划桨、滑座、发令、起航、平稳划行、冲刺，还有水面是否真正“平滑”。紧接着就会聊起上一次比赛哪里出现了失误，下一次比赛可能会出现哪种失误，上一次是谁的失误，或者谁将来有可能出现失误。有时，船手们还会伸出手来比一比老茧。如果你的运气够差，有人提起自己曾经历过一次从头到尾都很顺利、完美的划船赛事时，就得亲眼见他们花上好几分钟的时间敬拜这个人。

除了化学以外，划船是卡尔文唯一真正热爱的事业。实际上，当初她第一志愿申请进入哈佛大学也是因为划船的缘故：1945 年的时候，能参加哈佛大学的船队，就意味着能为最棒的船队效力，其实是第二好的船队。当时华盛顿大学队是最好的，不过华盛顿大学在西雅图，西雅图一向以多雨著称。卡尔文讨厌下雨。所以，他就去了更远

① 即划船器。

一点的地方——位于英格兰的剑桥大学，这充分体现了科学家最为奇特的品质：擅长做各种研究。

然而，在剑桥大学参加划船训练的第一天就下了雨。第二天还是下雨。第三天，同样下雨。队友们把重重的木船扛到肩上朝码头走去，卡尔文抱怨道："这里一直都下雨吗？"他们回应他说："剑桥的天气通常都是非常温和的。"说完，他们互相递了个眼色，似乎一直以来的猜疑得到了确认：美国人都是傻瓜。

糟糕的是，他这种傻瓜气质也体现在了约会上——卡尔文一直都想谈一场恋爱，然而他的傻里傻气一直都是最大的问题。他在剑桥的六年时间里，总共就跟五个女人约过会，其中只有一个女人愿意跟他见第二面，还是因为她在接电话时误把他当成了另外一个人。他最主要的问题就是缺乏经验。就像一只小狗一样，虽然经过了数年的训练，待有朝一日逮到了松鼠，却不知所措。

到了赴约地点，人家开了话头，他总是说"你好——嗯"，接着，他心跳加速，手心冒汗，脑子里突然一片空白。"你是叫黛比吗？"

"是迪尔德丽。"约会对象叹了口气，然后看了看手表，接下来就一直在看手表。

晚饭时，聊天内容总是从芳香酸的分子分解（卡尔文的话）到现在都有什么电影上映（迪尔德丽的话），再到非反应性蛋白的合成（卡尔文的话），接着是他喜不喜欢跳舞（迪尔德丽的话），然后是看时间，已经到了晚上 8:30，第二天他还要去参加划船训练，所以就直接把女孩儿送回家了（卡尔文的做法）。

不用说，这几次约会之后，他就很少跟女人亲近过。严格来讲，是再也没有亲近过。

“真不敢相信你在这方面居然遇到了困难，”剑桥的队友们这样说他，“女孩子都喜欢船手。”实际不然。他们还说“虽然你是美国人，但长得还不错”。实际上也并非如此。

还有一部分原因，那就是卡尔文的外在形象。他身高 1.9 米，又瘦又高，身子总是朝右边斜——可能是因为经常朝这一侧划桨的缘故。这还是其次，长相问题更加严重。他的面相给人感觉有些孤僻，就像是一个没人照管、自己长大的孩子一样，一双大大的灰眼睛，乱蓬蓬的亚麻色头发，发紫的嘴唇，而且嘴唇还总像肿了一样，因为他经常含着嘴唇。这种就是人们说的平庸、一般水平以下的长相，完全看不出它背后的激情与聪慧，整张脸中多亏了一处关键部位——牙齿——又白又齐，尤其是笑的时候，为他的整张脸增添了不少光彩。幸运的是，卡尔文与伊丽莎白·佐特恋爱以后，脸上就一直挂着笑容。

他们第一次相遇——确切地说是语言交流——是在黑斯廷斯研究所，那是一个星期四的早晨，这家私立研究所位于阳光明媚的南加州，卡尔文以出众的成绩拿到了剑桥大学的博士学位，当时有 43 家公司向他提出了入职邀请，后来他选择了这里，之所以做这样的决定，一部分是因为它的声誉，而绝大部分是因为这里的降水量。通常情况下，这里是不怎么下雨的。伊丽莎白则不同，她接受黑斯廷斯的邀请是因为只有这里向她发出了邀请。

当时，她站在卡尔文·埃文斯的实验室门口，看到门上写了一串大字号的警告语：

请勿入内

试验进行中

不准入内

请留步

看完，她打开门。

一进门，只见屋子中央放着一台高保真音响，与周围的气氛有些格格不入，弗兰克·辛纳特拉[①]的歌声从里面爆发出来，她高声喊道："您好，我要找这里的负责人。"

听到动静的卡尔文愣了一下，他从一台大型离心机后面探出头来。

"您好，女士。"他不耐烦地回应了一句，眼睛上戴着一副大大的护目镜，以防被右侧喷溅出来的东西伤到，"不过，这里不允许进入。没看见门上的字吗？"

"看到了！"伊丽莎白大声回应着。她没有理会他的话，径直穿过实验室把音响关掉。"好了。现在我们能听清彼此说话了。"

卡尔文含着嘴唇指了指门。"你不能进来，"他说，"看门上的标语。"

"看到了。是这样的，我听别人说你的实验室里有很多烧杯，我们楼下缺烧杯。都在这里记着，"她一边说一边扔给他一张纸，"这是库

① 弗兰克·辛纳特拉（Frank Sinatra，1915—1998），美国歌手、演员、主持人，一生获奖众多。

存经理的记录。”

“我倒是不知道这件事，”卡尔文一边验看着那张纸一边说道，“不好意思，这里的每一只烧杯我都要用。或许，我该去和楼下的某个化学家说说。让你的上司来跟我谈。”说完，他就转过身去继续工作了，顺手又把音响打开了。

伊丽莎白并没有离开。“你是想跟化学家谈吗？除了我之外的？”她的声音盖过了弗兰克的歌声。

“是的。”他回答道。接着，他语气稍微和缓地说：“嗯，我知道这不是你的错，但他们总不该派一个秘书上来替他们做这些烂事吧。我知道，你可能不太能懂，但是，我现在有重要的事情要做。请吧。让你的上司给我打电话。”

伊丽莎白眯起眼睛。她觉得，凭借视觉观察到的东西去做假设是一种早就过时了的观念，她不喜欢这种人，此外，一些男人总以为秘书只能听懂“一式打三份”这句话，这样的男人她也不喜欢。

“正好，”她一边高声说了句，一边直接到架子上拿走了一大箱烧杯，“我也忙着呢。”随后，她就大大方方地出了实验室。

黑斯廷斯研究所有3000多职工——为此，卡尔文整整花了一周时间才找到她——终于，等他找到她的时候，她已经不记得他了。

“您好？”她转过头来看着这个走进她实验室的家伙，硕大的护目镜将她的眼睛放大了许多。她的两手和胳膊上都戴着长长的橡胶手套。

“你好，”他说，“是我。”

“谁？”她问道，“您能说得具体些吗？”她转过身去继续工作。

“是我，”卡尔文说道，“五楼的那个，记得吗？被你拿走烧杯的那个？”

“您最好站在帘子后面，”她一边说，一边把头歪向左边，“上周我们这里出了点小事故。”

“你可真难找啊。”

“您有什么事吗？”她问，“我现在正有重要的事情要忙。”

他耐心地退出，等着她做完测量、写好记录，再次查看昨天的测试结果，然后来到休息室。

“你怎么还在这里？”她走过来问道，“难道没有事情可做吗？”

“我有很多事要做。”

“烧杯你还不能拿走。”

“这么说，你记得我。”

“是的，但并不深刻。”

“我是来道歉的。”

“没必要。”

“请你吃午饭怎么样？”

“不了。”

“那晚饭呢？”

“不了。”

“咖啡呢？”

“听着，”伊丽莎白那戴着长手套的双手叉在胯上说道，“你应该知趣一点，你有点惹人烦了。”

卡尔文尴尬地看了看别处。“我衷心地请求你的原谅，”他说，“我这就离开。”

这间实验室的面积相当于卡尔文实验室的1/4，里面有15名科学家紧挨着做试验，卡尔文从他们中间寻路而出时被一名技术员看到了，后者问道："那是卡尔文·埃文斯吗？他下来这里做什么？"

伊丽莎白说道："来处理一些有关烧杯所有权的小事。"

"烧杯？"技术员犹豫了一下。"等等。"他拿起其中的一只新烧杯，"上周你说你找到一大箱新烧杯。难道是他的？"

"我可从来没说是我找到的。我说那是我拿到的。"

"从卡尔文·埃文斯那里？"他说道，"你疯了吗？"

"并没有。"

"他允许你把他的烧杯拿走了吗？"

"严格来讲没有。不过我拿了一张表格。"

"什么表格？要知道，这件事是要经过我这里的。申领物品的事归我管。"

"我懂。可我已经等了三个多月了。我跟你申请了四次，填了五次申请单，还跟多纳蒂博士说过这件事。老实说，我不知道还能怎么办。我的科研项目需要这些用品。只是些烧杯而已。"

这位技术员闭上眼睛。"听着，"他一边说，一边慢慢地睁开眼睛，似乎是在突出她的愚蠢，"我比你在这里待的时间久，也了解这里的一些事。你知道卡尔文·埃文斯除了擅长化学研究以外还在哪些方面出名吗，嗯？"

"知道。他那里设备多得出名。"

"不，"他说道，"他最记仇了。记仇！"

"真的吗？"她饶有兴趣地问。

伊丽莎白·佐特也是一个记仇的人。不过，她记恨的主要是男权社会，那样的社会轻视女人的思想，认为女人能力差、智力水平差、创造能力差。男权社会认为男人可以出去工作，去做重要的事情——发现星体、开发产品、制定法律——女人则应该待在家里照顾孩子。她不想要孩子——她的这种想法很明确——不过她也知道，有很多女性既想要孩子又想有自己的事业。这种想法难道有错吗？没有错。男人不就是这样的吗？

近来，她了解到，在有些国家，夫妻双方都有工作，还一起照顾孩子。是哪里来着？瑞典？她想不起来了。不过从实际情况来看，还是挺不错的。生产力提高了，家庭也更强大了。她梦想着自己能够生活在那样的社会当中。人们不会有意无意地把她当成秘书，会议上展示自己的成果时，不用顾及那些对她说三道四的男人（遑论有人还会窃取她的研究成果）。

"你得向他道歉，"技术员用坚定的口吻说道，"从你把那些该死的烧杯拿回来那一刻起，我的老天，你就把我们整个实验室推向了危险的境地，让我难堪。"

"没关系的，"伊丽莎白说道，"只是些烧杯而已。"

结果第二天早上，烧杯不见了，换来的是几名化学家同僚的臭脸，他们也觉得是她让大家身陷险境，很有可能遭到卡尔文·埃文斯的记恨。她试着跟他们讲话，他们却对她冷眼相待，后来，她从大厅经过时，偶然听到有人正在背地里议论她——说她如何如何自以为是，如何如何自以为比男人强，如何如何拒绝他们的邀约，就连单身男士的面子都不给；还议论说，加利福尼亚大学洛杉矶分校有机化学硕士的学位是她“硬”拿来的——那些人一边说着“硬”拿来，一边做出粗俗的姿势，还暗自发出一阵笑声。她以为自己是谁?

“应该有人来让她清醒清醒。”有人说道。

“她根本就没那么聪明。”另一个人说道。

“她就是个婊子。”一个熟悉的声音说道。那是她的上司多纳蒂。

前面几句话伊丽莎白都听惯了，只是最后一句让她五脏六腑都跟着翻腾起来，赶紧靠在墙上缓一缓。这是她第二次听到这个词。第一次——第一次经历黑暗的遭遇——还是在加利福尼亚大学洛杉矶分校读书时。

那已经是两年前的事了。离毕业还有十天，硕士研究生的人选即将出炉。晚上 9 点钟时，她还在实验室，因为她发现测试方案中出现了一处错误。她拿着刚刚削好的 2B 铅笔在纸上轻轻地敲打着，心里衡量着该怎么办，这时，她听见了开门声。

“谁？”她说了一句。没想到这个时候还会有人来。

“你还在这里呀。”那人毫不意外地说道。原来是她的导师。

“嗯，您好，迈耶斯博士，”她抬头看了看说道，“是的。我正在看明天的测试方案。我觉得里面有一处错误。”

他把门开大些，走了进来。“我没要求你做这些，”说着，语气中带着些怒意，“我已经跟你说过了，方案已经定下来了。”

“我知道，”她说，“但我还是想最后再查看一遍。”其实，伊丽莎白也不是有意要再查看一遍——只是，她清楚，要想在迈耶斯这个都是男人的研究团队里占有一席之地，就必须做点什么。其实，她并不在意他研究的那些东西：他只追求平稳度日，根本就没有什么突破性的研究。迈耶斯这个人，明显缺乏创造力，也没有什么新的发现，然而被当作美国 DNA 研究领域中数一数二的佼佼者。

伊丽莎白不喜欢迈耶斯这个人。没有人喜欢他。不过，可能加利福尼亚大学洛杉矶分校喜欢他，因为在这个领域，他发表的论文数量是最多的。那么，迈耶斯有什么诀窍呢？实际上，那些论文都不是他写的——都是研究生写的。他经常堂而皇之地抄袭学生的成果，有时只是修改修改标题，或者换一换词汇，然后就变成了自己的论文投出去。说白了，他之所以能钻空子，是因为有谁会从头到尾仔细地读一篇科研论文呢？没有人。于是，他的论文数量猛增，有了论文，自然也就有了名气。所以说，迈耶斯成为 DNA 研究领域顶尖学者的原因就是：以量取胜。

迈耶斯在窃取论文成果上绝对是有一手的，除此之外，他还是有名的好色之徒。在加利福尼亚大学洛杉矶分校的科研部门，女性数量本就不多，然而就那么几个人——绝大多数还都是秘书——也成了他的狩猎对象。她们通常都是在那里待了六个月之后就离开了，离开时都是自信心遭受了严重打击，眼睛还肿得老高。这些女性的离开据称都是出自个人原因。不过，伊丽莎白没有走——她不能走，她需要硕士学位。于是，她在这种暗无天日的环境中煎熬着——各种骚扰、下流的评论、猥琐的暗示——不过，她对这些没有任何兴趣。直到有一天，他打电话把她叫到办公室，表面上说要邀请她加入他的博士项目，却顺势用手摸上了她的裙子。她愤怒地将他的手推开，并严肃表明立场，说要去举报他。

“向谁举报？”他大笑道，随后，他警告她不要那么“无趣”，并拍了拍她的屁股，接着，他让她去办公室衣橱里把自己的外套拿来。他知道，只要她一开门，就能看到里面都是女人半裸体的照片，有几张是女人大张着胳膊、面无表情、两手扶地跪趴着的，男人的鞋耀武扬威地踩在她们的背上。

“这里，”她对迈耶斯博士说道，“232 页的第 91 步。温度。我确定，这里的温度过高，也就是说酶会失活，会导致结果失败。”

迈耶斯博士站在门口看着她。“你把它给别人看过吗？”

“没有，”她说道，“我刚刚发现。”

“也就是说，你还没跟菲利普说过。”菲利普是迈耶斯的高级研究助理。

“没有。”她说道，“他刚走。我确定能追上他——”

“不必了。”他打断她，“这里还有别人吗？”

“没有了。”

“方案是没错的。”他厉声说道，“你又不是专家。不要质疑我的权威，也不要跟任何人提起这件事。明白吗？”

“我只是想帮忙，迈耶斯博士。”

他看了看她，似乎是在审视她的诚意。“我需要你的帮助。”他说道。紧接着，他转身到门口，把门锁上。

紧接着，他上来就给了她一巴掌，打在她左边脸上，像是打了个不错的绳球。顿时，她一脸震惊地倒吸了一口冷气，踉踉跄跄地，好不容易才站稳，嘴角流下血来，她惊诧地瞪大双眼。他做了个鬼脸，好像不太满意自己这一巴掌，随后就又扇了她一耳光，一下子把她从凳子上打翻了过去。迈耶斯是个大块头——体重将近250磅[①]——他的力量完全来自块头的蛮强，绝不是因为身体健硕。走到她躺着的地方，他弯下腰来，抓住她的后腰，像起重机吊起一小捆木头一样一把将她扔回到凳子上，轻松得像在扔一只布娃娃。紧接着，他把她的身体翻过来，一脚把凳子踢开，把她的脸和胸按在不锈钢工作台上。“别动，小婊子。”她挣扎的时候他吼道，肥胖的手指在她裙子下面一顿乱摸。

伊丽莎白喘着粗气，嘴里全是金属的味道，他对她动粗，一只手将裙子掀过腰，另一只手捏掐着她的大腿内侧。她的脸贴在桌子上，几乎无法呼吸，更别说喊出声了。她像一只被困在陷阱里的动物一样，疯狂地踢打着，可是，她的反抗进一步激怒了他。

“别跟我反抗！”他警告道，说着，他肚子上的汗珠滴到她大腿后面。不过，趁他动手的时候，她腾出了一只胳膊来。她一边喘着粗气，一边疯狂地扭动着身体。“别动！”他吼叫着，越发被激怒，如同圆球一般的身体压住她的上身，像烙饼一样。最后，他一边警告她这里一切都由他说了算，一边抓住她的头发猛地拉过来。随后，他像一个醉鬼一样猛地进到了她的身体中，满足地呻吟着，突然，呻吟被他的一声尖叫打断了。

“该死！”迈耶斯从她身上下来吼道，“老天，我去！怎么回事？”他一下子把她推开，右侧身体突然莫名其妙地一阵剧痛。他低头看了看那如同游泳圈一般的腰，想弄明白到底为什么这么痛，然而只看见一小块粉红色的橡皮擦头从右侧髂骨那里支了出来，周围一圈往外渗

① 相当于226斤。

着血。

是那支 2B 铅笔。伊丽莎白用那只腾出来的手摸到了铅笔，拿过来直接将它插进了他的肚子里。不只是一部分铅笔——而是一整支。那尖尖的铅笔头，那友善的黄色木柄，那金黄色的商标名——就是这支 7 英寸的铅笔击中了他的要害。这一刺，不只刺穿了他的大肠和小肠，也葬送了她的职业生涯。

“你真的去过那里吗？”等救护车把迈耶斯博士拉走之后，校园警察这样询问道，“我要看看你的学生证。”

此时的伊丽莎白衣衫不整，两手抖个不停，额头上出现了一大块淤青，她回过头来，一脸的不敢相信。

“这是个正经问题，”那名警官说道，“这么晚了，一个女人来实验室做什么呢？”

“我是一名研究生，”她结结巴巴地说道，像生了病一样，“化学系的。”

只见那名警官叹了口气，仿佛在说，他可没有时间听这些胡话，接着，他打开一个小记事本。“还不如直接跟我说说你的想法。”

伊丽莎白跟他说了说细节，因为刚才受到了惊吓，语调一直低沉。这个人，表面上做着记录的样子，可当他转身告诉另一名警官说他已经弄清了事情的原委时，她发现他的记录本是空白的。

“请您。我……我需要一名医生。”

他啪的一下把本子合上。“不想说点悔过的话吗？”说着，他瞄了一眼她的裙子，仿佛那裙子无疑是一种明显的邀约。“你刺了那家伙。对你来讲，最好能表达一下忏悔之意。”

她回过头来，用空洞的眼神看了看他。“你……你一定是搞错了，警官。是他打了我。我……我是自卫。我需要一名医生。”

警官叹了口气。“这么说，你是不想忏悔了？”他合上钢笔说道。

她盯着他，嘴巴微微张着，身体颤抖个不停。她低头看了看大腿上被迈耶斯掐的地方，留下了一道紫手印。五脏六腑一阵翻腾，险些吐出来。

她抬起头，刚好见到他看了看手表。这一小动作完全展露了他的心里活动。她伸手从他的指间夺回自己的学生证。“是的，警官。”她冷冷地说道，语气跟监狱外的铁丝网一样冰冷坚硬。“我想了想，的确应该做一下忏悔。”

“这样就好多了嘛，”他说道，“这才能好好地沟通。”他再次打开笔帽。“来聊聊吧。”

“铅笔。”她说道。

“铅笔。”他一边重复，一边记录下来。

她抬起头，盯着他的眼睛，一条细细的血流从太阳穴上流下来。“我后悔没多拿些铅笔。”

最后，招生委员会判定这场事故（或者被称为“不幸的事故”）完全是因为她引起的，接着正式取消了她申请加入博士项目的资格。认证后的事实是这样的，迈耶斯博士抓到她作弊。于是，她想通过修改测试方案的方式捣毁实验结果——而且，他刚好有证据——当时，他正好出现在作案现场，于是，她便开始色诱他，想跟他做交易。发现这样做行不通以后，他们之间就发生了肢体冲突，还没等他反应过来，一支铅笔就插进了他的肚子里。幸运的是，他还能活下来。

几乎没有人相信这种说法，因为迈耶斯博士好色之徒的名声早就在外了。不过，他也是个重要的人物，加利福尼亚大学洛杉矶分校不想失去他这么个有影响力的人。伊丽莎白只好出局了，她的硕士生涯就这样终结了。身上的淤青终会愈合，也会有人给她写推荐信。后来，她就离开了学校。

这也正是为何她最后来到黑斯廷斯研究所的原因。而此时此刻，在黑斯廷斯大厅外面，她倚靠在墙上，五脏六腑再次翻腾起来。

她抬起头，发现那名实验室技术员正在看自己。“你还好吧，佐特？”他问道，“你看上去有些不对劲。”

她没有作回应。

“都是我的错，佐特，”他承认说，“我不该拿烧杯的事大惊小怪。至于那些人，”说着，他朝大厅那边伸了伸头——看来他也听到了他们的谈话内容——“都是些不懂事的毛头小子。别理他们。”

然而她没办法不理会他们。实际上，就在第二天，她的老板多纳蒂博士——叫他婊子的那个人——就把她指派到一个新项目中。“这个项目轻松多了，”他说道，“有助于提高你的智商。”

“为什么，多纳蒂博士？”她问道，“是我的工作有什么失误吗？”在目前的科研项目组中，她是中坚力量，而且眼看就要拿到成果。然而，多纳蒂朝她指了指门，示意她出去。第二天，她就被派去做低级的氨基酸研究了。

那名技术员察觉到了她的怨愤，于是问她，为何想要当科学家。

“我不是想当科学家，”她厉声说道，“我已经是科学家了！”而且在她的观念中，无论是加利福尼亚大学洛杉矶分校的某个肥仔男，还是现在的上司，还是任何有着狭隘思想的同事，都无权阻碍她实现自己的目标。她已经历过艰难困苦，不管未来发生什么，她都能渡过。

不过，之所以称为“渡过”艰难困苦，是因为这期间是要付出代价的。过去的这几个月里，她的意志力一次又一次地经历着挑战。剧院是唯一一处可以让她喘息的地方，然而，就连这也时常令她失望。

那是一个周六的晚上，烧杯事件大概过去了两周。她买了一张《天皇》音乐剧的票，据说是一部很有趣的轻歌剧。原本期待了好长时间，可故事一开始，她就觉得一点意思都没有。歌词带有种族歧视的韵味，演员全都是白种人，而且情节很明显，女性领导人要背负其他所有人的罪恶。整件事让她想起了自己的工作。于是，她决定及时止损，中途离开。

应该是幸运之神的眷顾，卡尔文·埃文斯那晚也在剧院，若他用心观看的话，一定会有与伊丽莎白同样的感受。不过那晚是他和生物部一个秘书第一次约会，当时正赶上胃不舒服。其实，这中间是有误会的：那名秘书邀请他来剧院看戏，完全是因为她觉得他这么有名气，一定也很有钱，而他当时被她身上的香水味熏得直想淌眼泪，于是，他眨了几下眼睛，结果被她误以为他非常乐意跟她一起去。

第一幕开演的时候，他肚子就有些不舒服，结果到了第二幕结尾的时候，肠胃就开始绞痛起来。“对不起，”他小声说道，“我有点不舒服。先走一步了。”

“你的意思是？”她一脸疑惑地说道，“我觉得你这个人还不错呢。”

“是我肚子不舒服。”他小声嘟囔道。

“好吧，可是，我特地为今晚的约会买了这件裙子，”她说道，“无论如何都得穿满四个小时，否则我是不会离开的。”

卡尔文大致朝她那边扔了些打出租车的钱，她一脸的惊讶，接着，他就独自冲到大厅去了，只见他一只手捂着肚子，急匆匆地朝洗手间的方向奔去，小心翼翼地安抚着他那一触即发的肠胃。

应该是幸运之神的眷顾，伊丽莎白也在同一时间来到大厅，她也跟卡尔文一样，正想去洗手间。可是，她看到门口排着长队，于是，她只好悻悻地离开了，出来时刚好跟卡尔文撞了个正着，结果，他一下子吐到她身上。

“噢，老天，”他一边作呕一边说道，“噢，老天。”

伊丽莎白刚开始还愣了一下，她缓了缓神，没有计较他弄脏了自己的裙子，一只手放到他弯着的腰上轻轻地安抚他。接着，伊丽莎白没顾得上看这个人是谁，便朝洗手间门口排着队的人们喊道：“这人生病了，有谁能帮忙叫医生过来吗？”

然而，那些人都没有反应。所有等在洗手间门外的人一闻到臭味，再加上有人作呕的声音，就赶紧走开了。

“噢，我的老天，”卡尔文捂着肚子一遍又一遍地嘟囔着，“噢，我的老天。”

“我给你拿纸巾，”伊丽莎白语气柔和地说道，“再打辆车。”这时，她看了一眼他的脸，说道：“嗯，我是不是认识你？”

二十分钟后，她陪他回到家中。“我觉得，我们能排除二苯氨胺的气溶胶分散的可能，”她说，“因为目前并没有其他人受到影响。”

“你是指化学战吗？”他一边捂着肚子一边喘了口气说道，“希望如此吧。”

“可能是你吃坏东西了，”她说，“食物中毒。”

“噢，”他呻吟着，“太出糗了。很抱歉，你的裙子。洗衣服的钱我会出的。”

“没关系，”她说，“只是溅上了一点。”她扶他走到沙发旁，他一下子瘫坐在里面。

“我……我记不清上一次呕吐是什么时候了。更别说在公众场合了。”

“总会有意外情况出现。”

“我正在约会，”他说道，“你能想象吗？我把她一个人扔在那里。”

“想象不到。”她一边说，脑子里一边回忆自己最后一次约会是什么时候。

接着，两人沉默了几分钟，他闭上眼睛。她以为这是他在暗示自己离开。

“还得对你说一声抱歉。”听到她朝门口走去，他小声说道。

“拜托，没必要再道歉吧。只是一种生理反应，一种化学上的排异。我们都是科学家，很清楚这些事情。”

“不，不。”他用微弱的声音说道，努力地想澄清一下，“我的意思是，那天以为你是秘书——还让你找上司给我打电话。”他说道：“我很抱歉。”

这一次，她没有回应。

“我们还没有正式做过自我介绍。”他说，“我是卡尔文·埃文斯。”

“伊丽莎白·佐特。”她一边收拾自己的东西一边回答道。

“嗯，伊丽莎白·佐特，”他努力地挤出一丝微笑说道，“你救了我一命。”

不过，还没等听他说这句话，她就走了。

接下来的一周，两人在咖啡厅里喝咖啡，她告诉卡尔文：“我在DNA领域的研究内容是把聚磷酸当作缩合剂。本来，一直都进行得很顺利，直到上个月，我被重新指派了任务，去做了氨基酸研究。”

“为什么？”

“多纳蒂——你不是也在他手下工作吗？总之，他觉得我的研究没有必要。”

“可是，要想进一步了解DNA，缩合剂的研究是至关重要的——”

“没错，我知道，我知道，”她表示赞同，“本来打算读博士的时候选这个方向。不过，我真正感兴趣的是无生源。”

“无生源？就是那个生物可以随时由无生命的普通物质转化而成的理论？有意思。不过，你不是博士吗？”

“不是。”

“可无生源是博士的研究领域。”

“我有化学硕士学位，是加利福尼亚大学洛杉矶分校的。”

“在学术领域，”他同情地点了点头，“这个课题过时了。得再重新寻找方向。”

“不是的。”

接着，两人就都不说话了，气氛有些尴尬。

“嗯，”她深吸了一口气，再次找了个话头说，“我在聚磷酸方面有这样一种设想。”

接着，她跟他说了一个多小时，连她自己都没有意识到，卡尔文做笔记的同时偶尔点点头，偶尔会打断她，问她一些复杂的问题，她都应答如流。

“我本想做进一步的研究，”她说道，“可就像我刚才说的，我被‘重新’指派了任务。在那之前，我工作中的基本物品供应几乎都无法保障。”她解释道，正因为如此，她才迫不得已到别的实验室去“偷”设备和物品。

“可是，物品的供应有那么紧俏吗？”卡尔文问道，“黑斯廷斯不是很有钱吗。”

伊丽莎白盯着他看了好一会儿，然后，她拿起那支 2B 铅笔（她总把铅笔别在耳后或是插在头发里），一边强调性地敲着桌子一边回答说，“性别歧视啊。还有办公室政治、个人偏好、不平等，还有普遍的不公正现象。”

他含着嘴唇。

“不过，绝大多数还是性别歧视。”她说道。

“什么性别歧视？”他不明所以地问道，“为什么科研领域会排斥女性？这说不通。只要是科学家，我们都应该重视。”

伊丽莎白吃惊地看着他。她一直以为卡尔文·埃文斯是个精明的人，现在才知道，原来他跟一部分人一样，只是在某一个小的领域精明而已。于是，她又仔细地琢磨了一下他这个人，心里估算着要怎么说才能让他明白。接着，她两手拢起头发，拧了两圈，最后在头顶打成结，随后又用铅笔固定住。“你当年在剑桥的时候，”她把手重新放回到桌子上，认真地说道：“认识多少女性科学家？”

“不认识。不过，我们学院都是男生。”

“嗯，我知道，”她说，“不过，你肯定想说，在别的学院女性还是享有与男性同样的机遇的，对吧？那么，这么说吧，你知道多少女性科学家呢？别告诉我你只知道玛丽·居里。”

他也看了看她，察觉到她语气有些不对劲。

“问题是，卡尔文，”她语气坚定地说，“一半的人力被浪费。不只是像我那样拿不到供应物资、完不成工作那么简单，而是女人无法接受她们应有的教育，不能做她们应该做的事。即便是进了大学，也不会是像剑桥那样的学校。也就是说，她们没有同男性一样的机遇与社会的尊重。她们也只能从最底层做起，一直待在底层。更别跟我讨论薪水的事了。所有的一切都是因为女人们无法上学，因为那些学校从一开始就不接收她们。”

“你的意思是，”他慢条斯理地说道，“还有更多的女性想进入科研领域。”

她瞪大眼睛：“我们当然想。科研、医药、商业、音乐、数学。随便某个领域。”接着，她停顿了一下，因为，事实是这样的，严格来讲，她也只是知道有那么一小部分女性渴望进入科研或其他领域。她在大学里遇到的那些女人，绝大多数都是奔着结婚这一个目的去的。她想不明白，那些人好像喝了什么东西，导致短时间精神失常了似的。

她继续说道：“然而事实情况是这样的，女人们待在家里，照顾孩子，打扫卫生。这其实是把奴隶制合法化了。更糟糕的是，那些心甘情愿照顾家庭的主妇照旧会被社会误解。男人们好像总以为，即便一位妈妈每天要照顾五个孩子，她所做的最重大的决定也无非就是涂什么颜色的指甲。”

卡尔文想象着五个孩子的情景，吓得一哆嗦。

“说到你的工作，”他试着找回正题，说道，“我觉得我能做些补救。”

“我不需要你补救，”她说，“我完全有能力独自应对这些问题。”

“不，你做不到。”

“什么？”

“你补救不了，因为这个世界就是这样的。生活就是不公平的。”

这话激怒了她——他居然跟她谈论世界的不公。他根本不可能知道这种事。她正要开口说话，却被他打断了。

“是这样，”他说道，“生活从来都是不公平的，可你依旧视它为公平的——仿佛纠正了一些错误的事情之后，其他事也都能被拽到正轨上一样。然而事实不是这样的。想听听我的建议吗？”还没等她说不，他就继续说道，“不要再在这种制度上纠缠了。你要想办法战胜它。”

她静静地坐在那里，思考着他的话。说不清道不明地让人心里不痛快。

“幸运的是，眼前正有一次机会：我打算重新考虑去年有关聚磷酸的事，目前还没有眉目。你的研究能改变这种现状。如果我跟多纳蒂说，我能用得上你的研究成果，那么，你明天就可以继续回来做研究了。话说回来，即便我用不上你的研究成果——实际上能用得到——我也算还了你一个人情。一是因为我说你是秘书，二是因为吐在了你的身上。”

伊丽莎白仍旧静静地坐着。她一反常态地失去了客观的判断，居然会因为他的这个想法而感到暖心。她本不想这样：不喜欢想办法胜过制度这种话。为何这种制度最初没有得到完善呢？她也不喜欢别人的施舍，施舍意味着作弊。可是，她有梦想，该死，为何要这样听天由命呢？听天由命是永远无法实现理想的。

“嗯，”她一边把掉下来的一缕头发拨到旁边，一边郑重其事地说道，“希望你不要见怪，我这不是在妄下结论，可我之前遇到过麻烦，所以我想说清楚：我这可不是在跟你约会。这是工作，仅此而已。我对任何形式的亲密关系都不感兴趣。”

“我也是，”他语气坚定地说道，“这是工作。仅此而已。”

“仅此而已。”

接着，他们就收拾好杯子和杯托，各自朝着不同的方向去了，但心里都迫切地希望对方心中的想法不像嘴上说的那样。

第四章

初尝化学反应

大约三周之后，卡尔文和伊丽莎白一同来到停车场，两人提高了说话的语调。

“你的想法完全错了，”她说道，“你忽略了蛋白质合成的基本性质。”

“恰恰相反。”从来没有人说他的想法完全错了，如今有人这样说他，他还真不太适应，于是说道，“我不明白，你怎么完全没有考虑分子结构——”

“我没有——”

“你忘了这是两个共价——”

“是三个共价键——”

“没错，但那只是在——”

“你瞧，”她立马打断了他，说着，两人来到了她的车前，“问题就在这里。”

“什么问题？”

“你。”她双手指着他，语气坚决地说道，“问题就在于你。”

“因为我们的想法不一致吗？”

“不是这个。”她说道。

“嗯，那是什么？”

“是……”她胡乱地摆了摆手，然后眼睛看向远处。

卡尔文长出了口气，把手放在她那辆旧的蓝色普利茅斯车的车顶上，等着她即将做出的反驳。

在过去的几周里，他和伊丽莎白已经见了六次面——两次是一同吃午餐，四次是一同喝咖啡——可以说，每次见面都是他这一天当中最快乐也是最痛苦的时刻。最快乐是因为，她是他生命中所遇见的最聪明、最具洞察力、最有趣——没错——同时也是最有魅力的女人。最痛苦是因为：她似乎总是着急离开。每当她这个样子，他就觉得好失望，剩下的时间都变得不那么好过了。

她正说着：“最近那项有关蚕的研究发现，就是那个《科学》期刊上的最新话题。我的意思是，它很复杂。”

他点点头，好像是听懂了，实际则不然，而且不仅是蚕这件事。每次见面，他都想证明给自己看，除了欣赏她的专业能力以外，对她没有任何别的想法。他不会为她的咖啡买单，不会主动上去帮她拿餐盘，不会为她开门——包括有一次，当时她抱着满满一大摞书，高度超出了她的头好大一截，他也没帮她开门。还有一次，她在水槽旁不小心撞到了他，他闻到了她头发的香味，也没有到迷晕的程度。他甚至都不知道，原来一个人的头发可以那么香——就像是在花盆里洗过一样。她难道不应该对他这种一心只谈工作的做法表示认可吗？想起这些就让人恼火。

“关于蚕蛾性诱醇，”她说道，“在蚕体内。”

“嗯。”他随便地回应着，心里却想着，第一次遇见她时，自己的表现实在太愚蠢了，还把她当成了秘书，把她赶出了实验室。可是后来呢？他又吐在了她身上。她说没关系，但从那以后，她穿过那条黄色的裙子吗？没有。在他看来，虽然她嘴上说不记仇，实际并非如此。他本身就是个很能记仇的人，他知道那是种什么体验。

“是一种化学信号，”她说，“在雌蚕体内的。”

“虫子而已，”他用挖苦似的语调说着，“很好。”

她往后退了一步，为他这种无礼的反应感到吃惊。“你不感兴趣。”说着，她耳尖红了起来。

“一点也不感兴趣。”

伊丽莎白倒吸了一口气，赶紧在钱包里翻找钥匙。

真是太令人失望了。终于找到一个知心人——在她眼中，他是那样聪明、那样有洞察力、那样有趣（笑的时候迷人极了）——结果，他却对她不感兴趣。一点兴趣都没有。过去几周的时间里，他们已经见了六次，她每次聊的都是工作上的事，他也如此——有时，他的行为甚至可以说是无礼。那天，她手里抱着满满一摞书，连门都看不见，他是怎么做的？丝毫没有帮忙。然而，每次一见面，她就有一种无法克制的冲动，想上去吻他。这完全不像她。可是，每次见完面——每次都是她尽早地提出结束约会，因为她害怕抑制不住想要吻他的冲动——结果，那天剩下的时间都是在郁闷与沮丧中度过的。

“我得走了。”她说。

“还是有事要忙。”他反驳道。可是，两人都没走，而是朝相反的方向看了看，看是否有人会在停车场看见他们，不过，现在已经是周五晚上的7点钟了，南面停车场里只有两辆车：他俩的车。

“周末有什么重要的事情吗？”终于，他鼓足勇气开口说道。

“是的。”她撒谎说。

“那祝你周末愉快。”接着，他便转身走开了。

她盯着他看了一会儿，然后上了车，闭上眼睛。卡尔文真是蠢。他读《科学》期刊，就一定应该知道她是在用蚕蛾性诱醇暗示他，那是一种由雌蚕释放的激素，是用来吸引雄性配偶的。虫子，他居然说得那么冷淡。这个浑蛋。她真是个傻瓜——竟然在停车场里公然提起这么露骨的话题，还遭到了拒绝。

你不感兴趣。她说道。

一点也不感兴趣。他回答道。

她睁开眼睛，把钥匙插进钥匙孔。他可能以为她是想再多搜罗点实验设备。因为，在一个男人看来，为何一个女人在星期五晚上，在空荡荡的停车场里，趁着西面吹来的微风将她那昂贵的洗发香波味直接吹到他的鼻腔里时会顺势提起蚕蛾性诱醇的事，这样一番设计，难道不是想拿到更多的试验设备？除此之外，她找不到别的理由。然而这背后的真实理由是，她爱上他了。

就在这时，左边传来一阵敲车窗的声音。她抬起头，发现卡尔文正看着她，等她把车窗摇下来。

“我不是为了你那些实验设备！”她一边把车窗摇下来，一边隔着窗户跟他嚷道。

“问题也不在我。”他弯下腰来，正对着她高声说道。

伊丽莎白也愤怒地盯着他。他怎么敢这样对我？

卡尔文也看着她。她怎么敢这样对我？

紧接着，那种感觉再次涌上心头，就是每次和他在一起时的感觉，不过这一次，她采取了行动，伸出双手将他的脸捧到自己面前，两人就这样第一次吻在了一起，就此缔结了一种永久性的关系，就连化学理论都无法解释。

第五章

家庭观念

实验室的同事都以为伊丽莎白跟卡尔文·埃文斯约会只有一个原因，那就是：他的名气。有了卡尔文这个靠山，就不会有人敢动她了。不过，真实的原因要比这简单直接："因为我爱他。"如果有人问，她会这样回答。可惜没有人问过。

对他来讲也是如此。如果有人问卡尔文，他也会说，伊丽莎白·佐特是他在这个世界上最珍视的人，不是因为她美丽，也不是因为她聪明，而是因为她爱他，他也爱她，全心全意地、坚定地、如同信仰般地爱着彼此，而且对彼此是绝对忠诚的。他们之间的关系胜过朋友，胜过知己，胜过战友，胜过恋人。如果说恋爱关系是一幅拼图的话，那么从一开始，他们的板块就是完全吻合的——如果有人摇了摇盒子，从上向下俯视，会发现每一块分开的板块都刚好落在合适的位置上，一块挨着一块，完全吻合，构成了一幅完美的图画。其他情侣关系则相形见绌。

夜晚一番亲密之后，他们就躺在同一处，他的腿放在她的腿上，她把胳膊搭在他的大腿上，他的头歪向她这边，两人就这样聊天：有时聊同事，有时聊他们的未来，有时聊工作。虽然乏累不堪，两人依旧会聊到很晚，一直到第二天凌晨，无论什么时候，只要是有了新的发现或是计算方法，总会有一个人起来做记录。其他情侣在一起总会耽误工作，然而对伊丽莎白和卡尔文来讲恰恰相反。对他们而言，工作期间与非工作期间没有什么区别——因为两人每时每刻都在用新奇的观点激发彼此的想法与创意——科学界会因他们而感到震惊，其实，如果科学界能意识到这些都是在他们光着身子时想出来的，恐怕会更加震惊。

“还醒着吗？”一天晚上，两人躺在床上，卡尔文小声迟疑地问道，“想跟你商量点事情，关于感恩节的。”

“什么事？”

“嗯，感恩节快到了，想问问你是否要回家。如果回家的话，能不能也带上我，去……”他停顿了一下，接着说道，“见一见你的家里人。”

“什么？”伊丽莎白小声回应道，“回家？不，我不回家。我想，我们还是在这里过感恩节吧，一起过。除非，嗯，你有回家的打算？”

“完全没有。”他说道。

过去的几个月里，卡尔文和伊丽莎白几乎把所有话题都聊过了——书、事业、信仰、志向、电影、政治，甚至连对什么过敏都聊过。可是，一直没能触及一个话题，那就是：家庭。两人都不是有意避而不谈的——总之，刚开始绝不是有意而为之——可是过了几个月，这个话题依旧没有被提起过，看来，可能永远都不会提起了。

其实，并不是两人对彼此的家庭背景不感兴趣。谁不想详细了解对方的童年，谁不想见见对方的家人与亲属呢——严肃的父母、争强好胜的兄弟姐妹、热辣的姑姑？然而，这两个人就不想。

若将家庭背景比作景区，那家庭这一话题仿佛就是景区中被锁上的一间屋子。游客只能探着脖子往屋子里窥探一下，隐约知道卡尔文长大的地方（可能是马萨诸塞州？），伊丽莎白好像有个兄弟（或者姐妹？）——但就是没有走进屋去一看究竟的机会。直到卡尔文提起感恩节。

“真不敢相信我居然会问这个问题，”终于，良久的沉默过后，他这样说道，“不过，我才发现，我还不知道你是哪里人。”

“噢，”伊丽莎白说道，“嗯，差不多算是俄勒冈州人吧。你呢？”

“艾奥瓦州人。”

“真的吗？”她问道，“我还以为你是波士顿人。”

“不。”他趁机追问，“你有兄弟吗？或者姐妹？”

“有一个哥哥，”她说，“你呢？”

“没有。”他语气平和地说道。

她十分安静地躺在那里，感受着他的语气。“会不会觉得孤独？”她问道。

“会啊。”他直接回答道。

“那么，”说着，她抓起他放在被单下面的手，“你的父母没想过再生个孩子吗？”

“这个不好说，”他拉长语调说道，“这种事，孩子是无法要求大人的，不是吗？不过，他们可能想过吧。一定是这样的。”

“那后来呢？”

“我五岁的时候他们就去世了。当时我妈妈已经有了八个月的身孕。”

“噢，老天。抱歉，卡尔文，”伊丽莎白猛地起身说道，“到底发生了什么？”

“火车，”他心平气和地说道，“被火车撞了。”

“卡尔文，对不起。我不知道事情是这样的。”

“没关系。”他说道，“都是很久之前的事了。我也不怎么记得了。”

“可是——”

“该你说了。”他突然说道。

“不，等等，等等，卡尔文，是谁把你养大的？”

“我姑姑。可是，后来她也去世了。”

“什么？怎么去世的？”

“当时我们在车里，她心脏病犯了。车从马路上横穿过去，撞到了树上。”

“老天。”

“这应该就是所谓的家族命运吧——都死于非命。”

“这么说可一点都不好笑。”

“我没开玩笑。”

“当时你几岁？”伊丽莎白追问道。

“六岁。”

她紧紧地闭上眼睛。“然后你去了——”她拖着长音。

“一个天主教男孩福利院。”

“那——”她本想引着他往下说，可又不喜欢这种做法，“那里是什么样的？”

他停顿了一下，好像在为这个异常简单的问题寻找一个最为坦诚的答案。“不好。”最后，他说道，声音非常低沉，低沉到她几乎都听不到。

0.25英里[①]以外，一列火车呼啸而过，伊丽莎白心里一凉。有多少个夜晚，卡尔文躺在这里，听到火车的鸣笛声，想起自己死去的父母，还有那个没有降生、没能说一句话的弟弟？除非，他从来都没有想过他们，或许是这样吧——他说过，他对他们已经没什么印象了。那么，他能记得谁呢？他记得的人又是什么样子的？他说自己过得“不好”的时候，到底是什么意思？她想问清楚，可是他的语气——阴郁、低沉、怪异——警告她不要再多问。他后来又怎么样了？在艾奥瓦的时候是怎么开始学划船的，又是怎么去剑桥划船的？怎么上的大学？谁付的学费？小时候上学呢？在艾奥瓦州，一个养男孩的福利院，听上去不太像是愿意供孩子上学的。拥有聪明的资质是一回事，如果只是聪明却没有机遇——那就是另外一番景象了。如果莫扎特出生在孟买的一个贫苦之家，而不是萨尔茨堡一户有教养的家庭，那么，他还能创作出《C大调第36号交响曲》吗？绝不可能。那么，卡尔文是怎样从一个身无他物的孤儿变成如今这位受人尊敬的世界顶级科学家的呢？

---

① 约0.4千米。

“你刚才说，”他语调麻木地说着，一边从背后把她抱到自己身边来，“俄勒冈州。”

“是的。”她说道，仿佛也不愿提起自己的身世。

“你多长时间回一次家？”他问道。

“从来都没回去过。”

“为什么？”卡尔文几乎喊出声来，因为他觉得无法理解，为什么她会撇开一个和谐而美好的家庭。毕竟，她是有家的人。

“因为宗教信仰方面的一些原因。”

卡尔文停顿了一下，好像没太明白。

“我父亲是一名……典型的宗教学者。”她解释说。

“一名什么？”

“差不多算是上帝推销员吧。”

“我不懂——”

“就是那种到处宣传黑暗与厄运之说，用这种方式赚钱的人。”她语气中带着尴尬说道，“那种人，到处散布谣言说，世界末日即将来临，但仍旧有解救之法——比如通过专门的洗礼或者昂贵的护身符——这样能让世界末日来得更晚一些。”

“居然还可以靠这个为生？”

她转过头去看着他：“是啊。”

他静静地躺着，努力地想象着。

“总之，”她说，“因为他干这一行，我们必须经常搬家。因为，你告诉人家世界末日要到了，可那一天迟迟没有来，这多不像话。”

“那你妈妈呢？”

“她是制作护身符的。”

“不，我的意思是，她也很信奉宗教吗？”

伊丽莎白犹豫了一下：“如果贪婪也算是一种宗教信仰的话，那么，她是有这种信仰的。这个行当的竞争很激烈的，很赚钱。不过，我父亲很有天分，那辆新买的凯迪拉克就能很好地证明这一点。不过，说到天分，我觉得父亲在自燃方面的创造能力才真是与众不同。”

“等等。什么？”

“很难想象，一个人对天大吼，‘请赐予我征兆吧’。接着就会有东西着起火来。”

“等等。你是说——”

“卡尔文……”她又用之前标准的科学家口吻说道。

“你知道开心果是可以自燃的吗？因为它里面含有大量的脂肪。通常情况下，这种干果的保存条件是有严格要求的，要有一定的湿度、温度与气压，可是，这种环境一旦被改变，其中的脂肪裂解酶就会生成游离脂肪酸，当果实的种子吸收氧气、释放出二氧化碳时，这种游离脂肪酸就会分解。结果呢？就生成了火。我最佩服父亲两件事：一件是他能随时根据需要获得上帝赐予的征兆，引发自燃现象。”她摇着头说道，“唉，看来还真是十分了解开心果的性质。”

“那另一件事呢？”他好奇地问道。

“是他引领我进入化学领域的。”她长出一口气说道，“我觉得，我应该谢谢他。”她又伤心地说：“但我并不想那样做。”

卡尔文把头转向左边，努力地掩饰着失望的表情。那一刻，他终于意识到，自己是那样渴望见到她的家人——多希望能在感恩节的时候跟她的家人坐在一起吃饭，将来，那些也是他的家人，因为，他将成为她的家人。

“那你哥哥呢？”他问道。

“死了。”她冷冷地说道，“自杀了。”

“自杀？”他惊得甚至忘了呼吸，“怎么自杀的？”

“上吊。”

“可是……为什么？”

“因为我父亲告诉他，上帝憎恨他。”

“可是……可是……”

“就像我刚刚说的，我父亲有着很强的说服力。如果他说上帝喜欢什么，上帝就真的喜欢什么。父亲就是上帝。”

卡尔文的五脏六腑一阵紧张。

“那……你跟他的关系好吗？”

她深吸了一口气：“好。”

“可我还是不能理解，”他坚持说道，“为什么你父亲会做出这种事？”说着，他的注意力转移到黑黢黢的天花板上。他没有多少家庭生活的经验，不过，他总觉得家庭很重要：因为那是一个人得以立足的前提，可以支撑一个人度过艰难困苦。他无法想象，有家，居然会是一件痛苦的事。

“约翰——我的哥哥——是一名同性恋。”伊丽莎白说道。

“噢，”他听了，恍然大悟一般说道，“很可惜。”

黑暗中，她撑起一只胳膊来看着他。“什么意思？”她回驳道。

“嗯，可是——你是怎么知道的？他肯定不会主动告诉你。”

“我是个科学家，卡尔文，记得吗？我当然知道。总之，同性恋不是错；完全是正常的——人类生物学上的一种基本的事实。我不明白，为什么人们不懂这些。难道没有人再去读一读玛格丽特·米德[①]的书吗？我知道约翰是同性恋，他也清楚我知道这件事。我们还谈论过。这个不是他能左右的；就是那样的取向。他这个人最好的地方就是，”她一脸惆怅地说道，“他也了解我。”

“了解你是——”

“了解我是一名科学家！”伊丽莎白打断他说，“是这样的，你小时候有过糟糕的经历，所以不太能理解。我想说的是，虽然我和哥哥生长在同一个家庭，但彼此并不是所属的关系。”

“可是我们——”

“不。这一点你应该理解，卡尔文。像我父亲那样的人，到处宣扬爱，心中却充满了恨。任何人都不可以威胁到他们的信仰。有一天，母亲看见哥哥拉着另一个男孩的手，嗯，就是这样。从那以后，哥哥的耳边总会听到自己行为失常、不配活在世间这种话，一年之后，他就用绳子上吊自杀了。”

说这话时，她的语调很高，就是那种想要极力忍住哭泣时的声调。他伸手抱住她，她顺势倒在他的怀里。

“当时你几岁？”他问道。

“十岁，”她说，“约翰十七岁。”

---

① 玛格丽特·米德（Margaret Mead，1901—1978），美国人类学家，美国现代人类学形成过程中最重要的学者之一。米德认为，不同人类群体之间不同心理活动和行为举止并不是由各自不同的生理结构决定的，而是与他们的传统文化有关。

“再跟我讲讲他吧，”他语气柔和地劝她，“他是什么样子的？”

“嗯，就是，”她含糊地说道，“善良，保护欲强。约翰每天晚上都会给我讲故事，给我受伤的膝盖做包扎，还教我读书写字。我们经常搬家，我也不擅长交朋友，好在我有约翰。我们大部分时间都待在图书馆里。那里成了我们的避难所——我们从这里搬到那里，图书馆就是我们唯一的寄托。现在想想还怪有趣的。”

“什么意思？”

“因为我父母干的就是那种乞求上天庇护的行当。”

他点了点头。

“我弄懂了一件事，卡尔文，人们总想用简单的办法解决他们那些复杂的问题。比如，用一种看不见、摸不着、解释不了又改变不了的信仰，这种事就很简单，比相信那些看得见、摸得着、解释得了又可以改变的事简单。”她叹了口气说道，“我指的是人的自我感受。”说着，她的五脏六腑紧张起来。

他们就这样静静地躺着，都在回味着过去的痛苦。

“你父母现在在哪里？”

“父亲进了监狱。他因为上帝的一个指示而杀了三个人。我母亲，跟他离婚后又再婚了，去了巴西。因为那里没有引渡法。我有没有提起过他俩从来没缴纳过税款的事？”

卡尔文长长地、沉沉地舒了口气。当一个人经常陷入忧伤的情绪中时，其他人都很难能帮到他。

“那，你哥哥……去世后……就剩下你和你父母——”

“不，”她打断他，“只有我。我父母每次出门都要好几周的时间，杳无音信，没有约翰，我只好自己养活自己。我就是这么过来的。我自己学会了做饭，还学会了简单地修理房屋。”

“上学呢？”

“我已经说了——去图书馆。”

“只去图书馆？”

她转过头来看着他：“只去图书馆。”

两人如同两棵树一般躺在一起。教堂钟声从几条街以外的地方传来。

“小时候，”卡尔文静静地说，“我经常跟自己说，每天都是崭新的一天。任何事都有可能发生。”

她再次抓起他的手：“管用吗？”

他耷拉着嘴角，仿佛想起了当年男孩福利院的主教说过的有关他父亲的事。“其实，我刚才的意思是，我们不应该让自己陷入过去的回忆当中。”

她点点头，脑子里想象着这样的情景，一个刚刚没有了亲人的孤儿给自己打气，劝解自己会拥有一个美好的未来。那该是一种怎样的勇气，对一个孩子来讲，在那样糟糕的环境中煎熬，虽然世间的一切规则与事实都在打击着他，他依然坚信明天会更好。

“每天都是崭新的一天。”卡尔文又重复了一遍，仿佛回到了童年。不过，一回忆起有关父亲的事，他就觉得太过沉重，于是索性不再去想。“嗯。我累了。今天就到这儿吧。”

“我们确实应该睡了。”她回应道，不过依旧没有任何困意。

“我们改天再聊这个话题。”他心情沉重地说道。

“嗯，可以明天再聊。”她假装应和着。

第六章

黑斯廷斯餐厅

没有什么比眼见别人幸福甜蜜更令人觉得不公了，对于黑斯廷斯研究所的其他同事而言，伊丽莎白和卡尔文两人的甜蜜尤其令他们觉得老天待人不公。他聪明绝顶，她美丽动人。这两人组合到一起，不公平感升级到双倍，着实令旁人心凉。

从这些同事的角度考虑，最令他们不快的地方在于，他们压根儿就没有享受这种甜蜜的资格——因为生来就没有人家的天分，于是，对于这两人的甜蜜与幸福，他们就更觉得不公平，不是因为工作上的不公平，而是因为基因组合的不公平。这两人除了天赋异禀之外，还拥有这样一段甜美而幸福的亲密关系，而且每天的午饭时间都会被其他人看见，所以，两人招来了诸多怨恨。

“他们来了，”七楼的一位地质学家说道，“蝙蝠侠和罗宾。”

“我听说他们混到一起了——你听说了吗？”实验室的同事问道。

“大家都听说了。”

“我还不知道这事。”这时，第三位同事埃迪加入他们，冷冷地说道。

这三位地质学家看着伊丽莎白和卡尔文在餐厅正中央找了张空桌坐下，周围餐盘和镀银餐具乒乒乓乓地碰撞在一起，发出炮火般的响动。自助餐厅里难闻的味道正四处弥漫，卡尔文和伊丽莎白把一套开了盖的特百惠餐盒放在了桌上，里面有芝士炖鸡、烤土豆，还有一些沙拉。

“噢，我看出来了，”其中的一个地质学家说道，“他们是嫌这里吃的不够好。”

“我家猫吃的都比这好。”另一位地质学家把餐盘一推，说道。

“嗨，伙计们！”福莱斯克女士喊道，她是人力资源部的秘书，大屁股，平时总是一副兴致高昂的样子。福莱斯克把餐盘放下，又清了清嗓子，等地质实验室的技术员埃迪给她拉椅子。福莱斯克跟埃迪约会已经有三个月了，虽然她很想说约会很顺利，但事实并非如此。埃迪就像个没长大的乡巴佬，嚼食物时张着嘴巴，因为一些不好笑的笑话而哈哈大笑，还会“哇啦哇啦”地大说一气。说到埃迪，他有一个重要的身份：单身。“嗯，谢谢，埃迪，”她见他过来把椅子拉开，说道，“太贴心了！”

“别做得太过，风险自负。”其中一名地质学家一边警告她，一边用头朝卡尔文和伊丽莎白的方向示意了一下。

“为什么？”她说道，“大家在看什么？”她跟着大家的目光把椅子转过来。“老天，”看见那一对幸福的情侣后，她感慨道，“又来了？”

四个人静静地看着他俩，这时，只见伊丽莎白拿出一个笔记本，递给卡尔文。卡尔文认真看了看，评论了几句。伊丽莎白摇摇头，指了指本子上的某个地方。卡尔文点点头，接着又把头歪向一边，若有所思地含起嘴唇。

“他也没那么有魅力嘛。”福莱斯克一脸厌恶地说道。不过，她是人事部门的人，人事部门的人从来都不会评判员工的外在形象，于是她觉得这么说不妥，所以又补充道，“我只是想说，他不会总这么忧郁吧。”

其中一名地质学家咬了一口酸奶牛肉，后来又只好把叉子放下。“听说最新消息了吗？埃文斯又被诺贝尔奖提名了。”

这话引得一桌子的人都叹了口气。

“嗯，真没什么意思，”其中一位地质学家说道，“谁都有被提名的能力。”

“真的吗？你被提名过吗？”

接着，他们继续一动不动地盯着那两个人看，几分钟后，伊丽莎白弯腰拿出一包用蜡纸包着的东西来。

“你猜那是什么？”其中一名地质学家问道。

“烤的什么东西吧，”埃迪带着惊叹的语调说道，“她还会烤东西。”

这时，他们看见她把核仁巧克力饼递给他。

“老天，”福莱斯克生气地说道，“‘还’是什么意思？谁都会烤东西。”

“我真弄不懂她，”其中一名地质学家说道，“她已经有埃文斯了。

为何还来这里上班？”说完，他停顿了下来，好像在考虑各种可能性。“除非，”他说道，“埃文斯不想娶她。”

“既然已经有免费的牛奶，为什么还要买奶牛呢？”另一位地质学家发表着自己的见解。

“我是在农场长大的，”埃迪应和道，“养奶牛可是一项繁重的工作。”

福莱斯克在一旁瞥了他一眼。她很恼火，因为他一直在朝佐特那边看，就像一棵追着阳光的植物。

“我可是人类行为学方面的专家，”她说道，“以前还打算读心理学博士。”她看了看其他几个一同吃饭的同事，本想这样能引来别人的问询，问她的科研志向，结果，似乎没有人对此感兴趣。“总之，我很确信地说：她是在利用他。”

在屋子的那一边，伊丽莎白认真地将几张纸展平，然后站起身来。“不好意思先走一步了，卡尔文，我有个会。”

“会？”卡尔文说道，感觉她像是要去执行一项任务，“如果你在我的实验室工作，就永远都不用去参加会议。”

“可我不在你的实验室工作。”

“你可以的。”

她叹了口气，赶紧收拾餐盒。当然了，她也想在他实验室工作，但那是不可能的。她顶多算是一个入门级的化学家，所以得靠自己去打拼。她不止一次地劝他理解她。

“不过，我们既然已经住在一起，下一步也是合情合理的。”他知道，跟伊丽莎白讲道理，就得用逻辑去说服她。

“住在一起的确是一个经济实惠的决定。”她提醒他。从表面上来讲，的确是这个道理。最初，这个想法是卡尔文提出来的，他说，他们绝大多数的业余时间都是待在一起的，所以，住在一起还能节省开支。那个时候是 1952 年，还没有未婚女子搬去跟男人同住的情况。所以，见伊丽莎白毫不犹豫地答应了，他多少有些吃惊。“我会付一半的费用。”她说道。

她从头发上把铅笔拿下来，轻轻地敲打着桌子，等待着他的回应。其实，她并不是真的想跟他分摊费用。一半的费用，这个额度简直就是不可能的。她的薪水就那么一点，付一半费用绝对难以实现。还有，房子是他的名字，只有他一个人可以享受税收补贴。所以，一半的费用更是不公平的。她给了他时间，让他好好算一算。一半的费用的确让她有些承受不了。

“一半。”他若有所思地说着，好像在认真地考虑。

其实，他早就知道她没有能力支付二人同住一半的费用。哪怕是 1/4 的费用也付不起。因为黑斯廷斯给她的薪水——大概是同一级别男同事的一半——其实，他早就看过她的人事档案了，当然了，他是违规偷看到的。而且，他目前没有还贷款的压力。去年，他已经用一笔化学奖项的奖金还清了那栋小户型房子的贷款，不过，还完贷款后，他立马就后悔了。要知道，人们不是都说“不要把鸡蛋都放在一个篮子里”吗？可他就是放在了一个篮子里。

“或者，”她灵机一动说道，“或者，我们制订一个协议。嗯，就像两个国家之间那样。”

"协议？"

"就叫服务租金。"

卡尔文没有反应。他早就听说了"免费牛奶"之类的流言。

"晚餐，"她说，"一周四顿晚餐。"还没等他回应，她又说道，"五顿。五顿吧。不过，这是我的最大能力了。我可是个好厨子，卡尔文。做饭可是一门学问。准确地说，是一门化学学问。"

于是，他们就搬到了一起，一切都很顺利。可是关于去他实验室的想法，她依旧表示拒绝。

"你刚被诺贝尔奖提名，卡尔文。"她把特百惠餐盒的盖子盖在剩下的番茄上面，用力扣好。"这是五年之内的第三次提名了。而我，要靠自己的成果赢得别人的认可——不能让别人以为是你帮我拿到的成果。"

"凡是了解你的人都不会这么以为。"

她敲了一下特百惠餐盒，转过身来看了看他。"问题就在这里。没有人了解我。"

这辈子，她一直都有这样的感受。她所有的身份定位都不是因为自己的成就，而是依附着别人的名声。过去，她要么是纵火犯的后代，要么是杀人犯妻子的女儿，再就是自杀同性恋男孩的妹妹，或者是好色之徒的研究生。现在，她又成了知名化学家的女朋友。从来都没做过伊丽莎白·佐特。

不过，也有那么几次，没有被借着别人的行为而被定义，可结果不是因为可有可无的角色而被开除，就是以魅惑男人的名义被解雇，关于这点，她真是愤恨至极。那么，她到底长什么样子呢。刚好跟她父亲一样。

她之所以不爱笑，就是因为父亲的缘故。在成为传教士之前，她父亲的梦想是当一名演员。因为他很有魅力，有着一口漂亮的牙齿——尤其后者，绝对不是吹牛。那么，他还缺少什么呢？聪明的大脑。所以，当他的演员梦破裂以后，他就靠自己的本事开启了新的谋生之路，用他那虚假的笑容到处跟人们宣扬世界末日即将来临的虚假消息。所以，十岁的伊丽莎白就再也不笑了。父女之间也就没那么相像了。

直到卡尔文·埃文斯的出现，她脸上才有了笑容。第一次是在剧院的时候，那天晚上他吐花了她的裙子。刚开始还没认出他来，等后来认出他时，她也顾不上裙子上的东西了，弯下腰来仔细看了看他的脸。是卡尔文·埃文斯！没错，他先对她不礼貌，她也有点失礼——关于烧杯的事——然而，两人之间立即产生了一种无法抗拒的亲密感。

“再来点吗？”她指了指快要空掉的餐盒，问道。

“不，”他说道，“你吃吧。你需要多余的能量。”

实际上，他本打算再吃一点的，虽然已经吃饱了，但如果她能再多待一会儿的话，他愿意再多摄入一点热量。他也跟伊丽莎白一样，从来没有这么迫切地想要与人接触；其实，在学划船之前，他一直都没有真正地与人接触过。很久之前他就了解到，身体上的痛苦能在某种程度上拉近两人的距离，这是日常生活中无法实现的。如今，他依旧跟其他八名剑桥队友保持联系——上个月去纽约参加会议的时候还见过其中的一名队友。四号座——他们总是以座位号来称呼彼此——现如今是一位神经病学家。

“你说你怎么了？”四号座一脸惊讶地问道，“有女朋友了？嗯，不错嘛，六号座！”说着，他拍了拍他的后背，“真让人高兴！”

卡尔文激动地点点头，跟这位好友讲了好多关于伊丽莎白的细节，包括工作、习惯、她的笑容以及一切让他爱慕的地方。随后，他的语调就变得忧郁起来，并解释说，虽然他和伊丽莎白业余时间都待在一起——两人住在一起，吃在一起，一同开车上下班——依旧觉得不够。他告诉四号座，并不是说没有她不行，而是觉得没有她，生活就像是没有了意义。对自己进行了一番全面的审视之后，他将内心的想法说了出来，“我不知道自己是怎么了，难道是被她迷住了？我是不是得了一种依赖人的毛病？是不是脑子里长了肿瘤？”

“老天，六号座，这叫幸福。”四号座解释说，“什么时候结婚？”

然而问题正在于此。伊丽莎白明确表示过，她对结婚没有兴趣。“不是我不接受婚姻，卡尔文，”她不止一次地跟他说过，“对我们不结婚这件事，大家都有看法，但我不赞同他们的观点。你呢？”

“我也是。”卡尔文表示赞同，心里却无限渴望能在圣坛前对她说那番话。然而当她用更加期待的眼神等着他回答时，他立马又说，“我真觉得我们很幸运。”随后，她露出了真诚的笑容，这使得他的思绪一度失控。两人分开后，他就开车去了当地一家珠宝店，挑选一番之后，终于选定了他能买得起的最大的钻石戒指，虽然上面的钻石很小。他激动得不得了，把那个小盒子放在口袋里，一放就是三个月，等待一个最佳的时机。

“卡尔文，”伊丽莎白从餐桌上把最后一波东西收起来，说道，“你在听吗？我说我明天要去参加一场婚礼。严格讲，不知道你相不相信，我是要上场的。”她紧张地耸了耸肩。“所以，如果有时间的话，我们今晚要再研究一下那个酸的问题。”

“是谁要结婚？”

“我朋友玛格丽特——物理实验室的秘书？ 15 分钟前我俩见过面，去试衣服。”

“等等。你居然有朋友？”他以为伊丽莎白只有同事——那些承认她的能力却在暗中窃取她的成果的家伙。

伊丽莎白突然觉得有些尴尬。“嗯，是的，”她不好意思地说道，“玛格丽特和我在走廊遇见的时候总是点头打招呼。在咖啡屋遇见时也说过几次话。”

卡尔文歪着脸，仿佛在琢磨，是否这种联系也可以被称为友谊。

“事发突然。她的一个伴娘病了，玛格丽特说伴娘人数和引座员的人数比例要协调。”这么一说，她也意识到，其实玛格丽特是需要有这么一个能穿 6 码衣服、周末没有什么事的人。

其实，她不擅长交朋友。她为自己找的理由是因为经常搬家，父母为人不好，哥哥也去世了。然而她知道，其他有过类似悲惨经历的人照样能交到朋友。总之，人家看上去似乎更擅长交朋友——仿佛经常搬家（或者悲伤）这类因素反倒让他们觉得交朋友这件事极为重要，无论何时何地，只要稍微一安定下来就要赶紧交上几个朋友。那她到底是怎么回事？

而且女性之间，友谊的维持本身就需要一种非逻辑性的艺术，似乎要具备一种猜人心事的能力，知道什么时候保守秘密，什么时候把秘密说出去。每当她搬到一个新地方，每到去主日学校的日子，女孩子们就把她拉到一边，小心翼翼地将自己喜欢的男孩儿信息讲给她听。听了这些秘密之后，她向对方保证不会说出去。而且她真是这样做的。结果却大错特错，人家女孩儿其实是想让她把这个秘密透露出去的。她的任务就是把这个秘密告诉给男孩儿X，说女孩儿Y觉得他有多么可爱，这样好在男孩儿和女孩儿之间建立起一种联系。“那你为何不自己去告诉他呢？”她这样跟那些原本可以成为好朋友的人说道，“他就在那里啊。”结果，女孩子慌慌张张地跑开了。

“伊丽莎白，”卡尔文说道，“伊丽莎白？”他从桌子旁边把身子探出来，碰了碰她的手。“对不起，”见她愣住了，他说道，“我看你刚才走神了。嗯，我就是想说，我挺喜欢参加婚礼的。我跟你一起去。”

实际上，他讨厌婚礼。这么多年来，一提起婚礼他就会想起自己是没有人爱的。然而现在不同了，他有了她，而且明天，她就在离圣坛那么近的地方，他想着，离圣坛那么近，她对婚姻的看法一定会有所改变。这背后是有着一定理论依据的：联想干扰理论。

“不行，”她赶紧说，“我没有多余的邀请函，再说，看见我穿伴娘裙的人越少越好。”

“拜托，”说着，他伸出他那只长长的胳膊，把她拉过来，“玛格丽特肯定知道你不可能自己一个人去。再说那裙子，我敢说，没有你想的那么糟糕。”

“噢，不，真的很糟糕，”她用那种科学而严谨的语调说道，“伴娘裙的设计初衷就是陪衬作用；这样才能突出新娘子，让她比平常更加漂亮。这是一种约定俗成的东西，而且这属于一种基础性防御策略，是有着生物学起源的。自然界中一直都存在着这种现象。”

卡尔文回想起以前参加过的几场婚礼，意识到她的话是对的：从来都没有想邀请伴娘跳舞的冲动。一条裙子的影响力真有那么大吗？他隔着桌子看了看伊丽莎白，她正用两只手比画着，郑重其事地描述着那条裙子的模样：屁股上填充了东西，胸部和腰部有一大堆东西，屁股上面还有一只大大的蝴蝶结。这让他想起了那些设计伴娘裙的人；他有些不解，像炸弹制造商或者色情明星这类人，为什么他们的谋生方式总是那么让人捉摸不透呢。

“嗯，你能去救场，真不错。不过，我本来以为你不喜欢参加婚礼的。”

“不，我只是不喜欢婚姻。我们之前聊过这个话题，卡尔文，你知道我的想法。不过，我还是为玛格丽特感到高兴的。大体上。”

“大体上？”

“嗯，”她说道，“她一直不停地说，到了周六晚上，终于能成为彼得·迪克曼太太了。仿佛自六岁起就参加了这项长跑，换了姓氏之后终于可以过这道终点线了。”

“她要嫁的人是迪克曼？”他问，“就是细胞生物学实验室的那个？”他不喜欢迪克曼。

“是啊，”她说道，“我就是想不通，为什么女人们一结婚就迫不及待地想要换掉自己的名字，像是卖掉一辆旧车一样，换掉姓氏，有时甚至连名字都要跟着换掉——约翰·亚当斯太太！亚伯·林肯太太！——好像之前活的二十几年用的都是临时性身份，结婚之后才有了真正的身份。彼得·迪克曼太太。这简直就是一种终身监禁。”

不过，卡尔文心里觉得伊丽莎白·埃文斯这个称呼简直太完美了。

于是，他一冲动就摸到了口袋里的那个蓝色小盒子，想都没想直接把它拿到她跟前。“或许，这样能让你穿上更好看的裙子。”说着，他内心汹涌澎湃起来。

“是戒指！”其中一位地质学家嚷道，“准备好啦，孩子们：求婚进行时啦。”可这个时候，伊丽莎白的脸色显得有些不对。

伊丽莎白低头看了看那盒子，又抬头看了看卡尔文，惊恐地瞪着眼睛。

“我知道你在婚姻上的观念，”卡尔文着急地说道，“可是，我想了很久，我觉得，我们俩会有不一样的婚姻。一定是很不平常的，甚至说是很有趣的。”

“卡尔文——”

“其实，结婚还会解决一些现实问题。比如说，缴税少了。”

“卡尔文——”

“至少应该看一眼戒指吧，”他恳求道，“我已经带在身上好几个月了。拜托了。”

“不可以，”她目光转向别处说道，“待会儿就更难收场了。”

母亲总对她说，衡量一个女人成功与否的标准就是看她的婚姻如何。她总这样说，“我本可以嫁给比利·格雷厄姆的。别指望男人会对你一直感兴趣。还要顺便说一句，伊丽莎白，等你订婚了，一定要办一场轰轰烈烈的婚礼。因为即便以后婚姻不幸福，你也算是享受过了。”后来才知道，原来这完全是母亲的经验之谈。她与父亲办离婚的时候，其实前面已经结过三次婚了。

“我是不会结婚的，”伊丽莎白告诉她说，“我要成为一名科学家。

成功的女性科学家是不结婚的。”

“真的吗？”母亲哈哈大笑道，“我明白了。你是想像修女以身相许耶稣那样终生奉献给工作是吗？说到修女——至少她们知道自己的丈夫不打呼噜。”说着，她掐了伊丽莎白胳膊一下。“没有女人会拒绝婚姻，伊丽莎白。你也一样。”

卡尔文瞪大了双眼：“你这是在拒绝我吗？”

“是的。”

“伊丽莎白！”

“卡尔文，”她小心翼翼地说道，同时把手伸到桌子那边去拉过他的手，接着捧起他那不情愿的脸，“我以为我们达成了共识。身为科学家，我觉得你能理解我不结婚的想法。”

可从他的表情上来看，他并不理解。

“因为，我不能眼看着我的科学成就因为结婚后换成了你的名字而被埋没。”她解释道。

“没错，”他说道，“当然了，这很明显。所以你的意思是，这是跟工作相冲突的。”

“更多的是一种社会冲突。”

“这糟糕透了！”他喊道，惹得刚才没有关注他们的人也全都朝屋子中央这对闹别扭的情侣看过来。

“卡尔文，”伊丽莎白说道，“我们已经讨论过这个话题了。”

“是的，我知道。你不想改姓氏。可我说过要你改姓氏了吗？”他辩驳道。“没有，实际上，我希望你能保留原来的姓氏。”其实，这并不是他内心的真实想法。他想要她换成他的姓氏。尽管如此，他依旧这样说，“无论如何，或许有些人会把你误称为埃文斯太太，但我们未来的幸福不应该取决于这种事。我们会让那些人明白。”这个时候好像不应该告诉她，其实，他已经在他那栋小户型房子的房产证上加了她的名字——伊丽莎白·埃文斯，在负责房产登记的县政工作人员那里，他提交的是这个名字。那天，他心心念念的，一回到实验室就给那人打了电话。

伊丽莎白摇了摇头：“我们的幸福并不取决于我们结没结婚，卡尔文——至少对我来讲是这样。我全心全意地对你，婚姻改变不了这个。至于别人是怎么想，其实不止一小部分人这么想，是整个社会都这样认为——尤其是在科研领域：突然，我所做的一切都被划到了你的名下，仿佛这一切都是你做的。其实，绝大多数人都会以为是你做的，因为你是男人，尤其你是卡尔文·埃文斯。我不想成为另一个米列娃·爱因斯坦①或者埃丝特·莱德伯格②，卡尔文，我不要。即便可以采用各种合法的流程留住我原有的姓氏，也改变不了什么。大家都会叫我卡尔文·埃文斯太太；我会变成卡尔文·埃文斯太太。所有的圣诞贺卡、每一条银行记录、美国国税局发来的所有通知，都会写着卡尔文·埃文斯先生及太太。我们所知道的伊丽莎白·佐特将不复存在。”

“成为卡尔文·埃文斯太太居然会被你当成是最不幸的一件事。”他一脸痛苦地说道。

---

① 米列娃·爱因斯坦（Mileva Einstein，1875—1948）：苏黎世理工学院与爱因斯坦一同学习数学和物理的同学。与爱因斯坦共同育有一个非婚生女儿。

② 埃丝特·莱德伯格（Esther Lederberg，1922—2006），微生物病毒学家，和她的丈夫约书亚（Joshua）一起发明了影印接种法，但1958年获得诺贝尔奖的，是约书亚和另外两名男性科学家。

“我想当伊丽莎白·佐特，”她说，“对我来讲，这很重要。”

两人就这样在不和谐的气氛中静静地待了一分钟，那只可恶的蓝色盒子放在他们中间，仿佛是这场势均力敌的比赛中一个糟糕的裁判。然而不知为何，她居然想知道里面的戒指到底是什么样子。

“真的很抱歉。”她又说了一遍。

“没关系的。”他冷冷地说。

她转过头去看着别处。

“他们分手了！”埃迪小声地跟别人说，“之前所有的甜蜜都不复存在了！”

我去，福莱斯克心想，佐特又恢复单身了。

不过，卡尔文还是不想就这么放弃。半分钟过后，他完全无视那些盯着他们的眼神，用更大的声音（比他想象的还要大）说道：“看在上帝的分儿上，伊丽莎白。只是一个名字而已，有什么关系呢。你就是你——这才是问题的关键。”

“我也希望事实如此。”

“这就是事实，”他坚定地说，“名字能代表什么呢？代表不了任何事情！”

她突然面带希望地抬起头：“任何事情？那样的话，把你的姓氏换掉怎么样？”

“换成什么？”

“换成我的。换成佐特。”

他一脸惊讶地看着她，随后翻了翻眼睛。“真有趣。”他说。

“嗯，为什么呢？”她尖声说道。

“你知道的。男人不能那样做。再说了，我的工作、我的名誉。我——”他犹豫了一下。

“什么？”

“我——我——”

“说出来。”

“好吧。我是个名人，伊丽莎白。不能改掉姓氏。”

“噢，”她说道，“可是，如果你不出名呢，是不是就可以改成我的姓氏了呢。是这样吗？”

“嗯，”他一把抓过那只小蓝盒子，说道，“我知道你的意思。但传统不是我定的，女人就是要随丈夫的姓氏，99.9% 的人都能接受。”

“你这种断言有数据支撑吗？”她说道。

“什么？”

“99.9% 的女人都能接受。”

“嗯，没有。不过，我从来都没听人有过怨言。”

“你不想改掉姓氏，是因为你是名人。即便是那些没有名气的男人，99.9% 也都保留着他们自己的姓氏。”

“我再说一遍，”他用力地把盒子往衣服口袋里一塞，险些把口袋弄破，“这个传统不是我定的。就像我之前说的那样，我现在——此前也是——绝对支持你保留自己姓氏的。”

“此前。”

“我不想跟你结婚了。”

伊丽莎白重重地坐回到座位上。

“比赛，准备，开始！”其中一名地质学家嚷道，“盒子又被塞回到口袋里了。”

卡尔文气呼呼地坐在那里。本来今天过得就不开心。那天早上，他又收到了几封古怪的来信，绝大多数都说自己是他失散已久的亲人。这种事并不罕见；自从他小有名气之后，一些满嘴胡言的家伙就开始对他展开一通狂轰滥炸。一位“了不起的叔叔”想要卡尔文给他的炼金项目投资；一个“疯妈妈”说她是他的生母，想要给他一笔钱；还有一位急需钱用的表姐。还有两个女人的来信说她们怀了他的孩子，他现在需要支付抚养费。然而事实是，他只跟伊丽莎白·佐特在一起过。这种破事何时才能结束呢？

“伊丽莎白，”他一边用手指梳理着头发，一边恳求道，“拜托你理解我一下。我想我们组建个家庭——真正的家庭。这对我很重要，可能是因为我从小就没有家的原因——我也不太清楚。不过我知道，自从遇见了你，我就觉得应该有三个人。你，我，还有一个……一个……”

伊丽莎白惊恐地睁大双眼。“卡尔文，”她心存戒备地说道，“我还以为这件事我们也达成了共识。”

“嗯。我们从来没有认真讨论过这件事。”

“不，我们讨论过了，”她辩驳道，“我们肯定讨论过了。”

“就只那一次，”他说，“还算不上认真的讨论。算不上。”

“我不懂，你为什么会这么说，”她惶恐地说道，“我们绝对达成了共识的：不要孩子。我无法理解你为什么会说这种话。你到底是怎么了？”

“好吧，可是，我在想我们——”

“我说得很清楚了——”

“我知道，”他打断她，“可是我在想——”

“你不能改变主意。”

“无论如何，伊丽莎白，”他几近疯狂地说道，“能不能让我说完——”

“说吧，”她高声说道，“说完！”

他看着她，一脸沮丧。

“我只是想，我们可以养一只狗。”

听了这话，她终于松了口气。“狗？”她说道，“一只狗！”

“该死，”见卡尔文俯身过去吻了吻伊丽莎白，福莱斯克小声地骂了一句。整个咖啡厅好像都在响应着她的情绪。周围传来餐具在盘子里咔嚓咔嚓的声音，椅子被踢回到原来的位置上，餐巾纸被揉成一个个小脏球。这是一种因深深的嫉妒而发出的噪声，一向都起不到好的作用。

第七章

六点半

很多人会去动物饲养场领养狗狗，也有人去收容所，但有些时候就像命中注定一般，狗狗会主动找上自己的主人。

大约过了一个月，那是一个周六的晚上，伊丽莎白去当地的熟食店里买些晚餐吃的东西。离开熟食店时，她手里拎着一大串意大利腊肠和一袋子日常杂货，这时，一只浑身脏兮兮的狗躲在小巷背阴的地方，看着她从那里经过。这只狗已经待在那里一动不动五个小时了，结果一看见她，就立即起身跟了上去。

伊丽莎白慢悠悠地朝家这边走过来时，卡尔文正好在窗口看见她，他发现有一只狗正在她身后五步远的地方跟着，很懂规矩，他莫名其妙地打了个战。“伊丽莎白·佐特，你这是要改变整个世界吗？”他自言自语地说道。话说出来的那一刻，他就意识到，事实的确如此。她将无可抵挡地开启一番革命性的事业，她的名字——虽然总是会有反对的声音——将永垂不朽。今日，她便有了第一个追随者，仿佛是在印证这一预兆。

“这位朋友是谁呀？”他撇开这种奇怪的预感，朝她喊道。

“它是六点半。”她看了看手腕，回应他道。

六点半现在急需洗个澡。它个头高高的，灰色，偏瘦，身上的毛皮如同刺钢丝，好像是死里逃生，躲过了一场电刑一样，给它打洗发香波时，它就老老实实地站着，眼睛盯着伊丽莎白。

“我觉得，我们应该试着去找一找它的主人，”伊丽莎白不情愿地说道，“我敢说，它的主人一定担心死了。”

“这只狗不太像是有主人的样子，”卡尔文确定地跟她说，事实也的确如此。他们后来看了看报纸失物招领专栏中的登记信息，结果一无所获。不过，即使有相关的信息，六点半也已经明确表过态了：它要留在这里。

其实，“留下”（stay）是它学会的第一个单词，仅仅在几周的时间里，它就学会了至少五个单词。有一点让伊丽莎白十分惊讶——那就是六点半的学习能力。

“你不觉得它很不一般吗？”她不止一次地问卡尔文，“它学东西好像很快。”

“因为它感激我们，”卡尔文说道，“想取悦我们。”

不过，伊丽莎白是对的：六点半学东西快是受过专业训练的。

尤其是搜寻炸弹。

在流落到巷道之前，它一直是彭德尔顿训练营中的一只炸弹搜寻实习犬，那里是一处海洋基地。不幸的是，它在那里过得并不好。不仅无法按时搜寻出炸弹，还要没完没了地听众人对德牧的大加赞赏，因为人家总是能搜寻出炸弹来。后来，它就被自己的驯犬师抛弃了——很不体面——那人把它载到高速公路上，找一个没有人烟的地方把它扔了下去。两周之后，它就来到了那条小巷。两周零五个小时之后，它就在伊丽莎白家洗澡了，她管它叫六点半。

“你确定我们要把它带到黑斯廷斯去吗？”周一早上见卡尔文把狗狗放到车上，伊丽莎白问道。

“当然了，为什么不行？”

“因为我从来没在工作场合看见过别的狗。还有，实验室也不安全。”

“我们会好好看住它的，”卡尔文说道，“整天没有人陪，对狗儿的健康不好。它需要外界的一些刺激。”

这一次卡尔文是对的。六点半之所以喜欢彭德尔顿营，一部分原因在于，它在那里不会孤独，不过大部分原因在于，它在那里可以体会到前所未有的感觉：目标感。然而，一直存在一个问题。

炸弹搜寻犬有两个结局：及时找到炸弹，等待拆除（这种是比较好的结局），还有一种就是在最后时刻扑向炸弹，为了拯救团队而牺牲自己（虽然死后会获得一枚勋章，但这种结局谁都不愿看到）。训练时用的炸弹都是假的，所以，当狗儿扑上去时，最多会听到刺耳的爆炸声，紧接着是一大股红色的喷漆。

正是这种刺耳的爆炸声，把六点半吓得半死。所以，每天驯犬师下令让它“搜寻”的时候，即便它的鼻子已经告诉它炸弹在西面 15 米的地方，它也会立即飞奔到东面，总是去闻别处的石头，宁愿让其他更加勇敢的狗狗去找到那该死的东西，得到一些奖赏饼干。除非狗狗找到炸弹时已经迟了，或者动作太过激烈导致炸弹爆炸。不过，这样顶多也就是去洗个澡。

“您不能把狗带到这里来，埃文斯博士，”福莱斯克女士跟卡尔文解释道，“已经有人表示抗议了。”

“没有人跟我抗议呀。”卡尔文耸了耸肩说道，不过他明明知道，没人敢跟他说这样的话。

听了这话，福莱斯克便不再说什么。

短短几周时间，六点半就完全熟悉了黑斯廷斯园区，像一名准备应战的消防员那样记住了每一楼层、每一间屋子、每个出口。在伊丽莎白·佐特身边的时候，它总是处于高度警惕的状态。她过去有着痛苦的经历——它能感受得到——于是，它决心不再让她经受苦难。

伊丽莎白也有着同样的感受。她能感觉到，跟那些普通被人遗弃的街边流浪狗相比，六点半的遭遇更加悲惨，她对它也有一种莫名的保护欲。其实，她一直都想让它睡在自己床边，不过，卡尔文觉得它还是在厨房睡比较好。后来，伊丽莎白说服了卡尔文，它就留在了她的床边，卡尔文和伊丽莎白抱在一起亲热时会出现一些不雅的动作，中间夹杂着刺耳的喘息声，除了这些不适以外，它就很满足了。动物也会有这种亲密的动作，不过比人高效得多。六点半发现，人类总是喜欢把事情弄得复杂。

如果这种事发生在清晨，伊丽莎白便会早早地起来准备早饭。虽然之前说过每周做五顿晚餐，以此来抵房租，后来，她又追加了早餐，后来索性午饭也承包了。在伊丽莎白看来，做饭并不是女性的专属职责。就像她对卡尔文说的那样，做饭其实就是在进行化学试验，因为烹饪实际上就是一系列化学反应。

她在笔记本上写道，在 200 摄氏度的条件下，浓度为 1 摩尔的蔗糖，每加热 35 分钟，就会丢失一个水分子；55 分钟总共丢失 4 个水分子，最终的分子式是 $C_{24}H_{36}O_{18}$。“所以，饼干面糊不见了。”她用铅笔轻轻敲了敲厨房的面台，“还是水分太多。”

“怎么样了？”卡尔文在隔壁屋子喊道。

“没什么起色，”她回应道，“我想我还是做点别的吧。你在看杰克吗？”

她说的是杰克·拉兰内[①]，电视上有名的健身教练，一名健身爱好者，鼓励大家多多关照自己的身体。其实，她都不用问——在这里能听到杰克喊“上下，上下”的声音，像个人肉溜溜球一样。

“正在看。”卡尔文气喘吁吁地回应道，这时，只听杰克又来了十个节拍。“要一起吗？”

“我正在将蛋白质进行变性处理。”她喊道。

“现在，原地跑步练习。”杰克兴致勃勃地喊着。

无论杰克怎么说，卡尔文都不可能进行原地跑步练习的。杰克在做原地跑步练习的时候（穿的一双鞋像极了芭蕾舞拖鞋），他就做仰卧

① 杰克·拉兰内（Jack LaLanne，1914—2011），美国健身专家，致力于宣传优化饮食结构和体育锻炼。他的健身电视节目有着广泛的受众。

起坐。卡尔文觉得穿着芭蕾舞拖鞋在屋子里跑步是完全没有意义的；他总是穿上网球鞋到户外去跑步。这便让他成为最早的一批慢跑者，也就是说，在流行慢跑之前的很长一段时间，甚至还没有慢跑这个词时，他就已经开始了。不巧的是，其他人并不熟悉慢跑的概念，于是，当地的片警经常会接到报警，说一个差不多光头的男人在小区附近跑步，还不时地用他那发紫的嘴唇向外使劲儿吐气。因为卡尔文总是沿着那固定的四五条路线跑步，所以，警察很快就适应了这些报警电话。“那不是犯罪分子，”他们说道，“是卡尔文。他不喜欢穿着芭蕾舞拖鞋在室内跑步。”

“伊丽莎白，”卡尔文又喊道，“六点半在哪儿？哈皮上来了。”

哈皮是杰克·拉兰内的狗。有时会露面，有时不会，不过，当它露面的时候，六点半总是不在屋子里。伊丽莎白能感觉到，那只德国牧羊犬让六点半看了不舒服。

“它在我这里。”她回应道。

此时，她手里正拿着一枚鸡蛋，朝它转过身来。“注意了，六点半：不要在碗边打鸡蛋——这样容易把蛋壳弄碎。最好是拿一把锋利的薄刀片，一下子把蛋划开，就像用鞭子抽打那样。明白吗？”说着，蛋液流到了碗里。

六点半目不转睛地看着。

“现在，我正在破坏鸡蛋内部的分子链，好延长氨基酸链。”她一边搅动蛋液，一边跟它讲，“这样好让自由状态下的原子跟其他类似的自由状态原子连接在一起。接下来，我会再用这些混合物构成一种蓬松的整体物质，将它摊在铁碳合金的表面，再加热到某一温度，接着再继续搅拌混合物，直到它变成一种凝结物。”

“拉兰内简直就是一头动物。”卡尔文穿着湿漉漉的T恤走进厨房时，说道。

“我同意你这种说法。”伊丽莎白一边将煎蛋锅从火上拿下来，将鸡蛋分放到两个盘子里，一边说道，“因为人类就是一种动物。严格来讲。不过有时候我觉得，我们人类眼中的动物其实比人类物种还要高级，不过我们俩不同。”说着，她看了看六点半，等着它的回应，可惜它听不懂这话的意思。

“不过，杰克让我想到一件事，”卡尔文那大块头坐到椅子上说道，“我猜你一定会喜欢。我要教你划船。”

“把氯化钠拿过来。”

“你一定会喜欢的。我们可以来个双人划，也可以划两艘。我们可以看水上日出。”

“真不感兴趣。”

“我们可以明天就开始。”

卡尔文依旧坚持一周划三天船，不过只是一个人划。对他这种顶级船手来讲，这种情况并不罕见：一旦与心有灵犀的队友划过船，就很难再能适应其他人。伊丽莎白知道他有多怀念他所在的剑桥船队。不过，她依旧对划船没什么兴趣。

“我不想去。还有，你早上四点半钟就出发了。”

“划船是在五点钟，”他说道，仿佛这样的安排合情合理，“我只是在四点半的时候出家门。”

“不。”

“为什么？”

“就是不想。”

“可是为什么？”

“因为那个时候我正在睡觉。”

“这个问题容易解决。我们可以早睡。”

“不。”

“首先，我要给你介绍一下划船器——我们称它为尔格。船库里有几台，不过，我以后要在家里装一台。然后再搬到船上——带篷的那种。到了四月，我们就可以漂移过海湾，去看日出，我们两只长桨节奏会达到完美的一致。”

虽然嘴上这样说，但卡尔文心里清楚，这种事几乎是不可能的。首先，她不可能在一个月之内学会划船。绝大多数人，哪怕有专业人员的指导，也无法在一年之内把划船技术练好，三年（或者更长的时间）都不一定能学会。再说水上漂移的事——根本就没有所谓的漂移。要想让划船技术达到接近漂移的程度，恐怕得到奥林匹克竞赛的水准，还有脸上的表情，在水道上飞驰而过时，赛船手的表情绝不是那种平静的、满足的，而是那种极力克制着的愤怒。有时，这表情中蕴含赛船手的某种决心——仿佛等比赛一结束，赛船手就打算立马物色其他新的运动项目。他这个人一向如此，一旦想出了一个主意，就会锲而不舍地爱上它。跟伊丽莎白划船。多么美好的事情啊！

“不。”

“为什么？”

“因为。女人是不划船的。”话一出口，她就后悔了。

“伊丽莎白·佐特，”他惊讶地说道，“你刚刚是在说女人不划船吗？”

于是，事情终于有了定论。

第二天清晨，天还没亮，他们就离开了小屋，卡尔文穿着他那件旧T恤和运动裤，伊丽莎白穿了一件她能找到的、最像运动装的衣服。接着，他们一路往船库开去，六点半和伊丽莎白望着车窗外，看见有几个人正在光秃秃的码头上锻炼。

“他们为什么不在室内锻炼呢？”她问道，“天都还没亮。”

“像今天早上这种天气吗？”天空中雾气蒙蒙。

“我原本以为你不喜欢下雨。”

“那不是雨。”

伊丽莎白再次对他的计划表示怀疑，而且至少已经怀疑40次了。

“我们从简单的开始。”卡尔文一边说，一边把她和六点半带进了船库，那是一个洞穴般的建筑，有股霉菌和汗的味道。船库的屋顶上吊着一排排木制的、狭长的船篷，像一堆摆放整齐的牙签，从这里经过时，卡尔文朝一个长相愚笨的人点头示意。那人正打着哈欠，见到卡尔文以后也对他点了点头，看来目前还不是闲聊的时间。发现了要找的东西之后，卡尔文停下了脚步—— 一台划船器，就是所谓的尔格——放在一个角落里。他把它拿出来，放在一堆船中间的空隙处。

“头等重要的事情，”他说道，“是技巧。”他坐下来，开始做拉桨的动作，很快，他的呼吸就变得急促、猛烈起来，看他那样子，既不轻松又不好玩。“要领就是，手腕要放平，”他上气不接下气地说道，“膝盖放下，腹部肌肉用力，你的——”可惜，在他那急促的呼吸中，不管他说什么，都听不清楚，不到几分钟的时间，他似乎已经忘了伊丽莎白的存在。

后来，她就溜走了，旁边跟着六点半。他们去船库溜达了一圈，最后在一个大架子前停住了，那架子上密密麻麻地挂着船桨，高得不得了，就像巨人站在那里一样。架子旁边放着一个大大的奖杯盒，借着清晨微弱的光线，能看见里面放的是银质奖杯和旧船服。每一件物品都很好地证明了这些人的品质，动作更快、更高效，或者说，更加不屈不挠，抑或三者兼顾。据卡尔文所说，这群勇敢的人身上那股特有的专注力令其成为第一个冲过终点线的人。

船服旁边还放着一些照片，照片上是几个身材魁梧、拿着大桨的年轻人，不过，还有另一个人：一个面容严肃、身形如同骑师般的人。他身材矮小，嘴巴处的线条给人感觉坚毅而严厉。卡尔文之前跟她提起过，他就是副队长，负责给船手们下达动作与节点指令：提速、转弯、赶超那只船、加速。她喜欢他这种精悍的人物，能够驾驭八匹野马，他的话就是他们的命令；他的手就是他们的令箭；他的鼓励就是他们的动力。

这时，其他船手开始站好队，她转过身来看着这一幕。只见卡尔文还在继续摆弄那台咔嚓咔嚓作响的机器，这些人纷纷向他投来敬佩的目光，不过，有几个人见他不费吹灰之力地提升了划桨的速度，眼神中带着些许的妒忌，就连伊丽莎白都能看出来，这是需要一定运动天分的。

“什么时候跟我们一起划呀，埃文斯？”其中一个人拍了拍他的肩膀说道。“我们好好干一场！”可是，卡尔文就像没听见、也没感受到一样，没有任何反应。眼睛盯着前方，身子一动不动。

她心想，看来，他在这里也是个传奇人物。因为看到这些人对他遵从的态度，小心翼翼地在他周围（他目前所在的位置有些尴尬）打转——原来，卡尔文早把划船器放到了船库地板的正中央。副队长走过来，带着一脸的怒气，看了看当时的状况。

“就位！”他对八名船手喊道，听了这话，船手们赶紧跳上船的一侧，各就各位，准备把那沉重的船体抬起来。“滑。”他下达着指令，“数到 2，扛上肩。”

然而很明显，他们根本就没办法前行——因为卡尔文挡在路中间。

“卡尔文，”伊丽莎白赶紧小声催促了他一声，还在他身后碎碎念叨，“你挡住路了。赶紧挪一下。”可他依旧在划船器上划船。

“老天，”副队长一边说，一边从嘴唇中间吐着粗气，“这个家伙。”他瞥了一眼伊丽莎白，这时的她正在卡尔文的左耳边嘟囔着，副队长过来把她拉开。

“好小子，卡尔，”他咆哮道，“保持伸桨的长度，你这个浑小子。还有 500 英尺[①]，你的任务还没有完成。牛津大学的船要从右侧赶超过来了，他们已经开始行动了。”

伊丽莎白一脸惊恐地看着他。“拜托，可是——”她说道。

“我知道你的实力不限于此，埃文斯，”他吼道，没有搭理她，“别

① 相当于 150 多米。

藏着掖着了，你他妈这台机器；我数到2，速度再升20，数到2，听我口令，你会将牛津的那些孙子累趴在床上；让他们生不如死；干掉他们，埃文斯，鼓起劲儿来，老兄，我们现在的速度是32，正在往40努力，听我口令：一、二，加速，速度再提升20，你这个浑蛋！”他喊道：“开始！”

伊丽莎白从来没见过这种惊人的场面：那个小个子男人的语言，还有卡尔文听了那话之后的激烈反应。一听到“你他妈这台机器”还有“孙子”，卡尔文脸上的表情就像疯了一样，这种画面她只在低成本僵尸电影中见过。他划得越来越用力，越来越快，他大声地吐着气，就像一列高速行驶的火车。然而那个小个子男人还不满意，一直不停地朝卡尔文喊，命令他继续加速，再加速，直到后来，才像一只急匆匆的秒表一样把划桨的速度降了下来：20！ 15！ 10！ 5！再后来，他就停下了，只说了几个字，这几个字，伊丽莎白再赞同不过了。

“够了。”副队长说道。此时，卡尔文身子重重地往前一趴，好像后背中弹了一般。

“卡尔文！”伊丽莎白赶紧跑到他跟前喊道，“我的老天！”

“他没事，”副队长说道，“是不是，卡尔？赶紧他妈把那个破机器挪走。”

卡尔文一边点头，一边大口吸着氧气。“好的……还有，”他喘着粗气，“还有，谢谢……不过……我还想……让你……见一见……伊丽……伊丽……伊丽莎白·佐特。我的……新……双划……搭档。”

紧接着，伊丽莎白立马感觉所有人的眼光都聚集到她身上。

“埃文斯的搭档，”其中一名船手瞪大了眼睛说道，“你是做什么的？此前拿过奥运金牌吗？”

“什么？”

“你以前是女子队的？”副队长饶有兴趣地问道。

“嗯，不，其实我从来没有……”说着，她停了下来，“有女子队吗？”

“她正在学。”卡尔文缓了口气，解释道，“不过，她已经练得差不多了。”他深吸了一口气，紧接着从划船器上下来，准备把那台机器拖走。“到了夏天，我们就可以跟你们一起横跨海湾了。”

伊丽莎白根本不知道那是什么意思。横跨海湾？他不会是在说比赛吧，嗯？那看日出的事怎么办？

“嗯，”正当卡尔文去拿毛巾的时候，她转过身来，小声对副队长说，“我真——”

“没错啦，”还没等她说完，副队长就打断她，“如果控船技术不过关的话，埃文斯是不可能让你跟他一起划船的。”说完，他就眯起眼睛，“没错。我也这么觉得。”

“什么？”她惊讶地问道。不过，他已经转身离开了，正朝那边的船手们下达命令，准备把船抬到码头那边去。“一只脚，”她听他喊道，“向下。”没过多久，船就消失在浓浓的雾色中了，这时，外面的雨滴大了起来，好像在警告大家，今天的天气不宜出门，奇怪的是，这些人一个个依旧跃跃欲试。

第八章

壮志未酬

下水第一天，她和卡尔文就翻了船，掉进了水里。第二天，依旧翻了船。第三天，还是翻船。

“我哪里错了吗？”两人拖着狭长的船体往码头走去，她一边冷得牙齿打战，一边上气不接下气地问道。此外，她忘了告诉卡尔文一件事。那就是，她不会游泳。

“都错了。”他叹气道。

“就像我之前说过的，”十分钟后，他指着划船器说道，示意她坐在上面，此时的她，身上的衣服全都湿漉漉的，“划船需要完美的技巧。”

在她调试脚蹬的时候，他解释说，通常来讲，水流太过湍急，或者必须要计时，或者教练情绪糟糕时，船手们就会用划船器做练习。而且，真正找到感觉时，尤其是在体能训练过程中，甚至会出现呕吐的现象。接着，他还说，如果水上练习不顺利，那么，用划船器可以让人心情好起来。

不过，接下来的几天，他们的确过得很糟糕：可谓是最糟糕的几天。第二天早上，他们就又下了水。全都是因为卡尔文说的一句话，不过也是纯粹的事实：双划是最难的。就像那刚刚学习起飞的飞行员上来就开 B-52 轰炸机一样。但他又能怎么办呢？他知道，大家是不可能让她加入八人船的；再说，一个女人，又缺少经验，这样无疑会毁了比赛。打个差一点的比方，她就好比是那种抓了一只螃蟹却弄坏了好几只蟹腿的人。不过，他没有提螃蟹的事。原因很明显。

他们把船翻过来，然后爬了进去。

“问题是，逆流向上滑行的时候你的耐心不足。需要慢下来，伊丽莎白。”

“我已经减慢速度了。”

“不，还是太快。对一个船手来讲，这是其中一种最严重的错误。每次一着急滑行，你知道会怎么样吗？死翘翘了。”

“噢，看在上帝的分儿上，卡尔文。”

“而且你的入水动作太慢了。我们是要尽可能地快，知道吗？”

“噢，你讲得还真是清楚明白，”她倔强地高声说道，“既要慢下来，还要加快速度。”

他拍了拍她的肩膀，好像在对她说，你终于明白了。“就是这个道理。”

她冷得发抖，死死地抓着桨。真是一项白痴运动。在接下来的三十分钟里，她一直在听他那自相矛盾的口令：抬起双手；不，低一些！身子探出来；不要太远！老天，你有些无精打采，你太兴奋了，太着急了，你太迟了，又太早了！到后来，可能连船都觉得厌烦了，直接把他们掀入水里。

“或许，这是个糟糕的主意。”两人往船库方向走时，卡尔文说道。沉重的船壳死死地卡在他那湿漉漉的肩膀上。

“我的主要问题是什么？”两人把船放回到架子上，她这样问道，心里做好了最坏的打算。卡尔文一向认为划船这项运动需要最高水平的团队合作——然而就像她的上司说的那样，她没有团队合作的意识。“讲实话。别藏着掖着。”

“物理学上的原因。”卡尔文说道。

“物理学。”她终于松了一口气说道，“感谢老天。”

那一天的晚些时候，她趁工作之余，顺手拿来一本物理学教材看了看，接着便说道：“我懂了，划船的道理很简单，其实就是定能对抗船质心阻力的过程。”随后，她草草地写下来几个公式。“还有重力，”她补充道，“还有浮力、系数、速度、平衡、传动、桨长、叶片类型……”看得越多，就写得越多，慢划的细微之处涉及一些复杂的运算法则。“噢，看在老天的分儿上，”她坐下来感慨道，“划船也没那么难嘛。”

“老天！”两天后，当二人划船在水中自由穿行时，卡尔文感叹道。“怎么了？”她什么都没说，脑子里一直在反应那几个公式。当他们从一艘八人桨赛艇旁边经过时，船上的人正在休息，看到他们经过，那些人都目瞪口呆。

“看见了吗？”副队长生气地对自己的船员喊道，“看到她是怎样力所能及地控制船桨入水的长度吗？”

然而，一个月之后，她的上司多纳蒂博士却说她自不量力。“你太自不量力了，佐特女士。”说着，他停下来捏了捏她的肩膀，“无生源，在博士院校，这种课题早就是人家不感兴趣的了。别使错了劲儿，更何况，这已经超出你的智商水平了。”

“那我应该怎么做？”她把他的手从肩膀上抖落掉。

“这是怎么了？”他没有注意她说话的语气，而是一把抓起了她那缠着绷带的手指，“如果你那里缺实验设备，可以找同事帮助嘛。”

“我在学划船。”她一边说，一边把手指从他手中抽了回来。虽然近来她有所收获，但接下来几次划船训练的效果都不是很好。

“划船，嗯？”多纳蒂转了转眼睛，说道。是埃文斯。

多纳蒂以前也是一名船手，而且是哈佛队的，十分不幸的是，当年他碰巧遇到了埃文斯，还有他那支亨利镇的宝贝剑桥船队。那一次，他们遭遇惨败（落后七条船那么远的距离），不过，只有一小部分人能越过一片帽子的海洋看清结果，他们为这一结局找了个理由，只说是前一天晚上吃的鱼和土豆条没有消化，却没有提跟着这些食物灌到肚子里的那些啤酒。

换句话说，他们从一开始就宿醉未醒。

比赛过后，教练让他们过去向剑桥队的船员们表示祝贺。也就是在那个时候，多纳蒂第一次了解到，原来剑桥队里也有一个美国人—— 一个对哈佛怀恨在心的人。跟埃文斯握手的时候，多纳蒂好不容易挤出一句“划得不错”，可惜，没有得到埃文斯友善的回应，只听到一句，“老天，你是喝多了吗？”

多纳蒂立即对他产生了不好的印象，此外，他还听说埃文斯也跟自己一样是学化学的，此人就是众人口中的那个埃文斯——卡尔文·埃文斯——那个已经在化学领域取得重大成就的家伙，于是，他对埃文斯的印象就更不好了。

数年后，埃文斯接受了多纳蒂亲手写的黑斯廷斯入职邀请，多纳蒂本以为能羞辱他一番，然而并没有得逞，是不是有点意外？第一，埃文斯不记得他了——这很无礼。第二，埃文斯依旧保持着原来的身材——招人烦。第三，埃文斯告诉《今日化学》说，他之所以接受这个职位，不是因为黑斯廷斯的名气好，而是因为他喜欢这里的天气。说真的——这家伙简直就是个浑蛋。不过，有一点让他心里很舒服。他，多纳蒂，是化学部的主管，这可不只是因为他父亲跟总裁打高尔夫球，也不是因为他碰巧是总裁的教子，当然也不是因为跟那人的女儿结了婚。说实话，让他觉得欣慰的是，伟大的埃文斯也得向他汇报工作。

为了摆官架子，他特意大张旗鼓地组织了一次会议，还故意迟到了二十分钟。不巧的是，等他到了会议室，里面空无一人，因为埃文斯根本就没有出现。“抱歉，多纳蒂，”埃文斯后来跟他说，“我不怎么喜欢开会。”

“拜托，我可是多纳蒂。”

而现在呢？伊丽莎白·佐特。他原本就不喜欢佐特。她咄咄逼人，聪明，自以为是。更糟糕的是，她关于男人的品位实在太差。他跟其他很多人不同，他不觉得佐特有多么迷人。他低头看着一幅镶银框的家庭照：他和伊迪丝搂着三个大耳朵的男孩儿。他和伊迪丝两人就犹如一组夫妻团队——这样说不是因为他们都有划船的爱好——而是因为，无论从社会角度还是从自然规律的角度，他们的夫妻关系是很符合常规观念的。他下班带培根回家，她照顾孩子。这是一段传统、高效、被上帝所看好的婚姻。他是否跟其他女人上床呢？这倒是个问题。可是，大家不都是这样吗？

“——我的基本假设是……”佐特正说着。

基本假设个屁。这是他讨厌佐特的另一个地方：她太好强了，又倔强。不懂得妥协。典型船手的品质，此时，他正想到这件事。他已经好多年没划过船了。难道镇子上已经有女队了吗？不过，她不可能跟埃文斯一起划船的。就算他们睡在一起吧，可像埃文斯那样出色的船手怎么可能把一个初学者带到船上？更正一下，尤其是他们睡在一起，更不可能出现这种情况。埃文斯倒是有可能给她报名参加初学者团队，而按照佐特一贯的性格，为了证明自己可以，她一定会加入。一想到这样一群令人头疼的船手，挥舞着手中的船桨划水，像失了控的铲子那样，他心里就一哆嗦。

“——我决定再考虑考虑，多纳蒂博士——”佐特坚定地说道。

没错，是的，就是这样。像她这种女人，总是会用到“决定”这样的词。嗯，他也是下定了决心的。昨晚，他想出了一个对付佐特的新办法。他要从埃文斯身边把她抢走。说到修理那个大块头，有什么法子比这个更好呢？一旦得手，将埃文斯-佐特的恋情彻底粉碎，他就立马甩了她，回到自己待产的妻子跟那群吵闹的孩子身边，没有任何损失。

他的计划很简单：首先，击垮佐特的自尊。女人是很容易受伤的。

“正像我说的那样，”多纳蒂站在那里，一边收起他那大肚子，一边嘟着嘴发出“嘘”的声音，示意她出去，“你还不够聪明。”

伊丽莎白沿着走廊往前走，高跟鞋踩在瓷砖上，发出短促而刺耳的声音。她深呼吸，努力让自己镇静下来，然而，那种感觉又如同狂风暴雨般袭来。她突然停下了脚步，用拳头砸在墙上，紧接着又重新考虑了一下自己的选择。

重新考虑。

退出。

放把火烧了这里。

她虽不愿承认，但他的一番话的确如同火上浇油一般进一步加重了她那不断滋生的自我怀疑。她没有人家那样的学历，也没有人家那样的经验。不仅没有人家那样的证书，也没有人家那样的论文，没有同行的支持，没有资金与奖励。然而，她知道——她知道——自己是注定要做出一番事情的。有些人生来就是带着使命的，她就是那样的人。她用手扶着额头，仿佛这样就能避免头炸开一样。

“佐特女士，您好。佐特女士？”

不知从哪里传来的声音。

“佐特女士！”

前面的一个角落里，一个头发稀疏的男人探出头来，正拿着一沓纸。原来是博里维茨博士，是实验室里经常寻求她帮助的同事，其实，实验室的绝大多数人都会在没人注意的时候寻求她的帮助。

“我在想，你能否帮我看看这个，”他一边小声说，一边示意她到一边来，一脸的焦躁与不安。“我最新的测试结果。”他将一沓纸塞到她手中，“我觉得，这应该算是重大突破了，你觉得呢？”他双手颤抖着，“你觉得有创新点吗？”

他的表情跟往常一样——恐慌，像刚刚见到了鬼一样。绝大多数人都觉得奇怪，博里维茨是怎么拿到化学博士学位的，而且还可以在黑斯廷斯工作。这个人看上去就像个谜团。

“你觉得你家那位年轻小伙会对这个感兴趣吗？”博里维茨问道，“或许，你可以把这个给他看看。你是不是正要去他那儿？去他的实验室？或许，我可以跟你一起去。”说着，他拉住她的前臂，好像把她当成了救生圈，无论如何他都要趴在上面，直到卡尔文·埃文斯那艘大型救生艇前来解救他。

伊丽莎白拿过他手里的纸。虽然他老是求她帮忙，但她还是挺喜欢他的。他礼貌，又有专业素养。而且，他们还有一个共同点：虽然背景不同，但都是生不逢时。

“问题是，博里维茨博士，”她暂且把自己的烦恼放在一边，看了看他的成果，然后说道，“这是一种大分子，里面有由酰胺键链接的重复单位。”

“对，对。”

“也就是说，它是一种聚酰胺。”

“一种聚……”只见他的脸色一沉。其实他心里清楚，早就有成果证明聚酰胺的存在了。“我觉得你一定是看错了，”他说道，“再看看。”

“并没有想象的那么糟糕，”她语气柔和地说道，“只不过，已经有相关方面的研究成果了。”

他气馁地摇了摇头：“也就是说，我不应该再去拿给多纳蒂看了。”

“最起码，你已经发现尼龙物质了。”

“是啊，”他低头看着自己的成果说道，“好吧。”说完，他继续低着头。紧接着，两人都尴尬地沉默了一阵。后来，他瞥了一眼手表，好像那上面可能会有答案一样。“这是怎么了？”他指着她手上的绷带说道。

“噢，我现在是一名船手——正在努力成为一名船手。”

“有什么好处吗？”

“没有。”

“那为什么要做？”

“我也说不清楚。”

他摇了摇头：“老天，真是不能理解。”

“你那项目怎么样了？”几周之后，卡尔文和伊丽莎白两人正坐在一起吃午饭，他问道。他咬了一口火鸡三明治，用力地嚼着，仿佛在掩饰他已经知道了的事实。其实，所有人都知道了。

“挺好的。”她说道。

“没遇到什么问题吗？”

“没有。”她小嘬了一口水。

“如果需要我帮忙的话——”

“——不需要你的帮忙。”

卡尔文沮丧地叹了口气。他心里想，真是幼稚，总以为自己咬紧牙关就能挺过去。当然了，坚毅是一种极为重要的品质，但也得有运气，若没有运气，就要寻求他人的帮助。每个人都需要别人的帮助。不过，或许是从来都没有得到过别人帮助的原因吧，她不再相信这种事。多少次，她总是理所当然地以为只要自己奋力拼搏就可以获得成功？他记不清了。结果总是恰恰相反，尤其是在黑斯廷斯。

午餐结束后——她的午餐几乎没动——他心里暗自决定，自己不会替她出头。一定要尊重她的想法，这很重要。她既然想要自己解决。他是不会去干涉的。

“你到底是怎么回事，多纳蒂？”大约十分钟后，他冲进上司办公室吼道，“是因为生命起源这类问题吗？还是因为有宗教团体的压力？无生源只不过是更好地证明了不存在上帝这一事实，你是怕堪萨斯州不接受这种说法吗？所以才取消了佐特的项目？你怎么敢自称是科学家。”

“卡尔，”多纳蒂一边说，一边慢悠悠地将两只胳膊拿到脑后，“虽然我很喜欢跟你聊天，不过，我现在有点忙。”

“那么，只有一种合理的解释，”卡尔文两手插进宽松的卡其色裤子前兜里，辩驳道，“那就是，你不懂她的研究内容。”

听了这话，多纳蒂翻了翻白眼，又从嘴唇间吐出一口气来。为什么聪明人都这么愚笨呢？但凡埃文斯脑子精明一些，都能想到这个人有恶意针对自己漂亮女友的嫌疑。

“其实，卡尔，”多纳蒂拿出一根烟来说道，“我是想让她的事业有些起色。让她直接跟着我做更加重要的项目。这有助于她在其他领域的成长。”

瞧啊，多纳蒂心想，在其他领域成长——还要我表现得多明显呢？可惜，卡尔文一直在讨论她最近的测试结果，仿佛还把这归咎成工作上的原因。这家伙太愚笨了。

“每周都会有入职邀请发到我这里，”卡尔文威胁道，“搞研究的地方可不是只有黑斯廷斯！”

又来了。这话多纳蒂已经听过多少次了？没错，埃文斯在研究领域可谓是炙手可热的人物，而且，他们之所以有那么多资金，也都是因为有他。因为，投资者们都坚定不移地相信埃文斯的名声可以吸引其他精英。可惜，这种事从未发生过。无论如何，他并不想让埃文斯离开；只是想看到埃文斯一败涂地——因为失恋而一蹶不振，毁了自己名声的同时也失去了向前发展的科研机会。等实现这一切，他就可以离开了。

“就像我刚才说的那样，”多纳蒂用试探的语气说道，“我只是想给佐特女士一个更好的个人发展机会——我是在帮她发展她的事业。”

“她能发展好自己的事业。”

多纳蒂大笑道：“真的吗？那为什么你会来这里？”

其实，多纳蒂没让卡尔文知道，最近他那“通过佐特除掉埃文斯”的计划遇到了不小的阻碍。这里要提到一个很有实力的投资人。

两天前，那人莫名其妙地出现了，拿着一张空白支票，说要投资——无生源项目——所涉及的一应事物。多纳蒂礼貌地与那人进行了一番交涉。“您看投资类脂（化合）物代谢项目如何？”他建议道，

“或者细胞分裂项目？”可是，那人坚持说：就要无生源项目，否则就一分不投。所以，多纳蒂别无选择：只好把佐特调回来，继续她那荒谬而遥不可及的使命。

实际上，他的计划并没有什么进展。他虽一次次对她说“你还不够聪明”这种贬低的话，但她内心依旧毫无波澜，并没有受影响。无论说多少次，她都没有给予他心目中理想的回馈。以前那个缺乏自信的她到底哪里去了？眼泪呢？难道她这是在用一种专业的方式证明无生源这种无聊项目的价值？若不然，她就是在示威，“再动我试试，我会让你死得很难看。”埃文斯到底看上这女人什么了？他得留着她。将来再用其他方法来修理这个自大的男人。

后来，就在那天下午，伊丽莎白冲进卡尔文的实验室，“卡尔文，我这里有重磅消息。之前，我一直对你有所隐瞒，我跟你道歉，我只是不想让你卷进来。几周之前，多纳蒂取消了我的项目，为此，我一直在跟他抗争，要把项目夺回来。今天，努力终于有了回报。他改变了主意——他说他重新考虑了一下我的成果，觉得它还是很重要的，应该继续开展下去。”

卡尔文开心地笑了，脸上露出了应景的（他希望如此）惊讶表情——他从多纳蒂办公室离开还不到一个小时。“等等？真的吗？”他拍了拍她的后背说道，“他想取消无生源项目？那他从一开始可就错了。”

“抱歉没有告诉你这件事。我想自己解决，如今做到了，我很高兴。我觉得，这进一步加强了我在工作上的自信心——还有我本人的自信心。”

“当然了。”

紧接着，她更加仔细地看着他，然后向后退了一步。“我这次是通过自己的努力做到的。你没有插手吧？”

“我刚听说这件事。”

“你没去找多纳蒂谈这件事吧，”她逼问道，“你没插手这件事。”

“我发誓。”他撒谎说。

等她离开之后，卡尔文两手紧紧地握在一起，沉浸在一阵无声的喜悦当中，接着打开音响，将指针调到《走在阳光明媚的街道上》这首歌。人生中，这是他第二次救了自己挚爱的人，而且妙就妙在，她本人并不知情。

他拉来一只凳子，打开笔记本，开始写起来。打从七岁左右开始，他就养成了写日记的习惯，在那些密密麻麻的化学等式之间记录下现实生活，还有那些令他恐惧的事。时至今日，他的实验室里依旧堆满了这种字迹潦草的笔记本。大家之所以觉得他做了很多事，这便是其中的一个原因。毕竟有那么多东西堆在那儿。

“你这里的字迹太潦草了，不知道写的是什么。”伊丽莎白曾经几次提到过。“上面写的什么？”她指着一处有关核糖核酸的理论说道，那是他近几个月以来写着玩儿的。

“有关酶适应性的一种假设。”他回答说。

“那这里呢？”她又指了指下一页。那里写的是有关她的一些事情。

“差不多还是那些东西。”说着，他把本子扔到一边。

其实，上面并没有说她的坏话——恰恰相反。更多的是在表达一种担心，他不能让她发现自己内心一直有一种偏执的想法，以为她有可能会死掉。

很久之前，他就认定了自己是不祥之身，而且他是有确凿证据的：他爱的人都去世了，而且都是因为一种离奇的事故。唯一能结束这种死亡模式的方法就是不再去爱别人。于是，他真的这样做了。可是后来，他遇见了伊丽莎白，而且在毫无意识的情况下再一次愚蠢地、自私地萌生了爱意。如今她的出现，就代表着正在不断地接近他这团不祥之火。

身为一名化学家，他意识到这种不祥之身的说法是完全没有科学依据的，是一种迷信。嗯，那就顺其自然吧。生命可不是一种假设，能容许人不计后果地一次次尝试——最终的结果往往是最坏的。于是，他不断地关注着那些可能会对她造成生命威胁的因素，比如这天早上划船这件事。

在双划的时候，两人再次翻了船——都是他的错——当时，他俩是从船的同一侧掉进水里的，他惊恐地发现：她居然不会游泳。当时，她像狗刨一样胡乱地划着水，他这才知道，原来她从来没学过游泳。

于是，正当伊丽莎白在船库洗澡的时候，他和六点半来到了男子船队队长梅森医生的身边。这个季节总是变天：如果他和伊丽莎白想继续划船——当然了，想必她一定愿意——最好还是在八个人的船队里。那样更安全。再者，如果八人船翻了——这种情况不太可能发生——那么，救她的人也会多一些。还有，梅森在三年多以前就一直想把他招揽到队伍当中；看来，这种想法或许可以一试。

“你觉得怎么样？”他问梅森，“不过，得把我们俩都收到队伍里。”

“让一个女人进八人船队？”梅森医生一边说，一边整理了一下头上的帽子，他梳的是平头。过去，他是一名海员，原本不喜欢这个发型，但还是保留了下来。

“她很不错的，”卡尔文说道，“很顽强。”

梅森点点头。他现在是一名妇产科医生，所以能够理解顽强女人的概念。可是，一个女人？这如何能行得通呢？

“嘿，你猜怎么着，”一分钟之后，卡尔文告诉伊丽莎白，“男子队今天想要我们俩都加入他们的八人船队。”

“真的吗？”她一直想加入八人船队，似乎八人队的船不会翻掉。她从来没跟卡尔文说过自己不会游泳。何必让他烦心呢？

“队长刚刚过来找我。他之前看过你划船，”他说，“他看了之后才领略到天才的英姿。”

这时，下面的六点半呼出一口气来。它是想说，说谎，说谎，还在说谎。

“那我们什么时候开始？”

“现在。”

“现在？”她立马慌了神。虽然自己想加入八人队，但她知道，这八个人的动作需要绝对同步，然而她现在是做不到的。船队之所以出色，是因为船上的人放弃了自己的小个性，想办法弥补了个体的差异，最终才能达到整齐划一的效果。这需要团队绝对的和谐——这是目标。

一次，她听卡尔文告诉船库里的一个人，他在剑桥船队时的教练要求他们连眨眼睛都要保持同步。令她震惊的是，那家伙居然点了点头。“这么说，我们得把脚指甲剪成相同的长度。还真得做一番大的修整。”

“你在二号位。”他说。

“太棒了。”她嘴上这样说，心里却想着：千万不能让他发现自己紧张得发抖的双手。

“副队长会下命令的，放心吧。看着点你前面的桨就行。不管怎样，千万不能探出船外。”

“等等。要怎样才能既看到前面的桨，又不探出船外呢？”

“就是不能探出船外，”他警告道，“千万不能探出去。”

“可是——”

“放轻松。”

“我——”

“准备！”副队长喊道。

“别担心，”卡尔文说道，“没关系的。”

伊丽莎白曾经了解到，人们所担忧的事情中，有98%是根本不会发生的。可她在想，那剩下的2%怎么办呢？这个结果是谁算出来的？2%的比率看上去已经很低了。在她看来，这个概率应该有10%——甚至是20%。就她自己的亲身经历来看，甚至接近50%。关于这次划船，她也不想担心，但就是控制不住自己。50%的概率可能会搞砸。

天还没亮，大家就抬着船往码头去了。她前面的那个人往身后瞄了一眼，心想，怎么往常二号位的家伙今天看上去比平常矮了。

“伊丽莎白·佐特。”她说道。

“不许说话！”副队长喊道。

“谁？”那人半信半疑地问道。

“我今天划二号位。”

“后面安静！”副队长吼道。

“二号位？”那人用质疑的口气小声说道，“你要划二号位？”

“有问题吗？”伊丽莎白小声回应着。

“干得不错！”两个小时之后，卡尔文兴奋地敲打着汽车方向盘，六点半担心死了，别没等到家，就出了车祸，“大家都这么觉得！”

“大家是谁？”伊丽莎白说道，“没有人跟我说什么呀。”

“嗯，那些家伙，只有气极了才会说上一句。对了，咱俩被排在了周三的比赛阵容中。”他得意扬扬地笑着。他又一次救了她——第一次是工作，这次是划船。可能这就是一个人应对不祥之兆的方式吧——秘密地采取预防措施。

伊丽莎白转过身来看着窗外。划船这项运动真会这样平等待人吗？还是跟平常一样，大家都出于一种畏惧的心里？船手、科学家，他们都畏惧卡尔文这个记仇的家伙。

沿着海岸线开车回家的途中，清晨的阳光洒在十几名冲浪者的身上，他们的冲浪板朝向岸边，头扭过去，希望能在上班前再冲几个浪头。这时，她突然意识到，自己还从未见过他因为记仇而做出某种行为。

“卡尔文，”她转过身来朝他说道，“为什么大家都说你记仇？”

“什么？”他忍不住笑着说道。秘密地采取合理的预防措施。这就是解决生活中种种问题的方法！

“你知道我在说什么，”她说道，“所里人都在传——他们说，如果有谁敢跟你意见不合，你就会将那人彻底摧毁。”

“噢，这个呀，”他忍不住笑着说道，“都是谣传，一些流言蜚语罢了。人的嫉妒心。我确实不喜欢某些人，但我真会做出些过分的举动去毁掉他们吗？当然不会。”

“是啊，”她说道，“可我还是好奇。从小到大，你记恨过什么人吗，永远都不会原谅的那种？”

“想不起来了，”他笑着答道，“你呢？有余生都想要记恨的人吗？”他转过头来看了看她，只见她脸色依旧通红，还没从刚才的划船训练中缓过劲儿来，头发被海雾打湿了，表情严肃。她伸出手指来，像是在做盘算。

第九章

记仇

卡尔文说他不记仇，没有恨的人，这就相当于有的人嘴上说自己会忘记吃饭一样。也就是说，他在说谎。无论他多么努力地掩饰自己已经忘记了过去，但那是不可能的，过去的回忆依旧撕咬着他的心。曾经有很多人伤害过他，但是，只有一个人是他永远都无法原谅的。他发誓，有生之年，这恨意都不会消减分毫。

第一次见到那个人是他十岁的时候。一辆大型豪华轿车开进了男孩福利院的大门，那人从车上下来。他高高的，举止优雅，身上穿着定制的西装，袖扣是银色的，与当时艾奥瓦州的风土人情完全不搭。卡尔文和其他几个男孩子围了上去。他们猜，那人是电影明星，或者是职业棒球运动员。

他们早已习惯了这种场面。这里平均一年会来两次名人，后面跟着记者，给他们拍一些跟几个孩子在一起的合影。通常，这些来访的人会带给他们一些棒球手套或者亲笔签名的照片。但是这个人只拿了一只箱子。见此情景，他们就转身跑开了。

那人来访之后大概过了一个月，各种东西陆陆续续被送到这里：科学方面的教科书、数学游戏用具、各种化学器具。而且跟以往那些签名照或棒球手套不同，这些书完全够孩子们分。

“这是主提供的，”神父拿出来一摞新的生物学图书说道，“也就是说，你们这些孩子要听话，老老实实地坐着。后面那些男孩，坐好，我可是认真的！”说着，他用戒尺狠狠地打在旁边的桌子上，把大家吓了一跳。

“是这样的，神父，”卡尔文一边翻着手中的那本复印本图书，一边说道，“我这本书有问题。有些内容不见了。”

“不是不见了，卡尔文，”神父说道，“是被撕掉了。”

“为什么？”

“上面说的都是错的，就是因为这个。现在，孩子们，把书翻到第119页。我们从——”

“进化那部分内容没有了。”卡尔文一边翻书，一边固执地说道。

“够了，卡尔文。”

“可是——”

还没等他说完，戒尺就狠狠地打在了他的膝盖上。

“卡尔文，”主教大人一脸诧异地说道，“你是怎么回事？这周，你已经是第四次被叫到我这里来了。还不算那次你跟图书管理员说谎，人家找我来诉苦。”

“什么图书管理员？”卡尔文奇怪地问道。不过，主教说的肯定不是那个一喝醉酒就往小柜子（男孩福利院用来装禁书的柜子）里藏的神父。

“阿摩司神父说，你谎称已经读完了我们书架上的所有书籍。撒谎是一种罪行，而吹牛这种撒谎呢？它的罪行是最严重的。”

“但我确实已经读过了——”

“安静！”他阴沉着脸看着那孩子。“有些人生来就是坏坯子，”他继续说道，“都是父母为人不良造的孽。可是从你的身上，我看不出来你这罪恶的本质是源自何处。”

“您什么意思？”

“我的意思是，”他身子向前倾了倾说道，“我怀疑，你生来的本性是好的，后来变坏了。因为一些错误的选择而被腐化了。听说过没有，一个人的美是发自内心的？”

“听过。”

“嗯，可是你的内在和外表一样丑陋。”

卡尔文摸了摸他那已经肿胀起来的膝盖，忍着不哭出来。

“怎么就不能对既已得到的东西怀一颗感恩之心呢？”主教说道，“虽然只有半本生物书，可总比没有好吧，不是吗？主啊，我就知道这会成为一个问题。”他从办公桌旁出来，在办公室里来回踱着步子。“科学书籍、化学器具。为了得到资助金，我们才不得不接受了这些东西。”他转过身去，气愤地对卡尔文说道。他说：“都是你的错，如果不是因为你父亲，我们也不会至此——”

卡尔文猛地抬起头。

“算了。”主教回到桌子旁，拿起几张纸。

“您不能谈论我的父亲，”此时，卡尔文涨红了脸说道，“您甚至都不了解他！”

“只要我愿意，我可以谈论任何人，埃文斯，”主教吼道，“再说，我说的不是你那个死于火车车祸的父亲。我指的是，”他说道，“你现在的父亲，就是把这些科学图书塞到我们这里来的傻瓜。一个月前，他开着大型豪华汽车来到我们这里，是为了找一个养父母被火车撞死、姑姑开车撞树身亡的十岁孩子，那人说，那个孩子‘或许个子很高吧？’于是，我直接到柜子里把你的档案拿出来。心里想着，可能那人是来认领你的，就像认领一只拿错了的手提箱——领养的时候经常会发生这样的事情。当我把你的照片拿给他看时，他却没了兴趣。”

卡尔文的眼睛瞪得老大，认真地听着这些话。他之前就是被领养的？不可能。那他的父母现在是死还是活？他把眼泪咽下，回想着过去是多么幸福，小手放在父亲的大手里，感觉好踏实，头靠在母亲的怀中，感觉好温暖。主教错了。他在撒谎。这里的孩子们总能听到这样的故事，说他们是如何被送来万圣之家的：妈妈死于难产，父亲无法承受生活的压力；抚养孩子成了难题；家里已经有很多人口需要养活。这个只不过是他编造的又一个故事而已。

“我只是想让你知道，”主教说着，仿佛是从备好的版本中挑了一个出来，“你的生母死于难产，生父无法承受生活的压力。”

“我不信！”

“我知道，”主教冷冷地说着，随手从卡尔文的档案中抽出来两张纸：一张领养证书，还有一个女人的死亡证明，“小科学家不是想看证据嘛。”

卡尔文泪眼模糊地盯着那些文件。一句话都说不出来。

“那么，好了，”主教一边说，一边拍了拍手掌，“我知道，这对你来说是一个不小的打击，卡尔文，不过往好的方面想一想。你确实有一个父亲，他现在正在关心着你——或者，至少关注着你的教育问题。这总比其他那些孩子要强吧。在这件事上，不要那么自私。你已经很幸运了。首先，你曾经拥有过一对善良的养父母，如今又有一个有钱的父亲。他赠的那些东西……”他犹豫了一下，“就当成一种念想吧。当成对你母亲的一种敬意、一种纪念品。”

“可是，如果他真是我的生父，”卡尔文依旧不相信他的话，于是说道，“他会带我离开这里的。他会想让我跟他在一起。”

主教低头看着卡尔文，他吃惊地瞪着眼睛。“什么？不。我告诉过你了：你母亲死于难产，父亲无法承受生活的压力。不，我们都一致认为——尤其是他读了你的档案之后——你还是留在这里比较好。像你这样的孩子，需要道德环境以及诸多戒律的管教。很多富人都把孩子送到寄宿学校，万圣之家也是一样。”他用鼻子嗅了嗅，闻到了厨房传来的酸味。“虽然他坚持让我们提供更多的教育，但我觉得他有些自不量力，”他一边补充着，一边捡了捡袖口上的猫毛。“居然要让他来教我们——教育本身就是我们的职业——怎么教育孩子。”他抬高嗓门说道，紧接着便转过身去，背对着卡尔文，透过窗户看着西侧那栋建筑的破屋顶。“好消息是，他的确给我们这里带来了一番大的变化——不只是为了你，也为了其他孩子。他很大方。或许，如果把这些科学与运动方面的投资换成别的，我们得到的实惠会更多。老天哪，有钱人。他们总以为自己懂得最多。”

“他是……他是科学家？”

“我说过他是科学家吗？”主教说道，“是这样的。他来到这里，问了些事情之后就离开了。还留了一张支票。比那些无赖父亲强多了。”

“可是，他什么时候回来？”卡尔文用恳求的语气问道，即便是跟一个自己完全不认识的人走，他也恨不得马上离开这里。

“那就得等等看了，”主教转过身去，从宽大的窗户向外望去，“他可没说。”

卡尔文慢吞吞地回到教室，心里想着那个人——想着用什么法子能让他回来。他得回来。然而接下来的日子里，只是出现了更多的科学书籍。

毕竟，他还是个孩子，而身为一个孩子，得知希望破灭之后的很长一段时间，他依旧怀揣希望。他把这位现身不久的父亲送来的书全都读了一遍——把这当成一种爱，把各种理论和运算法则统统塞进自己那颗破碎的心里，并下定决心进攻化学领域，像他父亲那样，因为这是一条维系他们父子关系、这辈子都不会断掉的纽带。后来他意识到，化学这一复杂的学科光靠自学的天赋是不够的，有时，它会来来回回无情地挫伤你的心。于是，除了忍受被父亲抛弃这一事实以外——虽然连见都没见过他——他还得压制自己内心对于化学那种既无法隐藏却又无法释放的愤懑。

第十章

狗绳

伊丽莎白以前从未养过宠物，而且她现在也不能确定自己养的算不算宠物。六点半虽说不是人，但它仿佛拥有人性，而且她觉得比绝大多数人还要健全。

这也正是她从不给它买狗绳的原因——拴狗绳对它来讲是一种贬低，甚至可以说是一种侮辱。它几乎不会离她太远，过马路时总是先看好路况，也从来不去追猫。实际上，它唯一一次跑丢是在六月五日那天，因为那天有一只爆竹刚好在它面前爆炸。她和卡尔文焦急地找了几个小时，最后在一条小巷的几只垃圾筒的后面找到了它，它躲在后面，吓得发抖。

后来，市里首次审批通过了一项狗绳法案，她觉得自己应该重新考虑一下狗绳的问题了，其实，这中间夹杂着一种更为复杂的原因。因为她对狗儿越来越依恋，于是，把它拴在自己身边的想法也就越来越强烈。

所以，她买了条狗绳，把它挂在了走廊的衣帽架上，等着卡尔文自己发现。可是一周过去了，他愣是没看见。

“我给六点半买了条狗绳。”她终于忍不住说道。

“为什么？”卡尔文问道。

“因为那项法案。”她解释说。

“什么法案？”

她描述了一遍新法案，惹得他哈哈大笑。“噢，那个呀。嗨，那根本不适用于我们。是针对别的狗主人的，不是六点半这种。”

“不，那是适用于所有狗的，是一项新的法案。我敢说，他们这次是认真的。”

只见他笑着说道：“不用担心。六点半和我几乎每天都从那里经过，警察都认识我们了。”

“但是情况有变，”她坚持说道，“可能是因为宠物的伤亡率有所上升。狗和猫被车撞的事故越来越频发。”其实，她也不知道情况是否如猜测的那样，但她说的时候如同真的一般。“总之，昨天我带六点半去散步就用了狗绳。它挺喜欢的。”

“牵着狗绳我就没办法跑步了，”卡尔文抬头看了她一眼，说道，“我不喜欢被牵制的感觉。再说了，它总是紧紧地跟在我旁边。”

“总是有可能发生意外的。”

“什么意外？”

“它有可能冲到街上去，被撞了。还记得那晚的爆竹吗？我担心的不是你，”她说道，“我担心的是它。”

卡尔文暗自笑了笑。他从未见过伊丽莎白这样的一面：一种母性的本能。

“对了，”他说道，“梅森医生说有雷电预警——这周其余的划船训练取消了。”

“噢，太糟糕了。”她一边说，一边努力地掩饰自己如释重负的心情。她已经在男子八人船队里参加了四次训练，每次都弄得自己筋疲力尽，只是不愿承认而已。“他还说什么了？”这话虽说听起来不像是在邀功，但她本意的确如此。梅森医生看上去像个正派的人，总是能与她进行平等的对话。卡尔文之前说过，他是个妇产科医生。

“他说我们的训练安排在下周，”卡尔文说道，“到了春天，他想要给我们安排一场比赛。”

“你是说比赛？”

“你一定会喜欢的。很有意思。”

其实，卡尔文心里十分清楚，她是不会喜欢的。比赛会给一个人带来压力。担心会输掉比赛的这种心情本来就已经够让人难受的了，除此之外，大家心里都清楚，比赛时难免受伤，一旦听到那声口令“各就各位！”，船手们就得冒着心脏病发作、肋骨折断、换肺的风险——总之任何代价——只为了最后赢得那枚廉价的奖牌。第二不好吗？拜托，所谓第二名是最大的输家，这话可不是无中生有。

“听上去很有趣。”她撒谎道。

“真的很有趣。”他也撒谎说道。

“划船训练取消了，忘了吗？”两天后，看到伊丽莎白天还没亮就起来穿衣服，卡尔文对她说了句。接着，他伸手把闹钟拿过来。“四点钟。再睡会儿吧。”

“不睡了，”她说道，“我觉得，我还是早点起来工作吧。”

“不，”他央求道，“留下来陪我。”他拉了拉被子，示意她躺回来。

“我一会儿把那盘土豆放到烤箱里，打开小火，”她一边穿上鞋子一边说道，“你会享用一顿不错的早餐。”

“喏，你要是起来的话，那我也起来。”他一边打着哈欠一边说道，“等我几分钟。”

“不，不，”她说，“你睡吧。”

一个小时之后，等他醒来时，她已经走了。

“伊丽莎白？”他喊了一声。

他慢吞吞地走到厨房，看见厨台上放着一双烤箱手套。她在上面写道：尽情享用这些土豆吧。一会儿见。亲亲抱抱，你的E。

“那我们今早就跑步去上班吧。”他对六点半说。其实，他并不想跑步去上班，只是这样一来就可以跟她一同开车回家了。他倒不是想省些油钱，只是一想到伊丽莎白一个人开车回家，他就无法忍受。毕竟，外面到处都是树。还有可能遇到火车。

她要是知道他这么担心，这么关心过度，肯定心里不高兴，于是，他便没有把心里的想法说出来。可是，面对自己爱到极致的人，爱到连自己都无法想象的人，怎么可能不关心过度呢？再说了，她对他的关心也是有些过度的——确认他吃饭了没有，还一直劝他在室内跟杰克一同做运动，再买条狗绳，等等，一切事宜。

他用眼角的余光发现了几张账单，心想，一定又是那些搞诈骗的人邮来的。最近又收到那个女人的来信，自称是他的母亲——他们跟我说，你已经死了，信上总是这样写。此外，还有一封文盲的来信，说卡尔文窃取了他的创意，还有一封是一个自称与他失散已久的哥哥的来信，说现在手头正缺钱。奇怪的是，这些信中，没有一个人是假装他父亲写来的。可能是因为他父亲依旧在世，只是装作没有这个儿子而已。

当年，他只跟主教说过记恨父亲这件事，后来，他离开了男孩福利院，唯一能倾诉这件事的人也就只有一位笔友。虽从未见过那位笔友，但两人建立起了牢固的友谊。或许是因为，两个人都发现，这种不见面的沟通就像忏悔一样，更容易表达出来。当提到父亲这一话题的时候——两人已经保持持续通信一年有余—— 一切就都变了。卡尔文表露出自己内心的想法，说希望父亲已经死了，笔友察觉到他的想法后，似乎极为震惊，因为他的反应极为出乎卡尔文的意料。他再也没有回过卡尔文的信。

卡尔文觉得是自己过分了——那人有宗教信仰，而他没有；或许，在有宗教信仰的人面前，不应该表达自己内心希望父亲已故的想法。不管什么原因，他们就此结束了这段关系。这让他郁郁寡欢了数月。

于是，他决定不跟伊丽莎白提起自己已故父亲的事。因为他担心她会像此前那位朋友一样不理他，或者怕她突然意识到他的缺陷（主教曾经说过）：他从骨子里就是个不招人疼爱的家伙。卡尔文·埃文斯，无论是外表还是内心，都是丑陋的。连他的求婚都被她拒绝了。

如果现在将此事告诉她，她就有可能会问，为什么现在才说。更进一步说，如果被她怀疑自己保留了更多的秘密，那样岂不是很危险？

不行，有些事还是不说的好。而且，她在工作上遇到的困难也没对他讲过，不是吗？在一段亲密关系当中，彼此保留一些秘密，都是很正常的事。

于是，他穿上那条旧运动裤，又在两人放袜子的抽屉里翻了一双袜子出来，一闻到她的香水味，他立马神清气爽起来。他从未想过要完善一下自我——他读过戴尔·卡耐基的书，上面写着如何交朋友，如何影响周围的人，但也就读了十几页就放下了，因为他觉得自己并不介意其他人的想法。可这是在遇见伊丽莎白之前——那时自己还没有意识到让她高兴就是让自己高兴。他一边抓过网球鞋，一边心里想，这就是所谓的爱吧，心甘情愿地为某个人做出改变。

正当他弯腰系鞋带时，内心又涌动起一股新的情绪。是感恩吗？他，打小就成了孤儿，没被人爱过，那个不招人喜欢的卡尔文·埃文斯，就这样阴差阳错地与这个女人、这只狗、科研事业、划船事业、跑步事业以及杰克结了缘。他从没奢望过会拥有这么多，上天对他太过宠溺。

他看了看表：凌晨5:18。伊丽莎白此时正坐在凳子上，身边的离心机正全速运转着。他吹了个口哨，把六点半叫到前门来。这里离上班的地方只有五英里多一点，一起跑步的话，42分钟就能到。可是，他打开门，六点半却犹豫着不肯出去。外面的天黑黢黢、雾蒙蒙的。

“过来，小伙子，”卡尔文说道，“怎么了？”

他猛然想起来。于是，他转过身去一把抓过狗绳，弯腰把它系在六点半的项圈上。这是他第一次将狗儿跟自己牢牢地连在一起，接着，卡尔文转身将门锁上。

37分钟之后，他死了。

第十一章

削减预算

“过来，小伙子，”卡尔文对六点半说道，“我们准备出发。”六点半跑到他前面五步远的地方，时不时地回头看看他，确保他还在后边。右转弯时，他们经过了一处报摊。一条醒目的标题赫然写着：“政府财政状况跌入谷底，警方与火警服务告急。”

卡尔文拉了拉绳子，示意六点半走左边的那条旧街道，那里到处都是大房子和宽敞的草坪。“总有一天我们也会住进那里。”慢跑的时候，卡尔文这样向狗儿保证。“或许，等我拿了诺贝尔奖之后吧。”六点半知道，他一定能做到，因为伊丽莎白说他能做到。

接着，他们又转了个弯，卡尔文踩到苔藓上，脚下一滑，险些摔倒。“差一点。”他上气不接下气地说了句，这时，他们来到了警局附近。六点半看了看前面的一队巡逻车，如同排列成行的士兵，正停在那里准备去巡逻。

然而，车辆本身并没有经过检查。因为，警局近来的经费再次遭遇削减——这已经是四年以来的第三次了。这三次削减经费都是因为“用更少的钱办更多的事”这项倡议，这一口号是由城市公关部门的某一位中层拍脑袋想出来的。不过这一次，他们的工作的确岌岌可危。薪资水平骤降，提升是不可能的，接下来等待他们的就是裁员。

所以，警察们要不惜一切代价保住这份工作；他们针对“用更少的钱办更多的事”这项倡议展开主动出击，令其无法实施：就待在外面停车场的巡逻车里。这一次，就让那些提出经费削减倡议的家伙承担严峻的后果吧。再也没有人去给他们修发动机、换油、换闸、换轮胎、换灯泡了，再也没有了。

六点半不喜欢警局的停车场，尤其是当看到警察们慢吞吞地把车开出去时。与卡尔文慢跑时，有一名友善的警察会时而跟他们挥手打招呼。即便如此，六点半也还是不喜欢，他们的慵懒跟卡尔文强健的气势形成了鲜明对比。在六点半看来，这些人看上去没精打采的，因为薪资水平的降低而失去了工作的斗志，因为日常琐事而觉得无聊，也因鸡毛蒜皮的小事而觉得无趣，读警校时学的救生技能根本没有用武之地。

六点半正要往卡尔文那边去的时候，突然朝空中闻了闻。当时天还没亮。太阳还要十多分钟才能升起——

嘭！

突然从黑暗中传出那令人毛骨悚然的声音，像是有人在放爆竹——声音尖而响，就一下。六点半吓得一阵狂叫——那是什么？接着，它冲了出去，或者说是努力想冲出去，因为中途被卡尔文手里的绳子拉了回来。卡尔文也吓了一跳——是枪声吗？——随之向相反的方向跑去。嘭，嘭，嘭！听上去像是机关枪的声音。卡尔文抬起脚往前走，一边把六点半往这边拉，结果六点半像是疯了一样抬起前爪往回挣，好像在说，不，这边！于是，那绳子绷得像钢丝一样，承受力到了最大限度。卡尔文脚下踩到一摊摩托车油，结果像在滑冰一样打了个趔趄，紧接着就像跟老朋友打招呼一样跟大地来了个亲吻。

咣当。

卡尔文头部周围出现了一小道红色的印迹，天还没亮，看上去是黑黢黢的一条，六点半转身要去帮他，这时，有个东西从中间冲了过来——一个巨大的如同船一般的物体猛地蹿上来，将绳子拉成两截，它一下子被弹飞到路边。

等它抬起头，正好看见巡逻警车的车轮撞到了卡尔文的身上。

“老天，那是什么？”开车的警察对旁边的同伴说道。他们的车经常回火，对此，他们已经习以为常了，然而今天绝不是回火。他们跳下车来，惊恐地看着躺在路上的这个高个子男人，那双灰色的眼睛瞪得老大，头部流出来的血很快就把人行道洇湿了。他朝那个走过来的警察眨了两下眼睛。

“噢，老天，是我们撞了他吗？噢，老天。先生——能听见我说话吗？吉米，叫救护车。”

卡尔文躺在那里，头骨碎裂，胳膊被警车扎断了，腰间缠着剩余那部分狗绳。

“六点半呢？”他小声嘟囔着。

“什么？他说什么，吉米？噢老天。”

“六点半呢？”卡尔文又小声说了一句。

“不，先生，”那警察弯腰到他旁边说道，“现在刚刚接近六点，还没到六点。准确地说，现在是 5:50。噢，是 5:05。我们这就救你——这就送你去治疗，别担心，先生，不用担心。”

在他身后，警察们纷纷从大楼里拥了出来。远处，一辆救护车正呼啸着往这边奔来。

“噢，太可惜了，”给卡尔文做肺部排气的时候，其中一个人说道，“这不是那个大家经常说的——跑步的那个人吗？”

此时，距离他们十英尺以外的六点半肩膀脱了臼。另一半狗绳耷拉在它那扭伤的脖子上，它就这样看着。此刻的它，一心想到卡尔文身边，用鼻子闻一闻他的脸，舔一舔他的伤口，不要再让目前的状况恶化下去。然而，它心里很清楚。即便是在十英尺以外的地方，它也知道——卡尔文的眼睛已经慢慢地闭上了，胸部也停止了上下起浮。

它看那些人把卡尔文抬上救护车，身上盖着被单，右手从轮床的一侧耷拉着，断掉的绳子还紧紧地缠在他腰间。六点半把头转过去，它不喜欢这种离别的痛苦。它低下头，转过身，准备去找伊丽莎白，告诉她这个坏消息。

第十二章

卡尔文的分别之礼

伊丽莎白八岁的时候，哥哥约翰说她不敢从一处峭壁上跳下去，没想到她真跳了下去。下面是一处含水的采石坑；她就像一枚导弹一样触到了坑底。脚趾碰到水底往上一弹，弹出水面来，结果发现哥哥也出来了。原来，他是跟着她跳下来的。“你到底在干什么，伊丽莎白？”他把她拉到一边喊道，声音中充满了愤怒，“我只是在开玩笑！你这样很有可能会死掉！”

此时此刻，她坐在实验室的凳子上一动不动，在听一位警察跟她说有个人死了，还有人跟她说把他的手帕接过来，另外还有人在谈论审查的事。然而，她只记得那一刻自己脚趾触碰到水底时的感觉，软软的，滑滑的泥巴，好像在挽留她。等她缓过神来，脑子里只有一个念头：当年真应该就这么沉入水底，再也不上来。

都是她的错。她努力地跟警察解释这件事。狗绳的事，她不该买那东西。无论怎么说，那些人好像就是无法理解，于是，她一度怀疑这整件事都是自己想象出来的。卡尔文没有死，他去划船了，去旅行了。他还在五楼，在写他的日记。

有人告诉她：回家吧。

在接下来的几天里，她和六点半躺在那张乱糟糟的床上，睡不着，更是吃不下，只是呆呆地望着天花板，等着卡尔文推门回来。这时，一阵电话铃声将他们的思绪打断了。又是那个人在发牢骚——殡葬师——他一直在说："您必须做决定！"棺材里需要一身西装。"谁的棺材？"她问道，"你是谁？"那人打了很多次电话之后，六点半见她这种持续迷离的状态，实在看不过去了，它往衣柜那边拱了拱她，然后用爪子打开门。她看到的是：他的衬衫如同一具长长的尸体一样在里面晃荡着。她这才恍然大悟：卡尔文已经不在了。

就像哥哥自杀、迈耶斯被刺那样，她没有哭。一大团眼泪在眼圈里转，就是不掉下来。仿佛气管被人从身体里抽走了：无论做多少次深呼吸，空气都无法进入肺里。她想起了小时候有一个只有一条腿的人，她听那人向图书馆管理员投诉说，有人在书库的某个地方烧水。他解释说，这样很危险；她应该做些什么。管理员说，没有人烧水——那是一个单间阅览室，所有人都在她视野范围之内——可是，他依旧没完没了地这样，冲着她大喊大叫，为此，不得不叫来两个人把他架了出去，听其中的一个人说，那个可怜的家伙是得了炮弹休克症，可能永远都无法恢复了。

问题是，此时此刻，她也听到了烧水声。

为了不让那人再打电话来，她只好找了身套装。卡尔文从不穿西装，于是，她只好找了些他可能会喜欢的衣服：划船时穿的衣服。接着，她就把那小捆衣服拿到殡仪馆，交给葬礼主办人。“给你。”她说。

对方经常遇到像她这种丧亲的人，久而久之便掌握了一套与之相处的艺术，只见那人一边客气地点着头，一边接过那些衣服。可等她刚一转身，他就把那衣服交给助手并说道：“4 号间的死者，46 码加长。”助手接过那身衣服，直接扔进一个没有标记的柜子里，里面都是过去几年里死者家属们在极度悲痛的情况下拿过来的不合适的衣服，已然堆成了一座小山。紧接着，助手走向一间大衣柜，从里面拿出一套 46 码加长的衣服，抖了抖裤子，又吹了吹上衣肩膀上落着的灰尘，然后就直奔 4 号间去了。

还没等伊丽莎白走出十条街远，他就成功地将卡尔文那僵硬的身体塞到了那身西装里，先是将手塞进那黑洞洞的袖管，就是那双曾经抱过伊丽莎白的手；又把腿塞进毛料裤管里，就是那双曾经盘在她身上的腿。接着，他又系上衬衫扣子和腰带，又整理了一下领带，打了个结。那人从头到尾将西装上的灰尘掸了一遍，寓意着生命的终结。最后，他退后一步欣赏着自己的作品，又整理了一下翻领。之后又拿过一把梳子；他犹豫了一下，关上门，走过门厅将自备的午餐拿过来，中间停了一下。那里有一间小办公室，办公室里有一台大机器，后面坐着一个女人，他跟那女人交代了几句话。

还没等伊丽莎白走出十二条街，那身脏兮兮的西装钱就已经写到她的账单上了。

葬礼是一条龙地包办的。那天来了几个船手、一名记者、大约 50 名黑斯廷斯员工。其中有那么几个人，虽然表面上鞠躬行礼、穿着深色的衣服，实际上，他们来卡尔文的葬礼不是为了悼念他，而是来幸灾乐祸的。叮咚，他们暗自庆幸，大王终于挂了。

正当几个科学家在窃窃私语时，发现了远处的佐特，身旁站着那只狗。那狗身上又没拴绳子——这是违反城市最新的狗绳法案的，更何况，撇开其他原因，整片墓地周围都有禁止狗入内的标语。看来还是老样子，老样子。哪怕是在面临死亡的时候，佐特和埃文斯仿佛也在用行动表明，那些规则在他们身上并不适用。伊丽莎白站在远处，戴着眼镜，观察着这些人。一对穿着讲究的夫妇站在另一座墓前观看着这边的葬礼，好像在观看一起五十辆汽车连撞的事故现场。她一只手放在六点半的绷带上，心里想着接下来该怎么办。其实，她不敢靠近棺材，因为她知道，她定会拼死把棺材打开，爬进去与他葬在一起，那样就意味着要与眼前这群阻挠她的人展开一番对抗，她不想受到阻挠。

六点半感觉到了她寻死的想法，因此，它这一周以来都在看着她。问题是，它也想自杀。更加糟糕的是，它觉得她的想法跟自己一样——虽然自己想寻死，却希望它 / 她能活下去。老天，这种奉献精神着实令人心痛。

就在这时，身后有人过来跟他们说话，“嗯，至少，埃文斯赶上了今天这样的好天气。”这话给人感觉坏天气里举行的葬礼就有多么不幸似的。六点半抬头看了看这个方下巴、瘦瘦的男人，他手里拿着一沓便笺。

“抱歉打扰您。”那人对伊丽莎白说道，“可是，我看您一个人站在这里，想向您寻求些帮助。我在写有关埃文斯的事迹，刚刚在想，是否能问您几个问题——如果您不介意的话——我的意思是，我知道他是非常有名的科学家，但我只知道这些。您能再给我讲讲他的事吗？或者提供一些趣闻？您认识他很久了吗？”

“不。”她避开他的眼神说道。

“不……您……？”

“不，没有很久。绝对算不上很久。”

“噢，好吧，”他点了点头说道，“我懂了，所以您才会站在这里——关系算不上近，只是想向他致敬；明白了。他是您的邻居吗？或者，您认识他的父母？兄弟？姐妹呢？我想搜集一些背景信息。我听说过很多有关他的事；有人说他就是个浑蛋。您能简单说几句吗？我知道他还没有结婚，但是他有约会对象吗？”正在她继续盯着远处看的时候，他又压低嗓音说道，“还有，我不知道您看没看见那些标语，狗是不允许进墓地的。我的意思是，这是绝对不允许的。管理员应该看得很严。除非，我不明白，您需要狗，一只导盲犬，因为您是……嗯，是……”

“是的。”

只见那记者惊讶得后退了一步。“噢，老天，真的吗？”他抱歉地说道，“您是——噢，抱歉。只是您看起来不像……”

“我就是。”她又说了一遍。

“是永久性的吗？”

“是的。”

“太可惜了，”他好奇地说道，“是因为什么疾病吗？”

“狗绳。”

他又往后退了一步。

“噢，太可惜了。”他在她眼前轻轻地摆了摆手，看她是否有什么反应。这下应该没错了。什么都看不见。

远处，一位神父走了出来。

“看上去像是舞会的开场，”他将自己看到的讲给她听，“人们在找座位，神父正在打开《圣经》，嗯。”说着，他身子往后仰了仰，看停车场那边是否有更多的人过来，“说到家人。家人在哪儿呢？前排没有一个是家人。所以说，他真有可能是个浑蛋。”他转过头去看伊丽莎白，本想得到她的回应，却惊讶地看到她站了起来。“女士？”他说道，“您用不着去那边。大家都能理解您的境况。”她摸了摸提包，没有理会他。“嗯，如果您真想去的话，最好让我来帮您。”说着，他上前去搀她的胳膊，没想到一碰她，六点半就大叫起来。“老天，”他说，“我只是想帮她。”

“他不是浑蛋。”伊丽莎白从牙缝里挤出这句话来。

“噢，”他尴尬地说道，“不。显然不是。我很抱歉，我只是重复那些传闻而已。就是那些——谣言。我表示抱歉。不过，我以为您对他并不十分了解。”

“我没这么说过。”

“我以为您——”

“我只说我认识他不久。”她声音颤抖着说道。

“没错，我的确是这么问的。”他心平气和地回应着，一边又伸手去抓她的胳膊，“您认识他没有多久。”

“别碰我。”她将胳膊肘从他手里猛抽出来，六点半在旁边陪她从崎岖不平的草地上穿了过去，灵巧地躲过了那些石碑和枯萎了的花茎，恐怕只有视力 2.2 的人才能做到这点，接着，只见她独自站在最前排，找了一把椅子坐下，正对着他那口又黑又长的棺材。

接下来就是大家都熟悉的场景了：悲伤的表情，脏兮兮的铲子，无聊的经文，可笑的祷告词。然而，刚要往棺材上撒土的时候，伊丽莎白打断了神父的最后一段致辞，说道：“我得走了。”紧接着，她就转身带着六点半离开了。

回家要走很远的路：要走六英里，她穿着高跟鞋、黑色的衣服，只有他们两个。说来奇怪：无论是脚下的路（途中风景好坏参半），还是与周围气氛格格不入的他俩（面色惨白的她和受伤的狗儿），似乎都在奋力地对抗着早春的景象。他们所到之处，哪怕是这片区域中最为荒凉的地方，都有含苞待放的花儿从人行道裂缝与花坛之间钻出来，热热闹闹的，吸引着路人的注意，想让自己的芬芳融合到人体各种复杂的香水味当中。而在这繁花的簇拥之下，他们却如同行尸走肉。

刚走出一英里左右，葬礼车从后面追上了她。司机劝她上车，提醒她如果穿着高跟鞋步行，至少需要十五分钟，还说她已经付过车费了，不过他说车上不能带狗，其他司机或许能够同意。然而，她像没听见他说话一样，完全无视他，就像对那个聒噪的记者那样。最终，大家都放弃了，伊丽莎白和六点半做了唯一一件有意义的事：坚持步行。

第二天，她在家里待不下去了，又没有地方可以去，只好去了研究所。

说到她的那些同事，他们也着实没有别的办法。只能翻来覆去地说那些话。真替你感到遗憾。如果有什么需要，尽管来找我。我一直都在。太悲惨了。不过，他一定没遭受什么痛苦。他去了上帝那里。说得累了，倦了，他们就只能尽量避开她。

“需要多长时间都可以。”多纳蒂在葬礼上这样对她说道，一边说，一边把手搭在她肩膀上，他惊讶地发现，她其实并不适合穿黑色的衣服。“我一直都在。”可是，当看见她一脸茫然地坐在实验室的凳子上时，他也躲开了。后来，她发现，只有当自己“不在”的时候，大家才会“一直都在”。于是，她接受了多纳蒂的建议，就此离开了。

唯一能去的地方就只剩下卡尔文的实验室了。

“这可能会要了我的命。”来到卡尔文门前，她小声对六点半嘟囔了一句。狗儿用头抵着她的大腿，求她不要再往里走了，可她依旧打开了门，紧接着，他们俩就都走了进去。一股清洁剂的味道迎面扑来。

六点半在想，人类真奇怪，活着的时候总是在不停地打扫灰尘，死了之后却心甘情愿地把自己埋在土里。葬礼上，它不认为那一丢丢土能完全盖住卡尔文的棺材，看那铲子的型号，它甚至都有用后腿蹬土把坑填上的冲动。而此时此刻，尘土又成了被人厌恶的东西。卡尔文的所有痕迹都被抹去了。伊丽莎白站在屋子中央，六点半发现她脸上只露出一副惊呆的表情。卡尔文的笔记本全都不见了。统统被黑斯廷斯管理部门打包好，收了起来，唯恐接下来有哪个死者亲属过来认领这些东西。毫无疑问，她比任何人都更清楚地了解他的研究，而且她与他之间的亲密程度超过任何“亲属”，然而没有资格认领。

他们只留下了一件物品—— 一只装着他私人物品的木箱子：里面有一张她的快照，还有一些弗兰克·辛纳特拉的唱片、一些喉含片、一只网球、狗粮，箱子最下面是他的午餐盒——此刻的她心情沉重，心想，里面很有可能放的是几天前她给他做的三明治。

然而，等她打开一看，心跳几乎都停止了。里面居然是一只小蓝盒子，盒子里装的正是她之前见过的那枚小钻石戒指（在她眼里却是最大的）。

就在这时，福莱斯克女士探头进来。“原来是你在这里呀，佐特女士。”她脖子上晃荡着一副人造钻石的猫眼眼镜，如同一条粗制滥造的链子。“我是福莱斯克女士呀，人力资源部的。”她停顿了一下。“我本不想打扰你，”她一边说，一边又把门推开了一点，“可是……”紧接着，她发现伊丽莎白在看那只箱子里的东西。“噢，佐特女士，您不能这样做。这些都是他的私人物品，虽然我知道，也清楚——嗯——你和埃文斯之间不同寻常的关系，但是我们必须——走法律程序——要再稍微等一段时间，看看有没有——兄弟、侄子或是其他血亲——前来认领这些东西。你要理解。这并不是针对你，也不是针对你的——嗯，个性偏好；我也并不是在做道德判断。但是，在没有相关文件的情况下，也就是说，无法证明这些东西是他留给你的，恐怕，我们只能走法律程序。我们已经采取了相应的措施保护他的既得成果。已经被保存起来了。”说着，她突然停下了，开始对伊丽莎白一顿嘘寒问暖。“你还好吗，佐特女士？你看上去有点虚弱。”看到伊丽莎白身子稍微往前倾了倾，福莱斯克女士赶紧推门进来。

自从那天在餐厅——埃迪用那种眼神（从未用这种眼神看过她）盯着佐特——福莱斯克就觉得佐特着实可恨。

“我今天在电梯里，”埃迪心花怒放地说道，“正好佐特也进来。我们一起搭乘了整整四个楼层。”

“你们之间聊得好吗？”福莱斯克咬牙切齿地说道，“知道她最喜欢什么颜色吗？”

“没有，”他说，“不过，下次我一定能问出来。老天，她真是与众不同。”

从那以后，福莱斯克就一直听他讲佐特多么与众不同。只要跟埃迪在一起，就总是佐特这、佐特那；与她有关的话题就从未停止过——接下来，大家往往也都跟着一起谈论她。佐特，佐特，佐特。她真他妈讨厌佐特。

“我知道，有些话我本不该讲。”福莱斯克一边把她那软乎乎的手放到佐特背上，一边说道，“其实，你不必这么快就来上班的——尤其是来这里。”说着，她又探了探头，看了一下卡尔文曾经待过的地方。“这样对你没什么好处。你还没从惊吓中恢复过来，还需要休息。”说着，她假意在佐特背上拍了拍。“我知道大家是怎么说的。”她说道，暗指黑斯廷斯那些谣言（说她已经什么都不是了），“你也一定听说了那些谣言。”她继续说道，其实她心里清楚得很，伊丽莎白对谣言一无所知。“在我看来，不管埃文斯是不是真占了你的便宜，他的突然离世一定给你造成了不小的打击。其实，我认为，那是你的牛奶，只要你不想要了，可以任由你处置。”

她心里想着，好，就这样。现在，佐特应该知道大家在背后是怎么说的了。

伊丽莎白抬头看着福莱斯克，被她的一番话惊到了。她觉得，这个人居然可以在这么恰好不合适的时间点说这些不妥帖的话，还真要有一定的能力。或许，人力资源部的人都得具备这样的能耐——这种愚笨、可笑的无知让她拥有了侮辱丧亲者的能力。

“有几件事，我一直想跟你说，”福莱斯克说道，“第一件就是埃文斯先生的狗。它，”她指着六点半说道，此时的六点半正恶狠狠地盯着她，“很不巧，它不能再待在这里了。你得理解。黑斯廷斯研究所对埃文斯是绝对尊敬的，因此才能容忍他这种怪癖。可现在埃文斯先生离开了我们，恐怕这狗也得离开了。因为据我所知，这狗应该是他的。”她等着伊丽莎白的回应。

“不，这是我们的狗。”她努力辩驳道，“现在，是我的狗。”

“我知道，”她说，“可从现在起，它就得待在家里。”

此时，角落里的六点半抬起头。

“在这里，我不能没有它，”伊丽莎白说道，“不能。”

福莱斯克眨了眨眼睛，仿佛屋子里的光线太亮了，紧接着，她不知道从哪里拿出来一个笔记本夹。“当然了，”她连头都没抬一下地说道，“我也喜欢狗。”其实不然。“就像我刚才说的，我们之前那是对埃文斯先生的特殊关照。因为他对我们来说很重要。然而，从某种程度上来说，”说着，她把一只手放到伊丽莎白肩上，再一次轻轻地拍了拍，“你得识时务，这种特殊待遇已经没有了。”

伊丽莎白表情大变：“特殊待遇？”

正在看笔记本夹的福莱斯克抬起头来看着她，装出一副很专业的样子。“我觉得，这个我们大家心里都很清楚吧。”

“我从来没借用过他的这种特殊待遇。”

“我可没说你借用过，”福莱斯克假装惊讶地说道。接着，她压低声音，似乎在谈论秘密一般。“我能说点别的吗？”她短促地吸了口气。“还会有其他男士的，佐特女士。或许，他会跟埃文斯一样有名、有地位，不过，男人嘛，其实都一样。我学过生物学——所以知道这些事。你选择埃文斯，是因为他有名，又是单身，或许能对你的事业有帮助，谁能怪你呢？可现在不是这样了。他死了，你很悲伤——当然了，你一定很悲伤。但是往好处想一想：你再一次自由了。还有很多好男人，英俊帅气的男人。他们当中肯定有人愿意给你戴上戒指。”

她停顿了一下，脑子里本来浮现的是漂亮的佐特又回到单身池中，男人们都像浴缸里的泡泡一样在她周围哄她开心，结果突然又想到了丑陋的埃文斯。“一旦你找到下一个男人，”她说，“或许是个律师，”她具体说道，“你就可以停下手头所有那些没有意义的科研工作，直接回家，生好多宝宝。”

“那不是我想要的。”

福莱斯克见状又改口道：“噢，对，我们不是新时代的革命者嘛。”她嘴上说着，心里恨透了佐特，这一点毫无疑问。

“还有一件事，”她用笔敲了敲笔记本夹板，又继续说道，“现在是你的丧假期间。黑斯廷斯额外给了你三天假。总共是五天。对一个没有亲属的人来讲，这可是史无前例的——已经很，很慷慨了，佐特女士——这再次印证了埃文斯先生在我们心中的重要性。为此，我想跟你说的是，你可以回家去，待在家里。带着狗。这件事，我允准了。”

伊丽莎白不知道，到底是因为福莱斯克的这番话太过残忍，还是因为刚才福莱斯克进来之前她将那枚小小的、冰冷的戒指攥在手心里而产生的异样感，总之，她的五脏六腑无法自控地一阵翻腾，她赶紧转身跑到水池旁。

“正常反应，”福莱斯克到屋子对面取了几张纸巾，说道，“你还处于惊吓的状态当中。”当她把第二张纸巾递到伊丽莎白的额头上时，她推了推猫眼眼镜，仔细打量了一番。“噢，”她把头收回来，轻蔑地叹了口气说道，“噢。我懂了。”

“什么？”伊丽莎白小声嘟囔着。

“拜托，都现在这个时候了，”福莱斯克不以为然地说道，“你还想要怎样？”接着，只见她大声地说了一句，仿佛在暗示佐特她已经知道了。可佐特还是不懂她的意思，福莱斯克猜想，也有那么一丢丢可能她不知道。有些科学家就是这副样子，事情非得发生到她们身上才知道科学是怎么回事。

“噢，我差点忘了，”福莱斯克从她的腋窝下面拿出一张报纸来，“我猜，你已经看到这个了吧。照片拍得不错，你觉得呢？”原来是那天出现在葬礼现场的那个记者写的。标题是“被埋没的才华”，文字背后所隐含的意思是，埃文斯难相处的性格或许是他的科研潜力没能得以充分发挥的原因。为了证明这一论点，右面特意配了一张伊丽莎白和六点半站在他棺材前的照片，上面写着："其实，爱是盲目的。"紧接着又附上一小段总结语，大致意思是，他的女朋友几乎不承认自己认识他。

"怎么能写出这么恶毒的东西。"伊丽莎白捂着肚子，小声嘟囔着。

"你不会是又要吐了吧，嗯？"福莱斯克一边又递过来些纸巾，一边冷嘲热讽地说道，"我知道你是化学家，佐特女士，你心里清楚得很。没错，你一定也学过生物学。"

伊丽莎白抬起头，那张死灰般的脸，那空洞的眼神。有那么一瞬间，想到这个女人和她那只丑陋的狗，还有她呕吐的样子以及她即将面对的所有困难，福莱斯克竟然觉得有些过意不去。即便她聪明、漂亮，对男人有着无限的吸引力，此时此刻，佐特的境遇并不比其他人好到哪里去。

"知道什么？"伊丽莎白说着，"你想说什么？"

"生物！"福莱斯克用笔轻轻敲了敲伊丽莎白的肚子吼道，"佐特，拜托！我们都是女人！你心里应该很清楚，埃文斯在你肚子里留下了什么！"

此时，伊丽莎白恍然大悟地突然瞪大了眼睛，紧接着又是一阵呕吐。

PART 2

化学与烹饪：一路攀登，等待美景

“观众想在电视上看到的可不是跟自己类似的人，而是在生活中永远都成为不了的人。其中的道理你是知道的。”

第十三章

一群傻瓜

黑斯廷斯研究所的管理层遇到了大麻烦。明星科学家不幸离世，报纸文章还暗指他由于自身性格的原因导致一直没有获得应有的成就，至此，黑斯廷斯的利益相关者们——包括陆军、海军、几家药物公司、一些私人投资企业，还有一部分基金会——都吵着要“重审黑斯廷斯的在研项目”并“重新考虑未来的投资计划”。这就是研究机构的悲哀—— 一切都得看出资方的脸色。

于是，黑斯廷斯管理层决定编出如下这则荒唐的故事。埃文斯的项目一直进展得不错，谁能否认这点呢？办公室里堆满了笔记本，上面用潦草的字迹写了些奇怪的方程式，还标上了感叹号以及加粗的下划线，一般有重大研究突破的人都这样。其实，只要再过一个月，他就可以按照既定要求向日内瓦递交一份研究成果报告了。或者说，如果他没有被警车撞到的话，一切就都可以按照计划进行了，都是因为他不愿意像大家那样穿着芭蕾舞拖鞋在家里跑步，非要到户外去。

科学家，就是跟普通人不太一样。

这也是黑斯廷所面临的一个问题。黑斯廷斯研究所中，绝大多数科学家都属于那种普通的大众——或者至少没有那么与众不同。他们都是常人、普通人，顶多也就是比普通人强了那么一点点。他们不笨，却也不聪明。跟普通公司的绝大多数人差不多——从事一些日常的工作，偶尔能被提拔到管理层，依旧没什么可喜的成果。他们既不能改变世界，也不会无意间摧毁世界。

噢不，管理层是要仰仗投资人的，如今埃文斯死了，余下真正有才华的人寥寥无几。更何况，不是所有人都像卡尔文那样有着很高的地位；实际上，他们当中的一些人并没有把自己看成真正有创新思想的人。但黑斯廷斯管理层觉得，所有重大的创新思想与突破都得由这些人来实现。

然而，这些人身上唯一的问题就是（除了偶尔出现的个人卫生情况以外），他们好像经常把失败当成一种积极的结果。这些人总是喜欢引用爱迪生的话："我没有失败，只是尝试了一万种行不通的方法而已。"在科学领域，这种说法或许还能让人接受，但是在一屋子投资者面前，人家想要的是能立即投入使用、高价的、长期的抗癌疗法，这种时候，上面那番话是绝对不行的。若真有相对应的病症，上帝或许还能拯救一下他们。若是根本没有这种病，那赚钱可就不那么容易了。为此，除了科学出版物以外，黑斯廷斯尽量不让他们接触其他出版物，因为科学出版物无人问津。现如今呢？去世的埃文斯出现在《洛杉矶时报》的第 11 页内容中，还有他棺材旁边的是……？

是佐特和那只狗。

这就要提到管理层即将面临的第三个问题：佐特。

她也是他们当中的一位创新者。当然了，她并没有被人所认可，不过从她的行为来看，一直都是把自己当成一名创新者的。没有一个星期是消停的，总能接到有关她的投诉——她发表见解的方式，她坚持要在论文上署自己的名字，她拒绝为别人端茶倒水……总之，问题很多。不过，她的项目——或者说是卡尔文的项目？——属实令人心服口服。

她的无生源项目之所以能得以推进，完全是因为一个从天而降、只针对这一项目进行投资、长得如同肥猫一般的投资人。虽然有钱人行事都有些古怪：可以给一个毫无价值的、希望十分渺茫的项目投资，但这种幸事岂是说有就有的？听那位有钱人说，他读过伊丽莎白·佐特写的一篇论文——是以前加州大学洛杉矶分校早就研究过的内容——对其潜在的价值极为感兴趣。从那以后，他就一直在找佐特这个人。

“佐特？可是，佐特先生就在这里工作！”他们忍不住告诉那人说。

那位有钱人看上去着实吃了一惊：“我只能在这里待一天，很想见见这位佐特先生。”他说道。

于是，他们支支吾吾地没说什么。但是心里在想，见见佐特。如果他发现佐特是个女的，而不是男的该怎么办？他们就会被撤资。

“很不巧，您恐怕见不到他。”他们说道，“因为佐特先生现在正在欧洲，参加一次学术会议。”

“太遗憾了，”有钱人说，“那就等下次有机会吧。”接着，他继续说，他会今后每隔几年来审核一次项目的进展情况。因为他知道，科研是一个漫长的过程。他也知道，科研需要时间，需要长远的规划，需要耐心。

时间、规划、耐心。真有这种人？“您这样做太明智了，”那些人一边说，一边兴奋得直想在办公室做几个后空翻了，“感谢您的信任。”还没等他上那辆豪华汽车，他们就已经把他的一大笔钱投到那些更有前景的研究领域了，甚至给埃文斯分配了一小部分资金。

接下来，在那些人好心好意地又给埃文斯那个不知所云的项目投了钱之后，埃文斯居然怒闯他们的办公室，并表示，如果不找个理由给他女朋友的项目投钱，他就带着那些器材、想法以及诺贝尔奖提名者的身份离开这里。他们恳求他再考虑考虑，难道真要资助那个无生源项目？拜托。然而，他拒绝讨价还价，甚至断言，她的想法或许比自己的还要好。当时，他们只把这话当成一个男人（中了大奖抱得美人归）的胡言乱语。然而现在呢？

她的理论与其他人（即那些喜欢引用爱迪生那句“我没有失败”的人）的不同，她是遭遇了——至少在埃文斯看来是这样——绝对的瓶颈。达尔文在很久之前就提出过，生命是从单细胞细菌的分裂开始的，后来继续演化出了由人类、植物与动物组成的复杂星球。而佐特呢？她就像一只猎犬一样，非要追寻那第一个细胞。也就是说，如果她继续研究的话（毫无疑问，她一定会那样做），她将解开人类有史以来最为神秘的化学谜团之一。至少在埃文斯看来是这样。唯一的问题在于，这个过程可能会花上九十九年，而在这漫长的九十九年里，任何结果都不可能产出。到那个时候，这位长相如同肥猫一般的投资人早就死了。更重要的是，到时候这些人也都死了。

此外，还有一个小细节。管理层已经得知了佐特怀孕的消息。她这是未婚先孕。

这日子还能再糟糕点吗？

所以很明显，她必须走；这一点毫无疑问。黑斯廷斯研究所是有规定的。

如果她走了，那创新一线还能有什么人呢？就只有一小撮人能做出点不痛不痒的成就来，顶多如此。而那些不痛不痒的成就是无法带来大额投资的。

好在佐特是与其他三个人共事的。黑斯廷斯管理层赶紧派人去把他们叫了来；他们需要确保一件事，如果没有佐特，那么，她所谓的那项重大研究依旧可以勉强进行下去——无论如何，都要做出把钱（实际上并没有给她的项目投钱）用在刀刃上的样子。可这三位博士一进屋，黑斯廷斯管理层的人就意识到，麻烦来了。他们中的两个人很不情愿地承认，佐特是主力，未来的任何一步进展都缺她不可。而第三名博士——那个名叫博里维茨的人——与前两位不同。他声称一切都是他做的。然而，他并没有拿出任何有价值的论据来支撑自己的那番说辞，管理层的人们这才知道，原来面前的这位在科研领域是一个彻头彻尾的傻瓜。黑斯廷斯研究所到处都是这样的人，并不稀奇，每个公司里都是呆瓜成群。看来以后，他们得严守面试这一关了。

此时坐在他们面前的这名化学家到底是怎样的呢？他连无生源这个词怎么拼都不知道。

接着，人力资源部的福莱斯克女士——记得吗，就是那个最先散播佐特境况的人？她用她那仅有的一点小聪明四处宣扬佐特怀孕的消息，尽可能地在中午之前让黑斯廷斯的所有人都知道了佐特的事。可把那些人吓坏了。谣言是具有野火效应的，也就是说，研究所的那些大投资商迟早会知道这件事，而且，那些投资商——众所周知——都讨厌绯闻。尤其是那个十分看好佐特的有钱人。就是那个以无生源的名义给他们投了一大笔钱的人——那个声称自己读过佐特先生在很久以前写过的一篇论文的人。若是知道了佐特不仅是一个女人，还是一个绯闻缠身、未婚先孕的女人，他该是何种反应？老天！他们能想象到那样的画面，那辆大型豪华汽车开到公司门口，甚至没等司机把火熄掉，那人就从车上下来，直接进到公司，要求撤资。“我资助的居然是一个职业荡妇？”他可能会这样说。那可就麻烦了。他们得赶紧处理掉佐特。

“恐怕你给我们找了个大麻烦，很大的麻烦，佐特女士。”一星期后，多纳蒂博士隔着桌子，往她那边扔去一份解雇书。

“你是想解雇我？”伊丽莎白一脸疑惑地说道。

“我想尽可能妥善地解决这一切。”

“为什么要解雇我？什么理由？”

“我想你应该知道。”

“说来听听。”她身子向前倾了倾，两手紧紧地合握在一起，左耳后面的 2B 铅笔在阳光下闪闪发光。她也不知道自己如何做到如此镇静，但是她知道她必须这样。

他看了一眼福莱斯克女士，她正在忙着做记录。

“你怀了孩子，”多纳蒂说道，“别想否认。”

“没错，我是怀孕了。没错。”

“没错？”他哽咽了一下，“没错？”

“再说一遍。没错。我是怀孕了。可这跟我的工作有什么关系？”

“拜托！”

“我又不是得了传染病，”她摊开两手说道，“这又不是霍乱。不会传染别人怀上孩子。”

“你还真是有勇气，”多纳蒂说道，“要知道，女人一旦怀孕就不能继续工作了。而你——你不仅有了孩子，还是未婚先孕。这是一件可耻的事。”

“怀孕是一种正常现象，并不丢脸。只有这样人类才能繁衍下去。”

“你怎么可以这么说，”他抬高了语调说道，“身为一个女人，给我讲怀孕的事。你以为自己是谁？”

她看上去像是被他的话惊到了。“一个女人。”她说道。

“佐特女士，”福莱斯克女士说了句，“我们的行为准则中不允许这样的事情发生，你是知道的。你需要把这份解雇书签了，然后去把桌子收拾干净。我们这里是有规定的。”

然而，伊丽莎白并没有退缩。“我不明白，”她说道，“你们是因为未婚先孕这件事解雇我。那那个男人呢？”

“什么男人？你是指埃文斯？”多纳蒂问道。

“男人。若女人未婚先孕，那个让女人怀孕的男人是不是也应该被解雇？”

“什么？你在说什么？”

"比如说，你们会解雇卡尔文吗？"

"当然不会！"

"如果不会，那么，严格来讲，你们也没有理由解雇我。"

多纳蒂一脸疑惑。什么？"当然，我有理由，"他结结巴巴地说道，"当然，我有理由！你是女人！你是那个怀了孩子的人！"

"这是理所当然的事。不过你也知道，怀孕是需要男人那颗精子的。"

"佐特女士，我警告你，请注意你的语言！"

"你的意思是，如果一个未婚男人让一个未婚女人怀了孕，他不会受到惩罚。生活继续。工作也照常。"

"这不是你的错，"福莱斯克插话道，"看得出来，你是想骗埃文斯跟你结婚。"

"其实，"她把额前的一缕头发拨开，说道，"卡尔文和我是不想要孩子的。而且，为了避免出现这样的结果，我们已经采取了应有的措施。怀孕是因为避孕措施失败所导致的，不涉及道德问题，也跟你们没有任何关系。"

"是你让这件事跟我们扯上了关系！"多纳蒂突然大吼道，"为了以防万一，不是有紧急避孕措施吗，叫什么来着，嗯！总之，我们是有规定的，佐特女士！规定！"

"这个理由不算数，"伊丽莎白冷静地说道，"我从头到尾读了员工手册。"

"是不成文的规定。"

"而且是没有法律效力的。"

多纳蒂朝她吼道："埃文斯会因为你的表现而感到耻辱，万分耻辱。"

"不会，"伊丽莎白淡然地回应了一句，语气空洞而镇定，"他不会。"

紧接着，房间里陷入了一片沉寂。这便是她表示抗议的方式——既免去了尴尬，也不用激烈的言辞——好像最终一定会掌握主动权，一定会胜利。这恰巧是让她的那些同事讨厌的地方。还有就是，她觉得自己与卡尔文之间的关系是更高层级的——仿佛是用一种坚不可摧的原料制成的，可以抵抗一切外力，即便是他的死亡。这种态度让人十分反感。

伊丽莎白两手平放在桌子上，等着他们的反应。失去爱人之后，会让人领悟到一个极为简单的道理：时间，人们时常挂在嘴边却从未将它当回事，然而，它太珍贵了。她还有事要做，所以，她得先走了。她不能就这样坐在这里，跟这两个自以为是道德行为守护者、高高在上的法官（实则完全没有判断力）的家伙在一起，一个看上去连怀孕的原理都弄不明白，另一个跟着帮腔，因为她跟其他很多女人一样，以为贬低其他同性就能提升自己在男性领导心中的形象。更讽刺的是，这种毫无逻辑可言的谈话过程居然会发生在这样一栋专门做科研事业的建筑大楼里。

"结束了吗？"她站起身来，说道。

多纳蒂无话可说，看来事情就到这里了。佐特就要离开，带着她还未出生的私生子，肩负着尖端领域的研究工作，守护着这段敢与死亡展开挑战的恋爱。至于她那个有钱的投资人，稍后就留给他们处理吧。

“签字，”他命令道，福莱斯克朝伊丽莎白扔过一支笔来，“今天中午之前，你必须离开这栋大楼。工资结算到周五。不允许跟任何人提起你被解雇的原因。”

“医疗保险也结算到周五。”福莱斯克一边用指甲轻轻敲打着她那无处不在的笔记本夹，一边尖声说道。“哒，哒。”

“希望这次的事能让你明白，要学会为自己不妥的行为负责。”多纳蒂伸手拿过那份签署完的解雇书，补充道。“不要怪其他人。可别像埃文斯那样，”他继续说道，“逼我们给你提供资金。站在黑斯廷斯管理层面前威胁我们，如果不按照他的话做，他就离开这里。”

伊丽莎白看着他，像是被人抽了一耳光。“卡尔文做了什么？”

“你自己心里清楚。”多纳蒂打开门说道。

“中午之前离开。”福莱斯克把夹子往胳膊下面一掖，又重复了一遍。

“写推荐信也会是个问题。”多纳蒂进到走廊时，又说了一句。

“她是沾了人家的光。”福莱斯克小声嘀咕着。

第十四章

悲痛

六点半最讨厌的事情莫过于去墓地了，因为途中会经过卡尔文被撞的地方。曾听人说，静坐常思自己过，这一点极为重要，它不明白其中的道理。其实，过失本身就是令人无法释怀的。

快要到墓地时，它搜寻着敌方（墓地管理员）的动静。看到没有人，它便从后门爬了进去，溜过一排排墓碑，中途从一块墓碑前叼走一朵新鲜的水仙花，然后来到它的目标墓碑前：

卡尔文·埃文斯

1927—1955

伟大的化学家、船手、好友、爱人

生命的时日本就不多。

墓碑上本应该刻的是马可·奥勒留[①]的那句“生命的时日本就不多。要利用这时光打开灵魂的窗户，让阳光照进来”。可惜，墓碑很小，刻字师傅把第一部分内容的字刻得太大，导致后面没有了空间。

六点半盯着那几行字。它知道那是文字，因为伊丽莎白一直在试着教它认字。不是命令。是文字。

“从科学的角度讲，我们的狗能知道多少词汇？”一天晚上，她这样问卡尔文。

“大概 50 个吧。”正在一旁看书的卡尔文连头都没抬一下地说道。

“50 个？”伊丽莎白噘起嘴唇说，“嗯，你说得不对。”

“或者是 100 个。”他又说道，依旧在看书。

“100 个？”她用质疑的语气回应道，“怎么可能？它现在就能认 100 个词了。”

卡尔文抬起头来：“什么？”

“我在想，”她说道，“有没有可能教狗狗说人类的语言呢？我的意思是整个语言体系。比如，英语。”

“不能。”

“为什么？”

卡尔文察觉到她不太愿意接受这种说法（其实，还有好多说法都是她不愿接受的），于是语气缓慢地说道：“嗯，因为，物种之间的

---

① 马可·奥勒留（Marcus Aurelius，121—180），罗马帝国政治家、军事家、哲学家，罗马帝国五贤帝时代最后一位皇帝，拥有恺撒称号（Imperator Caesar）。有以希腊文写成的著作《沉思录》传世。

交流是受脑容量限制的。”他合上书，“你怎么知道它已经能认 100 个词了？”

“它已经认识 103 个词了，”她看着笔记本说道，“我一直在做记录。”

“是你教它这些词的。”

“我采用的教育方法是接受性学习——目标识别。它就像个孩子一样，对感兴趣的事物更能自主地去接受。”

“那它感兴趣的是……”

“食物。”她从桌旁站起身来，开始收拾书本，“不过我敢说，它一定还对其他很多事情感兴趣。”

卡尔文半信半疑地看着她。

从此以后，两人开始了对狗的单词训练：他和伊丽莎白坐在地板上，翻看着大本的童书。

“太阳。”她指着一张照片教它，“孩子。”接着，她又往下指了指一个名叫格蕾泰尔的小女孩，那孩子嘴里正吃着一块家庭百叶窗形的棒棒糖。孩子居然会吃百叶窗形状的东西，为此，六点半并不觉得奇怪。它在公园里看到的那些孩子什么都吃。只要是能摸到的，他们都可以拿到嘴里吃。

这时，墓地管理员从左侧进入了它的视野范围，肩上挎着一支步枪——在六点半看来，这是一种怪象，在这种死人待的地方还要扛着那东西。它俯下身来，等那人走过去，接着，它放松下来，趴在那埋着棺材的地方。你好啊，卡尔文。

这是它与另一个世界的人进行沟通的方式。或许有用，也或许没用。它也经常用这种方式跟伊丽莎白肚子里的那个小东西说话。你好啊，小东西，它把耳朵往伊丽莎白肚子上一贴。是我呀，我是六点半。就是那只狗狗。

无论什么时候，在开始交流之前，它总是先介绍自己。因为就它自身的经验来讲，反复重复一件事是很重要的。关键是不能过度重复——不能引起对方内心的反感，那样会导致负面影响，反而不利于学生的记忆。我们称这种反感的情绪为厌倦。在伊丽莎白看来，这种厌倦的情绪绝对是我们现如今教育的一处败笔。

小东西，上周它还在跟他/她说话，六点半在这里呢。它等着他/她的反应。有时，那小东西会伸出小拳头来，把它吓一跳；其余时候，它能听见他/她像是在唱歌。昨天，那小东西又有了新动作——你应该了解一点你父亲的事。听到六点半的话，那小东西居然哭了起来。

六点半把鼻子伸进草丛里。卡尔文，它说道，我们还是聊聊伊丽莎白吧。

卡尔文死后大概三个月，一天凌晨两点，六点半发现伊丽莎白穿着睡衣在厨房里，脚上穿着一双胶鞋，屋子里灯火通明。她手里拿着一把锤子。

它吓了一跳，只见她抡起大锤就朝一面橱柜墙砸去。抡到一半，她停下了，仿佛是在预估这一锤下去会有什么效果，随后，她再次抡起锤子，这次比刚才的力度还要大，像是要来一次本垒打。后来，她就这样砸了两个多小时。趴在桌子下面的六点半看着她把厨房弄得如同森林一般，一番狂风暴雨似的打砸，中间只被铰链和钉子阻挠过。旧地板上堆满了各种器具、板子，木屑落在上面，像是经历了一场突如其来的暴雪。后来，她把这些都收拾起来，天还没亮就拖去了后院。

“今后，我们就把架子放在这里。”她指着坑坑洼洼的墙对六点半说道，“我们把离心机放在那里。”说着，她拿出一个团尺来，示意它从桌子下面出来，紧接着把尺子的一头塞到它嘴里，然后让它到厨房的另一头去。“把那东西放在那边的地上，六点半。再远一点。再远一点。好。按住了。”

随后，她在笔记本上记了些数字。

上午八点钟，她制订了一个大致的计划；十点钟的时候，列出了一张购物单；十一点，他们就开着车去木材厂了。

人们往往会低估孕妇的能力，更会低估一个处于悲痛中的孕妇的能力。木材厂的人一脸好奇地盯着她。

“你老公是想重新装修一番吗？”看见她那微微隆起的小腹，他这样问道，“为了迎接宝宝的到来？”

“我是想建一个实验室。”

“你指的是育婴房吧。”

“不是。”

听了她这含糊的回答，那人抬头看了她一眼。

“有什么问题吗？”她问道。

那天晚些时候，材料送到家里来。她还从图书馆弄了一套《大众机械》杂志，接着就开工了。

“三英寸的钉子。”她说道。六点半不知道什么是三英寸的钉子；不过，它沿着她点头示意的方向过去，在附近找到了一排小箱子，从里面找到个东西，叼着放到她张开的手心里。“三英寸的螺丝钉。”一分钟后，她又说了一遍，它到另一个箱子里找了找。“那是方头螺栓，”她说道，“再找找。”

后来，他们从白天一直干到晚上，一直到认字的时间才停下来。这时，门铃响了。

就在她被解雇后的两周左右，博里维茨博士过来拜访，虽然嘴上说是拜访，实际上是因为搞不明白一些测试结果。“只需要一会儿。”他斩钉截铁地说着，可一待就是两小时。第二天依旧如此，不过这次又跟来了实验室的另一名化学家。第三次又多了一个。

于是，她灵机一动。接下来便开始收取费用了，只收现金。若有人胆敢质疑收费的必要性，而且拿“为了让她维持专业学术素养”为由，那么，她就要收取双倍的费用。若有人胆敢随意评论卡尔文——就收取三倍的费用。若有人提起她怀孕的事——说她面色红润，真难以相信——就收取四倍的费用。她就是这样赚钱的。其实跟在黑斯廷斯没什么区别，反倒省去了交税这档子麻烦事。

“往这边走的时候，我好像听见了砸东西的声音。”其中一个人说道。

“我在建一间实验室。”

“你该不会是认真的吧。”

“我一向是认真的。”

“可是你就要当妈妈了。”他小声嘀咕了一句。

“既是妈妈又是科学家。”她把袖子上的木屑往下掸了掸，说道，“你是一个父亲，对吗？既是父亲也是科学家。”

“没错，可我有博士学位。”他特意用这话强调了一下自身的优势，然后指了指困惑了自己数个星期的一系列测试方案。

她表情复杂地看了看他。“你有两个问题，”她敲了敲那一沓纸，说道，“温度太高了，再降摄氏度。”

“明白了。那另一处呢？”

她把头歪向一边，看着他一脸茫然的表情，说道：“这个问题是无解的。”

把厨房改装成实验室，大概花了四个月的时间，工程结束后，她和六点半往后站了站，欣赏着自己的劳动成果。

相当于整个厨房长度的架子上摆放着广泛使用的实验器材：化学药品、烧瓶、烧杯、吸管、虹吸瓶、空的蛋黄酱罐、一套指甲锉、一堆石蕊试纸、一盒药物滴管、各种玻璃棒、从后院扯过来的水管、从附近静脉切开术实验室后面小巷的垃圾箱里捡来的没用过的试管。当初放餐具的抽屉如今放的是防耐酸与防刺穿手套和护目镜。她还在所有燃烧器下面安装了金属锅，以帮助酒精变性，此外，她还买了一台二手离心机，把窗格子改成了一套 4×4 的线板，把自己喜欢的、仅剩的一点香水倒了，做成一只酒精灯——还把一支口红管做了改装，塞到卡尔文的旧保温瓶塞里，做成瓶塞——原来挂电线的地方改成了放试管，把香料架改成了装各种液体的悬挂架。

还有那看上去很温馨的福米卡厨台、旧陶瓷水槽，统统都改掉了。

她从木材厂买来一块胶合板，做成了台面型的板子，然后把这板子拿到一家金属制造公司碾碎，做成了一块不锈钢仿板，经过适当的裁剪与切割，终于得到了一件完美的成品。

现如今，几处铮亮的台面上放的是一台显微镜和两只之前用过的本生灯，其中一只是剑桥大学赠给卡尔文的——为了纪念他在那里度过的大学时光——另一只是由于学生缺乏学习兴趣，高中化学实验室索性淘汰不用了的。在新改装后的双水槽上方，贴着两个句手写的标识：一个是“废物槽”，另一个是“水源”。

最后还有一处重要的装置，就是通风橱。

“以后这就是你的职责了，”她对六点半说道，“我忙着的时候需要你来拉这里的拉链，还要学会怎样按这里的大按钮。”

后来，六点半在墓地里跟那位埋在地下的人说道，卡尔，她从来都不睡觉。不是在实验室，就是在为别人干活，不是在教我识字，就是在蹬划船器。不是在蹬划船器，就是坐在凳子上发呆。这对那个小东西可不好。

它记得当初卡尔文也经常发呆。“我这是在思考。”卡尔文这样跟六点半解释道。不过，别人也时常这样说卡尔文，说他有时一整天，有时一个钟头都是这样。卡尔文·埃文斯坐在那宽敞的实验室里，周围是各种顶级机器设备，还有音响，什么都不做，只顾发呆。更令人窝火的是，他什么都不做居然还能拿薪水。不仅如此，居然这个样子还能拿到诸多奖项。

但是她跟你不同，六点半跟他倾诉着，她的眼神更像是濒临死亡的。一副魂不守舍的样子。我不知道该怎么办。他对着地下的白骨吐露着心声。最重要的是，她还在教我识字。

这让它很痛苦，因为它根本就用不上这些字，对此，它无法给予她任何希望。再说，即使它认识每一个英文单词，也不知道该说些什么。因为，面对这样一个一无所有的人，它能说什么呢?

她需要希望，卡尔文。它一边心里想着，一边用力地贴在草丛上，仿佛这样就能管用。

就在这时，它听到了拉安全栓的声音，仿佛刚刚那番心里话被感应到了一样。它抬头一看，原来是墓地管理员，他正在用枪指着它。

“你这只该死的狗！”只见他恶狠狠地盯着六点半说道，“你跑到这里来，踩坏了我的草坪，还想在这里为所欲为。”

六点半一动不动。它的心脏一阵狂跳，心里琢磨着这件事可能会带来的后果：伊丽莎白再次遭受打击，肚子里的小东西还不知道是怎么回事；会流更多的血、更多的眼泪，会有更多的心痛。于它而言，是又一次失败。

只见它往前一跳，把那人结结实实地扑倒在地，紧接着，一颗子弹从它耳边穿过，打进了卡尔文的墓碑里。那人大叫了一声，伸手去捡枪，没想到被六点半抢先了一步。它龇着牙。

人类，总是有那么一部分人似乎无法摆正自己在动物王国中的实际位置。它按住那老头的脖子，只要朝着对方的喉咙一口下去，一切就都结束了。那人惊恐地看着它。看来，他摔得已经够狠了；左耳旁已经淤了一小摊血。它想起了卡尔文的那摊血，那么大的一片，是如何在短时间内从一小摊变成一大摊，再变成一大片的。想到这里，它不情愿地用脚按住了那人头部流血的部位。然后开始大叫，直到有人过来。

第一个赶到现场的还是那个记者——那个在卡尔文葬礼上出现过的人——那个至今依旧守在葬礼现场的记者，他的编辑觉得，他的能力仅限于此。

“是你！”记者说了一句，他立即认出了六点半，那只非导盲犬，那只跟在漂亮的、非盲的寡妇——哦不，是死去了恋人的女朋友——的身边的狗。它穿过一片纵横交错的十字架，来到这块墓碑前。正当别人跑过来赶紧呼叫救护车时，那个记者却在拍照片，一会儿想把狗放在照片的这个位置，一会儿又想把狗放在照片的那个位置，脑子里一直想着要怎么编排故事。接着，他一把抱过这只身上沾了血的家伙，放到自己车上，载着它来到了狗牌上写着的地址。

伊丽莎白一打开门，眼前这个男人似乎在哪里见过，怀里抱着六点半，而且六点半身上还有血。她吓得尖叫了一声，记者见状赶紧说道：“别急，别急，它没受伤。那不是它的血。不过，您的狗可是个英雄，女士。至少，我是打算这样写的。”

第二天，心有余悸的伊丽莎白打开报纸，在第 11 页找到了六点半，它正坐在七个月前的那个地方：卡尔文的墓前。

“狗狗悼念主人，救人性命，”她大声读出来，“公墓禁狗令或将解除。”

文章中说，人们早就对墓地管理员和他的那支枪不满了，还说有几个人曾经见过他在葬礼上用枪打松鼠和鸟。文章中承诺，那名管理人员将立即被换掉，墓碑上的碑文也要重新刻印。

她盯着六点半和卡尔文被毁碑文的特写照片，碑文被子弹打得只剩下大约 1/3 的文字了。

“噢，我的老天！”伊丽莎白一边看着剩下的那部分文字，一边惊叹道。

卡尔文 · 埃

1927-19①

伟大的化②（Brilliant che）

生命的时日③（Your days are nu）

她的面部表情发生了细微的变化。

“Your days are nu，”她读道，“Nu，”她突然想起那个悲伤的夜晚，卡尔文跟她说过自己童年时期的魔咒。每天都是崭新的一天。

她又看了看那张照片，感到十分惊奇。

---

① 原文如此，表示后面的数字被打掉了。

② 这里其余的英文字母被打掉了，原文应为 chemistry。

③ 同上。

第十五章

不经意间的建议

“你的生活就要有所变化了。”

“什么？”

“你的生活，就要有所变化了。”在银行排队时，伊丽莎白前面的一个女人转过身来，指着她的肚子说道。她依旧阴沉着脸。

“变化？”伊丽莎白不知何故，看了一眼自己圆滚滚的肚子，像是刚刚见到自己这个样子，“你指的是？”

那一周，这已经是第七次听到别人说这样的话了，说她的生活就要有所变化，这种话，她已经听够了。她没了工作，不能再做科研，如今也控制不了自己的膀胱，甚至连脚尖都看不到，睡不安稳，皮肤的状况也不大正常，后背酸痛，更别说像没怀孕的人那样无所顾忌地享受各种自由了——比如，可以正常地坐在方向盘后面。目前看来，她得到了什么呢？体重。

“我一直都想去做个检查，”她把手放在肚子上说道，“你觉得里面会是什么？希望不是肿瘤。”

听了这话，那女人惊恐地瞪着双眼，之后又立即眯了起来。“可没有人开这种玩笑，女士。”她语气不自然地说道。

“你现在是不是觉得身子很乏累，”一小时后，伊丽莎白在杂货店排队结账时打了个哈欠，一个头发如钢丝一般的女人这样问她，一边说还一边摇了摇头，仿佛已经看出伊丽莎白的脆弱无助了。“等着瞧吧。”接着，她开始大谈特谈，有哪两方面的事很糟糕，有哪三方面的事让她觉得厌烦，以及哪四方面的事让她觉得肮脏污秽，哪五方面的事让她觉得害怕，几乎一口气说到了孩子的青少年时期，叛逆的青春期，尤其，尤其是，噢老天，骚动的青少年时期，还说了男孩儿哪里比女孩儿好，女孩儿哪里比男孩儿好，就这样一直说啊说啊，直到袋子里的东西装满了，再也拎不动了，只好回去放在自己的人造木板车上，然后回家找那些忘恩负义的人去了。

“肚子高挺。”汽油站的人看到她说道，“肯定是个男孩儿。”

“肚子高挺。”图书馆的管理员说道，“肯定是个女孩儿。”

“老天赐给你一件礼物。”那一周的后几天，伊丽莎白一个人孤零零地站在墓地里那座怪异的墓碑前，一位神父这样跟她说道，“荣耀归神！”

“不是神，”伊丽莎白指着那块新墓碑，说道，“是卡尔文。”

神父走后，她还在那里，弯下腰来用手指摩挲着那些复杂的刻字。

卡尔文·埃文斯

1927—1955

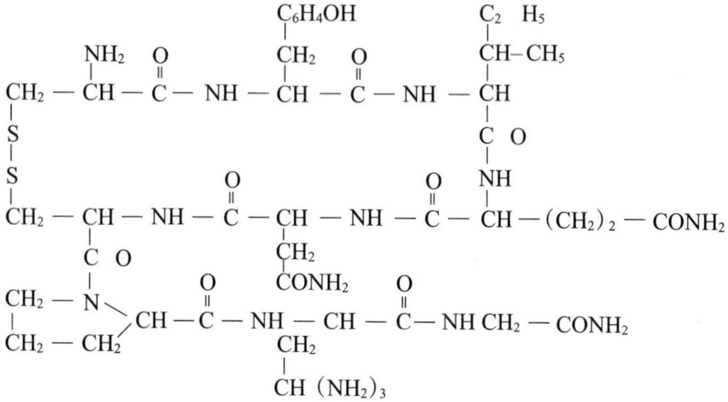

“为了弥补之前的事故，”墓地管理机构的人告诉她说，“我们会给您提供一块新的墓碑，也一定会把之前的碑文一字不落地刻上去。”可伊丽莎白这次决定不用马可·奥勒留的话，而是用了一个代表幸福的化学式。大家都看不懂，但她一直坚持，所以也就没人再说什么。

“我最终还是要去见一个人，为了这个，卡尔文，”说着，她指了指自己的大肚子，“梅森医生，那个船手，那个让我加入八人船队的人。还记得吗？”她盯着碑文，仿佛在等着他的回应。

25分钟后，她在一部空间狭小的电梯里按下了按钮，轿厢里只有她和另外一个戴着草帽的胖男人。她心想，又要听这人一番无意义的说教。果然，他伸出手放到她肚子上，仿佛是在自然历史博物馆里摸一件实物展品。“我猜，吃两人份的饭一定挺有趣，”他一边拍了拍她，一边带着轻责的语气说道，“不过要记住：其中一个还只是个胎儿！”

“把手拿开，”她说道，“否则一定会让你后悔。”

“吧嗒，吧嗒，吧嗒！”他一边哼着调子，一边像敲非洲鼓一样敲了敲她的肚子。

“吧嗒，吧嗒，嘣。”她一边跟着那人哼调子，一边直接拿手包甩在他的裆部，包里装着那天早上从化学物品供应店取回来的沉甸甸的石臼。只见那人倒吸了一口冷气，随之痛感增至两倍。紧接着，电梯门开了。

“祝你今天过得糟心。”她说道。接着，她沿走廊过去，途中看见一只戴着双光眼镜和棒球帽的、七英尺高的鹳。那鹳的嘴上挂着两捆东西：一捆粉红色的，一捆蓝色的。

“伊丽莎白·佐特。”她从鹳那里经过，来到前台说道，“找梅森医生。”

“您迟到了。”前台接待员冷冰冰地说道。

“我提前了五分钟。”伊丽莎白看了看表，纠正她。

“签字吧。”只见那女人递给她一个夹板，说道。上面要求填写丈夫的工作单位、丈夫的电话号码、丈夫的保险号、丈夫的年龄、丈夫的银行卡号。

“是谁在这里生孩子？”她问道。

“5 号房间，”接待员说道。“沿走廊一直走，二楼左转。脱了衣服。换上长袍。把表格填完。”

“5 号房间。”伊丽莎白用手敲了敲那夹板，重复了一遍说道，“我倒是有一个问题：为什么摆这只鹳？”

“什么？”

“你的这只鹳。为什么在产科办公室摆这种东西？像是在做推销。”

“只是为了好看。”接待员说道，“5 号房间。”

“但凡来这里的病人都知道，鹳是不可能缓解她们的分娩之痛的。”她继续说道，“那为什么还要做这种匪夷所思的事呢？”

“梅森医生，”这时，一位穿着白大褂的人走了过来，接待员说了句，“这是您四点钟预约的患者。她迟到了。我正要让她去 5 号房间。”

“我没有迟到，”伊丽莎白·佐特纠正她说，“我是准时来的。”她转头对医生说。“梅森医生，您可能已经不记得我了——”

“卡尔文·埃文斯的妻子。”他往后退了一步，惊讶地说道，“噢，不，抱歉，”他压低声音说道，“是他的遗孀。”接着，他停顿了一下，衡量着接下来该说些什么。“关于你的事，我很遗憾，埃文斯太太，”他上前抓住她的手，握了几下，像是在调制一小杯鸡尾酒，“你丈夫是个好人。好人，一名优秀的船手。”

“我是伊丽莎白·佐特。”伊丽莎白说道，“卡尔文和我没有结婚。”她停顿了一下，等着听接待员那边的啧啧声以及接下来梅森制止她的动作，没想到，医生把钢笔合上，放进前胸的口袋里，然后挽起她的胳膊，带她进到走廊里。“你和埃文斯参加了几次我那八人船队——还记得吗？大概在七个月前。你也划得不错。可从那以后就再也没来过。为什么？”

她一脸惊讶地看着他。

“噢，抱歉，”梅森医生赶紧说了句，“抱歉。当然不能来了。埃文斯。埃文斯去世了。对不起。”他一边尴尬地摇了摇头，一边推开了 5 号房间的门。“请进。”他指着一把椅子说道，“你还在划船吗？不，我这说的是什么话，当然不能划船了，就你现在的状况。”他抓起她的手，翻看着。“看样子不对，你手上还有茧子。”

“我在用划船器练习。”

“老天。”

“不好吗？卡尔文做了一台划船器。”

“为什么？”

“不为什么，就是做了一台。没关系的，不是吗？”

“嗯，是的，”他说道，“当然没关系了。只是，我从未听说有人会如此认真地用划船器做练习。尤其像你这样的孕妇。现在想一想，划船练习可以为分娩做准备。我指的是可以缓解分娩时的痛苦。其实，不管是痛苦还是折磨，都会有一定程度的缓解。”不过他马上又意识到，埃文斯死后，这种痛苦与折磨将贯穿她今后的生活，想到这里，他赶紧转过身去掩饰自己刚才的失言。“我们赶紧看看你的情况吧？”他朝桌子那边示意了一下，语气柔和地说道。紧接着，他关上门，在屏幕后面等她换上便袍。

检查的过程很快，但是非常仔细和全面，中间还问了一些有关胃部灼痛与胃胀的问题。睡眠困难吗？孩子会定时活动吗？如果有，已经多久了？最后还有一个重要的问题：为什么这么晚了才来做检查？只剩三个月就要临盆了。

“因为工作。”她这样告诉他。其实，她是在撒谎。真正的原因是，她内心希望这一胎能自生自灭，该结束的时候自己能结束掉。在20世纪50年代时，是不允许堕胎的。同时，社会上也无法接受未婚先孕这种现象。

“你也是一名科学家，对吗？”他站在她身体的另一面，问道。

“是的。”

“黑斯廷斯继续让你上班，比想象中要好得多。”

“没有，”她说道，“我现在是游民科学家。”

“一个自由的科学家。我从未听说过。感觉怎么样？”

她叹了口气：“不是很好。”

他一面感受着她的语气，一面快速地检查了一番，在她的肚子上摸了摸，感觉像是在摸甜瓜。

“一切都很正常。”他摘掉手套说道。可是，见她没有笑，也没有回应什么，于是，他压低声音道，“至少，因为这个孩子。我猜，你过得一定很艰难。”

这是第一次有人如此直率地谈论起她的处境，致使她一度哽咽。眼泪在眼圈里打转，眼看就要夺眶而出。

“抱歉，”他琢磨着她脸上的表情，像一位气象学家预测到暴风雨即将来临一样，“要知道，你可以跟我讲的。船手与船手之间的交流。我是不会和别人说的。”

她转头看向一边。她并不十分了解他。而且，虽然有他的承诺，但是她依旧无法确定自己的感觉是否可靠。当初她还以为自己会是世界上唯一一个不会要孩子的女人。“跟您说句实话，”她终于开口了，沉重的语气中带着愧疚，“我觉得这件事我应付不来。我本来不打算做妈妈的。”

“不是每个女人都想要当妈妈的，”他赞同她的说法，这让她感到吃惊，“再说，不是每个女人都应该成为妈妈。”说着，他做了个鬼脸，看样子好像想起了具体的某个人。“而且，我也觉得奇怪，这么多女人，虽然知道怀孕的艰难，却还想要成为母亲——要经历晨吐，还会长妊娠纹，甚至是死亡的危险。不过话说回来，你还是很好的。”他看到她一脸惊诧的表情，赶紧补充了一句。“只是，我们虽想把怀孕当作这世界上最普遍的一件事——就像脚趾被踩到一样普通——然而事实上，生孩子的感受像是被车撞了一样。很明显，被车撞的受伤程度更轻一些。”他一边清了清嗓子，一边在她的病历上做着记录。“我的意思是，运动是有帮助的。不过，不知道你这个阶段适合什么强度。或许，拉到胸部位置已经算是困难的了吧。试试杰克·拉兰内的节目怎么样？以前看过吗？”

一提到杰克·拉兰内的名字，伊丽莎白的脸色就一沉。

“看来不是他的粉丝。”他自言自语道，“没关系的。那就还是用划船器吧。”

“我只坚持着做这项运动，”她低声说道，“因为，那样才能让自己累到睡着。还有，因为我想，这样可能会，嗯——”

“我懂。”他打断她，又看了看周围，确保没人听见他俩的谈话，“嗯，我不是那种人，觉得女人就应该……”他结结巴巴地停下了，“也不觉得……”说着又停下了。“一个单身女人……一个寡妇……嗯……算了。”说着，他伸手去拿她的病历。“说实话，划船器或许能强身健体；说到这儿，也可以让孩子更强壮。更多的血液供应到大脑，血液循环更好了。你察觉到对孩子有什么好处了吗，这种一前一后式的运动？”

她耸了耸肩。

“你平时要划多远？”

“一万米。”

“每天吗？”

“有时会更多。”

“我的老天，”他大声感叹了一句，“我总以为孕妇承受痛苦的能力超乎想象，可是一万米？有时还更多？那——那——说实话，连我都不知道那会是一种什么感受。”他一脸担心地看着她。“有人照顾你吗？朋友或是亲戚——你的母亲——或者这之类的人？照顾孩子可是个累人的活儿。”

她犹豫了。承认自己孤苦无助这种事，着实令人觉得尴尬。她只找过梅森医生一个人，因为总听卡尔文说，船手之间有着某种特别的情谊。

“一个人也没有吗？”他又问了一遍。

“我有一只狗。”

“我喜欢狗，”梅森说道，“狗能发挥很大作用。能保护你，能填补情感的空缺，而且聪明。是什么狗——是公的，还是母的？”

“公的——”

“等一下，我好像记得你那条狗。是叫三点，还是什么来着？是不是很丑？”

“它叫——”

“一只狗和一台划船器。”他一边说一边记录她的病历，“好了。很好。”

他再次将笔帽盖上，然后把她的病历推到一边。“嗯，既然你说你能——我们暂且说一年之内吧——我想让你回船库去。我的船队正在找右侧二号座的队员，给我感觉，你很合适。不过，到时候你就得找一个保姆了，因为不可以带宝宝上船。其实，船上还有很多类似的规矩。”

伊丽莎白伸手拿过夹克。“很感谢您，梅森医生。”她一边说一边心里想，或许人家这只是客套话，“不过，就像你说的，我得先被车撞过之后才行。”

“撞过之后一定能恢复健康的。”他纠正道，“喏，说到划船这件事，我的记忆尤其清晰，对于我们一起划船的印象更是深刻。很好。真的很好。”

“因为卡尔文。”

梅森医生惊讶地看着她。“不，佐特女士。不只是因为埃文斯。要想划船划得好，必须八个人都要优秀才行。八个人。总之，准备好回船队吧。期待你的境况会有所好转。我知道，因为埃文斯的离世，你经历了不小的打击，后来又……”他指着她的肚子补充道，“不过一切都会变好的。或许，会更好。一只狗，一台划船器，二号座位。棒极了。”

接着，他把她的手放在自己手心里，高兴地握了握。对她来讲，虽然他的那番话并没有什么太大的作用，但是跟其他言语相比，她终于听到了一番有意义的话。

第十六章

分娩

“我们去图书馆怎么样？”五周后的一天，伊丽莎白这样问六点半，“今天晚些时候，我约了梅森医生，我想先去把这些书还了。我在想，你或许会喜欢《白鲸》那本书。讲的是人类如何一直瞧不起其他物种，后来自食其果。”

除了运用接受性学习这种教育方法以外，伊丽莎白还一直给六点半大声朗读，很久之前就将简单的童书换成了更加难懂的文本。“大声朗读能促进大脑发育。”她读过这样一篇科研论文，于是告诉它，“此外，还能加快词汇积累的速度。”看来是有效果的，因为，从她的记录看来，它现在已经认识 391 个单词了。

“你真是一只聪明的狗。”昨天她还这样跟它说过，其实它很想赞同她的说法，实际上，它还是无法理解“聪明”是什么意思。其实，词汇的含义有很多，有多少生物物种，就有多少种解释，然而人类——除了伊丽莎白以外——似乎只懂得自身语言规则中“聪明”的含义。“海豚聪明，”他们总会这么说，“但牛就不聪明。”可能有一部分原因在于，牛不会耍什么把戏吧。但在六点半看来，这恰恰是牛更聪明的地方，而不是更加愚笨。话说回来，它自己都会些什么技能呢？

按照伊丽莎白的记录，它认识 391 个单词。实际上，只有 390 个。

更糟糕的是，它刚刚了解到，人类的语言并不只有英语这一种。听伊丽莎白说有好几百种，但或许还有其他好几千种，人类居然会讲这么多语言。不过绝大多数人都只说一种——或许两种——除了那些会讲八种语言的瑞士人以外。难怪人类不懂动物的语言，他们甚至连彼此的语言都还没弄明白。

至少，她知道它是不能画画的。小孩子似乎喜欢用画画的方式进行沟通，虽然画出来的东西不怎么样，但是很卖力，这一点，它还是很佩服的。每天都能见到孩子们捏着小手指，在水泥建筑物上画那不成形的房子和一道一道的竖条，除了他们自己以外，恐怕没人知道那到底是什么。

“画得真漂亮！”就在那一周的前几天，六点半看见一位母亲低头看着自己孩子那幅又丑又乱的画，夸奖道。它早就发现，人类母亲喜欢骗自己的孩子。

“那是一只狗狗。”孩子手里拿着粉笔，说道。

“多么漂亮的一只狗狗啊！”妈妈又夸奖道。

“不，”那孩子说，“它不漂亮。这只狗狗死了，被杀死了！”六点半听了孩子的话，仔细看了几秒钟，发现还真是这样。

“那不是一只死了的狗狗，”妈妈严肃地说道，“那是一只非常快乐的狗狗，正在吃冰激凌。”听了这话，那孩子一脸沮丧地把粉笔往草地上一扔，跑着去荡秋千了。

它过去把粉笔取回来，送给伊丽莎白肚子里的小东西当礼物。

伊丽莎白穿着一条衬衫连衣裙，肚子那里有些紧绷，他们一起走过了五条街，昂首阔步地，像是要去战场。她背上背着一个鲜红色的书包，里面装满了书；除此之外，六点半身上背着一只自行车前筐，书包里放不下的书都装在了里面。

“我饿了。”走着走着，她大声说道，“我现在能吃下一匹马。我一直在检测自己的尿液，分析头发的角蛋白，还有……”

这是真的。在过去的两个月里，她一直都在实验室里检测自己尿液中的葡萄糖水平，记录头发角蛋白中的氨基酸链，分析自己的体温。六点半不知道这些都是什么意思，不过，看到她对自己肚子里的小东西越来越感兴趣——至少是在科研方面更加感兴趣，它终于松了口气。她唯一做的产前准备就是买了一些厚厚的、白色的方布，还有几只看上去有些吓人的别针。此外，她还买了三套如同袋子一般的婴儿服。

“接下来的事简单明了，”她们沿街步行时，她这样跟它说道，“我将要经历产前的阵痛，还有接下来的分娩过程。还有两周准备时间，六点半。不过我觉得现在就应该想想这些事情了。有一件重要的事得记住，”她继续说道，“等那一刻来了，我们得保持冷静。”

可是，六点半冷静不下来。几小时前，她的羊水就破了。她根本就没有注意到，因为只是排出了少量的水分，而六点半注意到了，因为它是狗狗。狗狗的嗅觉是不会错的。至于她说饿得胃痛，其实根本就不是饥饿所致，而是产前宫缩。正当她们马上要到图书馆前门时，肚子里的那小东西决定再给她一点明确的暗示。

“噢，”伊丽莎白弯着腰呻吟了一声，“噢，我的老天。”

十三个小时后，梅森医生把孩子抱到筋疲力尽的伊丽莎白跟前。

“好家伙，”他看着那孩子，感觉像是自己中了彩头一样，“绝对是做船手的料儿。别告诉我你跟我想的一样，不过，我觉得这孩子将来能划左舷。”六点半低头看着伊丽莎白。“好样的，佐特女士，连麻醉都没打。早就跟你说过，经常练习划船是有好处的。她的肺部功能很强大。”六点半看着孩子的那双小手，仿佛在脑海中勾勒着未来她手上的老茧。“再过几天就能跟我们见面了。我明天就去你房间看你。这期间，你好好休息。”

可是到了第二天早上，伊丽莎白担心六点半，于是，她决定办理出院。

“这是绝对不可以的，”护士长说道，“这是违规的。梅森医生会生气的。”

“告诉他，我得回去练划船器，”她说道，“他会同意的。”

“划船器？”看伊丽莎白打电话叫出租，护士甚至大声喊了出来，“什么是划船器？”

三十分钟后，伊丽莎白走出走廊，把孩子紧紧地贴在胸前抱着，直到见到六点半，她一颗悬着的心终于放下了，它后背上依旧背着那只自行车前筐，站在门前，像个守卫一样。

噢，我的老天，六点半气喘吁吁地。噢，我的老天，我的老天，你还活着，你还活着。噢，我的老天，我担心死了。

她弯下腰来，给它看怀里的那个小东西。

这个小东西——闻一闻——是个女孩儿！

“是个女孩儿。”伊丽莎白笑着告诉它。

你好啊，小东西！是我！六点半！我可要担心死了！

“对不起，”她一边开门一边说道，“你一定饿了吧。现在，”她看了看手表，“现在是9:22。你已经超过二十四小时没吃东西了。”

六点半兴奋地摇着尾巴。就像有些人家给孩子取名时开头都用同一个字母一样（Agatha，Alfred），还有的人家喜欢用同一个韵脚（Molly，Polly），她们家则喜欢用时间来给孩子取名字。它叫六点半，为了纪念它成为他们的家庭成员的具体时间。而此时，它知道该叫那小东西什么了。

你好啊，九点二十二！它在跟她说话。欢迎出肚！外面的风景怎么样？过来，进来，进来！我这里有粉笔！

就这样，他们仨匆匆忙忙地进了门，一种莫名的愉悦氛围萦绕在他们周围。自从卡尔文死后，它第一次感受到，似乎会峰回路转。

没想到，十分钟后，那小东西开始哭起来，一切都乱成一团。

第十七章

哈丽特·斯隆

“怎么了？”伊丽莎白哀求了数万遍，“求求你告诉我吧！”

然而，那孩子哭了足足几个星期，就是停不下来，也没有具体的表现。

就连六点半都慌了。我之前不是已经跟你讲过你爸爸的事嘛，它跟那小东西交流道。我们说过的。然而，那小东西依旧哭闹不止。

伊丽莎白在那间小房子里来来回回走到凌晨两点，上上下下地摇着那个小东西，胳膊僵硬得像生了锈的机器人，直到后来，她绊在一摞书上，险些摔倒。“该死！”她叫了一声，出于本能的保护欲，把孩子使劲儿往胸前一压。在她这个新晋妈妈眼中，地板已然成为扔东西的方便场所：小袜子、没别好的纸尿裤别针、剥下来的香蕉皮、还没有读过的报纸。“一个小东西，怎么能制造出这么多麻烦呢？”她喊道。那孩子为了回应她，把小嘴贴在伊丽莎白的耳边，来了个深呼吸，紧接着又开始哭闹起来。

“拜托。”伊丽莎白一屁股坐在椅子上小声说道，“拜托，拜托，拜托，别哭了。”她把女儿抱在臂弯里，把奶嘴放到女儿那洋娃娃一样的嘴唇边，虽然之前有五次喂奶女儿都拒绝了，但这一次，那小东西紧紧地抓住奶瓶，仿佛知道她这个什么都不懂的妈妈一定不会善罢甘休，一直给她喂下去。伊丽莎白连大气都不敢喘一下，唯恐一不小心再次惹恼这个小东西。那孩子就像一颗定时炸弹，她一不留神就会死翘翘。

梅森医生早就警告过她，照顾新生婴儿可是一项艰苦的工作，却又与工作不同：工作实际上是一种契约关系。这个小暴君，完全不亚于尼禄；疯狂程度不次于路德维希国王。还有那哭声，让她觉得手足无措。更糟糕的是，还会让她越来越觉得女儿不喜欢自己。其实，她现在就已经有这种感觉了。

伊丽莎白闭上眼睛，母亲的形象浮现在眼前，嘴里叼着一支烟，烟灰掉在伊丽莎白刚刚从烤箱中端出的菜碗里。是啊。小孩子很有可能从一开始就不喜欢自己的母亲。

除此之外，还要无休止地重复一些事情——喂奶、洗澡、换尿布、哄睡、擦嘴、拍嗝、抚慰、不停地来回走；总之，有数不清的事要做。虽然很多事情是需要重复做的——比如划船训练、打拍子、烟火表演——可这些东西通常都会在一个小时内结束掉。如此才能坚持数年。

然而，即便是等孩子睡着了（其实永远都不会有这么美好的时候），也还是有很多事要做：洗衣服、洗奶瓶、消毒、做饭——再加上，还要一再不停地翻看斯波克博士写的那本《育儿常识》。有这么多事情要做，她甚至连清单都来不及列，因为这样就又凭空多了一件事。何况，还有很多别的事在等着她。

比如黑斯廷斯的事。她焦急地瞥了一眼屋子那边已经摞了有一英尺高的笔记本和研究报告，还有更大摊子的事，都是她的那些同事拜托她的，她还没来得及看上一眼。生产时，她告诉梅森医生不需要打麻醉药。“因为我是一名科学家，”她找了个借口撒谎，“生产的过程中，我想保持清醒的意识。”实际原因是：她付不起钱。

这时，下方传来那小东西微弱的、满足的一声叹息，伊丽莎白低下头，惊奇地发现女儿居然睡着了。她一动不敢动，生怕打扰了熟睡中的孩子。她看着孩子那张红扑扑的小脸，嘟起来的嘴唇，还有那若隐若现的金色眉毛。

就这样一小时过去了，胳膊完全麻住了。孩子的嘴唇动了动，她好奇地盯着，好像是想跟自己解释什么。

就这样，两个小时过去了。

我得起来。她对自己说。*来*。她身子向前一倾，缓缓地抱着孩子从椅子上站起来，不敢有丝毫的闪失，直奔卧室。她躺下来，小心翼翼地将睡着的婴儿放到旁边。她闭上眼睛，长出了一口气。紧接着，她就睡着了，连梦都没做，直到后来孩子醒了。

据她的生物钟预估，也就只有五分钟的时间。

“这个时间方便吗？”博里维茨博士早上七点钟来她家里，她打开门。他先是把头伸进来，又赶紧从她身边经过，在这块如同战场般的地方找了几个落脚点，最后坐到沙发上。

“不方便。”

“噢，我来其实也不全是为了工作上的事。”他解释道，“很快就说完。其实，我原本也想过来看看你怎么样了。听说你生了孩子。”他看了看她那没洗的头发、没系好的衬衫扣子，还有那依旧鼓着的肚子。接着，他打开公文包，从里面拿出来一个礼物。“祝贺你。”他说道。

“你……你给我……礼物？”

“就是些小物件儿。”

“你有孩子吗，博里维茨博士？”

他眼睛往左边瞥了瞥，没有回答。

她打开盒子，里面放的是一只塑料安抚奶嘴和一个小玩具兔子。“谢谢。”她说了一句，突然因为他的到来而感到高兴。几周以来，他是她第一个与之说话的成年人，“这礼物很贴心。”

“客气了，”他笨拙地说道，“希望他——她——能够喜欢。”

“是她。”

她简直跟女妖一样，六点半在一旁心想。

博里维茨伸手从公文包里拿出一沓纸来。

“我一直都没睡过觉，博里维茨博士，”伊丽莎白表示抱歉，“现在真不太方便。”

“佐特女士，”博里维茨垂着眼皮恳求道，“两个小时后我要去见多纳蒂。”说着，他从钱包里拿出几张纸币来，“拜托了。”

看到钱，她犹豫了。她已经一个月没有任何收入了。

“十分钟吧，”她接过钱来说道，“孩子还在睡觉。”可是，他需要一个小时的时间。直到他离开，那孩子依旧还在睡着，她走到实验室，打算开始工作。不知怎的，她脚下一滑，像踩在了垫子上一样，脑袋磕在一本笔记本上，感觉跟枕头一般。没过多久，她就睡着了。

梦里，她看见了卡尔文。他正在读一本核磁共振方面的书。而她，正在给六点半读《包法利夫人》。她刚跟六点半说，这部小说有问题。人们总以为自己读懂了作品的含义，即使作者的本意并非如此，即使他们所理解的东西本就没有现实意义。她说："这本书就是一个不错的例子。这里，就是艾玛舔手指的片段吧？有人非说这里暗指人的肉欲；而其他人只是觉得她喜欢吃鸡肉。至于福楼拜真正的想法是什么，没有人在意。"

说到这里，卡尔文抬起头来说："我不记得《包法利夫人》中有这种有关鸡肉的片段。"可还没等伊丽莎白回答，就听见一阵咚咚咚的敲门声，像那勤劳的啄木鸟一样，紧接着听见一声"佐特女士在家吗？"随后又是一阵咚咚咚的敲门声，然后又是"佐特女士在家吗？"接着又说了几句什么，卡尔文听了嗖地一下站起来跑了出去。

"佐特女士。"那人又说了句，而且声音越来越大。

伊丽莎白醒了，模模糊糊地看见实验室里站着一个女人，她体态丰盈，满头银发，穿着人造丝裙子和厚厚的棕色长袜。

"是我，佐特女士。我是斯隆太太。刚才我往屋子里看了一眼，发现你躺在地上。我敲了几下门，你没有应答，所以就直接开门进来了。我只是想确认一下你是不是还好。你还好吧？或者，我这就去给你叫医生。"

"斯——斯隆。"

那女人弯下腰来，仔细看了看伊丽莎白的脸。“不用了，我觉得你还好。你那孩子一直在哭。要我把她抱过来吗？我这就去抱过来吧。”说着，她走开了，不一会儿就回来了。“噢，看看她呀。”她一边前前后后地摇晃着那个小家伙，一边说道，“这个小恶魔叫什么名字？”

“玛德琳。玛——玛德琳。”伊丽莎白从地板上坐起身，说道。

“玛德琳，”斯隆太太说了句，“是个女孩儿。嗯，不错。我一直都想过来拜访。自从你把这个小魔鬼带回家，我就对自己说，过去看看她吧。可是，你家里好像一直有客人来。说真的，我刚才还看见一个人从这里离开。所以，我想还是不要唐突的好。”

接着，只见那女人把玛德琳的小屁股拿到鼻子跟前，仔细闻了闻，然后把她放在桌子上，从附近的晾衣架上拽了一张干净的尿布，给这个不老实的小家伙换尿布，就像牛仔套小牛那么麻利。“我知道，你一定很艰难，佐特女士，我的意思是，埃文斯先生的去世。这种丧亲之痛，我很替你惋惜。我知道说这些话有些晚，但总比不说好。埃文斯先生是个好人。”

“你认识……卡尔文？”伊丽莎白云里雾里地问道，“怎么认识的？”

“佐特女士，”她特意加重语气说道，“我是你的邻居。就住在街对面呀，就是那个蓝色的小房子。”

“噢，噢，是啊，对呀。”伊丽莎白红着脸说道，这才想起来，之前从未跟斯隆说过话。只是在路上挥手打过几次招呼，仅此而已。“不好意思，斯隆太太，我当然记得您了。请您谅解——我太累了。我刚才一定是在地上睡着了。真不敢相信；还是第一次。”

“嗯，但不会是最后一次。”斯隆太太这样说着，突然发现这家的厨房完全没有一点厨房应该有的样子。于是，她站起身来，一只手像拿足球一样托着玛德琳，带着她去转了转。“你刚当妈妈，还一个人过，当然会累得发昏，你甚至想不到——这是什么东西？”她指着一个大的银色物件，说道。

“一台离心机。”伊丽莎白说道，“其实，我很好，真的。”她努力地将身体坐直。

“照顾新生儿绝不是件轻松的事，佐特女士。这个小鬼会要了你的命。看看你自己——脸色跟死囚一样。我给你泡杯咖啡吧。”她刚想朝炉子那边走过去，却被眼前的通风橱惊到了。“我的老天，”她说道，“这厨房怎么变成这个样子了？”

“还是我来吧。”伊丽莎白见状说道。斯隆太太在一旁看着，只见伊丽莎白转身走到不锈钢台面那里，拿起一壶蒸馏水倒进一只烧瓶里，又将顶部插有管子的瓶塞塞进烧瓶。台上有两只本生灯，中间放着两个金属架，她把烧瓶夹到其中一个上面，紧接着，她对准一个奇怪的金属装置敲了敲，那东西便如同燧石冲击钢一样冒起火星来。随后，火生着了；水热了起来。她抬手从一个架子上拿下来一袋东西，上面写着“$C_8H_{10}N_4O_2$”。只见她将里面的东西倒进一只研钵中，用杵碾碎，又把里面那如同垃圾一样的东西倒在一个奇怪的小天平上，接着又从天平里倒在一块 6×6 的粗棉布上，将其捆起来。然后，她把这棉布放到一只大一些的烧杯里，再夹到第二个金属架上，又把刚才从第一只烧瓶里伸出来的那支管子放到这只大烧杯的杯底。斯隆太太见到眼前这一切，惊得目瞪口呆。那烧杯里的水逐渐开始冒泡，随后便沿那支管子进到烧杯里。很快，小烧瓶里的水没有了，伊丽莎白关掉本生灯。用玻璃棒搅拌了几下烧杯里的混合物。那棕褐色的液体出现了神奇的反应：像是在搞恶作剧一般沿着管子回到了原来的烧瓶中。

“要放奶油和糖吗？”伊丽莎白一边说，一边将烧瓶上的瓶塞拔走，然后把里面的液体倒出来。

“我的老天。”斯隆太太见伊丽莎白把一杯咖啡端到她面前时感叹道，“你就没听说过福杰仕[①]吗？”然而，等她抿了一小口之后，就不再说什么了。她以前从未尝过这种咖啡，简直就是来自天堂的美味，一整天都喝不腻。

“那么，目前为止，你都是怎么摸索出来的？”斯隆太太问道，“我指的是当妈妈这件事。”

伊丽莎白吞了一口咖啡。

“我看你这里有一本权威书籍，”斯隆太太看到桌上斯波克博士的书，说道。

“我是看那书名才买来的，”伊丽莎白承认道，“《育儿常识》。里面讲的是如何养育孩子，简直就是胡扯——总是把事情弄得太过复杂。”

斯隆太太仔细盯着伊丽莎白的脸。这女人刚刚泡咖啡的时候多用了二十多个步骤，现在却发表这番评价，真是奇怪。“很有趣，不是吗？”斯隆太太说道，“一个男人，在没有实践经验的前提下，居然写出这种东西来——我是说，无论是生孩子的过程还是后期的育儿过程——居然，一下子，成了畅销书。想知道我的想法吗？恐怕都是

① 咖啡品牌名称。

他老婆写的，只不过署了他的名字。毕竟男人的名字总是更权威一些，你觉得呢？”

“是呀。”伊丽莎白说道。

“我也这么觉得。”

两人又抿了一口咖啡。

“你好啊，六点半。”斯隆太太伸出那只空闲的手来，说道。

它朝她走过去。

“你认识六点半？”

“佐特女士，我就住在那边——街道对面！我经常见它出去。对了，有一项关于狗绳的法案——”

一听到“狗绳”，玛德琳立即张开她那小嘴，大声哭号起来。

“噢，老天爷呀！”斯隆太太咒骂了一句，立马跳了起来，臂弯里依旧抱着玛德琳，“你这孩子太吓人了！”她看着那张红红的小脸，在实验室周围来来回回地哄着这个小东西，语调盖过孩子的哭声。“若干年前，我刚当妈妈的时候，有一次斯隆先生出差，一个坏人闯进我家说，如果不把所有钱都交给他，他就把孩子抢走。那时，我已经四天没有睡觉、洗澡了，至少一周没梳头发，也记不清多长时间没有坐一会儿了。于是我干脆说：‘你想要孩子？尽管拿去吧。’”说着，她换了只胳膊抱玛德琳。“我还从没见过人跑得那么快。”她迟疑地向四周望了望，“你是不是也有什么神奇的法子给孩子冲奶，或者，我帮你用寻常的方法冲？”

“我已经备好了。”伊丽莎白说着，从一小锅温水中拿出一只瓶子来。

“刚出生的孩子是很恐怖的，”斯隆太太一边说，一边用手抓了一下脖子上戴的假珍珠项链，伊丽莎白将玛德琳从她那里接过去，“我本以为有人来帮你，否则，我早就过来了。因为我看到总是有很多男人在很奇怪的时间段过来拜访你。”她清了清嗓子说道。

“是工作上的事。”伊丽莎白一边哄玛德琳喝奶，一边说道。

“不管怎么样吧。”斯隆太太说道。

“我是一名科学家。”伊丽莎白说道。

“我知道埃文斯先生是科学家。”

“我也是。”

“当然了。”她两只手拍在一起，“那么，就这样吧。我要走了。不过——无论什么时候需要帮忙都可以找我，我就住在街道对面。”说着，她用粗重的笔体直接在电话机上方的墙上写下了电话号码。“斯隆先生去年退休了，现在一直待在家里，所以，不要觉得这样会打扰我们，你这算不上是打扰，而是在帮我们解闷。知道吗？”说着，她弯腰从购物袋里拿出些东西来。“把这个留给你吧，”说着，她拿出一只箔装的砂锅来，“倒不是说它有多好，只是，你需要吃些东西了。”

“斯隆太太，”伊丽莎白突然发现自己有些孤单，于是说道，“你好像很懂得照顾孩子。”

“跟大家知道的差不多，”她应和着，“孩子这种东西简直就是小施虐狂。问题是，为什么生完一个还要再生呢。”

“您有几个孩子？”

“四个。你有什么想说的吗，佐特女士？你是担心什么事吗？”

“嗯，”伊丽莎白努力稳住自己的声调说道，“就是……就是……”

“说吧，”斯隆鼓励着她，“说，说出来。”

“我是个糟糕的妈妈，”她终于说了出来，“不只像你刚刚见到的，在照看孩子时会睡着，还有很多事情——或者说是，所有事情。”

“说具体些。”

“嗯，比如，斯波克博士说，我应该给她养成规律的作息，所以，我制定了时间表，她却不遵守。”

哈丽特·斯隆用鼻子哼了一声。

“而且我从来没有体会过那种应有的——你知道的，那种时刻——”

“我不——”

“那种幸福的时刻——”

“都是看那些女性杂志看的，”斯隆打断她说，“你头脑得清醒一些。那些都是纯粹的胡扯。”

“可是，我的感觉是——我……我觉得这种感觉是不正常的。我从来都不想要孩子，”她说，“现在有了这个孩子，真不好意思跟您提这件事，我曾经至少两次想过要把她送人。”

斯隆太太走到后门时，停住了。

“拜托，”伊丽莎白央求道，“不要把我想得那么糟糕——”

“等等，”斯隆像是没听清一样说道，“你想过要把她送人……两次？”说完，她一边摇头一边哈哈大笑，弄得伊丽莎白有些不知所措。

“这并不好笑。”

“两次？真的吗？像你这种新手，恐怕二十次都不算多。”

伊丽莎白避开她的目光。

“我的老天，”斯隆太太气喘吁吁、一脸同情地说道，“你做的可是这个世界上最难的工作。你妈妈没跟你说过吗？”

一提到她妈妈，斯隆发现这位年轻女人的肩膀紧绷起来。

“好吧，”她语气更加柔和地说道，“算了吧。不要太忧虑。你做得不错，佐特女士。会好起来的。”

“如果不是呢？”伊丽莎白沮丧地说道，“如果……如果越来越糟糕呢？”

虽然斯隆太太不是那种乐意与人产生肢体接触的人，这一次却一反常态地轻轻安抚着这个年轻女人的肩膀。“会好起来的，”她说道，“你叫什么名字，佐特女士？”

“伊丽莎白。”

斯隆太太把手抬起来。“噢，伊丽莎白，我叫哈丽特。”紧接着，两人谁都没有说话，气氛有些尴尬，仿佛彼此告知姓名之后就更能走进彼此内心一样。

“伊丽莎白，走之前，我能给你一个小建议吗？”哈丽特开口说道。“严格来讲，这不是建议。我讨厌别人提建议，尤其是那种主动提出来的建议。”她脸一红，说道，“你讨厌给你提建议的人吗？我就很讨厌。因为这样会打压人的自信，而且所谓的建议往往也会令人觉得厌烦。”

“您说吧。”伊丽莎白催促道。

哈丽特犹豫了一下，然后一左一右地噘了噘嘴唇。“嗯，好吧。可能，其实这算不上什么建议，更像是小提示吧。”

伊丽莎白用期待的眼神看着她。

“给你自己留些时间，”哈丽特说道，“每天都是。”

“留些时间。”

“在这段时间里，你要以自己为主，心里只有你自己。不是你的孩子，不是你的工作，也不是你那死去了的埃文斯先生，不是这脏兮兮的屋子，不是其他任何事物。只有你自己：伊丽莎白·佐特。无论你需要什么、想要什么、寻求着什么，都在这段时间里好好想一想。”说着，她用力拉了一下自己那条假的珍珠项链，“然后再去实现它。”

虽然哈丽特没有说，她自己从来都没有履行过这种说法——实际上，这只是她从那些可笑的女性杂志中看到的一句话而已——她原本希望自己能够相信有一天能实现自己的目标。陷入爱河。找到真爱。随后，她打开后门，朝伊丽莎白微微点了点头，接着就把门关上了。此时的玛德琳像受到暗示一样，大哭起来。

第十八章

合法的名字

哈丽特·斯隆从来都没有漂亮过，但是她了解那些漂亮的人，那种人似乎总会惹来麻烦。要么是因为漂亮而被人爱，要么是因为漂亮而招人恨。当初卡尔文·埃文斯跟伊丽莎白·佐特约会时，哈丽特觉得他是看她漂亮。然而，当她第一次在自己家的客厅里偷窥他们时，发现他们家的窗帘知趣地敞着，任由她窥探到他们家的客厅，那时，她就发现，应该重新审视一下之前的猜测。

在她看来，卡尔文与伊丽莎白之间的关系很特别——几乎可以说是一种超自然的关系——就像两个自出生以后就分开的双胞胎一样，偶然在兵荒马乱中相遇，无畏死亡的降临，而且两人惊奇地发现，他们不仅相貌相像，且都对蛤蜊严重过敏，还都不喜欢迪恩·马丁[①]。“真的吗？”在她的想象中，卡尔文和伊丽莎白两人经常这样对话。“我

---

① 迪恩·马丁（Dean Martin，1917—1995）：美国歌手、演员、电影制片人。

也是！”

然而，她和现如今已退休的斯隆先生之间就从来没有过这种感觉。只是在一开始的时候有点激情，后来也都像那廉价的指甲刀一样，被磨平了。她早就发现他是个大老粗，身上有文身，而且连自己脚踝很厚、头发薄这件事都没有注意到。如今回想起来，这种事她本该早就有所察觉——指他不关注她这件事——若那样的话，或许她就能提早有心理准备，他今后也不会关注她。

婚后不久（具体时间已经记不清了），她就发现自己并不爱他，他也不爱自己，不过，也有可能是因为他在说“抽屉”这个词时会发成“抄季”的音，也有可能是因为他那杂乱的体毛总是像蒲公英的种子一样，在家里到处乱飞。

是啊，跟斯隆先生生活在一起让哈丽特觉得恶心，不完全是因为他的外貌——她这样开解自己。更多的是因为她讨厌他的粗俗和愚笨——他这个人不仅枯燥乏味，还自以为是，长着一张无知又无趣的脸；他愚昧、低俗、迟钝；最让人难以忍受的是，他总是谜一样的自信。他就像绝大多数愚蠢的人一样，虽不是一个明智的人，却意识不到自己的愚笨。

当初伊丽莎白·佐特搬来与卡尔文·埃文斯同住时，一下子引起了斯隆先生的注意。他不停地谈论着这个女人，言语下流而低俗，就像一只鬣狗一样。“要过来看看吗？”他盯着窗外的那个年轻女人说道，见她上了车，他就转圈揉搓着自己那裸露出来的肚皮，弄得上面那些黑色的小卷毛儿飞得屋子里到处都是，“嗯，好吧。”

每到这个时候，哈丽特就离开屋子。她知道，自己又要被他当作其他女人来发泄一番了。当初度蜜月的时候，她就躺在他旁边，第一次见他盯着色情杂志上的女人给自己手淫。她早就习惯他这样了，不然还能怎样呢？再说，大家都觉得这是再正常不过的事，甚至把这说成健康的表现。随着杂志内容越来越低俗不堪，他的这种恶习越来越严重，她就变成了现在这个样子，一个55岁的老太婆，整理他那些脏兮兮的色情杂志时，可以做到心如止水。

提起他，还有一件让她觉得恶心的事。跟其他很多自以为是的男人一样，斯隆先生也觉得自己很招其他女人喜欢。哈丽特不知道他这是哪里来的自信。或许是因为愚蠢的人都意识不到自己的愚蠢，因为他们真的愚蠢，相比之下，那些没有十足魅力的人肯定知道自己是没有魅力的，因为他们知道照镜子。

长相不迷人没有任何错。她知道自己不迷人，也知道卡尔文·埃文斯不迷人，还有那天伊丽莎白带回家的那只懒散的狗狗也不迷人，而且很有可能伊丽莎白这个孩子将来长相也不迷人。但是，他们都不——或者将来也不——丑。只有斯隆先生是丑陋的，因为他的内在是丑陋的。说实话，整条街上，只有伊丽莎白自己长得漂亮，为此，哈丽特过去总是避开她。因为她以前的想法是，漂亮的人本身就是麻烦。

后来，埃文斯先生死了，伊丽莎白家总有那些装腔作势拿着公文包、举止可笑的男人前来拜访，她觉得，或许真像斯隆先生说的那样。于是，她那天决定去伊丽莎白家求证一下。虽然她这辈子只能当斯隆太太——她是天主教徒——却永远都不想变成他那副德行。再说，她知道照顾一个刚出生的孩子是什么感受。

给我打电话吧，她心里一边祈求着，一边透过窗帘窥视着街对面的房子。打电话。打电话。打电话。

在过去的四天里，街对面的伊丽莎白至少十几次拿起电话想打给哈丽特·斯隆，可每次都没打成。过去，她总以为自己无所不能，可眼下连去见哈丽特一面都无法实现，她突然意识到，自己并没有那么强大。

她站在窗边，望着街道对面，心头一阵绝望。她已经有了一个孩子，还要将她养大成人。老天——养大成人。这时，屋子那边的玛德琳已经在提醒她喂奶的时间到了。

“你刚刚才喝完奶。”伊丽莎白说道。

“我怎么不记得。”玛德琳哭号着，仿佛在这样说，以示反驳，像是在玩儿世界上最无趣的游戏：猜猜我现在想要干什么。

还有一个问题：伊丽莎白每次与女儿对视，都会觉得自己是在看卡尔文。这着实令人不安。其实，她至今依旧放不下卡尔文——他在她科研资助项目上撒的谎，还有，他的精子成功规避所有避孕措施，再有，当其他人都在室内穿着芭蕾舞拖鞋锻炼的时候，他却要到室外去。她知道，放不下他对自己是不公平的，然而悲痛是——肆意妄为。总之，没有人知道她对他到底有多眷恋，只有她自己知道。除了在生产的时候，她可能哭喊着说了些自己觉得遗憾的事，宫缩严重的时候，指甲也不知道抠进了谁的胳膊里。只听身旁有人尖叫着咒骂了一句。

让她觉得那个人好奇怪，而且很不专业。

所以，生产结束后，当一位护士拿着一沓纸过来问东问西——问她感觉怎么样？——她决定这样告诉她。

“疯了（Mad）。”

“疯了？”护士问道。

“是的，疯了。”伊丽莎白回答道。因为她的精神状态确实有些失常。

“您确定吗？”护士又问道。

“当然确定！”

而这名护士，已经看惯了这种状态下的女人——尤其是这个女人，居然在生产的时候把指甲抠进了自己的胳膊里——于是，她在孩子的出生证明上写下了“Mad”，然后就头也不回地走了。

所以，孩子的正式名字叫作 Mad。Mad Zott（玛德·佐特）。

过了几天，伊丽莎白在家里厨房桌子上堆着的医院文件中偶然发现了这份出生证明。“这是什么？”到那份精致的签名证书后，她惊讶地说道，“玛德·佐特？老天！我怎么没注意？”

她立即想要去给孩子换名字，紧接着又有一个问题出现了。她本以为会在看见女儿的那一刻，脑子里自然而然地蹦出一个名字，然而并没有。

此时此刻，她站在实验室里，低头看着那个裹着毯子躺在大篮子里的小肉球，她仔细琢磨着这孩子都有什么特征。“叫苏珊娜？”她小心翼翼地说道。“苏珊娜·佐特？”但是感觉不太对。“叫丽莎？丽莎·佐特？塞尔达·佐特？”不行。“海伦·佐特？”她试着叫了一声。

“菲奥娜·佐特。玛丽·佐特？”还是没什么感觉。她两手叉腰，像是在做心理准备。“玛德琳·佐特。”她终于试着开口叫了一声。

那孩子一下睁开了眼睛。

六点半在桌子下面长出了一口气。它在公园里待了那么久，知道不应该随随便便给孩子取名字，尤其是阴差阳错时取的名字，或者，就拿伊丽莎白这件事来说吧，也不能在一气之下时取名字。在它看来，名字这东西比性别、传统更重要，比任何所谓的美好事物都重要。名字能够诠释对一个人——或者，在它看来，也是对一条狗的诠释。生命余下的时光里，名字就是一种标杆，所以，必须要取对。比如它这个名字吧，它可是等了一年多才等到。六点半。还有比这更好的吗？

“玛德琳·佐特。”它听见伊丽莎白小声嘟囔着，“我的老天。”

六点半站起身来，回到卧室里。几个月来，在伊丽莎白不知情的情况下，它总往床底下藏饼干，卡尔文死后，它就一直这样。倒不是担心伊丽莎白忘记喂它，而是因为它在化学领域也有了一项重大发现。它发现，每当遇到重大问题时，吃东西是有帮助的。

它一边嚼着饼干一边想，玛德琳。马奇。玛丽。莫妮卡。它又拿出一片饼干来，大声地吃着。它很喜欢这饼干——是伊丽莎白·佐特这间厨房的又一大成就。它在想，为什么不用厨具给孩子命名呢？波特[①]。波特·佐特。或者是实验室里的东西？比克[②]。比克·佐特。或者能代表化学领域的名词——比如，嗯，凯姆[③]？或者金[④]。比如卡尔文在

① 即英文 Pot，意思是“锅”。

② 即英文 Beaker，意思是“烧杯”。

③ 即英文 Chem，意思是“化学”“化学的”。

④ 即英文 Kim，与 Chem 音近。

《金臂人》中最喜欢的女演员金·诺瓦克。就叫金·佐特好了。

不行。金个子太矮了。

接着，它又想到，玛德琳怎么样？伊丽莎白之前给它读过《追忆似水年华》[1]——虽然它并不喜欢——但是它能听懂其中的一个情节。就是有关玛德琳[2]的。它吃着饼干。玛德琳·佐特？为什么不叫这个名字呢？

"你觉得'玛德琳'这个名字怎么样？"伊丽莎白莫名其妙地注意到床头柜上放着的那本普鲁斯特的书，对它说道。

它回头看了看她，面无表情。

现在唯一的问题是，要想把玛德这个名字换成玛德琳，就得去一趟市政厅，一旦去了那里，就需要出示结婚证还有其他一些详细资料，伊丽莎白并不想提这些事。"你猜怎么着？"伊丽莎白在屋外台阶上见到六点半时，说道，"这件事就我俩知道。她的正式名字叫作玛德，但是我们可以叫她玛德琳，没人会发现。"

正式名字叫作玛德，六点半想到，这样还能有什么不妥呢？

说到玛德琳，还有一件事：每当黑斯廷斯的人来家里，玛德琳就如同疯了一般。斯波克博士可能会将这种现象诊断为"疝气痛"。伊丽莎白觉得，或许是因为孩子擅长判断人的性格。这让她感到忧虑。因为，这样一来，她会不会判断出她亲生母亲的性格？觉得她是一个不

---

① 法国作家普鲁斯特所著意识流小说。

② 《追忆似水年华》中有一个著名的场景是主人公品尝玛德琳蛋糕，唤醒了自己的味觉记忆，从而想起了过往的一生。

与家里人来往、不愿嫁给深爱她的男人、被工作单位解雇、整天教狗狗识字的女人？这样的母亲看上去是不是有些自私、疯癫，抑或二者兼有？

她也不能确定，不过她觉得，街道对面的那个女人应该知道。伊丽莎白没有宗教信仰，但她能感觉到哈丽特·斯隆身上有一种说不出的神圣感。哈丽特就像个神父一样，总会让人情不自禁地对她袒露心声——恐惧、希望、错误——希望能从她那里有所收获，而不是那种敷衍了事的经文与祝祷，也不是心理学家口中典型的问题“这样感觉如何？”而是能收获实实在在的启发；该如何应对眼前的问题；如何活下去。

于是，她拿起电话，其实她并不知道，哈丽特已经用双筒望远镜看到窗前的她准备拨电话了。

“喂，”哈丽特赶紧把双筒望远镜塞进两只沙发靠垫中间，语气平和地回答道，“这里是斯隆家。”

“哈丽特，我是伊丽莎白·佐特。”

“噢，我这就过去。”

第十九章

1956年12月

身为科学家的孩子，最大的益处是什么？受限程度低。

玛德琳一学会走路，但凡见到的东西，伊丽莎白都会鼓励她去触摸、品尝、扔、弹、烧、撕、捻、摇、混合、捏、闻、舔。

“玛德琳！”哈丽特每天早上一进门就这样大叫一声，“放下！”

“下！”玛德琳跟着学话，紧接着就把手里的半杯咖啡扔了过去。

“不！”哈丽特喊道。

“不！”玛德琳也跟着她学。

等哈丽特拿来拖把，玛德琳就摇摇晃晃地走进客厅，不是捡起这个，就是扔了那个，那双脏兮兮的小手会无意识地去抓那些太尖、太热、太毒的东西，简而言之就是，绝大多数父母都会尽量让孩子避开的东西——也是最美好的东西。不管怎样，她还是健康地活了下来。

是因为有六点半。它无时无刻不在照看着她，总是能察觉到危险，替她挡住插座，她在爬书架的时候——她几乎每天都会这样——它就待在下面，一旦她不小心掉下来，它好像个垫子一样接住她。以前没能保护自己爱的人，今后可不能再有失误。

“伊丽莎白，”哈丽特责怪道，“你不能任由玛德琳想干什么就干什么。”

“你说得很对，哈丽特，”伊丽莎白眼睛盯着三支试管，头都没抬一下地说道，“你没发现嘛，我已经把刀都拿走了。”

“伊丽莎白，”哈丽特恳求道，“你得看好她。我昨天发现她爬进洗衣机里去了。”

“别担心，”伊丽莎白依旧盯着试管说道，“洗衣服时，我会先看一眼里面。”

虽然这些会让哈丽特觉得惊慌失措，但不得不承认，玛德琳的成长过程与她那几个孩子截然不同。应该说与众不同：她们母女之间几乎是对等的关系，这是哈丽特亲身体会到的。孩子向母亲学习，母亲也向孩子学习。那似乎是一种彼此崇敬的社会关系——当伊丽莎白给玛德琳读书时，哈丽特能从玛德琳的眼神中体会到这种关系；每当妈妈跟女儿耳语时，女儿就一阵欢叫，哈丽特能从中体会到这种关系；每当妈妈看见孩子把小苏打和醋混合在一起时会露出灿烂的笑容，哈丽特也能体会到这种关系。而且母女二人还会不停地分享彼此的想法与做法——化学、牙牙学语、流口水——有时还会用一种神秘的语言进行沟通，弄得哈丽特像个外人。大人不能——或者不应该——跟自己的孩子成为朋友，她这样警告过伊丽莎白。这都是她在杂志中读到的。

她看着伊丽莎白把玛德琳抱到大腿上，让她近距离地观察那些冒着泡的试管。孩子眼睛里充满了好奇。伊丽莎白用的是什么教育方法呢？实践学习法？

之前有一周，伊丽莎白给孩子读《物种起源》时，哈丽特责备了她一番，她说："孩子就像海绵一样。可不能让玛德琳这么小就被榨干。"

"榨干，"玛德琳喊道，"榨干，榨干，榨干！"

"达尔文写了什么，她肯定一个字都听不懂，"哈丽特辩驳道，"至少，你应该给她读个缩略版的吧？"哈丽特只读过缩略版。也正是因此，她很喜欢《读者文摘》——将大部头的图书缩减成可以快速吸收的篇幅。有一次，她曾经在公园里听一个女人说，她真希望《圣经》能缩减成《读者文摘》那样。哈丽特一听，深表赞同，她心里还在想，是啊——还有婚姻。

"我不相信缩减版的东西。"伊丽莎白说道，"不管怎么样，我觉得玛德琳和六点半挺喜欢的。"

还有另外一件事——伊丽莎白也给六点半读书。哈丽特喜欢六点半；其实有时候，她觉得自己和狗儿都对伊丽莎白这种教育方式（这种育儿的方式）表示担忧。

"真希望你能跟她谈谈，"哈丽特不止一次地跟狗狗说过，"她会听你的。"

六点半看了看她，长出了一口气。伊丽莎白确实听它的话——看得出来，沟通不仅限于语言。不过，它觉得，绝大多数人都不会听自己的狗的话。这种现象被称为无视（Ignoring）。噢等等，不，应该是愚昧（ignorance）。它刚学会的这个词。对了，顺便说一下，绝不是吹牛，它现如今的词汇量已经达到 497 个了。

除了伊丽莎白以外，唯一一个不低估狗狗理解能力（或者一位工作中的母亲）的人就是梅森医生。梅森医生深深地被这个女人震撼到了，她生完孩子之后过了大概一年，他来到她家拜访，表面上说是来看看她们过得怎么样，实际上是来劝她加入船队的。

“你好，佐特女士。”早上 7:15 分，他见她打开门，说道。她惊讶地看着他，一身船服，湿漉漉的平头，看来刚从晨间的雾气中划船回来。“过得怎么样？本不该跟你讲我那些事，不过，今早的船划得太不痛快了。”他进了屋子，从她身边经过，小心翼翼地在凌乱的婴儿用品中间找到落脚点，一路来到实验室，发现此时的玛德琳正使劲儿地从那只高脚椅中往外爬。

“噢，她在这里！”他笑了，“都长大了，养得不错。不错。”他发现一堆洗得干干净净的尿布，拿过一块就开始叠起来。“我不能待太久，刚好来这儿附近，想着过来看看。”他弯下腰，仔细看了看玛德琳。“我的老天，又是个高个子。我猜，我们应该感谢埃文斯。带孩子的感觉如何？”还没等伊丽莎白回答，他就拿起斯波克博士的育儿书。“斯波克的书不错，能学到很多东西。要知道，他是名船手，在 1924 年的奥林匹克运动会上拿过金牌。”

“梅森医生，”伊丽莎白一闻到他衣服上的海水味道就觉得很惊喜，“您能来真好，可是——”

“别担心，我待不了多久，我还有事。我跟我太太保证过，今早要照看孩子们。就是想过来看看你们怎么样。你看上去有些疲倦，佐特女士。找到人帮忙了吗？有人来吗？”

“有一位邻居会过来。”

“很好。离得近很关键。你最近怎么样——把自己照顾得怎么样？”

“您的意思是？”

“还在锻炼吗？”

“嗯，我……”

“还在用划船器练习吗？”

“有点……”

“很好。它在哪儿？划船器呢。”说着，他去了隔壁的那间屋子，“噢，我的老天，”只听他说了一句，“埃文斯简直就是个施虐狂。”

“梅森医生？”她把他拉回到实验室说道，“见到您很高兴，可是，我 30 分钟后还有一个会，而且还有很多——”

“抱歉，”他赶紧回来，说道，“我以往可不是这样的——拜访产后出院的患者。老实说，我连父母都从不去探望，除非他们决定生孩子。”

“我很荣幸，”她说道，“可是，我说过，我——”

“很忙。”他补上她的话。说着，他走到水槽边，开始洗里边的碗。“你看，”他说道，“你已经有了孩子，有划船器，有自由的工作，还有自己的科研。”他一边列举着她的这些所得，一边举起沾满泡沫的双手环视着周围，“噢，这间实验室不错。”

“谢谢。”

“是埃文斯——”

“不是。”

“那是——”

“我建的。在我怀孕的时候。”

他一脸惊讶地摇了摇头。

“它给我帮忙。”她指了指旁边的六点半，此时的六点半正站在玛德琳的椅子旁，活像一名警卫，只等着食物掉下来。

“噢，是啊，还有它。狗可是有很大帮助的。我太太和我都觉得，没有孩子之前，可以拿狗来试手。”他一边查看着平底锅一边说道，“钢丝球在哪里？”

“在您左边。”

“说到试手，”他又挤了点洗碗剂，说道，“是时候了。”

“什么时候？”

“划船。已经一年了。”

她哈哈大笑：“有意思。”

他转过身来看着她，手上的水滴在地板上，“什么有意思？”

这回轮到伊丽莎白一脸疑惑了。

“我们有一个空缺。二号位。如果你能尽快过来，我们就能组成队。最迟下周。”

“什么？不。我——”

“累？忙？或者想说你没有时间。”

“因为，我真的没有时间。”

“谁有呢？成年人总是有各种事缠身，不是吗？”他说道，“就像你解决了一个问题，又有十几个问题冒出来。”

“冒出来！”玛德琳喊道。

“在海军部队待的那段时间，唯一让我觉得有收获的地方就是，我领悟了每天晨起铺床的意义与价值。说到清晨天还没亮就在右侧船舷上被溅得一脸冷水这种事，它有什么意义与价值呢？我发现它有治愈的功效。”

梅森东拉西扯地闲聊，伊丽莎白抿了一小口咖啡。她很清楚自己需要被治愈。现如今已经进入了一个新的悲痛阶段：最初是怀念爱人，现如今是怀念孩子的父亲（本应如此）。若卡尔文还在，他会高高地把玛德琳举起，会轻松地把她举到肩膀上，而平日里，她都尽量不去想这些。他俩本来都不想要孩子，而且伊丽莎白一直都坚定地认为女人不应该被迫生养孩子。可如今，她有了孩子，还是个单亲妈妈，以开创性科学家的身份开展了有史以来最不具科学性的试验：养育人类幼崽。每一天，她都觉得养育孩子如同脑子空空进考场一样。问题很棘手，却又没有足够多的选择。有时，她在睡梦中醒来，浑身都湿透了，头脑中总是能浮现出这样的场景：有人敲门，开门一看，发现门口站着一位权威人士，手里拿着一只装婴儿的空篮子，说道：“我们刚刚审核了一下你之前的育儿表现报告，结果并不理想。你被取消了资格。”

“好几年了，我都劝我太太加入船队，”梅森医生说道，“我觉得她会喜欢。可她总是拒绝，我猜，有一部分原因是船库里没有别的女人。

我可不是瞎说，佐特女士。女人可以划船，你可以划船。还有女性船队呢。”

“哪里有？”

“奥斯陆。”

“挪威？”

“这个小家伙，”他指着玛德琳说道，“她将来一定是划左舷的选手。你看她把重心往右侧调整时多么干脆利索。”

两人都看着玛德琳，那孩子正盯着自己的手指看，似乎在纳闷，怎么它们都不一样长呢。前一天晚上，伊丽莎白给她大声朗读《金银岛》中的片段时，感觉玛德琳正瞪大了眼睛盯着她，张开嘴巴表示惊叹。她低头看了看女儿，觉得十分惊奇，不过与女儿的感受不同。好久没看到这种深信不疑的神情了。瞬间，她爱死这个听她信她的小家伙了。

“你会惊奇地发现，这个年龄段的孩子身上可以传递出很多信息，”梅森说道，“他们会不断地通过细微的方式透露出未来的自我。比如这个小家伙，她一定很擅长读书。”

伊丽莎白点点头。上星期，她在玛德琳午睡的时间偷偷观察，发现那孩子正坐在小床上手舞足蹈地给六点半讲东西。伊丽莎白退后在一旁，好奇地看着那孩子，只见她像一只前后摇晃、马上要摔倒的保龄球一样，一边挥舞着两手，一边咿咿呀呀地用一种单一的语调说了一大串，将辅音和元音组合在一起，就像是绳子上的衣服一样，不过，小家伙气势十足，仿佛自己是某个领域的专家。六点半站在小床旁，嘴巴插在两个板条中间，全神贯注地听着，耳朵随着音节的变化轻微地摆动。突然，玛德琳中途停下了，好像是思路断了，紧接着，她身子朝狗狗那边前倾，又哇啦哇啦地说起来："Gagagagazozonanowoowoo。"好像是在强调什么，"Babbadodobabdo。"

伊丽莎白觉得，养育孩子的过程就像跟一个来自遥远星球的访客一同生活一样。总是有付出，有回报的，他们要适应你，你也要适应他们，渐渐地，他们的棱角被磨得差不多了，你的个性也逐渐没有了。想到这一点，她倒是觉得有些不平衡。因为，她的这位访客可跟成年人不一样，这个小家伙对什么都好奇，哪怕是一件极小的事情；哪怕是一件普通的东西，她也觉得很神奇。上个月，玛德琳在客厅里发出一声尖叫，伊丽莎白立马冲到她身边来，结果，一个小时的工作就这么前功尽弃了。"怎么了，玛德琳？"她像一架战斗机一样冲过来，"怎么了？"

玛德琳瞪着大眼睛，回过头来看了看她，然后举起一只汤匙。看这个！她好像在说。它在这里！在地板上！

"这不仅是一项锻炼，"梅森医生说着，"划船其实也是一种生活方式。我说的对吗？"他跟孩子说道。

"它！"玛德琳一边敲盘子一边喊道。

"对了，我们请来了一位新教练，"他转过身对伊丽莎白说道，"很出色。我跟他提起过你。"

"真的吗？你跟他说过我是个女人吗？"

"没有！"玛德琳在一旁喊道。

"我想说的是，佐特女士，"梅森医生避开她的问题，随手抓来一条毛巾，蘸了些水，然后走到高脚椅旁边，用毛巾把玛德琳那双黏糊糊的小手擦干净，“我们的二号位船手一直有问题。这是你我之间的秘密，其实，他是个糟糕的船手，因为旧年间的大学校友关系才留在船队。可就在上个周末，他因为一次滑雪事故摔断了腿，所以，船队的问题解决了。”说这话时，他难掩自己喜悦的神情。“有三处骨折。”

玛德琳伸出胳膊来，医生将她从高脚椅中抱出来。

“听着让人觉得惋惜，”伊丽莎白说道，“感谢您的信任。不过，我没有经验。只是之前去过您的船队几次，而且还都是因为卡尔文。”

“阿尔——文。”玛德琳学着说道。

“你当然有经验，”梅森医生一脸惊讶地说道，“说真的，由卡尔文·埃文斯亲自教授，还是单桨双人划？我敢说，不管怎样，这种专业水准绝对超过某些大学校友那种烂货。”

“而且，我也很忙。”她再次解释道。

“凌晨四点半的时候吗？恐怕还没等这小家伙知道你走，你就已经回来了。二号位。”他特意强调了一遍，好像这是一笔特殊的买卖，机会难得，“还记得吗？我们之前讨论过的。”

伊丽莎白摇了摇头。当初卡尔文也是这样——觉得划船这件事理所应当比其他任何事都重要。她清楚地记得，一天早上，另一艘船上的其他队员因为五号位的船手没来而觉得震惊不已。副队长给他打电话，才知道五号位发了高烧。“好吧，不过，你还是会来的，对吗？”他这样要求道。

“佐特女士，”梅森医生说道，“我不是有意让你为难，可事实摆在眼前，我们需要你。我知道，我只跟你划过几次船，但是我相信自己的感觉。何况，只要一上船，那感觉真是棒极了。我们大家——”想到那天早上的划船练习，他说道，“都觉得棒极了。要不去问问你那邻居。看她能不能帮你照看孩子。”

“凌晨四点半吗？”

“人们之所以不太知道划船这种活动，就是因为这个原因，”梅森医生准备离开时说道，“因为这种活动就是在大家不忙的时候开展的。”

“我可以的。”哈丽特说。

“你不会是认真的吧。”伊丽莎白说道。

“会很有趣的。”哈丽特说道。听那语气，仿佛所有人都觉得凌晨起床是一件很有意思的事。实际上是因为斯隆先生。他酗酒越来越严重，话也越来越多，解决问题的唯一方式就是离他远远的。“一周也就这三天早晨。”

“只是去试一试。或许人家不认可我呢。”

“会认可的，”哈丽特说道，“你会顺利过关的。”

两天后，当伊丽莎白从船库里走过去时，几个睡意蒙眬的船手用不可思议的眼神看着她，她开始觉得，可能要辜负哈丽特与梅森医生的信任与期望了。

“早上好，”她随口跟那几个船手说了句，“你们好。”

“她来这里干什么？”她听到有人小声说道。

“老天。”另一个人又说道。

“佐特女士，”梅森医生从很远的船库那头喊了声，“过这边来。”

她从那些横七竖八躺着的人中间找了条路走过来，来到一群衣衫不整的男人中间，看他们脸上的表情，感觉像是听到了什么特别不幸的消息。

“伊丽莎白·佐特。”她伸出手去，语气坚定地说道。可惜没有人来握。

“佐特今天划二号位。”梅森说道，“比尔的腿摔断了。”

没有人说话。

“教练，”梅森医生转身对一个满脸杀气的人说道，“这是我之前跟您提起过的船手。”

没有人说话。

“你们当中或许有人记得，她之前跟我们划过船。”

没有人说话。

“大家有什么问题吗？”

没有人说话。

“那我们就出发吧。”他点头示意了一下副队长。

“我觉得还算顺利，你呢？”两人往车那边走时，梅森医生说道。她转过身来看了他一眼。当初生产的时候疼痛难忍，听说孩子牢牢抓住她的内脏（像抓行李箱一样）不放时（仿佛是在担心出去以后没有足够的衣服穿），她一阵狂叫，连床架都跟着摇晃起来。宫缩过去之后，她睁开眼睛，看见梅森医生俯下身来。瞧？他说，没有那么糟糕，是不是？

她把车钥匙往孔里一插。“我想，副队长和教练不这么认为。”

“噢，这件事呀，”他手一挥，说道，“正常。我觉得你应该知道的。新来的船手都要背一段时间的锅。而且你绝大多数时候都是跟埃文斯两个人划——所以还不懂得赛艇文化当中的微妙之处。划几次就好了；等着瞧吧。”

她希望他说的是实话，实际上，她喜欢再次回到水上参加划船训练。虽然累得精疲力竭，但是感觉还不错。

“我觉得划船是一项有趣的运动，”梅森医生说道，“因为它总是向后划水。这项运动似乎在告诉我们，做事情不要操之过急。”他打开车门，“其实，你仔细想一想，划船跟养孩子差不多。都需要耐心、耐力、毅力与坚持。我们无法借助二者去看未来的走向——只能看到既往走过的路。我觉得这一点令人感到心安，你说呢？当然了，除了翻船事故以外。我尽量降低事故的发生率。”

“你是说翻船？”

“是翻船事故。”他坚持这样说，紧接着上了车，“昨天，我的一个孩子用铲子打了另一个孩子。”

第二十章

生活缩影

虽然玛德琳只有四岁，但长得比绝大多数五岁的孩子还要高，读的东西也比很多六年级的孩子要多。虽然她在体质与智商方面都占据了很大优势，却同她那不善社交的母亲与记仇的父亲一样，没有几个朋友。

"我担心会发生基因突变，"伊丽莎白暗自跟哈丽特说道，"卡尔文和我都是携带者。"

"你指的是'讨厌与人交往这种基因'吗？"哈丽特说道，"有这种基因吗？"

"是害羞。"伊丽莎白纠正她说，"和内向的基因。所以说，你猜怎么着：我要送她去幼儿园。周一正好是新学年开学的日子，突然觉得应该这么做。玛德琳需要跟小朋友在一起——你之前也这么说过。"

没错。在过去的几年里，哈丽特至少说过上百次。玛德琳成熟得早，词汇量与理解能力超常，可在哈丽特看来，她连一些最基本的事情都还没学会——比如系鞋带、玩儿洋娃娃。前几天，她提议说带玛德琳捏泥巴饼。玛德琳皱了皱眉，用小树棍在那脏兮兮的泥巴上写了个 3.1415[①]，然后说道："做完了。"

再说，如果玛德琳去上学了，那哈丽特该做些什么呢？她早就习惯了这种被需要的感觉。

"她还太小了，"哈丽特坚持说道，"至少要等五岁才能上学。当然了，六岁更好。"

"他们也说过。"伊丽莎白说道，"不管怎么样，她得上学。"

伊丽莎白心里想说却没说出来的是，玛德琳去上学不是因为她聪明，而是因为伊丽莎白弄清楚了圆珠笔墨水的化学成分，找到了修改玛德琳出生证明的方法。严格来讲，玛德琳确实还没到入园的年纪，但伊丽莎白自己也说不清楚这种技术性问题跟女儿上学有什么关系。

"伍迪小学，"她递给哈丽特一张纸，说道，"麦德福德太太。6 号教室。我知道，她或许在某些方面比其他小朋友强得不多，但是能读赞恩·格雷[②]作品的，可能只有她一个，你觉得呢？"

六点半担忧地抬起头。听到这个消息，它也没有很激动。玛德琳去上学？那它该做什么？如果她坐在教室里，它要怎么才能保护她？

伊丽莎白把咖啡杯收拾起来，送到水槽里。其实，送女儿去上学这种想法并非十分突然。几周前，她去银行为这所房子办理了反向抵

---

① "饼"的英文是 pie，而 3.1415 是圆周率 π 的大致数值，pie 与 π 同音。

② 赞恩·格雷（Zane Grey，1872—1939），美国作家，擅长西部小说，代表作有《紫艾灌丛中的骑士们》等。

押贷款。她和卡尔文已经没有关系了。如果当初卡尔文没有在房产证上写她的名字（其实，她是在他去世后才得知此事的），她们母女恐怕只能靠社会福利过活了。

针对她此时的境况，银行经理的评估结果很严峻。“事情只会变得更糟，”他警告她，“只要孩子一到年龄，立即让她入学。然后找一份能支付你工资的工作。或者嫁给一个有钱人。”

她回到车里，琢磨着自己还有哪些回旋的余地。

抢银行。

抢珠宝店。

或者，还有一个令她深恶痛绝的想法——回到当初那个夺走她一切的地方去。

25 分钟后，她进到黑斯廷斯大厅，她的手在抖，皮肤在出汗，身体各个警报系统都拉响了警报。她深吸一口气，尽量让自己镇静下来。“请帮我找一下多纳蒂博士。”她对前台接待说道。

“我会喜欢学校吗？”玛德琳不知从哪儿冒出来问道。

“当然了，”伊丽莎白明显有些底气不足地说道，“那是什么？”玛德琳右手捏着一大张纸，上面画着黑黢黢的一团东西，她指着那纸问道。

“我的画。”她过来靠到妈妈身上，顺手把那纸放到了妈妈面前的桌子上。又是一幅粉笔画——与彩色蜡笔相比，玛德琳更喜欢粉笔——可是，粉笔画很容易变脏，所以，她的画出来的画经常是模糊的一片，仿佛画里的东西想要跳出来一样。伊丽莎白低头看了看，有几幅是用直线条画成的，一只狗、一台割草机，一个太阳，一个月亮，还有一台像车的东西，几朵花，一个长长的方块。南边有一团火；整个北边都在下雨。还有一处：中间一大团白色的东西。

“嗯。”伊丽莎白说道，“这里一定是有什么东西。我能看出来，你一定是花了一番心思的。”

玛德琳鼓起小脸，仿佛妈妈说的一点都不对。

伊丽莎白又仔细看了看那画。最近，她一直在给玛德琳读一本有关埃及人用石棺外表装饰体现棺内之人一生经历——包括人生中的起伏以及此人的内在与外在特征——的书，所有这些都会用精确的符号体现出来。可是，她读这本书的时候心里就一直在想——那些艺术家会不会有溜号的时候？原本应该画山羊却画成了毒蛇？如果真有这种状况，艺术家们会保留吗？有可能吧。从另一方面来讲，这不就是对人生的定义吗？人生中的阴差阳错不就是从未停止过吗？是啊，她本人更该懂得这个道理。

十分钟后，多纳蒂博士出现在大厅里。奇怪的是，看到她之后，他居然如释重负一般。“佐特女士！”说着，他赶紧过来给了她一个拥抱，刚才她还在担心自己会遭到拒绝，紧张得连气都不敢喘，“我刚好想起你来！”

其实，他一直在想着佐特。

“跟我说说这些都是什么人。”她指着画上的那些直线条人物，对玛德琳说道。

“你，我，还有哈丽特，”玛德琳说道，“还有六点半。这是你在划船，”她指着那个方块一样的东西说道，“这是我们的割草机。这里是火。还有其他几个人。这是我们的车。这边是太阳出来了，这边是月亮出来了，这里是花儿。知道了吗？”

“嗯，明白了，”伊丽莎白说道，“这是一幅和季节有关的画。”

“不，”玛德琳说道，“是我的生活缩影。”

伊丽莎白点点头，假装听懂了的样子。割草机是怎么回事？

“那这里呢？”伊丽莎白指着中间那大团乱糟糟的东西，问道。

“那是死亡坑。”玛德琳说道。

伊丽莎白担忧地睁大了眼睛。“那这里呢？”她指着那些斜线条问道，“是雨吗？”

“是眼泪。”玛德琳说道。

伊丽莎白蹲跪下来，跟玛德琳的视线相平。“亲爱的，你是感到悲伤了吗？”

玛德琳把她那双胖乎乎的小手放在妈妈的一边脸上。“不。是你在悲伤。”

玛德琳出去玩儿的时候，哈丽特说了一些所谓的“从小孩子嘴里说出来的话”，伊丽莎白假装没有注意听。其实，她早就发现女儿能读懂她的心事，就像读一本书一样。之前还发现——玛德琳为何能如此准确地感受到每个人心里想要隐藏的东西。“哈丽特从来都没爱过。”上周有一天吃晚饭时她出人意料地这么说了一句。“六点半依旧放不下它肩上的责任。”早饭时她感叹道。“梅森医生讨厌死女人的阴道了。”晚上睡觉时她说了一句。

“我没有感到悲伤，哈丽特，”她撒谎道，“而且，我还有好消息。黑斯廷斯又请我回去上班了。”

“上班？”哈丽特说道，“可是你有工作呀—— 一份可以让你有事做、可以抚养玛德琳、可以遛六点半、可以做研究、可以划船的工作。有几个女人能做到这样？”

没有。伊丽莎白心想，包括她自己在内，也无法做到。她一刻不停地在为生计奔波，几乎快要崩溃掉，可收入情况已经威胁到家人的生活，她的自尊心经历了新一波低谷。

“我不喜欢那里。”哈丽特说道，本来就因为孩子上学这件事不高兴，没有随自己的心意，“当初他们是怎么对待你和埃文斯先生的？你要点头哈腰地对待那些来家里拜访的傻瓜，已经够让人糟心了。”

“科学跟其他事物不同，”伊丽莎白说道，“在这方面，有些人就是比另一些人擅长。”

“我说的就是这个。”哈丽特说道，“不管怎么样，科学难道不就应该把那些低智商的家伙淘汰掉吗？达尔文不也是这么说的吗？弱者最终不是会被淘汰掉吗？”可是，她看得出来，伊丽莎白没有在听她说话。

“孩子怎么样了？”多纳蒂一边说，一边拉着她的胳膊，把她带到他办公室。接着，他低头瞄了一眼，惊奇地发现她的手指被包扎起来，跟她当初离开这里时一样。

佐特应付了他几句，但是他心里一直盘算着接下来该怎么说，没有心思听她说那些闲话。过去几年辉煌的日子里，不用为佐特-埃文斯的事烦心，一切都进展得很好。虽说没有什么实质上的科研突破，但各项事情都进行得很顺利。就连那个傻瓜博里维茨的脑子似乎都变得灵光了许多。仿佛埃文斯的死与佐特的离开让手下其他那些化学家有了展示自己的机会。

然而，他现在面临着一个棘手的问题，就是那个肥猫投资者。他又回来了。想知道一直以来那个佐特先生都用自己的钱做了些什么。论文呢？重要的发现呢？成果呢？

正当佐特谈论着有关正离子反应的一项意外发现时，他两眼盯着窗外。老天，科学可真无趣。他咳嗽了一声，掩饰自己刚刚走神的状态。快到喝鸡尾酒的时间了，一会儿就可以走了。他还记得很久之前在上大学的时候——有人说他特干马提尼调得好。这让他突然想到——为什么不去做一个酒吧招待呢？他喜欢喝酒，也擅长这个。他一喝酒别人就高兴，指的是他醉酒之后的样子。再加上，调酒本来就带着一点科学性。哪里不好呢？工资吗？

说到工资，他已经没有钱雇佐特了—— 一分钱都没有。可是他不得不这样做：他需要她，因为那个投资人需要她——或者说，那个投资人需要他，佐特先生，还有他那个该死的无生源项目。老实说，他好像已经厌倦这一切了。几个月来，他一直在躲那人的电话。最后实在没有办法了，只能问团队里的人，有谁在做与这个方向稍微沾一点边的工作。猜猜是谁给了他回应？博里维茨。

问题是，博里维茨甚至都无法解释自己的研究内容。也就是在那个时候，多纳蒂开始怀疑博里维茨，博里维茨只好承认，说他跑去佐特那里一起讨论无生源的话题——这该有多巧？两人居然想到一块儿去了。

“我还是觉得，接受黑斯廷斯的工作是一个大错误。”哈丽特一边擦咖啡杯一边说道。

“再来一次才带劲儿呢。”伊丽莎白坚持说道。

一次还不够吗？六点半心想。

第二十一章

E.Z.

化学部用一身新的实验室工作服来欢迎伊丽莎白的归来。

“是我们大家的心意，”多纳蒂说道，“看大家有多想你。”伊丽莎白被这情景惊到了，她赶紧接过衣服，在零星的掌声中穿上了那件白色夹克，紧接着又有人大声地吹了几下口哨。之前的衣服上写的是“E. 佐特”，现在只写着“E.Z.”

“喜欢吗？”多纳蒂博士朝她眨了眨眼说道，“对了——”他弯了弯手指，示意她跟他到办公室去，“我听说，你还在研究无生源。”

伊丽莎白往后退了一步。她从没跟任何人提起过自己的研究内容，唯一可能知道此事的就只有博里维茨，因为上次他来家里时，正好赶上玛德琳午睡醒了，等她回到客厅时发现博里维茨正坐在自己的书桌旁翻看着资料。“你在干什么？”她惊讶地问道。

“没什么，佐特女士。”他说道。很明显，他听出了她的语气，有些不自在。

“我自己有了一些研究成果，”多纳蒂绕到书桌后面坐下来，“很快就会在《科学》期刊发表。”

“主题是什么？”

“没什么大不了的，”他耸了耸肩回答道，“核糖核酸方面的。你是知道的，总是要时不时地弄出些东西来，否则，就得在专业领域付出些代价。其实，我倒是对你的研究比较感兴趣。什么时候能读一读你的论文？”

“还有一些问题没有解决，”她说道，“在接下来六周的时间里，如果我能集中精力不被任何事物打扰的话，应该能研究出些东西来给你。”

“集中精力在你的工作上？”他一脸惊讶地说道，“语气像极了卡尔文·埃文斯，不是吗？”

一提到卡尔文的名字，伊丽莎白的脸上立即没了表情。

“我敢说，你肯定记得这个部门的规矩，”多纳蒂说道，“我们都是互相帮助的。我们是一个团队，像船队那样。”他轻蔑地说道。原来，他之前听她跟一位化学家提起过，现在依旧在划船。嗯，或许，如果她不去划船的话，能更好地搞自己的研究。他已经把她带来的资料都看了一遍，这才发现，她的进展远不只博里维茨了解的那些。这家伙简直就是个傻瓜。

“喏，”多纳蒂递给她一摞厚厚的论文，“先把这些打印出来。还有，我们的咖啡不多了。问问大家——看他们有什么需要帮忙的没有。”

“帮忙？”伊丽莎白说道，“我是一名化学家，不是实验室技术员。”

“不，你现在就是一名实验室技术员。”多纳蒂语气坚定地说道，“你已经离开这个领域有一段时间了，该不会觉得自己这样大摇大摆地回来，就能理所当然地从事自己之前的工作吧——毕竟，你中间可是闲了好几年。不过我们可以谈条件——你先努力工作，之后再看。”

“可是，我们之前商讨的结果不是这样的。”

“放轻松，妞儿，”他拖长腔调说道，“不是——”

“你刚刚叫我什么？”

还没等他回答，秘书就进来提醒他开会。

“喏，”他转身对伊丽莎白说道，“埃文斯以前在的时候你就享受了诸多特殊待遇，说到这里，很多人都还耿耿于怀。不过这一次，我们会让大家看到，这一切都是你自己争取来的。你是个聪明的姑娘，莉齐。所以，这都是有可能的。”

“可是，我全靠化学家这份工资了，多纳蒂博士。实验室技术员的工资是不够的。我还要养孩子。”

“说到这里，”他挥了下手，说道，“我这里有个好消息。我已经向黑斯廷斯提交了申请，资助你去进修。”

“真的吗？”她感到十分惊讶。“黑斯廷斯会资助我读博士吗？”

多纳蒂站起身来，双臂举过头顶，像是刚刚完成一项工作似的。“不，”他说道，“我的意思是，你或许可以从速记学校学到些东西——听写方面的。我为你找了一门相关课程，”说着，他递给她一本手册，“好处就是，你在家里没事的时候就可以学习。”

肺都要被气炸了的伊丽莎白回到自己书桌旁，狠狠地把那些材料摔在桌上，随后直奔女洗手间，到了那里，她挑了一个离门口最远的隔间，然后把自己锁在里边。哈丽特说的没错。她这都是在干什么？然而，还没等她开始考虑这个问题，隔壁的隔间里传来砰砰的一阵声响。

“喂？”伊丽莎白喊道。

那声音停下了。

“喂？”伊丽莎白又喊了一声，“你还好吧？”

“管好你自己的事儿吧！”那人喊道。

伊丽莎白犹豫了一下，接着又喊道：“你需要——”

“你是聋子吗？别他妈的管我！”

她停住了，听那声音有些耳熟。“福莱斯克女士吗？”她问道，脑子里浮现出那个人力资源部的秘书，那个几年前曾经用卡尔文去世这件事中伤她的人。“是你吗，福莱斯克女士？”

“你他妈的是谁？”语调充满了火药味。

“伊丽莎白·佐特。化学部的。”

“老天！佐特，竟然是你。”紧接着，福莱斯克沉默了良久。

现如今三十三岁的福莱斯克女士，在过去的四年里一直都一门心思地想晋升——从宣传黑斯廷斯的福利待遇，到监视具体的部门，再到散播部门内部谣言（据说还创建了一个名为“一手消息在此”的谣言传播渠道）——然而一直没能如愿。事实上，她现如今的上司是一个新来的——一个二十一岁刚从学校毕业的小伙子，平日里除了把回形针穿成一串以外什么都不懂。至于那个埃迪——福莱斯克为了证明自己是一个良好的结婚伴侣，一直都跟他睡在一起——他早在两年前就为了一个处女把她给甩了。今天，她又遭遇了当头一棒：那位新来的上司给她制订了七项改进计划。其中有一条是：减掉 20 磅[①]体重。

“这么说，你真回来上班了，”福莱斯克在她那边的隔间问道，“像个被众人嫌恶的人一样。”

“请你再说一遍。”

“狗也带回来了吗？”

“没有。”

“大家都知道遵守这里的规矩了，是吧，佐特？”

“我家的狗下午很忙。”

“你家的狗下午很忙。”福莱斯克转着眼珠说。

“它要去学校接孩子。”

福莱斯克在马桶上调整了一下姿势。对了——佐特现在有孩子了。

“男孩还是女孩？”

“女孩。”

福莱斯克拉了一下纸卷：“真可惜。”

伊丽莎白在自己的隔间里盯着地上的瓷砖。她知道福莱斯克这话的意思。玛德琳第一天上学，她就惊恐地目睹了一个大眼睛、梳着一头电烫发（味道难闻）的女老师往玛德琳的衬衫上别了一枚粉色的小花，上面写着：“ABC 真有趣！”

“我能要一朵蓝色的花吗？”玛德琳问道。

---

① 相当于 9 千克。

“不，”那老师说道，“蓝色是给男孩子的，粉色是给女孩子的。”

“不是的。”玛德琳说道。

只见这位老师（麦德福德太太）眼神从玛德琳那里转移到伊丽莎白身上，她看了看这位漂亮的母亲，似乎明白了这孩子的态度如此糟糕的原因。她又瞥了一眼伊丽莎白那空荡荡的无名指，心想，猜对了。

“那么，为什么要回到黑斯廷斯来？”福莱斯克问道，“想再钓一个天才回去？”

“因为无生源项目。”

“噢，知道了，”福莱斯克语气嘲讽地说道，“还是老一套。我听说那个投资人回来了，哇哈！接着你就回来了。还是我来替你说吧：你是故意的。不过，至少这一次追的是个有钱人。说真的，你不觉得他有点老吗？”

“我没有追他。”

“别不好意思了。”

伊丽莎白收了收下巴：“我不知道这话是从何说起。”

福莱斯克想了想。确实，佐特可不是那种害羞的类型。她是脑子迟钝，还有些大条，就像当初还要别人告诉她卡尔文留给她了一份分别礼一样——（难以想象的是）现在那礼物已经上学了，而且还要让狗狗去接。难道不是吗？

“那个人，”福莱斯克说道，“就是那个给了黑斯廷斯一大笔钱，用来资助你那无生源项目的人，记得吗？或者说，是资助 E. 佐特先生无生源项目的人。”

“你在说什么？”

“你心里很清楚，佐特。总之，那个有钱人回来了，上帝啊，你也回来了。我想，你可能是黑斯廷斯唯一一个不是秘书的女人了——注意噢，这里可是有三千名员工噢。我无法想象，这一切是怎么发生的。你现在依旧把自己当成男人看。到底要到什么程度才肯罢休呢？还有，你知道为什么研究所都说我们女人不适合接受投资吗？因为我们总归是要离开的，是要生养孩子的。就像你之前那样。”

“我是被解雇的。”伊丽莎白愤怒地说道。

“都是拜你这种女人所赐，”她厉声说道，“这种勾引男人的——”

“我没有勾引！”

“这种耍手腕的——”

“我没有耍手腕！”

“你这种靠男人来实现自己价值的——”

“胡说！”伊丽莎白使劲儿敲着她们中间那道薄薄的不锈钢隔板，大声喊道，“你竟敢，福莱斯克女士！你竟敢！”她站起身来，打开隔间的门，大步流星地走到水槽旁，用力拧开水龙头，没想到力道过猛，水龙头直接掉了下来。水瞬间喷溅出来，浸湿了她那身实验服。“该死！”她吼道，“该死！”

“噢，老天。”福莱斯克走到她旁边说道。“我来吧。”说着，她把伊丽莎白推到左边，弯腰把水槽下面水阀关掉。紧接着她站起身来，两人四目相对。

“我从来都没有把自己当成男人看，福莱斯克！”伊丽莎白一边用手纸擦拭实验服，一边大声说道。

“我没有勾引别人！我是一名化学家。不是女化学家，是化学家。一名很优秀的化学家！”

“嗯，我也是人事领域的专家！差点成为心理学家。”福莱斯克大声说道。

“差点成为心理学家？”

“闭嘴。”

“不会吧，”佐特说道，“差点？”

“我没有机会拿到学位，可以了吗？那你呢？为什么没有博士学位，佐特？”福莱斯克反问道。

伊丽莎白平静了一下，不由自主地跟她讲了自己当初那段从未说与人听（除了当时那名警察以外）的经历。“因为我被论文导师性侵犯，之后就从博士培养计划中被除名了，”她大声说道，“你呢？”

福莱斯克一脸惊讶地看着她。“我也一样。”她无力地说道。

第二十二章

礼物

“第一天回去上班感觉如何？”伊丽莎白一回到家，哈丽特就问道。

“很好。”伊丽莎白撒谎说。“玛德琳，”她弯下腰来一把将女儿搂在怀里，“今天在学校怎么样？好玩儿吗？有没有学到新东西？”

“没有。”

“你一定学到了，”她说，“快跟我讲讲。”

玛德琳放下手中的书：“嗯。有几个孩子连大小便都不能自理。”

“老天。”哈丽特说道。

“她们可能只是紧张，”伊丽莎白一边捋着玛德琳的头发一边说，“万事开头难。”

“还有，”玛德琳说，“麦德福德太太想见你。”说着，她拿出一张字条来。

“好的，”伊丽莎白说道，“先发制人的老师都是这样。”

“什么是先发制人？”玛德琳问道。

“就是有麻烦了。”哈丽特嘟囔着。

几周后，伊丽莎白去了人力资源部。“能跟我说说那个投资人的事吗？”伊丽莎白问福莱斯克女士，“就你所知道的。”

“为什么不能呢，”说着，福莱斯克随手从标有“机密”的台账中抽出一个精简版的文件夹来。“我上周体重涨了2磅[①]。”

“就这些吗？”伊丽莎白翻看着文件说道，“这里什么都没有。”

“要知道，有钱人就是这样，佐特。做什么都保密。不过，我们下周一起吃顿午餐怎么样。我好有时间挖掘一下文件里的信息。”

可是到了下周见面的时候，福莱斯克只拿了一个三明治过来。

“找不到任何线索。”福莱斯克无奈地承认道，“可是从他上次大张旗鼓地来研究所这件事来看，着实很奇怪。可能，他已经决定移资到别处了；这种事经常发生。对了，实验室技术员的工作怎么样？是不是连自杀的心都有？”

“你是怎么知道的？”伊丽莎白说着，太阳穴上的一条血管开始乱蹦起来。

“我可是在人力资源部工作，知道吗？我们什么事都知道，也什么事都见识过。或者就我自己的经历而言，我什么都知道，什么也都见识过。”

“你这是什么意思？”

“我就要被炒鱿鱼了，”福莱斯克心平气和地说道，“这周五就走。”

---

① 大约0.9千克。

“什么？为什么？”

“还记得我跟你说的那七项改进计划吗？减掉20磅？我反倒涨了7磅。”

“不能因为体重上涨就被炒鱿鱼，”伊丽莎白说道，“这是不合法的。”

福莱斯克探过身来捏了捏伊丽莎白的胳膊：“老天，知道吗？我还真看不够你这副天真的样子。”

“我是认真的，”伊丽莎白说道，“你得还击，福莱斯克女士。不能任由他们这么做。”

“嗯，”福莱斯克转而一脸严肃地说道，“身为人事部门的资深人士，我提倡跟上司坦诚相待。指出某名员工的长处，发觉某名员工未来的影响力。”

“这是对的。”

“我是开玩笑的，”福莱斯克说道，“根本就没有用。总之，不用担心——我已经找到一大堆打印材料这种临时性的工作了。不过在我走之前，有一个小礼物要送给你。算是补偿埃文斯先生死后我对你造成的那些痛苦。这周五在南面电梯那里等我怎么样？四点钟。保证不会让你失望。”

“沿着这条走廊，”星期五下午，福莱斯克带着伊丽莎白往前走，“当心脚下。生物实验室里跑出来过一批老鼠。”接着，她和伊丽莎白一同搭乘电梯来到地下室，又走过一道长长的走廊，来到一扇门前，门上写着“禁止入内”。“到了。”福莱斯克兴致勃勃地说道。

“这是什么地方？”看到屋子里有一排不锈钢小门，上面贴着

1~99 的数字，伊丽莎白不禁问道。

“存货。”福莱斯克一边说，一边拿出一大串钥匙来。“你有车对吧？有大空箱子对吧？”她翻找着钥匙，最后找到 41 号，再将钥匙插在锁孔里，然后让伊丽莎白看看里面的东西。

是卡尔文的东西。被装箱密封了的。

“我们可以用这辆推车。”福莱斯克一边说，一边把车推过来。“总共有八只箱子。不过我们得抓紧了——五点钟以前，我得把这些钥匙还回去。”

“我们这样做合法吗？”

福莱斯克女士伸手把第一只箱子拽出来：“我们现在还在乎这些吗？”

第二十三章

KCTV 演播室
一个月后

打从一开始，沃尔特·派恩就一直从事电视台工作。他喜欢电视这种东西——给人提供了一种逃避日常生活的方式。这也正是他选择电视行业的理由——谁不想逃避呢？他也想逃避。

然而数年过去了，他渐渐觉得自己就像一个囚犯，注定一辈子都要挖掘逃生的渠道。一天即将过去，当其他囚犯都从他身边爬过去奔向自由时，他依旧还要苦苦挣扎。

然而，他坚持着，因为他跟很多人一样：是孩子的家长——是阿曼达的单身父亲，孩子六岁了，在伍迪小学附属幼儿园上学，是他生命的希望。为了孩子，他什么都愿意做。能忍受上司平日里的威胁与恐吓（最近，上司威胁他说，如果还不赶紧在下午的空当时段想出点节目来，就立马将他辞掉）。

沃尔特拿出一条手帕来擤了擤鼻子，随后又仔细看了看那手帕，似乎是在琢磨擤出来的到底是什么东西。

一点黏液。没什么大不了的。

几天前，一个女人过来找他——伊丽莎白·佐特……的妈妈，他也想不起来那孩子叫什么。按照佐特的说法，阿曼达惹了麻烦。没什么大不了的。阿曼达的老师麦德福德太太说她总是惹麻烦。他不信。没错，阿曼达像他一样有些焦虑，也像他一样身体有些超重，也像他一样有点喜欢讨好人，除此之外呢？阿曼达是一个好孩子。而好孩子就像人品好的大人一样，是不常见的。

你知道还有什么是不常见的吗？像伊丽莎白·佐特那样的女人。他无时无刻不在想着她。

“终于回来了。”见伊丽莎白从后门进来，哈丽特用围裙擦了擦湿漉漉的手，“我正担心呢。”

“抱歉，”她压制着心中的怒火，尽量心平气和地说道，“单位那边有些事要处理。”说着，她把包扔到一旁，瘫坐在椅子上。

她回黑斯廷斯工作已经有两个月了，但一直没能正式入职，这种压力让她有些承受不住。她知道，从事高压工种的人往往都渴望一处性质更为单纯的岗位——不需要付出脑力与心力的地方；因为这种工作不会折磨得人凌晨两三点钟睡不着觉，导致神经衰弱。然而这种非正式入职状态比那还要糟糕。一方面，目前的工资水平反映了她地位的低下，不仅如此，她的头脑也因为长久闲置而受到了伤害。虽然她的同事们都知道，她的智商足够甩他们好几条街，但当他们取得些鸡毛蒜皮的小成绩时，都希望她能拍手称赞。

然而，今天那位同事的成绩可不小，而是一项重大的突破。最新一期《科学》期刊出版了，多纳蒂的论文发表了出来。

“没什么大不了的。”几个月前，多纳蒂谈及自己的文章时还这样说。然而，这一成果绝对是突破性的，她心里十分清楚。因为那是她的成果。

她读过那篇文章，确认了两遍。第一次是慢慢读的。然而第二次，她只是草草地读了一遍，读得她血压飙升，血管像是没有经过固定的消防水管一样乱蹦。这篇文章原封不动地照搬了她的原稿。再猜猜谁是合作研究人。

她抬头看了看博里维茨，他也正看着她。只见他脸色煞白，随后低下了头。

“请你理解！”她把杂志摔到博里维茨的桌子上，他这样说了一句，“我需要这份工作！”

“我们都需要这份工作！”伊丽莎白勃然大怒，“问题是，你的工作从来都没有做好。”

博里维茨抬头望着她，狐猴般的眼神乞求着她的原谅，然而，他感受到的是一股即将喷涌而出的愤恨，那是一种未知的能量，无法预知它的威力。“对不起，”他哀求道，“真心对不起。我不知道多纳蒂会做得这么过分。你回来的第一天他就复印了你的原稿，我以为他只是想熟悉一下我们的成果。”

“我们的成果？”她克制住自己，没有将他的脖子拧成两段，“一会儿再找你算账。”她坚定地说道。随后，她就转身进了走廊，直奔多纳蒂办公室，途中冒出一位迈着方步的微生物学家，她险些将那人撞倒。

“你这个骗子，剽窃别人成果的家伙，多纳蒂。”她冲到上司办公室说道。“我告诉你：这次你休想得逞。”

多纳蒂从书桌旁抬起头来。“原来是佐特！”他高声说道，“见到你总是那么令人愉悦！”

他坐回到椅子上，看着她勃然大怒的样子，心里似乎泛起某种窃喜。这种事若发生在埃文斯身上，他一定会气得辞职。若他能亲眼见到此刻的情景——可惜，他已经死了，看不到好戏了。

听着佐特指责自己的剽窃行为，他一只耳朵进一只耳朵出。早些时候，那名投资人已经给多纳蒂打来了贺电，庆祝他取得的成果——并表示有增加投资的意向。他还打听了佐特——是否为这项研究做出了什么贡献。多纳蒂说没有，真没有——很不幸，事实证明，佐特先生有些令人失望；实际上，他已经被降职了。投资人听了，失望地叹了口气，然后又问多纳蒂接下来无生源项目的推行计划。多纳蒂根据之前从佐特的研究内容中搜罗到的信息，编出来一些远大的目标，事情过后还要具体问问佐特，等她平静下来，等她意识到自己是她上司之后再说。老天，做领导的可真难。不管怎样，那个有钱人似乎很满意他的答复。

后来，佐特只好离开，她这一走，一切就都落空了，她和多纳蒂可谓是两败俱伤。“给你，”她把实验室钥匙丢进他的咖啡里，说道，“这破工作留给你自己做吧。”说完，她把工作证扔进垃圾桶，把实验服往他桌子上一丢，大步流星地出了门，顺便也带走了多纳蒂跟投资人说的那番远大目标。

“有四个来电。”哈丽特说道，“第一个是关于参加尼尔森收视率调查的。其他三个是一个名叫沃尔特·派恩的人打来的。派恩想让你给他回个电话，说事情紧急。还说你跟他聊吃的聊得不错——噢，不，不，抱歉，是聊午餐。”她又看了一下记录，纠正了刚才的话。“听起来挺着急，”她抬起头说道，“不过挺有专业素养，像是一个彬彬有礼的人，只是有些烦躁不安。”

“沃尔特·派恩，”伊丽莎白咬牙切齿地说道，“是阿曼达·派恩的父亲。几天前，我去他办公室跟他聊了聊午餐的事。”

“谈得怎么样？”

“那更像是一场对峙。”

“我想，那一定很激烈。”

“妈妈？”门口有人喊了一声。

“嗨，小家伙，”伊丽莎白一边尽量用平静的语气说，一边用胳膊把那个又瘦又高的小家伙搂了过来。“今天在学校怎么样？”

“我打了一个酒瓶结，”玛德琳手里拿着一根绳子说道，“在课堂上做展示与讲述。”

“大家都喜欢吗？”

“不喜欢。”

“没关系的，”伊丽莎白把她拉得更近一些说道，“我们喜欢的东西别人不一定喜欢。”

“可是没有人喜欢我的这个展示与讲述。”

“那些小浑蛋。”哈丽特小声嘟囔道。

“那，他们喜欢你带去的慈姑吗？”伊丽莎白又问。

“不喜欢。”

“嗯，那下周试试元素周期表怎么样？它可是很招人喜欢的。”

“或者，你可以试试我的猎刀。”哈丽特建议说，“让他们知道你的厉害。”

“什么时候吃晚饭？”玛德琳说道，“我饿了。”

“烤箱里正热着一道砂锅菜。”哈丽特一边起身朝门口走去，一边跟伊丽莎白说道，“看来得喂这头小野兽了。别忘了给派恩回电话。”

“你给阿曼达·派恩打电话了？”玛德琳一脸惊讶地问道。

“是她的爸爸，”伊丽莎白说，“我跟你说过的。三天前我去找过他，把午饭的问题都解决了。我想他应该能理解我们的处境，我保证阿曼达不会再偷吃你的午饭了。偷人家东西是不对的。”她厉声说道，心里想起了多纳蒂和他的那篇文章。“是不对的！”又一句，吓了玛德琳和哈丽特一跳。

“她……她是带了午饭的，妈妈，”玛德琳小心翼翼地说道，“只是，看上去不太像样。”

“那就不是我们的问题了。”

玛德琳看着妈妈，似乎没明白妈妈的意思。

“你的午饭得留给自己吃，亲爱的，”伊丽莎白更加小声地说道，“这样才能长高。”

“可我已经很高了，”玛德琳抱怨道，“太高了。”

“个子当然是越高越好。”哈丽特说道。

“罗伯特·瓦德洛就是因为长得太高才死掉的。”玛德琳轻轻敲了敲《吉尼斯世界纪录》封皮，说道。

“那是因为垂体疾病，玛德琳。”伊丽莎白说道。

“9英尺高[①]！”玛德琳强调道。

“可怜的家伙，”哈丽特说道，“有谁会喜欢这么高的人？”

“太高了会死人的。”玛德琳说道。

“是啊。无论怎样，人最终都是要死的，”哈丽特说道，“每个人最终都会死去，亲爱的。”说到这儿，她发现伊丽莎白的嘴角耷拉着，玛德琳也不说话了，立马意识到自己说错了话。于是，她打开后门。“明早你出去划船之前我会过来。”她对伊丽莎白说道。“明天见，玛德琳，”她跟这个小姑娘说道，“等你一起床就能看见我啦。”

自从伊丽莎白回去上班，她们两人就做了这样的时间安排。哈丽特带玛德琳去上学，六点半去接玛德琳放学，然后，哈丽特照看孩子，一直等伊丽莎白回家。“噢，我差点忘了。”她从口袋里拿出一张字条来，“还有一条留言。”她若有所思地看了伊丽莎白一眼，“一个你认识的人写的。”

是麦德福德太太。

伊丽莎白早就知道麦德福德太太不喜欢玛德琳。玛德琳会读书，她不喜欢；玛德琳会踢球，她也不喜欢，或者，玛德琳会系复杂的航

① 相当于2.7米。

海结——这孩子经常练习打这种结，包括在黑暗中，在下雨的时候，在没有人帮她的时候，说是为了以防万一——她也不喜欢。

“以防什么万一呢，玛德琳？”之前有一次，伊丽莎白发现这孩子大晚上穿着雨衣站在外面，雨水从四面八方打来。伊丽莎白见她手里拿着根绳子，就问她。

玛德琳一脸惊讶地抬头看着妈妈。“以防万一。”这么明显的意思还用问吗，当然是形势所迫时唯一的选择呀？做什么都要事先有准备；关于这点，问问去世的爸爸就知道了。

说实话，她若是有机会向去世的爸爸提一个问题，她会问他，第一次见到妈妈时是什么感受。是一见钟情吗？

恐怕，卡尔文之前的那些同事心中也有些疑惑想问他——比如，他平时看上去什么都不做，为什么还能拿到那么多奖。再有，跟伊丽莎白·佐特在一起是什么感受？她看上去很冷淡——真是这样吗？就连玛德琳的老师麦德福德太太都有问题想要问一问过世已久的卡尔文·埃文斯。

只是，想问玛德琳爸爸问题已经是不可能了，不仅是因为他离世已久，还因为，在1959年的时候，父亲是不插手子女的教育问题的。

不过阿曼达·派恩的父亲是个例外，但那也只是因为家里没有派恩太太罢了。她先是离家出走（麦德福德太太相信，这绝对是明智的选择），然后又大张旗鼓地跟他离了婚，说这个年纪大她很多的沃尔特·派恩不适合做父亲，更不适合做丈夫。据说这里边涉及夫妻生活那档子令人尴尬的事，麦德福德太太不喜欢想得那么具体。总之，沃尔特·派恩太太把一切都扔给了沃尔特·派恩，包括阿曼达，后来才弄明白，她其实根本就不想要这个孩子。可谁又能怪她呢？阿曼达可不是那种最省事的孩子。就这样，沃尔特一个人带阿曼达，每次因为阿曼达那非同寻常的午餐被叫来学校，麦德福德太太都不得不听他找一番破烂的借口。

虽然跟沃尔特·派恩沟通是一件令人心烦的事，但相比较而言，跟佐特之间的交流更令她窝火。两个最不喜欢的家长，见面次数却是最多的，她这得是什么运气？诚然，事实往往就是这样。孩子的行为问题源自家庭。如果说，在阿曼达·派恩（偷吃别人午餐）和玛德琳·佐特（总是喜欢问一些不合时宜的问题）之间做选择的话，她还是会倾向于阿曼达。

“玛德琳会问一些不合时宜的问题？”上次见面时，伊丽莎白紧张地说道。

“是的，没错。”麦德福德太太一边严肃地说，一边像蜘蛛攻击猎物一样恶狠狠地从自己的袖子上往下拔绒毛。“比如，昨天孩子们围成一圈做活动时，大家正在讨论拉尔夫的那只宠物龟，玛德琳上来就打断大家的话，问她怎样才能成为一名纳什维尔的自由战士。”

伊丽莎白停顿了一下，好像在努力地分析着这一现象背后的潜在问题。“她本不应该打断大家的，”最后她说了句，“我会跟她谈谈。”

麦德福德太太气得咬牙切齿。“你没理解我的意思，佐特太太。孩子打断人说话，这种事我还是能应付得来的。但是这孩子把话题转移到了民权问题上，我就应付不来了。这里是幼儿园，不是亨特利–布林克利报告现场。还有，”她又说道，“您的女儿最近跟我们图书管理员抱怨说，她在书架上找不到诺曼·梅勒[①]的书。很明显，她是想看《裸者与死者》。”说着，这位老师抬起一边的眉毛，眼睛盯着她胸部口袋上那两个用缝纫机缝上去的、看着就有些淫荡的潦草字体。

“她从很小的时候就开始读书了，”伊丽莎白说道，“可能忘记跟您说了。”

只见老师把两手叠在一起，气势汹汹地把身子探过来。“诺曼·梅勒。”

回到厨房，伊丽莎白打开哈丽特给她的字条。是麦德福德写的，用硕大的字体：

弗拉基米尔·纳博科夫

她把一份做好的意大利番茄牛肉面盛到玛德琳的盘子里。“今天过得还好吗，除了展示与讲述环节以外？”她已经不再问玛德琳在学校是否学到了东西，因为根本没有意义。

“我不喜欢上学。”

“为什么？”

原本盯着餐盘的玛德琳一脸怀疑地抬起头来：“没有人喜欢上学。”

桌子下面的六点半长出了一口气。好吧，看来：这小家伙不喜欢上学。它什么事都向这个小东西看齐，所以，它现在也不喜欢去学校。

“你喜欢上学吗，妈妈？”玛德琳问道。

---

① 诺曼·梅勒（NormanMailer，1923—2007），美国著名作家、两届普利策文学奖得主。

“嗯，”伊丽莎白说道，“那个时候我们经常搬家，所以，妈妈没办法正常上学。不过我会去图书馆。我依旧觉得去正规的学校上学会很有趣。”

“就像你当年在UCLA（加利福尼亚大学洛杉矶分校）上学那样？”

这话让她眼前突然浮现出了迈耶斯博士的样子：“不。”

玛德琳把头歪向一边：“你还好吗，妈妈？”

伊丽莎白下意识地用双手捂住脸。“我就是有些累，亲爱的。”话音从指缝中传出来。

玛德琳放下叉子，仔细琢磨着妈妈那一副受了打击的样子。“发生什么事了吗，妈妈？”她问道，“是工作上的吗？”

伊丽莎白捂着脸，心里想着小女儿的问题。

“我们是不是很穷？”玛德琳自然而然地接着上一个问题问道。

伊丽莎白把手拿开：“为什么这么说，亲爱的？”

“汤米·迪克森说我们家很穷。”

“谁是汤米·迪克森？”她厉声问道。

“学校里的一个男孩儿。”

“汤米·迪克森还说了……”

“爸爸很穷吗？”

伊丽莎白一愣。

玛德琳这个问题的答案就藏在那天她与福莱斯克从黑斯廷斯偷出来的其中一个箱子里。就在三号箱子的箱底，有一个折子式文件夹，上面标着“划船”的字样。乍一看，伊丽莎白还以为里面装的是一些剪报，记录着他在剑桥船队时一些精彩的获胜场面。然而并不是，里面装的都是他从剑桥大学毕业后收到的入职邀请。

她满心嫉妒地看着那些邀请函——几所重点大学的教授职位、制药公司的董事、私人控股公司的股东。在众多邀请函中，她找到了黑斯廷斯的。是这样的：黑斯廷斯承诺给他一间私人实验室——不过，其他那些单位也都给了他这个待遇。为何黑斯廷斯会在这众多候选单位当中被选中呢？如此低的工资，简直就是一种侮辱。她瞥了一眼下面的落款，是多纳蒂。

把信放回去时，她心里在想，为什么标签上写着“划船”——实际上里边的内容跟划船并没有关系。后来，她在每一封邀请函的顶端看到两处用铅笔标的记号：工作地点到划船俱乐部的距离，以及当地的降水情况。她又回去找了一下黑斯廷斯那份邀请函——没错，上面也有这两种记号。除此之外还有一处，寄信人地址那里用粗重的笔体圈了起来。

加利福尼亚州康芒斯。

“如果爸爸很有名气，那他一定很有钱，对不对？”玛德琳用叉子卷起意大利面，说道。

“不，亲爱的。不是所有有名气的人都有钱。”

“为什么？是他们自己把事情搞砸了吗？”

她又回想起那些邀请函。卡尔文接受了工资水平最低的一家。有谁会这样做？

“汤米·迪克森说，有钱很容易。把石头涂成金黄色，就可以说成金子。”

“汤米·迪克森这种人是在胡说，”伊丽莎白说道，“这种人，总是想方设法通过非法手段达到自己的目的。”她咬着牙，心里想，就像多纳蒂那样。

这时，她又想起了卡尔文箱子里的另一个文件夹，里面装满了信，写信的人都跟汤米·迪克森差不多——疯子、想要一夜暴富的投资人——还有很多自称是他家人的来信。每一封都想得到卡尔文的资助：其中有一个同父异母的妹妹、一个失散多年的叔叔、一个悲情的母亲，还有一个远房的表亲。

她快速浏览了一遍那些假亲戚的来信，发现这些人竟出奇地相似。每一个都说自己跟卡尔文有血亲，每一个都说出了一段他幼年时期不记事时的一段回忆。只有一封信例外，是那位悲情母亲写来的。她也说自己与卡尔文有血缘关系，她没有向他索要钱财，反倒是想给他钱。她在信中说，想要资助他的科研项目。这位悲情母亲至少给他写了五封信，恳求他回信。伊丽莎白心想，这个悲情母亲还真是没脸没皮，一而再再而三地写信。就连那位失散多年的叔叔写过两次信之后都放弃了。听人说你死了，悲情母亲一次又一次地来信。难道她真是他母亲？如果是，为什么跟其他人一样，要等卡尔文成名之后才来找他？伊丽莎白猜想，她是想骗他上钩，然后窃取他的研究成果。她为什么会这么想？因为前不久，这件事就发生在她自己身上。

“我不明白，”玛德琳把蘑菇堆到盘子边缘。“如果一个人既聪明又努力，不就能赚更多的钱吗？”

“不总是这样的。还有，我相信，你爸爸有能力赚到更多的钱，”伊丽莎白说道，“只不过他做了不同于常人的选择。钱不代表一切。”

玛德琳疑惑地看了看妈妈。

伊丽莎白没有告诉玛德琳，其实，她知道当初卡尔文为什么那么迫切地接受了多纳蒂那荒谬的入职邀请。可是，他的理由也太短视了——太愚蠢了——她不愿让别人知道。她想让玛德琳觉得自己的父亲是一个理智的人，能做出明智的决定。然而从这件事上来看，恰恰相反。

她还发现一个标有“韦克利”字样的文件夹，里面是他与一位未来神学家之间的往来信件。两个人是笔友，看得出来，他们从未见过面。不过，他们之间的交流很有趣，而且很频繁，好在文件夹中留有卡尔文的复写版回信。据她所知，这符合卡尔文的行事风格：什么东西都要留一份复写版。

当年卡尔文在剑桥的时候，韦克利正好在哈佛大学神学院读书，当时，他的信仰因为一般科学（尤其是卡尔文的研究）而遭到了挑战。从他的来信可知，他参加了一次学术会议，会上，卡尔文做了简短的发言，就此，他才开始写信给卡尔文。

“亲爱的埃文斯先生，上周波士顿那次科学研讨会上您短暂地露了一面，之后，我一直想跟您取得联系。希望聊一聊您最近的那篇论文《复杂有机分子的自发生》。”韦克利在第一封信中这样写道，“还有，我想问您：您难道不觉得，人可以既信仰上帝，又信仰科学吗？”

“我当然不这么认为，”卡尔文在回信中说道，“这就是所谓的学术不忠现象。”

若换成其他人，很可能会被卡尔文这番无礼的言辞惹恼，但这位年轻的韦克利似乎并没有生气，而且很快就回了信。

“然而，若化学家——化学大师——不创建化学领域，这一领域是不可能存在的，我想，您一定同意我这种说法吧，”韦克利在接下来的信中辩驳道，“同样，若艺术家不开创艺术领域，便不会有画作。”

“我只拿有论据的事实说话，不是猜想，”卡尔文随即也回了一封信，“所以说，不，你那番化学大师的理论完全是胡扯。噢对了，我注意到你是在哈佛。你是船手吗？我在剑桥船队。拿全额划船奖学金。”

“我不是船手，”韦克利在回信中说，“不过我喜欢水上运动。我是个冲浪手。我在加利福尼亚的康芒斯长大。你去过加利福尼亚吗？如果没有的话真应该去看看。康芒斯很美。那里的天气是世界上最棒的，而且也有划船的。”

伊丽莎白蹲坐在脚跟上。她想起卡尔文在黑斯廷斯入职邀请函上用粗厚的笔体把寄信人地址圈了起来。加利福尼亚州康芒斯。这么说，他接受多纳蒂的那份低薪入职邀请不是因为自己的职业生涯需要，而是为了划船？是否因为那个爱好冲浪的宗教信徒说了那句有关天气的话？说那里的天气是世界上最棒的。真是如此吗？于是，她接着看下一封。

“你想成为一名神父吗？”卡尔文问道。

“我家祖辈都是当神父的，”韦克利回信说，“有着神父的血统。”

“这跟血统没关系。”卡尔文纠正道，“对了，我一直都想问你：你觉得为什么这么多人会相信数千年前流传下来的古本文献？为什么它越是超自然、越是无法证实、越是不可能发生、越是古老，人们就越相信？”

“人是需要安全感的，”韦克利回信说，“知道别人能从艰难的时期度过，他们便会安心。而且，人和其他物种不同，其他物种经过试错就能长记性，人却需要外界不断地施压与提醒才能守规矩。知道我们有这样一种说法吗，‘人类从无长进？’因为他们从不学习。而宗教典籍可以尽可能地让他们守规矩。”

“可是，科学不是更可靠吗？”卡尔文回信说，“我们可以亲自去证实，而且可以努力地去改进？我只是无法理解，为何人们会相信数年前那些醉酒之人写的东西，甚至觉得那些东西更可信。而且那个时候的人只能喝酒，因为当时的水质不好，我说这些倒不是做什么道德评判。还有，我自己也琢磨过，为何他们那些不着边际的故事——燃烧着的灌木丛、从天而降的面包——看上去那么合情合理，尤其是跟有理有据的科学相比。现实生活中，恐怕没有哪个人会选择魔僧的放血术，而不去相信斯隆–凯特琳（Sloan-Kettering）① 的顶级医疗方法。然而依旧有那么多人相信这些故事，对它深信不疑，还妄自坚信其他

---

① 斯隆–凯特琳（Sloan Kettering）：一般指的是斯隆–凯特琳癌症研究所，世界上最大的私人癌症研究中心。创建于 1884 年，最初是纽约癌症医院，创始人有约翰 · J. 阿斯特（John J. Astor）和他的妻子夏洛特（Charlotte）。医院最初坐落于曼哈顿西，1919 年更名为纪念医院。1945 年，通用汽车董事长阿尔弗雷德 · 斯隆（Alfred P.Sloan）通过其斯隆基金会捐赠了 400 万美元，成立了斯隆–凯特琳癌症研究所，而通用汽车副总裁兼研究总监查尔斯 · 凯特琳（Charles F.Kettering）亲自同意监督基于工业技术的癌症研究项目的组织，该原创的独立研究所就建筑在医院附近。

人也是如此。”

“你分析得很对，埃文斯，”韦克利在回信中写道，“可是，人们往往会相信那些比自己强大的人。”

“为什么？”卡尔文强调说，“相信我们自己不好吗？如果一定要用故事，为何不用那些传说或者神话？若是用这些作为道德规范的传授工具，岂不更有效？岂不更好？因为这样一来，人们就不用假装相信传说与神话的真实性了。”

虽然韦克利嘴上没有承认，但他发现，自己居然赞同卡尔文这种说法。不用非得向白雪公主祈祷，也不用非得发自内心地害怕愤怒的侏儒怪，才能深刻体会这些故事的寓意。这些故事简短、易记，也诠释了人类最基本的品质，包括爱、骄傲、愚蠢与慈悲。它们的道理很简单：别做坏人。不要伤害其他人或动物。懂得关照那些比自己不幸的人。总之，要做个好人。想到这里，他决定转换一下话题。

“好吧，埃文斯，”针对上一封信的内容，他说道，“你说，血统跟我成为神父没有必然的关系，我只能接受这话的字面意思，因为韦克利家族的人都是神父，就像修鞋匠的儿子也要成为鞋匠一样。我承认：我对生物学很感兴趣，然而我的家人并非如此。或许，我只是想遵从父亲的观念。我们最终不都是会这样吗？你呢？你的父亲是科学家吗？你也是在遵从他的观念吗？如果是这样，我觉得你做得不错。”

“我恨我的父亲。”卡尔文这句话用的都是加粗描写，结果，这成了两人的最后一封信，“希望他早就死了。”

我恨我的父亲；希望他早就死了。伊丽莎白又读了一遍，十分震惊。不过，卡尔文的父亲的确已经死了——是被火车撞死的，这至少是二十几年前的事了。为什么要提到这件事？为什么卡尔文和韦克利不再通信了？最后一封信的日期已经是快十年前了。

“妈妈，”玛德琳说道，“妈妈！你在听吗？我们很穷吗？”

“亲爱的，”伊丽莎白尽力安抚自己那近乎崩溃的精神状态——难道真辞职了？“我今天很累，”她说道，“好了。好好吃你的晚饭。”

“可是，妈妈——”

说着，母女俩被一阵电话铃声打断了。玛德琳从椅子上跳下去。

“不要接，玛德琳。”

“或许是重要的事情。”

“我们在吃晚饭。”

“喂，”玛德琳说道，“我是玛德琳·佐特。”

“亲爱的，”伊丽莎白接过电话说道，“打电话时不能透露个人信息，记得吗？喂？”她对着话筒说道：“请问您是哪位？”

“佐特太太，”对面说道，“是伊丽莎白·佐特太太吗？我是沃尔特·派恩，佐特太太。这周早些时候我们见过面。”

伊丽莎白叹了口气：“噢。是的，派恩先生。”

“我一整天都在联系你。可能是你家的保姆忘记把我的留言给你了。”

“她不是保姆，也没有忘记把你的留言给我。”

“噢，”他尴尬地说了句，“我知道了，抱歉。希望没有打扰到你。你现在有空吗？方便吗？”

“不方便。”

“那我就快点说，”他不想让她挂掉电话，于是赶紧说道，“再次跟您表明一下，佐特太太，午饭的问题我已经解决了。一切妥当；从现在开始，阿曼达只吃自己的午饭，再次向您表示抱歉。不过，我打电话还有点别的事——工作上的事。”

他继续跟她说自己是当地一档午后电视节目的制片人。他骄傲地说：“是 KCTV 的。”然而事实并非如此。“我最近一直都想对节目做一下微调——再加一档烹饪节目。给节目增加点情趣，是这样的。”他继续说道，尝试着幽默一些，他往常并不这样，但此时此刻伊丽莎白·佐特让他觉得紧张。听了这话，正常人的反应应该是礼貌地笑一笑，然而佐特没有，于是，他更加焦虑了。“身为一名资深电视制片人，我觉得这个时间档特别适合播放这类节目。”

对方再一次沉默不语。

“我一直在做调查，”他继续瞎编道，“一部分观众对这类节目的兴趣度越来越高，再加上我个人做午后档节目的成功经验，我相信，烹饪类节目一定能在午后电视节目中发展起来。”

伊丽莎白这边依旧没有回应，即便有也是无关紧要的，因为沃尔特刚刚说的都是假的。

其实，沃尔特·派恩并没有做什么调查，也不知道观众的什么兴趣。老实说，他也不太懂得如何才能让午后电视节目火起来。而且事实表明，他的节目在观众点评中的级别是最低的。真实情况是这样的：沃尔特负责的节目中出现了空当，广告商们给他下了最后通牒，要他立即找替补。现如今的空当原本用的是儿童小丑表演，但是一来节目的效果不是很好，二来节目中的小丑明星在一次酒吧斗殴中被人杀死了，所以，从真正意义上来讲，这档节目彻底完结了。

过去的三周里，他一直在寻找能够填补这一空当的节目。一天八小时地审看那些有明星潜质的人发来的无数样片——有魔术师、顾问、喜剧演员、音乐教师、科学家、礼仪专家、木偶师。看了所有人的资料后，沃尔特纳闷，那些人说的到底是些什么鬼话，怎么还有胆子把这些东西拍出来、投到邮筒里邮寄给他。难道这些人就那么不知羞耻吗？可是，他还得尽快行动：职业生涯就靠这个了。对此，上面的人已经说得很清楚了。

然而，在这众多烦乱的工作任务中，阿曼达的幼儿园老师麦德福德太太这个月打来了四次电话，要他去学校，甚至拿投诉作为威胁，说他不小心（因为过于乏累）将装有杜松子酒的酒瓶当作牛奶保温瓶给阿曼达带去了。还有，本该给孩子带三明治，却带去了订书机；本该带纸巾，却带去了剧本；有一次因为没有面包，给孩子带了几个香槟松露。

“派恩先生，”伊丽莎白打断他的思路说道，“我今天已经很累了。你到底想说什么？”

“我想在午后节目档开设一个烹饪的节目，”他急忙说道，“想让你来主持。看得出来，你对烹饪很在行，佐特太太，此外，我觉得你的形象也具有一定的吸引力。”他没有直说她很迷人。有很多长相出众的人，但是他觉得伊丽莎白·佐特跟那些人不一样。“这个节目会很有趣——女人与女人之间的。主持人与观众都是同一类群体。”看她没有立刻回应，他又说道：“换种说法就是，你们都是家庭主妇。”

伊丽莎白在电话另一头眯起了眼睛："你说什么？"

听了这语调，沃尔特本该察觉到她的情绪，然后立刻挂掉电话。然而他并没有，因为此刻的他心急如焚，人在着急的时候，即便再明显的信号也是接收不到的。伊丽莎白·佐特太适合站在摄像机前了——他很确信这一点——还有，她正是他上司喜欢的类型。

"你一定是因为面对观众而觉得紧张，"他说道，"没必要。我们会用提示卡片。你只需要做好你自己，照着上面读就好。"他等着她的回应，一听没有声音，他接着说："你的形象，佐特太太，"他强调道，"正是大众想在电视上看到的样子。就像是……"他努力地回想着她像哪个人，可一时间没想起来。

"我是一名科学家。"她厉声说道。

"没错！"

"你是说，观众想听一听科学家的想法。"

"没错，"他说，"谁不想听呢？"其实，他并不想听，而且他很确信，没有人想知道科学家的想法。"不过，这是一档烹饪节目，你要知道。"

"烹饪是一门科学，派恩先生。二者并不矛盾。"

"太不可思议了。这正是我要说的。"

伊丽莎白在厨房餐桌旁，头脑中浮现出那些未支付的账单。"这种节目的报酬怎么样？"她问道。

他说了一个数，只听她那边传来轻微的吸气声。不知道她到底是被惹恼了，还是被惊到了？

"是这样的，"他赶紧解释说，"我们得冒一些风险。你以前从来没上过电视，对吗？”随后，他大致说了说试播系列节目合约的基本情况，并强调说，首签是六个月。之后如果效果不好，就到此为止。结束。

“什么时候开始？”

“即刻。我们这档烹饪节目想尽快播出去——这个月之内。”

“你是指科学烹饪节目。”

“你刚刚不是也说过嘛——烹饪是一门科学。”话一说完，他有些担心起她的主持能力来。不过，她应该知道烹饪节目并非纯科学。不是吗？“节目名字叫作《六点钟晚餐》。”他说道，尤其强调了一下“晚餐”这个词。

电话另一边，伊丽莎白呆呆地坐着。她当然不喜欢做这种事——在电视上为家庭主妇们做饭——可她又能怎么办呢？她转过身看了看六点半和玛德琳。他俩正一起躺在地板上。玛德琳在给它讲汤米·迪克森的故事。六点半听了，龇起牙来。

“佐特太太，”看对方没有反应，沃尔特小心翼翼地说了句，“喂，佐特太太，还在听吗？”

第二十四章

午后精神低迷时段

“完全不合身，”伊丽莎白在KCTV的更衣室里对沃尔特说道，“这些裙子都太紧了。上周那位裁缝来给我量尺寸时，我本以为他能量得很准确，事实可能并不是这样。他上了年纪。可能需要一副老花镜。”

“其实，”沃尔特把手插进口袋里，努力做出一副淡定的样子说道，“这种裙子就是紧身的。人一上镜头就显得胖十磅，所以，我们就用紧身的衣服来显瘦。把自己塞进去，显得瘦一些。其实，你很快就能适应，快得连你自己都不敢相信。”

“我没办法呼吸。”

“只有三十分钟。那之后，你想怎么呼吸就怎么呼吸。”

“每吸气一次，人体就会启动血液净化程序；每呼气一次，我们的肺就会释放多余的碳和氢。若肺部受外力挤压，这个过程就会遭遇风险，会出现凝结块，血液循环会降低。”

“是这样的，嗯，”沃尔特尝试换一种角度跟她解释，“你肯定不想让自己看起来太胖。”

“什么？”

“您在镜头里——还请您不要误会——就像一头小母牛。”

一听这话，她惊呆了。“沃尔特，”她郑重其事地说道，“我们还是把事情说清楚，我是不会穿那种衣服的。”

他咬了咬牙。不知道这番操作是否可行？正当他变换角度跟她讲道理时，大厅里传来电视台管弦乐队排练最新曲目的声音。正是《六点钟晚餐》的主题曲——活泼的曲风，是他自己编排的。韵律介于现代恰恰舞曲与三级火警报警乐之间，是一首很棒的踢踏舞曲，昨天上司还说，这首曲子简直就是劳伦斯·威尔克①在吃了安非他命②之后写出来的。

“那是什么声音？”她咬着牙说道。

菲尔·莱布斯马尔，他的上司，KCTV的执行制片兼电视台经理，当时批准这个烹饪节目的策划方案时，他就已经说得很清楚了。

“你知道该怎么做，”见了伊丽莎白·佐特一面之后，他这样说道，“爆炸头，紧身裙，居家的气息。晚上回到家，每个男人都想看到这样一位性感的妻子、贤惠的妈妈。就按照这个风格做。”

隔着菲尔那宽大的办公桌，沃尔特看着他。他不喜欢菲尔。虽说

---

① 劳伦斯·威尔克（Lawrence Welk，1903—1992）：美国音乐人。

② 一种兴奋剂。

菲尔年轻有为，任何方面都比沃尔特强，但也很俗气。沃尔特不喜欢这种俗气的人，这种人会让他觉得拘谨、不自在，仿佛全世界只剩下自己这么一个有品位、讲究的人，仿佛自己是知名部族（现已绝迹）中仅存的一员。部族人一向端庄得体，保持着良好的餐桌礼仪。现如今 53 岁的他用手捋了捋那花白的头发。

“还有一个有趣的小插曲，菲尔。不知我跟你提起过没有，佐特太太会做饭？我的意思是，真正意义上的烹饪。她的真实身份是一名化学家。就是在实验室摆弄试管那类东西的人。甚至拥有化学硕士的学位，你能想象吗？我在想，我们可以对她的学历进行一下包装，让家庭主妇们觉得她跟她们是同一类群体。”

“什么？”菲尔惊讶地说道，“不，沃尔特，不能把佐特包装得跟她们一样，现在这样就很不错。观众想在电视上看到的可不是跟自己类似的人，而是在生活中永远都成为不了的人。漂亮的人、性感的人。其中的道理你是知道的。”他不耐烦地看了看沃尔特。

“当然，当然，”沃尔特说道，“我只是想做一些微调，让节目显得更专业一些。”

“专业一些？这是午后档节目。之前同一时段，你播的可是小丑节目。”

“没错，但那的确有些出乎意料。这次我们不做小丑节目，要做些有意义的：佐特太太教主妇们如何做健康又营养的晚餐。”

“有意义的？”菲尔哼了一声，“你以为你是谁？阿米什人[1]吗？至

---

① 阿米什人（Amish）是美国和加拿大安大略省的一群基督新教再洗礼派门诺会信徒（又称亚米胥派），通常被认为拒绝使用现代科技，坚守传统农耕生活。

于营养：没必要。恐怕还没等节目开播，就已经被淘汰了。喏，沃尔特，这件事再简单不过了。紧身裙、一些暗示类的动作——比如，像这种戴手套时的样子，”说着，他演示着戴手套的动作。“还有，每期节目结尾，她都调一杯鸡尾酒。”

“鸡尾酒？”

“这主意不好吗？我刚刚想到的。”

“我真不觉得佐特太太能——”

“还有。她上周是怎么说的——绝对零度的条件下是不能将氦气固化的。那是个玩笑吗？”

“是的，”他说道，“我确定——”

“嗯，但并不好笑。”

菲尔说的没错，的确不好笑，更加糟糕的是，伊丽莎白本意也并不是想开玩笑。她觉得在她的节目上应该提到一些类似的话题。这已然成了一个麻烦，无论他怎样跟她解释这个节目的初衷，她似乎就是不开窍。“你面对的是一群普通的家庭主妇，”沃尔特告诉她，“就是一群普通的女人。”听了这话，伊丽莎白看了看他，眼神令他害怕。

“普通的家庭主妇并不普通。”她纠正道。

“沃尔特，”音乐终于结束了，伊丽莎白说道，“你在听吗？我觉得，用几个字就能解决我们的服装问题。实验服。”

“不可以。”

“这会让节目看起来更加专业。”

“不行，”他想起了莱布斯马尔的明确指示，于是又说道，“相信我。那样行不通。”

“我们为何不尝试一下科学的方法呢？第一周我先穿实验服，看看效果如何。”

“这里不是实验室，”他已经解释无数遍了，“这里是厨房。”

“说到厨房，配套设备都准备得怎么样了？”

“还不是很齐全。灯光的问题还在研究中。”

然而事实并非如此：几天前，一应设备就已经妥当了。从假窗上的小孔窗帘到厨台上的各种小摆件，绝对是无可挑剔的家庭厨房。只是，肯定不合她的心意。

“你能弄到我需要的那些特殊设备吗？”她问道，“本生灯？还有示波镜？”

“这些嘛，”他说道，“是这样的，绝大多数家庭厨房都不用那种东西。不过，我已经尽可能帮你搞定了清单上的所有东西：各种器皿，还有搅拌器——”

“煤气炉呢？”

“对，有。”

“还有，洗眼站①。”

“对。”他想了想那个普通的水槽，说道。

“我觉得，之后我们还是得添上煤气灯。很有用。”

“绝对有用。”

“那工作台呢？”

“你说的那种不锈钢工作台太贵了。”

---

① 一种较为精密的清洗装置。

“奇怪，”她说道，“这种无抗性的工作台通常都是相当便宜的。”

沃尔特点点头，装作很吃惊的样子，心里其实清楚得很。他早就亲自挑选了一款福米卡厨台：那是一块特别招人喜欢的板台，上面点缀着亮晶晶的金色五彩屑。

“喏，”他说道，“要知道，我们的目标是把饭做好，这才是最重要的——美味又有营养。我们也不能让观众产生太强的距离感。得想办法让做饭这件事看起来很吸引人。或者说是，有趣。”

“有趣？”

“否则的话，观众就不看我们的节目了。”

“做饭可不是开玩笑，”她解释道，“是一件严肃的事。”

“好吧，”他说，“但还是可以带一点趣味性的，不是吗？”

伊丽莎白皱着眉头：“不见得。”

“好吧，”他说，“但或许可以有一点点有趣的地方。一点点。”他一边说，一边抬起手将拇指和食指捏在一起，表示稍微一点点就可以。“是这样的，伊丽莎白，你或许早已知道，做电视这一行要严格遵守三大规则。”

“你指的是正式的规范，”她说，“标准。”

“规范？标准？”他想起莱布斯马尔来，“不。我指的是实际意义上的规则。”他一边说一边用手指数着。“规则一：娱乐性，规则二：娱乐性，规则三：娱乐性。”

“但我不是个表演者，我是一名化学家。”

“没错，”他说，“但是在电视上，你得是一名有趣的化学家。知道为什么吗？我用一个词来总结概括一下：午后。”

“午后。”

“午后。光是提起这个词我就有些犯困。你是不是也犯困？”

“不。”

“嗯，或许是因为，你是一名科学家，已经掌握了生物钟这种东西。”

“人人都知道生物钟，沃尔特。我那四岁的孩子都知道——”

“你说的是你那五岁的孩子吧，”他中途打断道，“玛德琳上幼儿园，所以至少应该五岁。”

伊丽莎白摆了摆手，不想在这件事上纠缠。“你刚刚说的是生物钟的事。”

“对，”他说，“你很清楚，从生物学的规律来讲，人每天要睡两次觉——午间的午睡，再就是晚间的八小时睡眠。”

她点点头。

“但是因为工作需要，我们绝大多数人都没有午睡。我说的绝大多数人指的是美国人。当然了，墨西哥人不会有这种问题，还有法国人、意大利人或是其他午餐时间比我们喝酒喝得更多的国家的人，他们也不会有这种问题。事实是：到了午后，人的工作效率会自然而然地下降。在电视这个领域中，我们称其为午后精神低迷时段。既没有精力做实质性的工作，下班回家又太早。不管你是一名家庭主妇，还是一个四年级的学生，或者是一位砖匠，还是一个生意人——都逃脱不了这种节律。下午 1:31—4:44 这段时间里，是不可能有什么效率的。其实就是一种虚拟的死亡状态。”

伊丽莎白抬起一边的眉毛。

“我说了，所有人都会受影响，”他继续说道，“即便如此，对家庭主妇来讲，这段时间尤其紧急。因为她们不能像四年级的学生那样不写作业，也不能像生意人那样假装在认真听人讲话，她们必须逼着自己撑住。因为她得把孩子哄睡，如若不然，晚上就会生不如死。她得把地板拖干净，如若不然，就会有人踩到地上的牛奶滑倒。她得跑去商店里买东西，如若不然，就没有吃的。对了，”他停顿了一下说道，“你注意到没有，女人们总说她们要跑去商店一趟？不是走，不是去，也不是顺便路过，而是用跑。这就是我想说的。家庭主妇得以一种近乎疯狂的超高效率做事。即便已经焦头烂额，也还是得做晚饭。但这种状态不会长久，伊丽莎白。她要么得心脏病，要么中风，或者至少会导致她情绪低落。所有这一切都是因为，她既不能像四年级的孩子那样拖延时间，也不能像老公那样假装做事。即便是在可能会有致命危险的时间段——午后精神低迷时段，她也还是要逼着自己马不停蹄地做事情。”

“这是典型的神经性匮乏，”伊丽莎白一边点头一边说道，“大脑得不到应有的休息，导致运转效率降低，并伴随皮质酮水平的升高。有意思。可这跟电视有什么关系？”

“息息相关，”他说道。“因为，这种神经性，嗯，就是你说的这种匮乏症，午后的电视节目可以有治愈的功能。午后节目跟早间或晚间的节目不同，它的目的就是让人的大脑得到休息。研究一下节目表你就会明白：从下午 1:30—5:00，电视上播的都是儿童节目、肥皂剧以及游戏表演，都不需要人动脑子。而这些都是精心策划的：因为电视台的主管们发现，在这个时间段里，人们几乎处于一种半死亡的状态。”

这时，伊丽莎白想起了之前黑斯廷斯的那些同事，确实都处于一种半死亡状态。

“进一步说，”沃尔特继续说道，“我们提供的是一种公共服务。我们要让大众——尤其是那些超负荷工作的家庭主妇——得到休息。儿童节目的目的在于：它可以帮助照顾孩子，好给妈妈们留出休息的时间，之后再做下一件事。”

“你说的下一件事是……”

“做晚饭，”他说道，“就是你接下来要主持的节目。这个节目会在四点半播出——观众正好从午后精神低迷时段中缓过神来。这是个棘手的时间段。研究表明，绝大多数家庭主妇都觉得，一天当中的这个时间段压力是最大的。因为要在很短的时间内做很多事：做晚饭、摆桌子、去叫孩子们吃饭——总之很多事。然而此时的她们依旧昏昏沉沉、情绪低落。正因为如此，这个时间段的节目肩负重任。因为跟她们沟通的人一定得让她们精神起来。所以我才跟你说，你的任务就是哄她们开心，我是说真的。你必须让这些人精神起来，伊丽莎白。必须将她们唤醒。”

“可是——”

“还记得你那天闯进我办公室吗？那时候正是午后。我当时正处于午后精神低迷时段，可是你一进来就把我弄醒了，而且我敢向你保证，从统计数据上来看这种情况实属少见，要知道，我可是专门做午后节目的。于是我就想，既然你能让我坐起来听你说话，就一定能让别人也这样。我相信你，伊丽莎白·佐特，我也相信你能完成好这项有意义的任务——不过，这绝不是做晚饭那么简单。要知道，至少要让观众感受到一点趣味性。否则，如果我们的目的是想让观众睡着的话，还不如干脆把你和你那些锅碗瓢盆塞到两点半档的节目中去。”

伊丽莎白思考了片刻：“我还真没有想过这些。”

“这是电视领域当中的科学，”沃尔特说道，“人们不大会知道。”

她静静地站在那里，思考着他的话。“可是，我不会逗人开心，”过了一会儿，她说道，“我是一名科学家。”

“科学家也可以使人快乐。”

“比如呢。”

“爱因斯坦。”沃尔特辩驳道，“谁不爱爱因斯坦呢？”

伊丽莎白想了想他举的这个例子：“嗯，他的相对论确实挺有趣。”

“对吧？就是这样！”

“不过还有一个事实就是，他那个同样身为物理学家的妻子从未被给予过——”

“对，你这就提到了我们的观众。妻子！你要如何让这些爱因斯坦的妻子振奋起精神来呢？这就要用到电视领域中屡试不爽的绝杀技：笑话、服装，还有气场——当然了，还有食物。比如，当你想举办一场晚餐会的时候，我敢说，所有人都会愿意去参加。”

“我从来没举办过晚餐会。”

“不，你一定举办过，”他说道，“我敢说，你和佐特先生会把大家——”

“没有佐特先生，沃尔特，”伊丽莎白打断他说，“我没有结婚。其实，我根本就没有结过婚。”

“噢，”沃尔特倒吸了一口气，“嗯。这倒是有意思。可是，你是否介意？希望你不要误会，不过，请你不要跟任何人提及此事，可以吗？尤其是莱布斯马尔，我的上司？或者——可不可以任何人都不要提？”

“我爱玛德琳的父亲，”她微微皱起眉头解释道，“只是，我不能跟他结婚。”

“是婚外情吗，”沃尔特压低声音，同情地说道，“他对妻子不忠，是这样吗？”

“不，”她摇头说，“我们全心全意地爱着对方。实际上，我们同居过……”

“这件事也请永远不要跟任何人提起，”沃尔特打断她说，“永远不要。”

“……两年。我们是灵魂伴侣。”

“多美好啊，”他清了清嗓子说道，“我敢说，一切都是情有可原的。不过这种事，没必要告诉别人，永远都没必要。我明白，从某种程度上来讲，你是打算跟他结婚的。”

“我没有这样的打算，”她小声说道，“问题是，他死了。”说到这里，她一脸的绝望。

她个性方面的骤然变化令沃尔特震惊。她有个性——他知道，她的这种气场一定很上镜——然而同时，竟也如此脆弱。可怜的人儿。于是，他二话没说，上前将她抱住。“很可惜。”他一边说，一边将她抱在怀里。

“我也觉得可惜，”她在他肩上小声地呢喃着，“可惜。”

他心一酸，感觉她如此无助。他轻轻地拍了拍她的背，就像以往对阿曼达那样，尽可能地给她安慰，对于她的孤苦无依，他不仅觉得遗憾，也能深深地理解。他有过那么刻骨铭心的恋爱吗？没有。但是现在，他深刻地意识到了那是一种什么感受。

“很抱歉。”她推开他，自己也没想到居然这么需要他的拥抱。

“没关系的，”他温柔地说道，“很多事都已经过去了。”

“是啊，不管怎样，”说着，她挺起身来，“我已经切身经历过了，不只是说说而已。我都已经被炒过一次鱿鱼了。”

那天早上，沃尔特再一次因为她感到心酸。她说“切身经历”的时候，他也不确定是什么意思。难道是因为杀了自己的爱人而被炒了鱿鱼？还是因为单身妈妈这个身份？两种解释都说得通，但他更愿意相信是第二种。

“是我杀了他。”她柔弱地承认说，一下子否定了他偏信的那种猜想，“是我一再地让他使用狗绳，他才会死。六点半一向都用不着拴狗绳的。”

“真是太糟糕了。”沃尔特更加小声地说道，即便他听不懂她说的狗绳或者六点半之类的话，也能理解她的感受。她一定是做了某种决定，然而并没有善终。他也有过同样的经历。而由于两人糟糕的选择而导致的后果要由小孩子来承担。“我很遗憾。”

“我也为你感到遗憾，”她努力地让自己镇静下来说道，“关于你离婚的事。”

“噢，不用这样。”他挥了挥手说道，拿自己那段不堪的爱情跟她相比，他觉得很尴尬，“我跟你的情况不同。我的婚姻跟爱情没有关系。

严格来讲，我和阿曼达没有血缘关系。”他想都没想就脱口说道。其实，这也是他三周前才知道的。

很久之前，他前妻就暗示过他，说阿曼达不是他的亲生女儿，可他觉得她是故意想让他伤心才这么说。没错，他和阿曼达并不相像，但很多孩子都不像自己的父母。每次把阿曼达抱在怀里时，他都觉得，她就是他的孩子；他能感受到那种根深蒂固的、血缘上的联系。然而前妻一再坚持，他再也无法承受，后来，终于可以通过验亲的方式来一探究竟了，他就提供了血样。五天后，他得知了真相。他和阿曼达完全没有血缘关系。

他看着检测结果，原本以为自己会有被骗的感觉，或是崩溃，或是其他原本以为应该有的反应，然而实际的感受是不知所措。结果已经不重要了。阿曼达就是他的女儿，他就是她的爸爸。他全心全意地爱她。血缘没有那么重要。

“我从来没有打算过要孩子，”他告诉伊丽莎白，“可我现在成了爸爸，一个甘愿奉献的爸爸。命运是很奇妙的，不是吗？那些总想为自己命运做筹划的人终究会大失所望。”

她点点头。她就是那种筹划命运的人，也是大失所望的人。

“不管怎样，”他继续说道。“我相信，我们可以把《六点钟晚餐》做好。说到你即将进入的电视领域，嗯，你必须要做一些妥协。至于服装问题，我会告诉裁缝，让他做得宽松一些。不过，作为交换条件，我希望你能练习一下微笑。”

她皱了皱眉。

“杰克·拉兰内就是一边做俯卧撑一边微笑的，”沃尔特说道，“他用这种方法让那些原本有难度的事情看上去很有趣。研究一下杰克的风格——他可是大师。”

一提到杰克的名字，伊丽莎白的心就一抖。自从卡尔文死后，她就再也没看过杰克·拉兰内的节目了，一部分原因在于，她觉得卡尔文的死都是因为他——的确，她也觉得这样不公平。这让她突然想起卡尔文看完杰克的节目后来到厨房时的场景，她突然心头一热。

“来，试试看。”沃尔特说道。

伊丽莎白抬头看了看他。

“你刚刚好像笑了。”

“噢，”她说道，“嗯，那是无意识的。”

“没关系。有意识的，无意识的。怎样都可以。其实大多数时候，我的笑也是装出来的。包括去伍迪小学的时候，我接下来还得去一趟学校。麦德福德太太一直在找我过去。”

“我也是，”伊丽莎白惊讶地说道，“我明天还要参加一个会。是因为阿曼达读书清单的事吗？”

“读书？”他一脸惊讶地说道，“都是一群幼儿园的孩子，伊丽莎白；他们不认识字的。总之，不是阿曼达的问题。是我的问题。因为我独自抚养女儿，所以她总是对我有质疑。”

“为什么？”

他一脸吃惊的表情：“你觉得呢？”

“噢，”她好像突然明白了一样说道，“她觉得你有异常的性行为。”

“我可不会说得这么——这么直白，”沃尔特说道，“不过，没错。在她看来，仿佛我身上贴着徽章，上面写着‘哈喽！我有恋童癖——我还要照顾她！’”

“我猜，他们都会用异样的眼光看我们，”伊丽莎白说道，“卡尔文和我几乎每天都会亲密一番——我们血气方刚，这是完全正常的事——可就是因为我们没有结婚……”

“噢，”沃尔特黯然神伤地说道，“嗯——”

“仿佛婚姻和性之间有着什么必然的联系……”

“噢——”

“那时候，”她实事求是地说道，“我半夜醒来欲火难耐——我猜你也一定知道这种感受——可是卡尔文正在熟睡，所以，我不想打扰他。后来我提起此事，他很激动。他说，‘不，伊丽莎白，把我叫醒。不管我是否在熟睡。直接把我叫醒。’再后来，我看了一些关于睾丸素的书，这才更加深入地了解了男性的性冲动（sex drive）——”

“说到 drive（此处指开车），”沃尔特红着脸打断她说，“我想提醒你把车停在北边的停车场。”

“北边的停车场，”她两手叉在胯骨上说道，“就是一进来左手边的方向？”

“没错。”

“总之，”她继续说道，“麦德福德把你这个善良的爸爸误解成居心不良，我替你感到委屈。我想，她肯定没读过金赛性学报告。”

“金赛？”

“因为，如果她读过，就一定知道，像你我这样的人，绝对不是性变态。我们是——”

“正常的父母？”他赶紧说道。

“是爱的榜样。”

“是守护者。”

“是亲人。”她最后说道。

最后这句话加深了两人之间这种稀有的、无话不谈的友情，当一个受了极大委屈的人遇到另一个同病相怜的人，发现虽然彼此只有这一处共同点，但已经足够，只有这个时候才会产生这种情谊。

“喏，”沃尔特说道，令他震惊的是，自己从未跟人如此直接地讨论过性或是生理学方面的话题，甚至自己都没有想过这些，“关于服装的事，如果裁缝没办法把衣服改成松快一些的，就从你的衣柜里挑一件吧。”

“你不会介意我穿实验服吧。”

“我更想让你做你自己，”他说道，“而非什么科学家。”

她将一小绺头发掖到耳后。“可我就是一名科学家，”她开始辩驳道，“我就是我。”

“或许吧，伊丽莎白·佐特。”他说道，完全没想到接下来她真会那么做，“不过，这只是个开始。”

第二十五章

普通的家庭主妇

现在回忆起来，他确实应该提前让她看一看厨房的设备。

音乐响起来——那是沃尔特斥巨资打造的那个迷人的小调，却引起了伊丽莎白的反感——伊丽莎白大步走上台。他紧张得倒吸了口气。只见她身穿一条连衣裙，裙子上有一排小纽扣，一直到下摆，腰间紧紧地系着一条亮白色的围裙，上面有好多口袋，手腕上戴着一块天美时手表，指针跳动的声音超级大。他坚信，那声音绝对能盖过乐队的鼓声。此外，她戴着一副护目镜。左边耳朵上别着一根 2B 铅笔。一手拿着笔记本，另一只手拿着三支试管。看她这身装扮，既像酒店的女仆，又像拆弹专家。

他见她在等音乐停下，眼睛环顾着四周各处的设备，嘴唇紧闭，端着肩膀，看样子不太满意。最后一节音乐放完，她朝提示卡这边转过身来，简单略了一眼，随后转过身去。接着，她把笔记本和试管放到工作台上，径自走到水槽那里，背对着镜头，靠着假窗户，看里面的假风景。

“这太糟糕了！”她直接对着麦克风说道。

摄像师扭头看了看沃尔特，只见他一双眼睛瞪得老大。

“提醒她我们这是在直播。”沃尔特小声对他说。

“直播!!！”摄像师助手赶紧在一张大板上写了写，然后举给她看。

伊丽莎白看了看提示卡，随后竖起一根手指，好像在说，再给她一秒钟时间，紧接着，她又继续独自参观起来，先是停下来看了看厨房墙上的艺术品装饰—— 一幅《愿上帝保佑此处》的刺绣，一幅耶稣跪下来祈祷的画，还有一幅海上航船的业余画师的作品——紧接着，她又走到工作台前，上面摆满了各种花哨的物件，一只装着安全别针的缝纫篮，一个梅森罐子，里面装满了没用的纽扣，还有一个棕色的纱线球，一只碎了口的糖盘中装着薄荷糖，还有一个面包盒，盒子上用宗教式的笔体写着“每日食粮”。看到这些，她沮丧地皱着眉头。

就在昨天，沃尔特还大加赞赏了设计师的品位。“我特别喜欢这些小玩意儿，”他告诉设计师，“刚好合适。”然而今天，这些东西到了她眼里，简直就像一堆垃圾。她一边看，一边踱步到工作台另一边，一看到鸡盐和胡椒瓶，脸色明显沉了下来，再看到烤面包机上套着的粉色针织保暖罩，更是气得直瞪眼，看到一个由橡皮筋做成的奇形怪状的小球，她赶紧往后退了一步。那小球左边是一个饼干罐，模仿胖胖的德国妇女做椒盐卷饼的形状做成的。再来，看到头上悬挂着的硕大的钟表，她一下子停住了，那钟表的指针固定指在六点钟的位置，上面用闪闪发光的字体写着“六点钟晚餐”。

“沃尔特，”伊丽莎白用手遮住眼睛，朝着灯光这边喊道，“沃尔特，请先暂停一下。”

“广告，广告！”见她要往台下他这边走过来，沃尔特小声跟摄像师喊道，“快点！立刻！”

“伊丽莎白，”他一边说，一边嗖的一下从椅子上站起来朝她走过去，“你不能这样！回到台上去！我们是在直播！”

“直播？好吧，这样不行。设备根本就不行。”

“所有设备都是好用的，烤箱、水槽，统统都试用过了，现在，赶紧回到台上去。”他一边说，一边用手推着她的后背。

“我是说，那不是我想要的设备。”

“喏，”他说道，“你一定是因为紧张。所以我们今天是录制现场，没有观众——给你一个适应的机会。但依旧要把这当成是直播——正式的直播——你是要完成任务的。我们先来个试播，后期可以做调整。”

“那么，你是说还可以调整，”她一边说，一边又像刚才巡视厨房器具那样将两手叉在胯骨上，“那可需要做一番大调整。”

“好的，等等，不，”他焦急地说道，“这里要说清楚，调整设备是不可能的。你现在看到的都是我们道具设计师花了几周的时间经过反复实证研究才定下来的。这就是我们当今女性心目中厨房的样子。”

“嗯，我就是一名女性，我可不想要这样。”

“我指的不是你，”沃尔特说道，“我说的是普通的家庭主妇。”

“普通。”

“你知道我什么意思，就是那些常规的家庭主妇。”

听了这话，她发出了如同鲸鱼喷水般的声音。

“好吧，”沃尔特一边小声说，一边无奈地挥了挥手，“好吧，好吧，嗯，我理解你。要知道，这不只是我们的节目，伊丽莎白，也是电视台的节目，人家花钱雇了我们，就理所应当按照人家的要求办事。你明白其中的道理，之前也工作过。”

“说到底，”她辩驳道，“我们做的这一切都是为了观众。”

“没错，”他恳求道，“算是吧。不，等等——不完全是。我们的职责就是满足人们的需求，虽然他们不知道自己有什么需求。我已经解释过了：要遵循午后节目的模式。处于半死状态中的人们现在就要醒过来了，知道吗！”

“还要再插播广告吗？”摄像师小声说道。

“不用了。”她简短地说了句，“抱歉了大家。我现在准备好了。”

“我们这算是说好了，是不是？”见她往台上走去，沃尔特说道。

“是的，”伊丽莎白说道，“你想让我跟那些普通的家庭主妇交流。常规的家庭主妇。”

他不喜欢她说这话时的语气。

“倒计时五秒。”摄像师说道。

“伊丽莎白。”他用警告的语气说道。

“四——”

“都已经给你写好了。”

“三——”

“按照提示卡读。”

“二——”

“拜托，”他恳求道。“那脚本挺不错的！”

“一——开始！”

“大家好，”伊丽莎白正对着镜头说道，“我是伊丽莎白·佐特，这里是《六点钟晚餐》。”

“目前看来还不错。”沃尔特自言自语地小声说道。微笑，他用手指了指嘴角，向她示意。

“欢迎来到我的厨房，”她一脸严肃地说道，就像失望的耶稣一样，眼睛俯视着左边，“我们今天的节目将会很——”

说到“有趣”一词时，她停住了。

紧接着是一阵令人尴尬的沉默。摄像师转过头来看了看沃尔特。“还要插入广告吗？”他打手势问道。

不。沃尔特用口型回复他，不！该死。她必须这么做！该死的伊丽莎白。他一边挥手，一边默默地在心里嘀咕着。

然而，伊丽莎白好像是想什么想得出了神，周围的一切都——无论是沃尔特向她挥手，还是摄像师准备插广告，还是化妆师用她的化妆棉往自己的脸上做涂抹的动作——都无法破除附着在她身上的咒语。她到底是怎么了？

沃尔特最后用口型对音响师说道：音乐，音乐！

然而，还没等音乐开始，伊丽莎白手表的嘀嗒声引起了她的注意，将她拉回到现实中来。“抱歉，”她说道，“接下来，我们刚刚说到哪儿了？”她瞥了一眼提示卡，又停顿了片刻，突然指了指头上的大钟。“节目开始之前，我想提醒大家，不要看这个钟。它是假的。”

沃尔特坐在制片人椅子上，短暂而急促地吐出一口气来。

“我从来都是把烹饪当成一项严肃的事情来做，”伊丽莎白继续说道，完全不去看提示卡，“我知道你也是。”接着，她一把将缝纫篮推到一只打开的抽屉里。“我也知道，”她一边说，一边直视着那天恰巧在收看她节目的几家观众，“你的时间很宝贵。嗯，我的时间也宝贵。所以，我们说好了，你和我……”

“妈妈，”加利福尼亚州凡奈斯一家中的小男孩儿在电视房里无聊地喊着，“没有什么好看的。”

“那就关掉，”小男孩的妈妈从厨房里喊道，“我正忙着！到外边去玩儿……”

“妈妈——妈妈——”小男孩儿又喊道。

“噢，我的老天，皮蒂，”只见一个女人不耐烦地来到电视房，湿漉漉的手上拿着一只削了皮的西红柿，孩子在厨房的高脚椅上哇哇啼哭，“什么事都要我帮你做吗？”她刚想把伊丽莎白的节目关掉，就看见伊丽莎白正在电视里对她讲话。

“就我个人的经验来看，对于妻子、妈妈或者女人的工作与付出，很多人都觉得无所谓。但我并不这么认为。在接下来与您共度的30分钟里，我们将做些有意义的事。我们将做一些不再让人小觑的事情。好了，就要开始做晚饭了。这将成为一件很重要的事。”

“这是什么？”皮蒂的妈妈说道。

“不知道。”皮蒂说。

“现在，我们准备开始。”伊丽莎白说道。

节目过后，发型师兼化妆师罗莎来到她的更衣室，跟她道别。“我要郑重声明一下，我喜欢你的画笔。”

“郑重声明？”

“节目最后的这20分钟里，莱布斯马尔一直在训斥沃尔特。”

“因为一支笔？”

“因为你没按照剧本说。”

“噢，的确。那是因为我没办法读提示卡。”

“噢，”罗莎如释重负地说道，“仅此而已？是字体不够大吗？”

“不，不，”伊丽莎白说道，“我是说，那卡片写得不对。”

“伊丽莎白。”这时，沃尔特满脸通红地站在她的更衣室的门口。

“总之，”她小声说道，“保重吧。”说完，她掐了伊丽莎白的胳膊一小下。

“嗨，沃尔特，”伊丽莎白说道，“我刚刚列出了一份清单，接下来要马上要做一些调整。”

“别跟我嗨，”他大吼道，“你到底是怎么回事？”

“什么怎么回事。我觉得效果很好。我承认，刚开始的时候是卡顿了一下，但那是因为我有些慌乱。等我们调整完设备之后，这种情况就不会再发生了。”

他气呼呼地走到屋子另一面，一屁股坐在椅子上。“伊丽莎白，”他说道，“这是工作。你有两项职责：一个是微笑，一个是按照提示卡读词。就这样。关于设备或提示卡，你没有选择的余地。”

“我觉得有。”

“没有！”

“总之，我读不了提示卡。”

“胡说，”他说道，“我们练习的时候用过不同型号的字体，记得吗？我知道，你是能看清那些字的。老天，伊丽莎白，莱布斯马尔已经准备把这一切都叫停了。知道吗，咱俩的工作都不保了！”

“抱歉。我现在就去跟他谈谈。”

“噢不，”沃尔特赶紧说道，“你不行。”

“为什么？”她说道，“我想澄清几件事，尤其是设备的事。至于提示卡——很抱歉，我再说一遍，沃尔特。不是我看不清那些字；我的意思是，那些话我说不出口。因为那些话太烂了。是谁写的？”

他噘起嘴唇：“我写的。”

“噢，”她惊讶地说道，“可是，那些话一点都不像是我说的。”

“没错，”他咬牙切齿地说道，“那都是有意策划的。”

她一脸惊讶的表情：“我以为你跟我说要做我自己。”

“不是那样的你自己，”他说道，“不是那个只知道说‘这会变得非常非常复杂’的你，不是那个只知道说‘对于妻子、妈妈或者女人的工作与付出，很多人都觉得无所谓’的你。没人想听这种话，伊丽莎白。你必须表现得积极、快乐、活跃！”

“可那不是我。”

“你可以做到这样。”

伊丽莎白回想着有生以来的经历：“不可能。”

“我们能不讨论这个话题了吗，”沃尔特说道，他的心脏跳得厉害，有些不舒服，“我是做午后节目的专家，也早就跟你解释过其中的道理。”

“我是个女人，”她厉声说道，“面对女观众的女人。”

这时，一位秘书来到门口。“派恩先生，”她说道，“观众打来电话。我不知道该怎么回复。”

“老天，”他说道，“已经有人投诉了。”

“是关于购物清单的。有人不太清楚明天的配料。尤其，是不知道 CH_3COOH 是什么。”

“醋酸，”伊丽莎白回应说，“醋——是由 4% 的醋酸调制成的。抱歉——我应该写成普通人能看懂的清单。”

“你看吧？”沃尔特说道。

“十分感谢。”秘书说完，转身走了。

“那个购物清单是怎么回事？”他质问道，“我们从来没讨论过购物清单的事——还是用化学式写成的。”

“我知道，”她说，“我刚要离开片场时突然想到的。我觉得这主意还不错，你觉得呢？”

沃尔特把头埋进手里。这确实是个不错的主意，只是他不愿承认。“你不能这样，”他低声说道，“不能想怎样就怎样。”

“我没有想怎样就怎样，”伊丽莎白反驳道，“如果我想怎样就怎样，我现在就在实验室了。嗯，如果我没弄错的话，你现在的皮质酮水平正在上升——就是你说的午后精神低迷时段。或许，你应该吃点东西。”

“不用了，”他语气生硬地说道，“别拿午后精神低迷时段跟我说事。”

接下来的几分钟里，两人就这样坐在更衣室里，一个盯着地板，一个看着墙。谁都不说话。

“派恩先生，”这时，另一个秘书把头探进来说道，“莱布斯马尔先生要去赶飞机，他想让我提醒你，让你在这周之内把‘问题’解决好。抱歉——我不知道是什么‘问题’。他还说你最好把‘它’做得……”她又看了看笔记，“‘性感’些。”说完，她的脸腾的一下红了。“还有，就是……”说着，她递给他一张莱布斯马尔在匆忙之中手写的便条。

还有，鸡尾酒环节呢？

“谢谢。”沃尔特说道。

“抱歉。”她说道。

“派恩先生，”正当她要离开时，刚刚来过的那位秘书又来了，“时间太晚了——我得回家了。可是电话——”

“说吧，宝拉，”他说，“我去解决。”

“我能帮忙吗？”伊丽莎白问道。

“你今天帮的忙已经够多了，”沃尔特说道，“所以，当我说‘不谢谢你’的时候，真正的意思是不想感谢你。”

说完，他赶去秘书的办公桌旁，伊丽莎白跟在身后。他拿起电话，“KCTV，”他不耐烦地说道，“是的。抱歉。是醋。”

“醋。”伊丽莎白拿起另一部电话说道。

“醋。”

“醋。”

“醋。”

“醋。”

以前做小丑节目时，他可从来都没接到过观众打来的电话。

第二十六章

葬礼

"大家好，我是伊丽莎白·佐特，这里是《六点钟晚餐》。"

沃尔特紧闭着双眼坐在制片人靠椅上。"拜托，"他小声嘟囔着，"拜托，拜托，拜托。"这是节目开播的第十五天，他已经精疲力竭了。他一次又一次地做疏通工作，就如同他当初执意不选那张办公桌一样，她也执意不用已经准备好的厨房。这其中并不涉及个人原因，像办公桌这类设备都是以调研和预算为依据的。然而每次他说这番话，她都是点头，貌似能够理解，但接下来总会说："是的——可是。"紧接着，他们就又开始了一番争论。节目剧本的事也是如此。他跟她说过，她的任务是跟观众互动起来，不要让他们觉得百无聊赖。但她总喜欢用那些令人厌恶的化学术语做旁白，于是就变得很枯燥乏味。无奈，他最后只好决定在现场设置观众。因为他知道，只有把观众搬到离自己20英尺远的地方，亲眼所见他们的反应，她才能意识到自己讲的东西有多无聊，才能有危机感。

“欢迎大家首次来到我们节目现场。”伊丽莎白说道。

目前还不错。

“从周一到周五，我们相约每个下午，共同烹饪晚餐。”

正是他写的台词。

“我们今天的晚餐是：砂锅菠菜。”

还算可以。按照原有的安排。

“首先，我们得清理一下工作场所。”只见她拿起那只棕色的线球朝观众席扔了过去，他一下子睁开眼睛。

不，不。他心里暗自祈求。这时，观众们谨慎地发出了些动静，摄像师回过头来看了他一眼。

“有人想要橡皮圈吗？”说着，她举起那只橡皮圈彩球。有几位观众举了手，于是，她朝着那个方向把球扔了出去。

他吓得目瞪口呆，两手紧紧抓着帆布折叠椅的把手。

“我工作的时候需要腾出些空间来，”她说道，“这能让人的心里产生自我暗示，暗示着我们即将要做一件很重要的事。今天，我有很多事要做，所以需要大一些的空间，希望大家帮帮忙。有谁想要饼干罐吗？”

话一说完，绝大多数人都举起手来，沃尔特吓了一跳。还没等他反应过来，伊丽莎白就鼓动大家上台，看看想要什么，可以随意带走。就这样，不到一分钟的时间，台上所有单个摆放的东西就都被人拿走了——包括墙上的艺术品。只剩下那扇假窗户和那口硕大的钟。

“好，”等观众回到座位上，她郑重其事地说道，“我们现在开始。”

沃尔特清了清嗓子。说起电视行业的首要规则，除了娱乐性以外，还有一点就是，无论有什么突发状况，都要表现得镇定自若，要让大家觉得一切尽在掌握之中。这是电视节目主持人应有的素质，而此刻，从未有过主持经验的沃尔特决定试一试。于是，他从帆布椅上坐起来，身子微微前倾，仿佛眼前这一系列不符合电视行业规则的活动都是他有意安排的一样。当然，事实并非如此，大家也都知道这并非他的本意，并通过各种方式诠释着他的无能：摄像师摇头，音响师叹气，舞台右侧的器具设计师朝沃尔特竖手指。而此时，伊丽莎白正在台上挥舞着一把他从未见过的大刀切割一大把菠菜。

莱布斯马尔一定会杀了他。

他闭上眼睛待了一会儿，听见观众席那边逐渐骚动起来：挪椅子的声音，小声的咳嗽。远处，他听见伊丽莎白在谈论钾和镁对人体的作用。他还专门为这一环节写了提示卡，众多台词当中，这是他尤为中意的一处：*菠菜的颜色是不是很好？绿色。让我们想到春日里的时光*。然而，都被她省略掉了。

“……很多人都觉得菠菜能让人变得强壮，因为菠菜中铁的含量与肉中铁的含量一样多。然而，菠菜中草酸的含量很高，会抑制人体对铁的吸收。所以，当听到大力水手说吃了菠菜就能变得强壮这种话时，千万不要相信。”

有趣。她这是在说大力水手是个骗子。

“不过，菠菜还是有着很高的营养价值的，我们稍后聊一聊。”说着，她朝摄像机挥了挥手里的大刀，“我们先休息一下。”

老天。他都懒得站起来。

“沃尔特，”不一会儿，她来到他跟前，“你觉得怎么样？我采取了你的建议。跟观众互动。”

他转过头来看着她，脸上没有任何表情。

“这不正是你一直强调的吗：娱乐性。我这里需要更多的空间，于是就想起了棒球——就像小贩那样把花生扔到人群当中？效果还不错。”

“是啊，”他冷冷地说，“接下来你是不是还想邀请大家来个本垒打，挥舞球棒，戴上手套，把周围能用的东西全用上。”

听了这话，她一脸的不解：“你好像不怎么高兴。”

“30 秒，佐特太太。”摄像师说道。

“不，不，”他静静地说道，“我没有生气。我是愤怒。”

“是你说的要有娱乐性。”

“不。你刚才的行为实质上是把不属于你的东西送给了别人。”

“可是我需要空间。”

“等周一的死亡宣判吧，”他说道，“先是我，再是你。”

她转身走开了。

“我回来了。”观众正鼓掌表示欢迎，只听她气哄哄地说了句。幸好，那之后他没再听到什么，因为，他突然胃痛起来，心脏也在胸腔里狂跳不止，他真希望能出点什么大事儿。于是，他闭上眼睛，等着死亡的来临——中风或是心脏病，他难逃其中之一。

他抬起头，看到伊丽莎白正在空荡荡的厨房附近向观众挥手。“烹饪属于化学领域，”她说道，“而化学就是生命。你改变一切——包括改变自己的能力，就是从这里开始培养的。”

好家伙。

他的秘书俯下身来在他耳边窃窃私语了几句，告诉他明早第一件事就是，莱布斯马尔想要见他。他再次闭上眼睛。放松，他告诉自己。呼吸。

紧接着，他眼前浮现出自己不愿见到的一幕：自己在葬礼现场上——他的葬礼——周围还有很多穿着各色衣服的人在走动。他听到有人——也许是他的秘书吧？——在讲述他去世的缘由。讲得没什么意思，他不喜欢，跟他的午后节目策划一样。他认真听着，希望听到赞美的话语，然而绝大多数人谈论的话题是：“嗯，你这周末准备干什么？”

远处，他听见伊丽莎白·佐特在谈论工作的重要性。她又在讲大道理，给那些前来参加葬礼的人灌输自尊的观念。“要敢于冒险，”她说道，“不要害怕，勇敢地去尝试。”

她的言外之意就是：不要像沃尔特那样。

参加葬礼难道不应该穿黑色的衣服吗？

“将厨房中的无畏精神带到现实生活当中。”佐特说道。

是谁让她给他致辞的？是菲尔吗？真过分。他沃尔特·派恩此生冒的唯一一次风险——雇用她——致使自己英年早逝。要敢于冒险——不要害怕——勇敢地去尝试，去他的，佐特。最后是谁死在了这里？

隐约中，耳边依旧能听见她的声音，伴随着持续不断的剁刀声。大约又过了将近十分钟，她终于说结束语了。

“孩子们，摆好桌子。你们的妈妈要自己待一会儿。”

意思是，关于死去的沃尔特，我们就聊到这儿——该把注意力转回到我这里了。

前来悼念他的人都热烈地鼓掌，然后都去酒吧放松了。

再后来就没有什么事了。糟糕的是，他想象中的死亡场景居然跟现实生活很像。他突然想到，“无聊至死”可能说的就是自己吧。

“派恩先生？”

“沃尔特？”

他感觉有一只手放在了他的肩膀上。“要叫医生吗？”第一个人说道。

“可能吧。”另一个声音说。

他睁开眼睛，发现佐特和罗莎正站在旁边。

“我们还以为你晕倒了。”佐特说。

“你刚刚倒在这里。”罗莎补充说。

“你的心率正在上升。”伊丽莎白手指按在他的手腕上，说道。

“要叫医生吗？”罗莎又问了一遍。

“沃尔特，你吃过饭了吗？最后一次吃饭是什么时候？”

“我没事，”沃尔特声音嘶哑地说道，“走开。”不过，他的确不太舒服。

“他没有吃午饭，”罗莎说，“餐车里的东西一点都没动。而且据我们所知，他昨晚就没吃饭。”

“沃尔特，”伊丽莎白用命令的口吻说道，“把这个带回家去。”她将一大盒烤好的菜放到他手中。“是我刚刚做的砂锅菠菜。把烤箱调到

190.5 摄氏度，加热 40 分钟。可以吗？”

“不，”他坐起来说道，“不。而且，阿曼达讨厌吃菠菜，所以我再说一遍，不。”说着，他意识到，此时的自己像个发脾气的孩子，随后，他转身对发型师兼化妆师（心想：她叫什么来着？）说：“抱歉让你担心了。”他又含糊其词地对几个可能的姓氏说了些什么，“不过，我真的很好。祝你晚间愉快。”

为了证明自己身体状况尚佳，他从椅子上站起来，摇摇晃晃地回自己办公室去了，等到她俩都离开这栋大楼之后，他才独自离开。当到了停车场，他发现车前盖上放着那盒砂锅。上面有一张字条，写着“用 190.5 摄氏度，加热 40 分钟”。

到家后，他实在太累了，没办法，只好将那该死的东西放到烤箱里，过了一会儿，他坐下来跟小女儿一起吃晚饭。

阿曼达吃了三口后，称赞说，这是她吃过的最好吃的东西。

第二十七章

我的家庭背景
1960 年 5 月

“孩子们，”第二年的一个春日里，麦德福德太太这样说道，“我们要留一项新的作业，叫作‘我的家庭背景’。”

玛德琳听了，倒吸了一口冷气。

“请让你们的妈妈把这个表格填好。这是家庭树。通过她写在树上的名字，你可以了解到一个非常重要的人物。那么这个人会是谁呢？提示大家一下：答案就在我们这次作业的题目当中——我的家庭背景。”

孩子们在麦德福德太太脚边随意围了个半圆坐下，全都双手托着下巴。

“谁先来猜猜看？”麦德福德鼓励大家说道。“来，汤米。”她说。

“我能去个厕所吗？”

“要说‘我可以去厕所吗’，而且，汤米，现在不可以去。马上就放学了。你可以再忍一会儿。”

“是总统。”莉娜说道。

“能是总统吗？”麦德福德太太纠正说，“不，这个答案是错的，莉娜。”

“能是莱西吗？”阿曼达说道。

“不，阿曼达。这是家庭树，可不是狗屋。我们现在说的是人。”

“人也是动物。”玛德琳说道。

“不，不是，玛德琳，”麦德福德太太气呼呼地说道，“人是人类。”

“那瑜伽熊呢？”另一个孩子问道。

“怎么会是瑜伽熊呢？”麦德福德太太恼火地问道，“当然不是。家庭树中是不能有熊的，也绝对跟电视节目没有关系。是我们人！”

“可人也是动物。”玛德琳坚持说道。

“玛德琳，”麦德福德太太呵斥道，“够了！”

“我们也是动物吗？”汤米瞪着大眼睛对玛德琳说道。“不！我们不是！”麦德福德太太吼道。

此时，的汤米已经把手指塞进腋窝中，一边在教室里上蹿下跳，一边像大猩猩那样嚎叫。“咿！咿！”他对着其余的小朋友吼道。紧接着，有一半的小朋友也立即跟着他叫起来：“咿咿哦哦！咿咿哦哦！”

“停，汤米，”麦德福德太太喊道，“都给我停下！否则都把你们送去校长办公室，快给我停下！”她那刺耳的声音，再加上做老师的威严，孩子们见状，只好回到刚才坐着的地方。“现在，”她不愿再多说，“像我刚刚说的，你们要去了解一位非常重要的人物。一个人物。”她盯着玛德琳强调说：“这个人可能会是谁呢？”

没有人吱声。

“谁呢？”她引导着大家问道。

几个孩子摇摇头。

“好吧，这个人就是你们，孩子们。”她生气地大喊。

“什么？为什么？”朱迪小心翼翼地问道，“我做错什么事情了吗？”

“别紧张，朱迪，”麦德福德太太说，“看在上帝的分儿上！”

“我妈妈说她再也不会给学校交一分钱了。”这时，一个名叫罗杰的、长相有趣的男孩子说道。

“有谁提到钱的话题了吗，罗杰！”麦德福德太太尖叫道。

“我能看看那棵树吗？”玛德琳说。

“要说‘我可以看看那棵树吗’。”麦德福德太太怒不可遏地说道。

“我可以吗？”玛德琳问道。

“不，你不可以！”麦德福德太太一边尖声吼着，一边把纸对折了两次，仿佛这样就能防止玛德琳捣乱一样。“这棵树不是给你的，玛德琳，是给你妈妈的。现在，孩子们，”她努力控制好情绪说，“站成一排。我把这张纸别到你们的衣服上。然后我们就准备放学了。”

“我妈妈不想让您在我的衣服上别东西，”朱迪说道，“她说这样会在我的衣服上扎个洞。”

*你妈妈就是一个谎话连天的婊子。*麦德福德太太很想这样说，却没有宣之于口，“好啊，朱迪。那我们就用订书器帮你钉上去。”

接着，麦德福德太太就把那张纸固定到他们每个人的衣服上，然后把门打开。紧接着，这些孩子就穿过门框，像用绳子拴了几个小时的小马驹一样飞奔出去。

“你先别走，玛德琳，”她说道，“等一会儿。”

“我来告诉你吧，”玛德琳跟哈丽特解释自己为什么出来晚了，哈丽特对她说，“你之所以被留下是因为你跟老师说人也是动物？为什么要说这种事呢，亲爱的？不太礼貌呀。”

玛德琳一脸疑惑地问：“可是为什么呢？我们就是动物。”

哈丽特心里在想玛德琳说的是否正确——人是动物吗？她也不确定。“我的意思是，”她说道，“有时候不要顶撞老师。老师是值得尊敬的，也就是说，有时候即使你不赞同她的说法也要假装赞同。这就是为人处世的方法。”

“就是要友善。”

“正是这个意思。”

“即便她告诉我们的事情是错的。”

“没错。”

玛德琳咬了咬下嘴唇。

“你有时也会犯错，对吗？你也不想有人在很多人面前纠正你，是不是？很有可能是因为你让麦德福德太太难堪了。”

“她看上去并没有觉得难堪。而且，她已经不是第一次向我们传递不当的信息了。上周，她跟我们说是上帝创造了世界。”

“很多人都这样认为，”哈丽特说道，“这种观点并没有错。”

“你也这样认为吗？”

“我们还是看看这张字条吧。”她赶紧把那张纸从玛德琳衣服上取下来说道。

“这是一项有关家庭树的作业，”玛德琳把午餐盒放到厨台上说道，“要妈妈来填。”

“我不喜欢这种东西。”哈丽特仔细看了看上面画得不成样子的橡树，小声嘟囔道。要在它的枝丫上填上亲属的名字——包括在世的、走失的、离世的——总之，凡是因为婚姻、生养或者是在其他什么不幸的情况下而缔结的关系都包含在内。“无耻的小伎俩。是不是还要再带上一张传票？”

“还会有传票吗？”玛德琳紧张地问道。

“知道我是怎么想的吗？”哈丽特把那张字条合起来说道，“我觉得，这种破玩意儿会让别人觉得你的存在是以另一个人的存在为前提的。而且通常都有侵犯个人隐私的嫌疑。你妈妈一定气炸了。如果我是你，我就不会给她看这个。”

“可这些问题的答案我都不知道。我不知道爸爸的事。”说着，她想起了早上妈妈在她午餐盒里留的那张字条。图书管理员是学校里最重要的老师。即便她不知道问题的答案，也总是能帮你找到答案。这不是一种观点，而是一种事实。不要跟麦德福德太太提起它。

可是，当玛德琳问学校图书管理员哪里能找到剑桥年刊时，那个管理员皱了皱眉头，然后递给她一本上个月的 *Highlights* 复印版杂志[①]。

“你已经知道你爸爸的很多事啦。”哈丽特说道，“比如，你知道你爸爸的父母——也就是你的祖父母——在你爸爸小的时候因为一次火

① 美国儿童杂志。

车车祸去世了。后来，你爸爸去了他姑姑那里，再后来他的姑姑也出车祸去世了。然后就去了男孩福利院——我忘了福利院具体叫什么名字，只记得听起来有些女孩子气。你还知道你爸爸有过一个教母，不过，教母跟家庭树扯不上关系。”

教母这话一说出口，哈丽特立马就后悔了。教母的事是她窥探来的，而且看得出来，她没做过真正意义上的教母，更多是在扮演一位仙女教母[①]。事情是这样的，有一天（那时卡尔文还没有遇到伊丽莎白）卡尔文匆匆忙忙地离开家去上班，前门开着，身为好邻居的哈丽特本来想过去帮他把门关上。

她绝对是一个热心肠的人，所以，她进到屋子里确认一下是否有人闯入过。一番仔细的探查之后，她终于放心了，在卡尔文离开的这46秒中内绝对没有任何人进来过。

不过，她此番探查另有发现。第一，卡尔文·埃文斯是那种了不起的大科学家——可以登上杂志封面的那种。第二，他是个懒汉。第三，他在苏城一家名声不怎么样的、带有宗教性质的男孩福利院长大。她之所以知道男孩福利院的事，是因为在他的垃圾桶里发现了一张纸——她把那张纸拿了回来，因为，但凡有意留存的东西，谁会扔在垃圾桶里呢？那上面说，男孩福利院需要资助。福利院的主要投资人——也就是那位承诺给孩子们提供“科学的教育机会以及健康的户外活动体验”的人——撤了资。现如今，福利院方面只能向那些曾经在那里生活过的孤儿寻求帮助。卡尔文·埃文斯到底伸没伸出援助之

① 仙女教母通常被认为是童话故事中对角色的一种神奇的支持。在需要的时候，她扮演父母或可信赖的朋友。

手呢？求求您答应了吧！给现如今的男孩福利院捐些钱！他的回信也在垃圾桶中。大致意思就是，你居然还敢厚着脸皮求我，去你妈的，统统都该下地狱。

“什么是教母？”玛德琳问道。

“就是家中的一位挚友或者亲戚，”哈丽特回过神来说道，“就是能照看你灵魂的人。”

“我有吗？”

“你说教母吗？”

“灵魂。”

“噢，”哈丽特说道，“我不知道。你相信那些看不见的东西吗？”

“我喜欢魔术。”

“我不喜欢，”哈丽特说道，“我不喜欢被愚弄。”

“但你相信上帝。”

“是。没错。”

“为什么？”

“就是相信。绝大多数人都这样。”

“我妈妈就不相信。”

“我知道。”哈丽特努力掩饰着心中的不悦，说道。

在哈丽特看来，不相信上帝是不对的。是缺乏人性的。她认为，人相信上帝就如同刷牙或穿内裤一样理所当然。而且，所有体面的人都相信上帝——就连她丈夫那种不体面的人也相信上帝。上帝是维系她们之间婚姻并支撑她承受婚姻负担的动力——因为，婚姻是上帝赐予她的。上帝要承受好多负担，所以，他要给每个人都分配一点。此外，若一个人不相信上帝，就不会相信有天堂或是地狱，她特别相信地狱之说，因为，她特别希望斯隆先生将来能够下地狱。她站起身来。“你的绳子呢？到研究绳结的时间了。”

“我已经知道怎么系了。”玛德琳说道。

“那你能闭着眼睛系吗？”

“能。”

“那背过手去呢？还能吗？”

“能。”

哈丽特假装迎合玛德琳这种奇怪的爱好，实际上她并不喜欢。这孩子不喜欢芭比娃娃或抓子这类的游戏——倒是喜欢打绳结，喜欢战争与自然灾害类的书籍。昨天，她听说玛德琳到市中心图书馆管理员那里询问有关喀拉喀托火山的事——什么时候会再次喷发？如何警示当地的居民？大约会有多少人死亡？

玛德琳盯着那棵家庭树看，哈丽特在一旁看着这孩子，她那双灰色的大眼睛盯着那空荡荡的枝丫，牙齿一直咬着下嘴唇。卡尔文就特别喜欢咬下嘴唇。这种东西也会遗传吗？她也不太清楚。哈丽特生了四个孩子，每一个都不一样，而且完全不像她。现在呢？这四个孩子都各自生活在遥远的城市，也已经有了自己的家庭，已然成为陌生的路人。她很希望自己跟孩子们的关系能够一直稳固，可以维系一辈子，然而事实并非如此。家庭关系也是需要不断维护的。

“饿了吗？”哈丽特问道，“想吃点奶酪吗？”她到冰箱后面去取，玛德琳从书包里拿出一本书来：《与刚果食人族共同生活的五年》。

哈丽特回过头来看了看：“亲爱的，老师知道你读这本书吗？”

“不知道。”

“那就不要让她知道。”

这也是她跟伊丽莎白之间存在分歧的地方：阅读。15 个月前，哈丽特以为玛德琳只是假装识字。毕竟孩子总是喜欢模仿大人。但很快她就发现，伊丽莎白不仅教玛德琳读书，还教她读一些很复杂的东西：报纸、小说，还有《大众机械》杂志。

哈丽特想过，这孩子可能是个天才。

她爸爸就是个天才。不过她不一样。她是因为接受了良好的教育，而施教者便是伊丽莎白。伊丽莎白从不承认能力上限这种说法，她不仅这样要求自己，也这样要求别人。埃文斯先生去世后近一年，哈丽特偶然在伊丽莎白的书桌上看到了一些记录，发现她在教六点半识字，而且数量惊人。那时，哈丽特把这当作暂时性的精神失控——人在经历痛苦的时候就会这样。然而有一天，三岁的玛德琳问有谁看到她的溜溜球没有，没想到一分钟过后，六点半就把球叼来放到了她腿上。

《六点钟晚餐》也是这种情况。每次节目一开始，伊丽莎白都会在开场白中说，烹饪并不是一件简单的事，接下来的 30 分钟大家可能会很辛苦。

“烹饪并不是一门精确科学，”伊丽莎白昨天在节目中这样说道，“我手里拿着的土豆跟你们手中的土豆是不一样的。所以，大家必须适应自己的食材。要做好评估：尝、摸、闻、看、听、试，再评估。”接着，她给观众详细讲解了化学分解的概念，在特定的温度下，将含有各种成分的食材放在一起，就会引发一系列有关酶的复杂的相互作用与反应，如此一来便会产生一些对健康十分有益的元素。说到酸、碱和氢离子，有很多可以讲的东西，有些东西哈丽特听了几周之后居然也逐渐明白了。

在整个过程中，伊丽莎白一脸严肃地告诉她的观众，大家要准备好接受这种艰难的挑战，还说，她知道大家既聪明又有能力，她相信大家。这个节目真的太特别了，娱乐性要差一些，更像是在攀登高峰。只有在看过之后，才能领略它的妙处。

不管怎样，她和玛德琳每天都一同收看《六点钟晚餐》，每次都提心吊胆，因为她们知道，每一期都有可能是最后一期。

玛德琳打开书，仔细地看着上面的一幅雕刻，上面有一个人正在撕咬着另一个人的股骨。“人肉好吃吗？”她问。

“不知道。”哈丽特把几块奶酪放到她面前说道，“好了，都准备妥当了。不管是谁的肉，到了你妈妈手里都能做得好吃。”*除了斯隆先生。*她心想，*因为他整个人都已经腐烂了。*

玛德琳点点头：“大家都喜欢吃妈妈做的东西。”

“大家是谁？”

“孩子们，”玛德琳说道，“现在有些孩子会带跟我一样的午餐。”

“真的吗，”哈丽特一脸惊讶地问道，“也是剩下的吗？前一天晚上吃剩的晚餐？”

“是的。”

“他们的妈妈都看你妈妈的节目吗？”

“我猜是这样。”

“真的吗？”

“是的。”玛德琳强调道，仿佛有些嫌弃哈丽特的理解力。

哈丽特原本以为收看《六点钟晚餐》的观众寥寥无几，而且伊丽莎白明确表示过，说她六个月的合约即将到期；整个过程如同打仗一般；她很能确定，对方不会再续约了。

“其实，你可以在这个过程中满足他们的要求，对不对？”哈丽特问她，语气尽量不那么沮丧。她喜欢看电视上的伊丽莎白，“或者，试着微笑看看。”

“微笑？”伊丽莎白说，“医生在切割阑尾时会微笑吗？不。你想看他们笑吗？不。烹饪就像手术一样，需要集中精力。但菲尔·莱布斯马尔想让我把观众当作傻子看。我不想那样，哈丽特，我不想把女人无能这种子虚乌有的说法延续下去。如果他们不想跟我续约，那就随便吧。我再找些别的事情做。”

可是，还有哪种工作能比这种工作的报酬更加丰厚呢，哈丽特心想。多亏了电视台的工资，伊丽莎白才得以履行自己的诺言：给哈丽特支付工资。这是哈丽特拿的第一份工资，那种自豪感简直无法言喻。

“我同意你的说法，”哈丽特小心翼翼地踱着步子说道，“可是，或许你可以假装满足一下他们的要求。你知道的，就是迎合他们。”

伊丽莎白把头歪到一边：“迎合？”

“你知道我是什么意思，”哈丽特说道，“你那么聪明。或许对于派恩先生或者那个叫莱布斯马尔的人来讲，你确实有些讨厌。男人嘛，都是这样。”

伊丽莎白仔细想了想。不，她不了解男人。除了卡尔文以外，她死去的哥哥约翰、梅森医生，或许还有那个沃尔特·派恩，她似乎总是能将男人内心最卑劣的品性激发出来。他们要么想控制她，要么想与她产生肢体接触，要么想让她听话，或是想让她闭嘴，不停地纠正她，或者吩咐她该做什么。她不明白，为什么他们不能把她当作同等人对待，像同事、朋友、身份平等的人一样看待，或者哪怕像对待街上的陌生人那样，其实，这些人看上去人模狗样，说不定背地里在自家后院埋了多少具尸体呢。

只有哈丽特是她唯一的知心朋友，她们在绝大多数事情上的意见还是能保持一致的，但是在这件事情上两人存在着分歧。按照哈丽特的说法，男人与女人是完全不同的。他们需要被悉心照料，自我很脆弱，不允许女人的智商或者技能超过他们。伊丽莎白辩驳道："哈丽特，这话简直太匪夷所思了。男人和女人都是人类。而身为人类的我们，是教育体系的副产品，也是枯燥的教育系统的受害者，此外，也是行为的发出者。总之，女性不如男性以及男性地位高于女性地位这种说法并不符合生物学原理：完全是因为社会文化。下面两个词开启了这种文化：粉色和蓝色，之后便一发不可收拾。"

说到枯燥的教育体系，上周她被麦德福德叫到教室，针对如下相关问题展开了讨论：玛德琳不愿参加女生们的游戏，比如过家家。

"玛德琳总想做那些男孩子做的事，"麦德福德说道，"这是不对的。看得出来，你知道女人在家里应该扮演怎样的角色，看你那……"她轻轻咳嗽了一下，"电视节目就知道了。所以，跟她谈谈吧。她这周居然还想参加安全巡逻活动。"

"这难道也算什么问题吗？"

"因为只有男孩子才参加安全巡逻。男孩子是要保护女孩子的，因为他们更强大。”

“可玛德琳是你们班上个子最高的。”

“这就涉及了另一个问题，”麦德福德说道，“她的身高总让男孩子们觉得不自在。”

“所以，不，哈丽特，”伊丽莎白接着刚才的话茬说道，“我是不会去迎合他们的。”

伊丽莎白在一旁嘀咕，女人甘愿接受这种附属的角色，好像这是命中注定的一样，理所当然地以为身体娇小就代表脑容量也相对较小一样，似乎生来就应该低人一等，却又能欣然接受，她一边说，哈丽特一边抠指甲刀里的脏东西。伊丽莎白还解释说，更糟糕的是，很多女人会把这种观念灌输给她们的孩子，还会说一些不像样的话，比如“男孩子应该怎样怎样”“女孩子应该怎样怎样”。

“那些女人都怎么了？”伊丽莎白质疑道，“为什么会甘心接受这种文化定式？更糟糕的是，为什么还要延续这种文化？难道她们没听说过亚马逊隐藏部落中女性领袖的事吗？难道玛格丽特·米德的书绝版了吗？”正说着，哈丽特站起身来，表示不想再听她这番长篇大论了，于是，她只好停下。

“哈丽特，哈丽特，”玛德琳又喊了她一遍，“你在听吗？哈丽特，她怎么了？她也死了吗？”

“谁死了？”哈丽特心不在焉地问道，心里在想，她怎么从来没读过玛格丽特·米德的书。难道是那个写《飘》的人吗？[①]

“那个教母。”

“噢，她呀，”她说道，“我就不知道了，而且严格来讲，她——或者是他——不是什么教母。”

“可是你刚才说——”

“应该是一个仙女教母——就是给你父亲所在的那家福利院捐款的人。我指的是这个。仙女教母。还有她——有可能是他——捐的钱是给大家花的，不只是给你爸爸。”

“那他是谁？”

“不知道。这有关系吗？所谓的仙女教母其实只是慈善家的另一种叫法，一种给各行各业捐款的有钱人——就像安德鲁·卡内基[②]和他捐助的图书馆一样。不过你应该知道，做慈善事业有减免纳税的好处，所以，这种行为也不是完完全全的无私奉献。你还有其他作业吗，玛德琳，除了这棵该死的树以外？”

“或许，我可以给爸爸待的那家福利院写封信，问问教父是谁。然后我就可以把他的名字写在这棵树上了——作为一颗橡子，而不是一根树枝或别的什么。”

“不。家庭树上不能有橡子。还有，仙女教母——慈善家——是某个具体的人，福利院是不会告诉你背后提供捐助款的人是谁的。第三，没有仙女教父这个词。仙女指的是女性。”

---

① 《飘》的作者是玛格丽特·米切尔（Margaret Mitchell，1900—1949）。

② 安德鲁·卡内基（Andrew Carnegie，1835—1919）：苏格兰裔美国实业家、慈善家，卡内基钢铁公司的创始人，被世人誉为“钢铁大王”“美国慈善事业之父”。

“是因为有集团犯罪？”玛德琳问道。

哈丽特憋闷地长出了口气。“问题是，不管是仙女教母还是教父，都不能被放在家庭树上。首先，他们和你没有血缘关系，其次，他们的身份是隐秘的。因为如若不然，人们就都会朝他们要钱花。”

“可保密是不对的。”

“不一定。”

“你也有秘密吗？”

“没有。”哈丽特撒谎道。

“你觉得我妈妈有秘密吗？”

“没有。”哈丽特说道，这次可是真话。她多希望伊丽莎白能保留点秘密——或者至少把一些想法藏在心里，“不如我们在这棵树上胡乱填一通。你们老师也不会发现，然后我们好去看你妈妈的节目。”

“你想要我撒谎吗？”

“玛德琳，”哈丽特生气地说道，“我说要你撒谎了吗？”

“仙女没有亲戚吗？”

“当然有，有亲戚！”哈丽特尖声说道。她把一只手拿到额头上。“我们先不想这个问题了。去外面玩儿一会儿吧。”

“可是——”

“去给六点半扔球。”

“我还要带一张照片，哈丽特，”玛德琳又说道，“全家人在一起拍的那种。”

待在桌子下面的六点半把脑袋搭在她那瘦瘦的膝盖上。

“全家，”玛德琳强调说，“也就是说上面必须有我的爸爸。”

“不，不是这个意思。”

六点半起身朝伊丽莎白的卧室走去。

“如果你不想去给六点半扔球玩儿，可以带它去图书馆。你那些书要过期了。在妈妈的节目开始之前，你还有足够的时间。”

“我不想去。”

“嗯，有时候我们就是要做不喜欢做的事。”

“如果你有不想做的事会怎么办？”

哈丽特闭上眼睛，眼前浮现出斯隆先生的样子。

PART 3

韦克利与玛德琳：欲迎还拒的解谜游戏

“过去的东西只属于过去。”

“为什么？”

“因为过去的事只有在过去才有意义。”

“可我爸爸不是过去。他依旧是我爸爸。”

第二十八章

圣人

“玛德琳，”市图书馆的管理员说道，“今天能帮上你什么忙啊？”

“我要找艾奥瓦州一个地方的地址。”

“跟我来吧。”

管理员带着玛德琳在迷宫般的图书馆中穿行，中途顺带着责罚了两名读者，一个是因为将图书的一角撕下来做标记，另一个是因为把腿放到了旁边的椅子上。“这里是卡内基图书馆，”她气呼呼地小声说道，“我可以禁止你终生入内。”

“过来这里，玛德琳，”她带她来到一个电话簿书架前，“你说艾奥瓦州，对吧？”她抬起手从架子上拽下三本大厚书来。“具体的城市名称呢？”

“我在找一家男孩福利院，”玛德琳说道，“但名字有些女孩子气。我只知道这些。”

“我需要更多的信息，”管理员说道，“艾奥瓦州可不小噢。”

“我以前资助过苏城（Sioux City）的一家福利院。”只听身后有一人说道。

“苏这个名字听上去可不像女孩子，”管理员转过身来说道，“那是一个印第安名字——噢，原来是神父，您好。抱歉——我忘记给您找那本书了。我现在就去。”

“不过，这名字经常被误认为是女孩子的名字，不是吗？”那个穿着黑袍子的人继续说道。“Sue 和 Sioux[①]？小孩子可能会弄错。”

“这个孩子不会。”管理员说道。

“不在这里，”十五分钟后，玛德琳从头到尾把“B”字母开头的书捋了一遍说道，“没有男孩福利院[②]的。”

“噢，”神父在图书馆书桌那边说道，“我刚刚应该告诉你——有时，这种地方会以圣人的名字命名。”

“为什么？”

“因为，照顾别人孩子的都是圣人。”

“为什么？”

“因为照顾孩子这种事是很艰难的。”

玛德琳翻了翻眼睛。

“试试看圣文森特。”他一边说，一边用手指撩了撩那硬硬的白衣

---

① Sue 和 Sioux 的发音相同。但 Sioux 用于人名通常被翻译成“索士”，不用作人名时，用来指称美国原住民的苏族人。

② “男孩福利院”的英文名称为 Boys Home。

领，好让它通通风。

“你在看什么？”玛德琳一边在电话簿中查找着S字母开头[1]的名字，一边问道。

“宗教类的东西，”他说，“我是一名神父。”

“不，我是说那个——那个。”她指着他夹在经文中间的一本杂志说道。

“噢，”他尴尬地说，“只是——看着玩儿的。”

“是《疯狂杂志》[2]。”她从经文中将杂志拽出来，大声读着杂志的名字。

“是用来搞笑的。”神父解释道，赶紧把它拿了回去。

“我能看看吗？”

“我想，你妈妈是不会同意的。”

“里面有裸照吗？”

“不！”他说道，“不，不——不是的。只是，我偶尔需要逗自己笑笑。因为我的工作中没有什么有趣的事。”

“为什么？”

神父犹豫了一下：“因为上帝不是十分有趣，我猜。你为什么要找男孩福利院？”

“我爸爸在那里长大。我要完成家庭树的作业。”

“我明白了，”他笑着说道，“嗯，家庭树，听上去很有趣。”

“不见得。”

---

① “圣人”的英文是 Saint。

② 《疯狂杂志》(*MAD magazine*)，1952 年创办，专门恶搞电影、小说、电玩、卡通。

“不见得？”

“就是不一定的意思。”玛德琳说道。

“确实。”他惊讶地说道，“你介意我问你一个问题吗？你多大了？”

“妈妈不让我透露个人信息。”

“噢，”他红着脸说道，“当然不可以啦。她是为了你好。”

玛德琳叼着橡皮擦的另一头。

“不过，”他说道，“了解自己的身世是一件很有趣的事，不是吗？我觉得是这样。你目前都找到什么线索了？”

“嗯，”玛德琳说，两条腿在桌子下面摇晃着，“我妈妈这边，她的爸爸因为把人烧死而进了监狱，她的妈妈因为纳税问题去了巴西，她的哥哥死了。”

“噢——”

“爸爸这边还没有任何线索。不过我觉得，男孩福利院的人也算是他的家人吧。”

“为什么这么说？”

“因为他们抚养过他。”

神父挠了挠后脖颈。凭他的经验，这些福利院里的人往往都有恋童癖。

“你称他们为圣人。”她提醒他说。

他在心里叹了口气。作为神父，每天都要面对这种窘境，逼着自己说很多次谎话。因为，他需要不断地安抚别人，告诉他们没有事，或者一切都会好起来，然而事实情况是显而易见的，不仅没有那么乐观，而且只会朝着更坏的方向发展。上周，他主持了一场葬礼——他们当中的一名成员因肺癌病逝——而他给他家人（都嗜烟如命）传递的信息是这样的，这个人之所以去世，不是他每天吸四包烟这种习惯所致，而是因为上帝需要他。他家里人听了都很感叹，也对他这种机智的说法表示欣慰。

“可是，为什么要给男孩福利院写信呢？”他问道，“为什么不直接问你爸爸？”

“因为他也死了。”她叹了口气。

“老天！”他一边摇头，一边说道，“很抱歉。”

“谢谢你，”玛德琳一脸严肃地说道，“有人说，未曾拥有过就无从谈失去，但是我觉得你会。对吗？”

“当然了。”他一边说，一边用手摸索着后脖颈，摸到一小缕稍微长一些的汗毛。当年他去利物浦拜访一位朋友，随后两人又去探访了一个新组建的乐队，名字叫作披头士。乐队里的成员都是英国人，都留着刘海儿。从来没见过男人留刘海儿，但是他发现自己挺喜欢他们的样子，就像喜欢他们的音乐一样。

“你在找什么？”她指着他的书，问道。

“灵感，”他说，“周日讲经文的时候用来感动人灵魂的东西。”

“那仙女教母呢？”她问道。

“仙女——”

“我爸爸那家福利院就有一位仙女教母。她给福利院捐钱。”

“噢，”他说，“我猜你说的是资助者吧。福利院可能会有好几位资助者。毕竟，那种地方是需要很多钱的。”

“不，”她说道，“我是说仙女教母。我觉得，当一个人给素不相识的人捐钱的时候，多少要带点神秘感。”

听了这话，神父又一惊。“没错。”他承认道。

“可哈丽特说，还是自己赚钱更好。她不喜欢魔术。”

“谁是哈丽特？”

“我的邻居。她信天主教，所以不能离婚。哈丽特觉得我应该在家庭树上胡乱填些东西，但是我不想那样。因为那样我会觉得自己的家庭是不正常的。”

“嗯。”神父小心翼翼地说道，心想，听上去确实会让人觉得这孩子的家庭不正常，“或许，哈丽特只是觉得有些事是涉及隐私的。”

“你是说秘密。”

“不，我指的是隐私。比如，我问你多大了，你回答说这是个人隐私，而不是秘密；因为你对我不够了解，所以不能告诉我。但秘密是任何时候我们都要保守的，因为，若是让别人知道了我们的秘密，他们就有可能用它来对付我们，或是让我们觉得不舒服。秘密往往是那种令人羞愧的事情。”

“你有秘密吗？”

“有，”他承认道，“你呢？”

“我也有。”她说。

“我敢保证，每个人都有，”他说道，“尤其是那些嘴上说没有秘密的人。人生在世，不可能不遇到令人尴尬或是羞愧的事。”

玛德琳点点头。

“但总有人觉得，只要将这些愚蠢的树枝上填满人名，哪怕从未见过这些人，他们也可以挖掘到更多有关自己家庭背景的信息。比如，我就认识这样一个人，他因为自己是伽利略的直系后裔而深感骄傲，还有一个人，说自己的老祖宗曾在‘五月花号’船上待过。每当谈起血统这个话题时，这两个人都觉得自己无比尊贵，实际不然。亲缘关系不会让一个人变得聪明、有名望，甚至无法让人成就自我。”

“那，怎样才能成就自我呢？”

“这就要看你的选择了。看你如何对待自己的生活。”

“可是很多人都无法选择自己的生活。比如奴隶。”

“嗯。”神父说了句，心中有些懊恼，她毕竟还是个孩子，想法简单，“这么说也没错。”

他们就这样静静地坐了一会儿，玛德琳用手指捋着电话簿上的信息，神父则考虑着是否要买一把吉他。“总之，”他又说道，“我觉得，要想了解一个人的身世背景，家庭树并不是一种明智的方式。”

玛德琳抬头看着他：“你刚才还说，了解自己的身世是一件有趣的事。”

“没错，”他承认说，“我刚刚是在撒谎，”说完，两人都笑了。坐在过道那边的管理员抬起头来，脸上带着警告的表情。

“我是神父韦克利，”他一边小声说，一边向那个皱着眉头的管理员点头致歉。“来自第一长老会。”

“玛德琳·佐特，”玛德琳说道。“玛德（Mad），疯狂——像你那本杂志的名字。”

“嗯，玛德琳。”他小心翼翼地说道，心里想，“玛德琳”一定是跟法语有什么关系。“圣人文森特相关的资料里如果没有，可以试试圣人埃尔莫。或者等等——试试万圣之家（All Saints）。若是无法使用具体某一位圣人的名字，他们就会用这种统称。”

“万圣之家。”说着，她开始翻找起A字母开头的信息，“All，All，All。等等。找到了。万圣之家男孩福利院！”可是她只高兴了一会儿。“这里没有地址。只有一个电话号码。”

“有什么问题吗？”

“我妈妈说，只有当有人去世时才可以打长途电话。”

“嗯，或许，我可以去我办公室帮你打电话。我总是要打长途电话，我就说我这是在帮助教会中的成员。”

“那你又得撒谎了。你经常这样吗？”

“这是一种善意的谎言，玛德琳。”他有些生气地说道。难道就没有人能体谅他这种工作的苦衷吗？“或者，”他用加强语气说道，“你可以接受哈丽特的建议，随便在这棵树上写些东西——这倒也不是个坏主意。因为，过去的东西只属于过去。”

“为什么？”

“因为过去的事只有在过去才有意义。”

“可我爸爸不是过去。他依旧是我爸爸。”

“他当然是，”神父语气柔和地说道，“我的意思是——若是由我来给万圣之家打电话，他们跟我聊或许会觉得更自然，毕竟我们都是有宗教信仰的，就像你跟孩子们谈论学校的事会更加自然一样。”

玛德琳一脸的惊讶——她从来不觉得跟学校的小朋友聊天有多么舒服自然。

“或者，我觉得，”这一次，他想让自己从整件事中抽身出来，“可以让你妈妈打电话，那是她丈夫；我敢说，他们一定会帮忙的。不过，在他们给你妈妈提供重要的资料——证书之类的——之前，可能要看看婚姻证明之类的东西，其实，这种事情再简单不过了。”

玛德琳没有任何反应。

“我想了想，”玛德琳一边说，一边快速在一小块纸上写了几个字，“这是我爸爸的名字。”随后，她又写下了她的电话号码交给他。“你什么时候打电话？”

神父低头看了一眼那名字。

“卡尔文·埃文斯？”他一脸震惊地拿过那字条，说道。

当初在哈佛大学神学院的时候，韦克利去旁听了一堂化学课。他本来的想法是：看看敌方阵营是怎样解释造物说的，这样一来，他好有针对性地进行反驳。然而听了一年的化学课之后，他发现自己越来越困惑。由于对原子、事物、元素以及分子有了全新的理解与认识，他越来越觉得上帝创造万物这种说法是讲不通的。上帝创造不了天堂，创造不了地球，甚至连比萨饼都创造不出来。

身为家族里的第五代神父，在世界上最有名望的一所神学院读书，居然会发生这种事，这可是个大问题。不只是家族期待的问题，还涉及科学本身。有些东西是科学所秉持的，然而在他未来的工作中会极少遇到这种东西，那就是：科学依据。在探索科学依据时，他遇到了这样一位年轻人。他的名字叫作卡尔文·埃文斯。

当时，埃文斯作为核糖核酸专家组成员来到哈佛大学，而周六的晚上，韦克利闲来无事，就去参加了那次学术会议。埃文斯是专家组中最年轻的一位，几乎没有发表什么看法。其他人都滔滔不绝地讨论着化学键是如何形成、如何分解的，之后又是如何通过“有效碰撞”重新形成的。坦白讲，会议有些无聊。其中一位专家没完没了地谈论着“只有动能的参与才能实现真正的变化”这类话题。这时，观众席上有人想要他们举出一个无效碰撞的例子——在没有动能与变化的情况下依旧能够产生强烈作用的例子。埃文斯俯身拿过面前的麦克风。“宗教。”他说了句。紧接着就起身离开了。

埃文斯这种关于宗教的看法令他久久不能释怀，于是，他决定写信给埃文斯讨论一下。让他没有想到的是，埃文斯居然回信了——再后来，他给埃文斯回信，然后埃文斯给他回信。就这样，虽然他们在这个问题上的观点不一致，但很明显，两人聊得很投缘。因此，当两人撇开宗教与科学的话题之后，在往来的信件中谈论起私人话题来。也就是在那个时候，他们发现，原来彼此都是同龄人，而且有两大共同点——酷爱水上运动（卡尔文是一名船手，他是一名冲浪手），而且都喜欢晴朗的天气。还有，两人都没有女朋友，都不喜欢研究生的生活，都不知道毕业之后会怎样。

后来，韦克利提到关于继承父业这个话题，两人的交流就此中断了。他想知道埃文斯是不是也跟自己一样属于子承父业。没想到卡尔文给他回了一封信，通篇都是用大写字母写成的，信中还用加粗字体说他恨他的父亲，希望他早就死了。

韦克利很震惊。看得出来，埃文斯被父亲深深地伤害过，他了解埃文斯，知道他之所以有那么深的恨，都是因为世间那个最为冷酷无情的东西：科学依据。

他几次想给埃文斯回信，却又不知道该说些什么。他，这名神父、目前正在撰写神学论文《现代社会中对于慰藉的需求》的家伙，居然无话可说。

于是，他们的笔友关系就这样结束了。

他刚毕业不久，父亲就意外去世了。他回到康芒斯去参加葬礼，并决定留在那里。后来，他在海滩上找到一处不起眼的地方，接管了父亲在教堂里的会众，继续冲浪运动。

他在那里待了几年，后来发现埃文斯也在康芒斯。他简直不敢相信。这该有多巧？还没等他鼓起勇气来与那位有名气的朋友再次取得联系，埃文斯就因为一次意外事故去世了。

之后有消息传出来说：需要有个人去主持那位科学家的葬礼。韦克利报了名。在他所敬仰的为数不多的几个人当中，卡尔文便是其中的一个，他觉得自己有必要去向这个人表达自己的敬意；无论用什么方法，都要帮助埃文斯的灵魂前往安息之所。再者，他很好奇。谁会去参加葬礼呢？谁会因为失去这个了不起的人而悲伤呢？

答案是：一个女人和一只狗。

“再添加一条线索吧，”玛德琳补充道，“告诉他们，我爸爸是名船手。”

韦克利停顿了一下，想起了那口加长版的棺材。

那天看到站在墓地旁边的年轻女人，他本想对她说一句：*我为你的丧亲之痛感到惋惜*。难道现在也要说这样的话？或许是吧。那天，他本打算葬礼结束以后跟她说几句话，可还没等念完祷告词，她就离开了，那只狗也跟着她走了。他对自己说等以后再去看她，可他既不知道她的名字，也不知道她住在哪里，虽然找到她并不是什么难事，但他没有去找。她身上有一种特质，这让他觉得，若与她谈论埃文斯灵魂的问题，恐怕会让事情变得更糟。

葬礼过后——几个月后——想到埃文斯这短暂的一生，他久久不能释怀。这个世界上，真正做事——做那种翻天覆地的重大发现——的人太少了。埃文斯在未知的领域中穿行，探索着宇宙，而这些都是神学完全避而不谈的。有那么极为短暂的一段时间，他感觉自己也成为他那种人。

不过，此一时彼一时。他现在是一名神父，完全不需要科学。他需要的是用更加有创意的方式教大家举止得体，不要苛责待人，要守规矩。最终，即便他心中存在种种疑虑，也还是成为一名神父，不过，他还是会想起那个了不起的埃文斯。而此刻，这个小女孩儿自称是他女儿。上帝还真是不按常理出牌。

“这件事要弄清楚，”他说道，“我们讨论的人是卡尔文·埃文斯。那个五年前因为一场车祸而去世的人。”

“是因为一条狗绳。不过，是这样的。”

“噢，”他说道，“但有一点我不明白。卡尔文·埃文斯没有孩子。实际上，他还没有……”他支支吾吾地没说完。

“什么？”

“没什么。”他赶紧说道。很明显，这个小女孩儿是私生女。“这是什么？”他发现她的笔记本里露出来一小块黄色的剪报，于是指着那东西问道，“也是作业的一部分吗？”

“我得拿一张家庭照。”她一边说，一边把那剪报拿了出来，上面还沾着狗狗的口水。她小心翼翼地递给他，像捧着无价的珍宝一样。“这是唯一一张我们全家人都在的照片。”

他小心地打开。原来是一篇有关卡尔文·埃文斯葬礼现场的报道，上面有一张那个女人和狗的照片，他们虽背对着镜头，却能令人清楚地体会到其悲痛，他们亲眼看着土将那口棺木埋葬，而那正是他当时祈求上帝保佑的棺木。他心底涌起一阵沉痛的悲伤。

“可是，玛德琳，这怎么能是家庭照呢？”

“嗯，这是我的妈妈，”玛德琳指着伊丽莎白的背说道，“这是六点半。”她指着旁边的狗说道：“我在妈妈的肚子里，就在这里。”她又指了指伊丽莎白，“还有棺材里的爸爸。”

过去的七年里，韦克利一直在做安慰人的工作，可是听到这孩子如此心平气和地说起自己逝去的亲人，他居然一句安慰的话都说不出来。

“玛德琳，你要知道，”说着，他惊奇地发现，自己的手居然也被拍进了照片里，“家人是不应该被填在树上的。或许因为，人不是植物吧——我们是属于动物王国的。”

“正是，”玛德琳喘了口气说道，“我就是这么跟麦德福德太太说的。”

“如果我们是树，”他担心这孩子在跟别人介绍自己的家人时会很伤感，所以补充道，“我们也应该是那种更聪明、寿命更长的树。”

他突然意识到卡尔文·埃文斯并没有活得很长久，而他刚刚这种说法暗含的意思是，埃文斯之所以没能活得长久，是因为他不够聪明。

坦白讲，他真是个糟糕的神父——差到极点。

玛德琳好像在思考着他的这种说法，然后把身子探过桌子这边来。“韦克利，”她低声说道，“我现在得回家看妈妈了，不过，我在想，你能不能保守这个秘密？”

“能。”他说着，心里在想，她说要去看妈妈。难道她妈妈病了吗？

她认真地盯着他，好像在琢磨着他是否又在撒谎，紧接着，她从椅子上下来，走到他旁边，在他耳边窃窃私语了几句，他震惊地瞪大了双眼。随后，他也情不自禁地把手挡在她的耳边，跟她说了几句悄悄话。说完，两人直起身子，彼此都震惊不已。

“没有那么糟糕，韦克利。”玛德琳说道，“真的。”

而针对她的那番悄悄话，韦克利却不知该说些什么。

第二十九章

化学键

“我是伊丽莎白·佐特，这里是《六点钟晚餐》。”

只见伊丽莎白两手叉腰，砖红色的嘴唇，厚厚的头发在脑后打成一个简单的法式结，再用一根 2B 铅笔固定住，她调整视线角度，正对着摄像头。

“振奋人心的消息来了，”她说道，“今天我们将要学习三种不同的键：离子键、共价键和氢键。为什么要了解这些呢？因为学了这几种键，你就掌握了生命的基本组成架构。进一步说，也好让蛋糕发起来。

这时，整个南加利福尼亚州的女人们都拿出了笔和纸。

“离子键是一种‘异性相吸’的化学键。”伊丽莎白从厨台后面出来，开始在黑板架上写起来，“比如，你能够撰写一篇关于自由市场经济的博士论文，而你的丈夫却以修轮胎为生。虽然你们彼此相爱，但他很有可能对那所谓的‘看不见的手’[①]不感兴趣。谁又能怪他呢，因为你自己也知道，那‘看不见的手’其实是自由主义论中的一种垃圾思想。”

她往观众席上望了望，大家正在记笔记，有几个人是这样写的“看不见的手：自由主义论的垃圾思想。”

“重点来了，你和你丈夫是完全不同的两种人，但是你俩之间存在着一种强大的联系。不错，这便可以说是一种离子键。”她停顿了一下，将刚才那张纸从黑板架顶端抽出来，换了一张新纸。

“或者，你们的婚姻关系也许更像是一种共价键，”她一边说一边画新的结构式，“如果是这样的话，那么幸运如你，因为这意味着你们双方都很强大，结合起来相当于如虎添翼。举个例子，氢和氧结合会生成什么？水——或者 H_2O，这个大家都知道。从多方面来讲，共价键就像是一场聚会——你带来的饼和他带来的酒，一起享用效果更好。除非，你不喜欢聚会——其实我就不喜欢——这样的话，你也可以把这种共价键想象成一个小的欧洲国家，比如瑞士。”说着，她快速地在黑板上写下：“阿尔卑斯山 + 强大的经济实力 = 人人都向往的居住地。”

加利福尼亚州拉霍亚市一所民居的客厅里，三个孩子正在争抢一只玩具翻斗车，车斗坏掉了，被扔在一大堆刚熨烫好的衣服旁边，那衣服堆得老高，似乎可以将一旁的矮个子女人绊倒。那女人戴着满头的卷发棒，手里拿着一小沓纸。“瑞士，”她写道，“搬家。”

“接着我们来说第三种键，”伊丽莎白指着另一组分子说道，“就是

① 这里指自由市场经济。

氢键——所有键中最脆弱、最纤柔的一种键。我把它叫作‘一见钟情’键，因为它就像两个被彼此的外表所吸引的两个人，完全凭借视觉信息做判断：你喜欢他的微笑，他喜欢你的头发。后来一聊天，你发现他是一个秘密的纳粹分子，还认为女人太麻烦。呜呼，随之这种脆弱的键就破裂了。这种氢键是对你们的一种警示，女士们——来自化学键的警示，如果事物看上去过于美好，美得不真实，那么，事实很有可能就是如此。”

她回到厨台后面，将手中的笔换成了刀，然后像传说中的伐木巨人一样使劲儿朝一大颗黄洋葱砍下去，洋葱被砍成了两半。“今晚我们做鸡肉饼，”她宣布，“准备开始吧。”

“听见了吗？”圣莫尼卡市的一个女人转身问自己十七岁的女儿，那女孩儿画着浓浓的眼线，恨不得连飞机都能停在上面，此时的她正一脸的不悦。“我是怎么跟你说的？你跟那男孩儿的关系就像氢键一样。你什么时候才能清醒过来，看清事实呢？”

“不是吧，又来了。”

“你得去上大学。一定能成就一番事业！”

“他爱我！”

“他这是在拖累你！”

“回来之后更精彩。”见摄像师示意她进广告，伊丽莎白说道。

沃尔特·派恩坐在他那张制片人座椅上，昏昏沉沉的。经过一番费力的周旋，他终于说服菲尔·莱布斯马尔再跟佐特续约六个月。前提条件是，要加入性感的元素，把这种学术气拿掉。菲尔警告他说，这一回，留给他们的时间可真不多了。据他所说，近来一直有很多观众投诉。节目开始之前，沃尔特跟伊丽莎白提到了这件事。“我们得做些调整。”他解释说。

她一边听，一边若有所思地点头，仿佛在认真地思考每一处变动。“不行。”她说道。

除了这件小事之外，阿曼达那边还要完成什么家庭树的作业，需要目前的家庭照，要带妈妈的，可是，已经很久都没有妈妈的照片了。更糟糕的是，作业还要求对这种血缘关系进行赞美与歌颂，然而他们之间根本就没有血缘关系，永远都不会有。看得出来，他正打算把实情告诉阿曼达：她那个不守妇道的妈妈永远都不会回来了，而且实事求是地讲，他和她没有任何关系。领养的孩子有知情权。他正在等一个合适的时机。或许，在她四十岁生日的时候吧。

“沃尔特，”伊丽莎白大步流星地朝他走过来，“保险人那边有消息吗？你是知道的，明天节目的主题是燃烧，虽然我知道不会有什么大危险，我——沃尔特？”她在他面前摆了摆手。“沃尔特？”

“倒计时六十秒，佐特。”摄像师说道。

“多准备几只灭火器也没有什么不好。还有，相比较新的水与泡沫模型，我更喜欢用氮推进剂，不过，这只是我的个人喜好，我觉得哪一种都可以。沃尔特？你在听吗？回答我。”她皱着眉头，转身往台上走去，“等一会儿再跟你说。”

当她转身往台上走去时，沃尔特目送她走上楼梯，再看看她那牛仔裤——她穿的是牛仔裤——腰带系得老高。她以为自己是谁？凯瑟琳·赫本吗？莱布斯马尔一定会大发雷霆。他转过来，把化妆师叫到跟前。

“有事吗，派恩先生？”罗莎手上拿着小海绵说道，“您有什么需要吗？对了，佐特的妆容还是不错的，只是不够闪亮。”

他叹了口气。“她就没闪亮过，”他说道，“单是那些灯就能在30秒内把牛排烤熟，她却连汗都不出。这怎么可能呢？”

“确实是不太符合常理。”罗莎赞同地说道。

“欢迎回来。”这时，他听伊丽莎白说道。她一边说，一边两手指着摄像机。

“拜托，正常一点。”沃尔特小声说道。

“现在，”伊丽莎白对着电视机前那些居家的观众说道，“我猜，片刻的休息过后，你们一定已经把胡萝卜、芹菜和洋葱都切成了小段，好露出充足的表面来吸收调味料，还能缩短烹饪的时间。那么，接下来是这样的——”说着，她朝镜头这边把平底锅倾了倾，“我们随意取一些氯化钠……”

“让她说盐能死吗？”沃尔特吼道，“能死吗？”

“我喜欢听她说学术词汇，”罗莎说道，“我觉得——我也说不好——很有能耐。”

“能耐？”他说道，“能耐？女人不都是想要苗条、漂亮吗？那条牛仔裤到底是怎么回事？是从哪儿来的？”

“您还好吧，派恩先生？”罗莎问道，“要我去给您拿点什么吗？”

“是的，”他说道，“给我来点氰化物。”

几分钟过去了，伊丽莎白每往锅中加入一种食材，就跟观众们解释一下它们的化学成分，会生成哪种键。

“现在，”她一边说，一边再次朝着摄像机把锅倾斜过来，“这里面是什么？是一种混合物，也就是说，是由两种或两种以上纯净物组合而成的，其中，每种物质都具有各自的化学性质。在制作今天的鸡肉饼时，我们要注意，锅中的胡萝卜、豆子、洋葱和芹菜是如何在保持各自化学性质的前提下混合在一起的。想一想。一块成功的鸡肉饼就如同一个高效运转的社会一样——我们就暂且称其为‘瑞士’吧。在这里，每一种蔬菜都各司其职。没有孰轻孰重之说。当你往里面添加调味料——蒜、百里香、胡椒粉和氯化钠时，不仅加固了每种物质的结构，还平衡了它的酸度。结果呢？就诞生了补贴儿童保育政策。不过，我敢说，瑞士也有自己的难题。至少皮肤癌是一种。”这时，摄像师给了她一个提示。“我们先休息片刻，马上回来。”

“那是什么？”沃尔特倒吸了一口冷气，“她刚刚说什么？”

“补贴儿童保育政策，”罗莎用海绵帮他擦了擦额头，说道，“我们国家也应该投票支持一下这种政策。”她俯下身来，发现沃尔特额头上青筋暴起。“嗯，我给您拿点乙酸水杨酸吧。它能——”

“你刚刚说什么？”他一下子扔掉海绵，吼道。

“补贴儿童保育政策。”

“不，另一句——”

“乙酸水杨酸？”

“阿司匹林。”他声音嘶哑地命令道，“在 KCTV，我们叫它阿司匹林。拜耳阿司匹林。想知道为什么吗？因为拜耳是我们的一个投资方。是资助我们的人。明白吗？再说一遍：阿司匹林。”

“阿司匹林。”她说道，“马上就回来。”

“沃尔特。”这时，突然从头顶上方传来伊丽莎白的声音，吓了他一大跳。

“我的天，伊丽莎白！”他说道，“你一定要这样悄无声息地出现在我跟前吗？”

“我没有悄无声息，是你把眼睛闭上了。”

“我是在思考。”

“思考灭火器的事情吗？我也是。我们申请三台吧。虽说两台就够了，但三台几乎能完全避免事故的发生。或者说得更严谨一些，大概能达到99%。”

“我的老天，”他浑身发抖，擦了擦手心里的汗，说道，“这难道是噩梦吗？为什么还不醒来？”

“你难道是在担心剩下那1%的可能性吗，”伊丽莎白说道，“嗯，其实不用的。那一小点可能性几乎可以算作不可抗力①因素——地震、海啸——这种事是我们无法预料的，因为，目前的科学进展还无法对其进行覆盖。”她稍作停顿，整理了一下腰带，“沃尔特，人们居然会用‘不可抗力’这种说法，你觉不觉得很有意思？绝大多数人都认为，一提到上帝，就会让人想起羊羔、爱情和马槽里的婴儿，然而，这种所谓慈善的存在居然会打击那些无辜的人，还会涉及愤怒管理的问题——甚至是躁郁症。若是在精神病院里，这种病人是要被迫接受电击治疗的。我可不喜欢这种治疗方法。电击疗法的可靠性目前还未得到证实。不过，不可抗力与电击疗法居然有如此共通之处，我指的是暴力、残忍这方面，是不是很有趣？”

① 原文是act of God，直译为“上帝的行为”。

“倒计时六十秒，佐特。”

“……不可宽恕的、残暴的……”

“老天，伊丽莎白，拜托。”

“总之，说好了三台。女人们都应该掌握灭火技能。先从窒息术开始，不过，如果不行的话，就用氮气。”

“四十秒，佐特。”

“那牛仔裤是怎么回事？”沃尔特咬牙切齿地从牙缝中挤出这句话来。

“你说什么？”

“你知道我在说什么。”

“你喜欢吗？你一定喜欢，因为你一直都穿牛仔裤，我完全能够理解。这裤子很舒服。别担心，这都是你的功劳。”

“不！伊丽莎白，我不会——”

“您的阿司匹林，派恩先生，”罗莎出现在他旁边，打断了他的话，“还有，佐特——让我看看你的——很好，很好——再让我看看另一边脸——很好——太好了，真的。好了，可以了。”

“佐特，十秒钟。”摄像师说道。

“你生病了吗，沃尔特？”

“你知道那个家庭树的作业吗？”他小声说道。

“八秒，佐特。”

“你看上去很憔悴，沃尔特。”

“那棵树（tree）。”他声音小得几乎听不见。

“免费送（free[①]）？可是，你之前不是跟我说过，不能再免费送东西了吗。”

伊丽莎白走上台，转身对着摄像机说道：“欢迎回来。”

“我不知道你给我的是什么，”沃尔特对罗莎喊道，“不过，都没什么效果。”

“得再过一会儿。”

“我没有时间了，”他说道，“把那瓶子给我。”

“您这已经是最大剂量了。”

“真的吗？”他摇了摇瓶子，大声说道，“那这里面为什么还有？”

“现在，让我们来把眼前的这版‘瑞士’[②]，”伊丽莎白说着，“倒在事先擀好的淀粉、脂质与蛋白质分子混合物——饼皮上吧，水分子可以将其激活，而且，在水分子的作用下，可以实现稳定性与结构性的完美结合。”她稍作停顿，用那双沾满面粉的手指了指装满蔬菜和肌肉的饼皮。

“稳定性与结构性。”她望着现场的观众又说了一遍，“化学与生活是分不开的——因为就它的定义而言，化学就是生活。不过，生活就像这张饼一样，需要强大的支撑。在你的家庭中，你就是这一支撑。责任巨大，虽是世界上最容易被人瞧不起的工作，却可以将一切都黏合在一起。”

演播室里，有几名观众使劲儿点头。

“接下来，就请大家共同欣赏一下我们的试验成果吧。”伊丽莎白

---

① 这里与 tree 发音相像。

② 比喻之前和的肉馅。

继续说道，“你利用化学键的性质构建了这样一只饼皮，它既能保留又能巩固每种食材的味道。再想想里面的馅，然后问问自己：还需要补充些什么？柠檬酸？可能吧。氯化钠？或许吧。再进行调整。等你满意之后，就把第二张饼皮盖在上面，像毯子一样，然后把边缘捏成褶封好。接下来，在上面划几道小口，算是通风口。通风口的目的是给水分子留出蒸发、散开的空间。如果没有这道通风口，我们的饼恐怕就会变成维苏威火山了。为了让村民免遭灭顶之灾，一定要记得划几道小口子。”

说完，她拿起刀在上面划了三道小口。“好了。”她说。“现在，把它放到烤箱里，调到 190.5 摄氏度，烤制大约 45 分钟。”说完，她抬头看了看大钟。

“看来，我们还有一些时间，”她说道，“或许，我可以向演播室的观众提一个问题。”她看着摄像师，摄像师拿一根手指朝喉咙那里比画着，示意她停止。“不，不，不。”他用唇语对她说道。

“你好。”她指着前排的一位女士说道，那名女士把眼镜卡在僵硬的头发上，粗壮的腿上裹着弹力长袜。

“我是来自克恩维尔的乔治·菲利斯太太，”那女士站起来紧张地说道，“我今年三十八岁。我只想说，我很喜欢你的节目。我……没想到能学到这么多知识。我知道我不是最聪明的，”她害羞得脸通红，说道，“我丈夫经常这么说——嗯，不过上周你提到说，渗透现象指的是浓度较低的溶液通过半透膜进入浓度较高的溶液当中，所以我一直在想，是否……嗯……”

“继续。”

“嗯，我在想，水力传导障碍与血浆蛋白渗透性紊乱或许不是导致我腿部水肿的附加原因。您觉得呢？”

“很细致的诊断，菲利斯太太，”伊丽莎白说道，“你主修什么医学专业？”

“噢，”那位女士结结巴巴地说道，“不，我不是医生。我只是一个家庭主妇。”

“世界上没有哪个女人是职业家庭主妇。”伊丽莎白，“你平时还做些什么？”

“没什么。只是有一些小爱好。我喜欢读医学杂志。”

“很棒。还有呢？”

“缝补。”

“缝衣服吗？”

“是人的身体。”

“缝合伤口吗？”

“是的。我有五个儿子。他们总是受伤。”

“你像他们那么大的时候，想成为一个什么样的人——”

“一个贤妻良母。”

“不，我是认真的——”

“一名心脏外科医生。”那名女士脱口而出。

紧接着，屋子里一阵沉默。她的这个梦想太过远大，就像把刚洗完的衣服拿到没风的天气里晾晒一样。心脏外科手术？有那么一瞬间，仿佛接下来会理所应当地有一阵哄堂大笑。然而，观众席的一端居然有人出乎意料地鼓了一下掌——紧接着下一个——又是一个——然后是十个——二十个——瞬间，观众席上所有人都站了起来，还听见有人在喊“菲利斯医生，心脏外科医生”，随即掌声雷动。

“不，不，”那位女士盖过大家的欢呼声说道，“我只是在开玩笑。我做不到的。而且，一切都太迟了。”

“永远都不迟。”伊丽莎白坚定地说道。

“可是，我不能。不能。”

“为什么。”

“因为那会很艰难。”

“养五个儿子就不艰难吗？”

那女士用手指尖擦了擦额头上渗出的细细的汗珠。“可是，像我这样的人要从哪里开始呢？”

“公共图书馆，”伊丽莎白说道，“参加医学院入学考试，去上学，然后去医院做实习生。”

这位女士突然意识到伊丽莎白确实是认真的。“您真的认为我可以吗？”她声音颤抖着说道。

“氯化钡的分子量是多少？”

“208.23。”

“你可以的。”

“可是我丈夫他——”

“他是一个幸运的男人。对了，今天是免费日，菲利斯太太，”伊丽莎白说道，“是我制片人刚刚设立的。为了向您无畏的未来表示支持，您可以把我做的鸡肉饼带回家。上来拿吧。”

在一阵雷鸣般的掌声中，伊丽莎白把包有锡纸的饼递给了那位神情坚定的菲利斯太太。“我们今天的节目就到这儿了，”伊丽莎白说道，“不过，我们明天会探索厨房火灾问题，届时希望您收看。”

随后，她正对着摄像机镜头，似乎预想到了乔治·菲利斯太太家那五个孩子此时就在克恩维尔家里的电视机前，他们正瞪大了眼睛、张着嘴巴，仿佛人生中第一次见到自己母亲一样。

“孩子们，摆好桌子，”伊丽莎白命令道，“你们的妈妈要自己待一会儿。”

第三十章

99%

“玛德琳，”一周后，伊丽莎白心平气和地说道，“麦德福德太太今天上班的时候给我打来电话。说有什么不当的照片？”

玛德琳听了，突然低头研究起膝盖上的结痂来。

“跟照片一起的还有一棵家庭树，”伊丽莎白温和地说道，“你在上面说自己是奈费尔提蒂[①]、索杰纳·特鲁思[②]和阿梅莉亚·埃尔哈特[③]的……”她停顿一下，看了一眼手里的单子，“直系后裔。你知道这件事吗？”

玛德琳一脸无辜地抬起头：“不太知道。”

“树上还有一颗橡子，上面写着‘仙女教母’。”

---

① 奈费尔提蒂（Neffertiti，前 1370—前 1330）：古埃及王后。

② 索杰纳·特鲁思（Sojourner Truth，1797—1883）：美国著名非洲裔废奴主义者和妇女权利的倡导者。

③ 阿梅莉亚·埃尔哈特（Amelia Earhart，1897—1939）：美国女飞行员，冒险家。

“啊。”

“下面写了一句话：‘人类是动物。’那句话下面还画了三道强调线。上面还写着：‘人体内的基因有 99% 都是相同的。’”

玛德琳抬头看着天花板。

“99%？”伊丽莎白说道。

“什么？”玛德琳说。

“这可不准确。”

“可是——”

“在科学领域，准确性是很重要的。”

“可是——”

“其实，可以高达 99.9%。”说完，她把女儿搂在怀里，“是我的错，亲爱的。除了圆周率以外，我们还没接触到小数问题。”

“抱歉打扰了。”哈丽特一边说，一边从后门进来，“电话留言。忘了给你。”她把一张单子拿到伊丽莎白面前放下，转身就走。

“哈丽特，”伊丽莎白简单看了一眼那单子，说道，“这个人是谁？第一长老会的神父？”

玛德琳听了，胳膊上的汗毛竖了起来。

“听上去像是那种教堂揽生意的。他说找玛德琳，可能是信息弄错了。不过，我是想给你看看这个，”她轻轻敲了敲那单子，说道，“是《洛杉矶时报》打来的。”

“他们也一直往电视台打电话，”伊丽莎白说道，“想做一次采访。”

“采访！”

“你又要上报纸了吗？”玛德琳担心地说道。她们家曾两次上过报纸：一次是她父亲去世，一次是她父亲的墓碑被流弹打坏。总之，都不是什么好事。

“不，玛德琳，”伊丽莎白说道，“那个想要采访我的人连学术记者都算不上，他是专门写女性题材的。他早就跟我说了，他对化学没兴趣，只想聊晚餐。很明显，他根本就不懂，这两件事是分不开的。我怀疑，他肯定还想问一些关于我们家的事，即便我们家跟他没有半毛钱关系。”

“为什么不能谈家里的事？”玛德琳问道，“我们家有什么问题吗？”

听到这儿，趴在桌子下面的六点半抬起头来。它不想让玛德琳觉得她们家有什么问题。至于奈费尔提蒂和其他几个人的事，并不是玛德琳异想天开写上去的——从某种意义上来讲，准确地说：人类的祖先都是同一个。麦德福德怎么能不知道这个呢？六点半是一只狗，连狗都知道这些。还有一件事，可能有的读者比较感兴趣，它刚刚学习了一个新词：“日记”。那是用来记录关于家庭与朋友的丑事的，并且希望这些事永远不要被上帝看到。算上“日记”这个词，它掌握的词汇量已经达到 648 个了。

“我们明早见。”哈丽特喊了一声，砰的一下把身后的门带上。

“我们家怎么了，妈妈？”玛德琳又问道。

“没什么。”伊丽莎白一边收拾桌子，一边严肃地说道，“六点半，帮我把通风橱打开。我想试一试用碳氢气洗碗。”

“跟我说说爸爸的事吧。”

“都已经跟你说过了，亲爱的，”她一脸深情地说道，“他是一个真诚的、善良的人，是一名伟大的船手兼天才化学家。他个子高高的，有灰色的眼睛，像你一样，他还有着一双特别大的手。他的父母在一场火车车祸中不幸去世了，姑姑也出了一场车祸。后来，他就去了男孩福利院，在那里……”她停顿了一下，脑子里思考着洗碗试验该怎么进行，蓝白相间的格子裙在她的小腿肚间摇摆着。“帮我一下，玛德琳，还有，把这个氧气罩戴上。还有六点半，让我帮你把护目镜戴上。过来，”说着，她帮大家调整好带子，“后来，你爸爸就去了剑桥，他在那里——”

“哎呀。”隔着氧气罩，玛德琳大声说道。

“我们就谈到这里，亲爱的。我并不十分了解男孩福利院的事。你爸爸不愿提起，因为涉及个人隐私。”

“是隐私，还是秘密？”玛德琳隔着氧气罩，努力地喊道。

“隐私，”妈妈肯定地回答说，“人总会遇到不如意的事，这就是现实生活。一提到男孩福利院，你爸爸就不愿说下去，我猜，他知道提这些旧事也不会改变什么。他成长的过程中没有家，没有父母可以指望，也没有体会过普通孩子都能享受到的那种呵护和爱。但是他很坚强。在不如意的时候——”她摸了摸那根铅笔，说道，“最好的解决办法就是放下它，将它化为一股力量，不要让那些不好的事情左右你。要将它击倒。”

她说话时的状态——就像一名战士——让玛德琳有些担心。“你也遇到过不好的事情吗，妈妈？”她试探着问道，“除了爸爸去世这件事以外？”这时，洗碗实验正在全力进行中，她的问题被彻底淹没在那犹如蚕茧般的氧气罩和一阵电话铃声中了。

“是我，沃尔特。”片刻后，伊丽莎白在电话这边说道。

“希望没有打扰你——”

“没有，”她没有理会一旁的嗡嗡声，说道，“有什么我能帮忙的吗？”

“嗯，我给你打电话是为了两件事。第一件是有关家庭树作业的。我刚刚在想——”

“嗯。”她语气坚定地说道，“我们又有麻烦了。”

“我们也是，”他难过地说道，“她好像知道我写在那些树枝上的名字是胡编的了。你也是因为这件事吗？”

“不，”伊丽莎白说道，“是玛德琳犯了一个数学上的错误。”

他停了一下，没有听懂。

“我明天得去见麦德福德。”她继续说道，“对了，我不知道你听说了没有，秋季分班，这两个孩子又分到了她的班级。她教一年级，我这里的‘教’可是带有讽刺意味的。我已经写了投诉信。”

“老天。”沃尔特叹气道。

“第二件事是什么，沃尔特？”

“是菲尔，”他说，“他，嗯……他……不高兴了。”

“我也不高兴，”伊丽莎白说道，“他是怎么成为执行制片的？没有远见，没有领导能力，也没有礼貌。而且对待电视台里女同事的态度也很恶劣。”

“嗯。”沃尔特一边说，一边想起了几周前在跟他讨论伊丽莎白的事情时，他居然啐他，“不得不说，他这个人有点个性。”

“那不是个性，沃尔特。那是恶俗。我要向董事会投诉他。”

沃尔特摇了摇头。又是投诉。“伊丽莎白，菲尔就是老板。”

“总之，得让人知道他的所作所为。”

“可是，”沃尔特叹了口气说道，“你也一定知道，现在这个社会，到处都是菲尔这种人。最好的解决办法就是努力去适应。尽量去利用这种恶劣的环境。你怎么就做不到呢？”

她绞尽脑汁地思考着该如何适应这位菲尔·莱布斯马尔。不——她一个办法也想不出来。

“喏，我有个主意，”他继续说道，“菲尔一直在招新的潜在投资商——一家汤料厂。他想让你在做节目的时候用它家的汤，比如说做砂锅菜的时候。这样做——就能招来一家大的投资商——而且我想，他多少也能放我们一马。”

“汤料厂？我只用新鲜的食材烹饪。”

“你能听听我的话吗？”他央求道，“只是一罐汤而已。想想其他人——那些在幕后跟你一起做节目的人。我们都要养家，伊丽莎白，我们都需要这份工作。”

电话的另一头，她沉默了一会儿，好像是在考虑他的一番话。“我要面对面跟菲尔谈一谈，”她说道，“肃清一下风气。”

“不，”沃尔特强调说，“不要那样。千万不要那样。”

她长出了一口气：“好吧。今天是周一，周四把那汤罐子带来吧。我再看看怎么办。”

没想到，这一周的情况持续恶化。到了第二天——也就是周二——麦德福德搜集到的家庭树上的信息成了全学校谈论的话题：玛德琳是私生女，阿曼达没有妈妈，汤米·迪克森的爸爸是个酒鬼。孩子们本不关心这些事，反倒是麦德福德，她兴奋得简直要哭出来了，像饥饿的病毒一般疯狂吞噬着这些信息，然后散播给其他妈妈，妈妈们像撒霜一样把这些消息传遍了整个学校。

星期三那天，有人偷偷地往伊丽莎白的门下面塞了一张 KCTV 员工工资列表。伊丽莎白盯着那些数字。她赚的钱只是那个体育节目主持人的 1/3？就是那个一天做直播的时间还不到三分钟、只知道读分数的家伙？更惨的是，KCTV 有内部的“利润分红”政策。但是，只有男同事才有权参加。

不过，真正让伊丽莎白勃然大怒的是周四早上哈丽特来到她家时的惨状。

当时，她刚往玛德琳的午餐盒中塞完字条——物质既不会被凭空创造出来，也不会被消灭，只能重组。也就是说，不要挨着汤米·迪克森坐——哈丽特在桌旁坐下，清晨的光线本来就暗，她却戴着一副太阳镜。

“哈丽特？”伊丽莎白立即察觉到了不对劲。

哈丽特努力压制住情绪，尽量让自己的语调跟往常一样，她解释说，斯隆先生昨晚跟她闹脾气。因为她把他那些少女杂志扔了，再加上道奇队输了比赛，另外，他不喜欢看伊丽莎白鼓励那个女人成为心脏外科医生的样子。所以，他拿起一只空啤酒瓶朝她扔了过去，她就像射击场上的靶子一样往后打了个趔趄。

“我这就报警。”伊丽莎白拿起电话说道。

“不，”哈丽特把手放在伊丽莎白的胳膊上，说道，“他们什么都不会做的，我也不愿意让他们看笑话。再说，我已经拿手包打他一顿了。”

“我现在就去你家，”伊丽莎白说道，“得让他知道，他这种行为是绝对不能被原谅的。”她站起身来，“我这就去拿我的棒球拍。”

“不。如果你打了他，警察就会找上你，吃亏的人不是他。”

伊丽莎白想了想。哈丽特说得对。瞬间，她下巴僵硬，仿佛又体会到了数年前遇到那名警察时的愤怒。不想说点悔过的话吗，嗯？她回手摸了摸那根铅笔。

“我能照顾好自己。他吓不倒我的，伊丽莎白，我是觉得他恶心。这两者是不一样的。”

伊丽莎白太理解这种感觉了。她俯下身来抱住哈丽特。虽然两人关系很好，却很少像现在这样拥抱。“我什么都不能为你做。”伊丽莎白紧紧地抱着她说道，“你能理解我，是吗？”

哈丽特惊讶地抬起头看着伊丽莎白，热泪盈眶。“我也是，我也一样。”后来，是年长些的女人先松开了胳膊。“我会没事的。”哈丽特擦了擦脸，坚定地说道，“就让它过去吧。”

然而，伊丽莎白的眼睛里可揉不得沙子。五分钟后，她开车上了马路，心里已经有了打算。

“观众朋友们，大家好，”三小时后，伊丽莎白在电视中跟大家问好，“欢迎回来。看到这个了吗？”她把一罐汤拿到镜头前。“这东西能节省时间。”

沃尔特坐在制片人座椅上，谢天谢地，他松了一口气。她终于肯用那汤罐了。

“因为这里面都是化学物质，”她一边说，一边咣当一下将它扔进了手边的垃圾桶里，“尽情地给你爱的人吃这种东西吧，因为最终他们会死掉，这能节省你的很多时间，因为再也不用给他们做饭了。”

摄像师转过身来，一脸疑惑地看了看沃尔特。沃尔特瞥了一眼手表，好像突然想起了一件重要的事，接着就起来直接朝停车场走去。到了停车场，他进到车里，然后开车回家去了。

“其实，要想杀掉你们爱的人，还有更快捷的方法，”她继续说着，走到黑板架前，画了一些蘑菇出来，“蘑菇就是一种不错的方法，我们就从它开始吧。如果是我的话，我会选毒鹅膏，”她指着黑板上画着的一颗蘑菇说道，“也就是我们通常所说的死帽蘑菇。它的毒素不仅能耐高温，似乎很适合做砂锅菜，此外，它和它的近亲——无毒的草蘑长得很像。所以，如果有人死了，警察来调查情况，你就可以装成一个无知的家庭主妇，说自己没有认出那是毒蘑菇。”

菲尔·莱布斯马尔坐在办公桌旁，办公室里有好几台电视，他抬头看着其中一台的播放画面。她刚刚说什么？

“这些毒蘑菇好就好在，”她继续说道，“随手就可以拿来做成各种各样的菜肴。如果砂锅菜不行，试试瓤冬菇盒怎么样？你还可以拿去与邻居分享——尤其是那种平日里总喜欢给老婆添堵的那种家伙。他已经一只脚踏进坟墓里了。为何不再帮他一把？”

说到这里，观众席上有人忍不住笑了，还鼓了鼓掌。与此同时，摄像机还捕捉到几个画面，有几位观众小心翼翼地记下了“毒鹅膏”。

“当然了，我说毒死你们所爱的人，其实是在跟大家开玩笑，”伊丽莎白说道，“我敢说，你们的丈夫和孩子人品一定很棒，能对你们的辛勤付出怀有一颗感恩的心。或者，你是有工作的人，你的老板也一定是那种一碗水端平的人，给你的工资和那些男同事一样多。”说到这儿，观众们的笑声与掌声更热烈了，直到看她回到厨台后面。“今晚我们做西蓝花蘑菇砂锅，”她一边说，一边举起一篮子——里面应该是——草蘑？“我们开始吧。”

老实说，那一晚，加利福尼亚州的人晚饭都没吃。

“佐特，”化妆师罗莎临走时说了一句，“莱布斯马尔七点钟要见你。”

“七点钟？”伊丽莎白脸色有些发白，“看来，这个人肯定没有孩子。对了，你见到沃尔特了吗？我本来以为他一定会跟我发火。”

“他很早就离开了，”罗莎说道，“喏，我觉得你不应该单独去见莱布斯马尔。我跟你去吧。”

“没关系的，罗莎。”

“或许你应该先给沃尔特打个电话。他从来不让我们单独去见莱布斯马尔。”

“我知道，”伊丽莎白说道，“别担心。”

罗莎犹豫了一下，看了看钟。

“回家吧。没什么大不了的。”

“还是先给沃尔特打个电话吧，”罗莎说道，“至少让他知道这件事。”她转身去收拾自己的东西。“对了，我喜欢今晚的节目。很有趣。”

伊丽莎白抬起头，挑了挑眉毛："有趣？"

离七点钟还有几分钟时间，写完第二天节目的稿子后，伊丽莎白把她的那个大包往肩上一背，沿着 KCTV 那空荡荡的走廊往莱布斯马尔的办公室走去。她敲了两下门，然后进去。"您要见我，菲尔？"

此时，莱布斯马尔正坐在他那偌大的办公桌旁，桌上铺满了一摞摞纸，还有吃了一半的食物。四台大电视正大声地回放着节目，黑白色的背景如同恐怖片一样，空气中弥漫着烟味。其中一台电视放的是肥皂剧，另一台是杰克·拉兰内，还有一台播的是儿童节目，第四台电视播放的是《六点钟晚餐》。她还从来没看过自己的节目，也从不知道自己的声音从扬声器里传出来是什么样。令人恐惧。

"时间刚好。"莱布斯马尔气哼哼地说道，紧接着，他把烟放到一只刻花玻璃碗中掐灭。他指了指旁边的一把椅子，示意她坐下，随后气不打一处来地走到门口，砰的一下把门关上，又把门锁锁上。

"是您告诉我七点。"她说。

"我让你说话了吗？"他厉声说道。

这时，她听到左侧传来自己的声音，正在解释温度与果糖的相互作用。她朝那边的电视歪过头去。得到的 pH 值对吗？没错，是对的。

"你知道我是谁吗？"他站在屋子对面，气势汹汹地问道。只是电视的声音太大，听不清楚他在说什么。

"我知道……芫荽？"

"我说，"这一次他回到办公桌旁，提高了音调说道，"你知道我是谁吗？"

“你是菲尔·莱布斯马尔。”伊丽莎白大声说道，“您介意把电视关掉吗？我听不清您说什么。”

“别顶撞我！”他说道，“我问你，你知道我是谁吗，我的意思是，你知道我是谁吗？”

她困惑了一阵。“还是菲尔·莱布斯马尔。不过，如果您愿意的话，我们可以查看一下您的驾驶证。”

他眯起眼睛。

“弯腰！”电视里的杰克·拉兰内喊道。

“舞会！”另一台电视里，一个小丑哈哈大笑。

“我从没爱过你。”还是在电视里，一名护士坦言道。

“酸的 pH 值。”她听见自己说道。

“我是莱布斯马尔先生，是——执行制片。”

“抱歉，菲尔，”她指着离自己最近的那台电视，说道，“但是我真的……”她伸手去调声音。

“别动，”他吼了道，“别碰我的电视！”

他站起身来，拿起一摞文件夹，踱着步子到屋子这边来，两腿叉开往她面前一站，像三脚架一样。

“知道这些是什么吗？”他拿着那些文件夹在她面前晃了晃，说道。

“文件夹。”

“别和我耍小聪明。这是《六点钟晚餐》的观众调查问卷。还有广告销售数据、尼尔森收视率。”

“真的吗？”她说，“我想——”还没等她看上一眼，他就拿开了。

“就像你懂得数据分析一样，”他冷冷地说道，“装作很懂的样子。”

说着，他把那些文件夹往大腿上一摔，然后又大步流星地回到办公桌那边去了。“我太纵容你们胡闹了。沃尔特管不了你，我可不一样。如果你想留住这份工作，就穿上我选的衣服，调制我想要的鸡尾酒，做晚餐时说一些正常人的话。还要……”

他话说到一半停下了，彻底被她的反应所惹恼——或者说，是被她的无动于衷给惹恼了。她坐在椅子上，像家长一样，等着孩子耍完脾气。

“我仔细想了想，”他脱口而出，“你被解雇了！”看她依旧没有反应，他猛地起身朝那四台电视机走去，全部把它们关掉了，还把其中两台的按钮拧掉了。“所有人都被解雇了！”他咆哮道。“你，派恩，以及所有协助、教唆你那破节目的人，包括那些小卒在内。你们都被解雇了！”他喘着粗气回到自己办公桌旁，一屁股坐到椅子上，等着她的反应，他以为，她应该或者只可能有两种反应：哭或者是道歉，抑或两者兼顾。

伊丽莎白在这暂时安静的气氛中点了点头，又把牛仔裤的前面掸了掸。“你解雇我，以及跟节目相关的其他人，是因为今晚的毒蘑菇事件吧。”

“没错，”他强调道，没料想到她居然没被吓住，“所有人都被解雇了，因为你，丢了工作。都是因为你。就这样。”他坐了回去，等着她卑躬屈膝地求饶。

“所以，我们把话说清楚，”她说道，“我被解雇是因为不穿你选的衣服，不对着摄像机笑，还因为——我说的对吧？——我不知道‘你是谁’。为了进一步体现你的权威，所有跟《六点钟晚餐》有关的人都被你解雇了，即便这些人同时还兼顾着其他四五档节目，也会因此而突然消失。也就是说，其他那些节目也将会受到影响，甚至导致无法进行直播。”

听到她的这番逻辑分析，菲尔有些挫败，甚至有些紧张。“我可以在二十四小时内找到替补他们的人，”他一边说一边打着响指，“甚至更短的时间内。”

“也就是说，这是您的最终决定，完全无视节目的成绩。”

“没错，这就是我的最后决定，”他说道，“而且我要纠正你，这个节目并没有什么成绩——这才是问题的重点。”他又拿起那摞文件夹，挥了挥，“每天都有很多投诉——关于你的，关于你那些想法的……还有你那所谓的科学。我们的投资商正要打算撤资。那家汤料厂——他们还有可能会起诉我们。”

“投资商。”她轻轻敲打着指尖说道，听到他的提醒似乎很高兴，“我正想跟您谈谈他们呢。胃酸反流片？阿司匹林？这些产品好像会有损我们晚餐节目在观众心目中的形象。”

“因为这个节目原本就不怎么样！”菲尔立即驳斥道。在过去的两个小时里，他已经往嘴里塞了十多片胃酸反流药了，但五脏六腑依旧翻江倒海。

“至于那些投诉，”她承认道，“我们的确有一些。但跟受欢迎程度相比，是可以忽略的，而且我也不会认为观众会有一致的好评。菲尔，我以前的性格有些格格不入，但我逐渐发现，我们的节目正是因为有个性，所以才会有这样的效果。”

“这个节目没有什么效果，”他坚持道，“简直就是一场灾难！”到底发生了什么？为什么她依旧谈论着这些事，仿佛解雇跟她没关系一样？

“其实，与人格格不入这种感觉是很恐怖的，”她心平气和地继续说道，“人都是有归属感的——这是我们生物的本性。然而我们这个社会总是让人觉得自己不够好，不配有归属感。你理解我的意思吗，菲尔？因为，这个社会衡量人的标准是性别、种族、宗教信仰、政治背景、学历，甚至还有身高和体重，而这些都是没有用的。”

“什么？”

“相比之下，《六点钟晚餐》的卖点是我们的特长——化学。所以，当我们的观众意识到自己深陷于一种根深蒂固的社会学行为当中时——比如，‘男人应该这样，女人应该那样’这种陈词滥调，我们的节目会鼓励他们跳脱出这种愚昧的文化形态考虑问题，理智地思考，像一名科学家一样。”

菲尔一下子坐回到椅子上，以前从来没体会过这种挫败感。

“这才是你解雇我的真正原因。因为你理想中的节目是巩固这种社会规范的。它会局限一个人的能力。我完全能够理解。”

菲尔的太阳穴开始一阵狂跳。双手发抖，他伸手拿来一包万宝路，抽出一根来点着。他长长地吐着烟，屋子里鸦雀无声，烟头发出微弱的噼噼啪啪声，像孩子们放的烟花一样。他一面吐着烟，一面仔细盯着她的脸。紧接着，他猛地起身，一脸倦容，摇晃着身体，大步走到餐具柜前，上面摆的都是琥珀色威士忌和波旁威士忌，看上去非常讲究。他随便抓过来一瓶，倒进一只厚底的古典杯中，满满的一杯。一饮而尽后又倒满一杯，然后转过身来看着她。“这里是有等级顺序的，”

他说道，“你早晚都会明白其中的道理。”

她疑惑地看着他：“我想说的是，虽然沃尔特·派恩也认为这个节目意义非凡，但他一直在不屈不挠地劝我听从你的指示。所以，他不应该因为我的行为而被牵连。他是个好人，是一个忠实的员工。”

一提到沃尔特，莱布斯马尔放下玻璃杯，又拿出一支烟来。他不喜欢质疑自己权威的人，尤其是女人，他更无法忍受。他穿着开腰的细条纹西装夹克，眼睛盯着她，紧接着，他开始慢慢地解开皮带。“或许，从一开始我就应该这样，”说着，将皮带头从皮带圈里拽出来，“来给你立立规矩。但在你这件事上，我们就把这当作你离职谈话中的一个环节吧。”

伊丽莎白胳膊使劲儿按在椅子把手上。她镇静地说：“我劝您不要再靠近，菲尔。”

他一脸鄙视地看着她。“你好像真不知道这里是谁说了算，嗯？不过你会知道的。”接着，他低下头，熟练地把扣子解开，拉开裤子拉链。他踉踉跄跄地朝她这边走过来，生殖器软塌塌地摇晃着，离她的脸只有几英寸远。

她疑惑地摇了摇头。她不明白，为什么这些男人都以为女人喜欢（或者惧怕）他们的生殖器。她弯下腰，手伸进包里。

“我知道我是谁！”他一边低吼着，一边扑到她身上，“问题是，你他妈以为你是谁？”

“我是伊丽莎白·佐特。”她一边冷静地说，一边拿出一把锋利的14英寸主厨刀来。可惜，她不知道他听没听见这句话。因为说这话时他已经晕倒了。

第三十一章

峰回路转

原来是心脏病。虽不严重，但是在 1960 年，即便是轻微的心脏病，绝大多数人也是撑不住的。他居然活了下来，还真是幸运。医生说，他至少要住院三周，回到家后也要卧床休养至少一年。工作是不可能了。

“是你叫的救护车？”沃尔特听完倒吸一口冷气，说道，“你当时在场？”第二天，沃尔特才听说这一消息。

“我当时在场。”伊丽莎白说道。

“他是——怎么了？倒在地上了？捂着心脏？喘着粗气？”

“不确切。”

“那是怎么回事？”沃尔特无奈地摊开双臂，说道。这时，只见伊丽莎白和化妆师互相递了个眼色，“到底发生了什么？”

“我一会儿再过来。”罗莎一边收拾东西，一边说道。离开前，她轻轻捏了伊丽莎白肩膀一下，“干得好，佐特。干得漂亮。”

沃尔特看着两个人的互动，急得眉毛都竖起来了。“是你救了菲尔。”门关上了，他紧张地说道，“我懂了。可到底发生了什么？仔仔细细地说一遍，先说说你为什么去那里。还是在晚上七点钟之后？这说不通。告诉我，不要漏掉任何细节。”

伊丽莎白把椅子转过来，正对着沃尔特。她伸手够到2B铅笔，把它从发髻上取下来，别到左耳耳后，然后端起咖啡杯抿了一小口。“他说要见我，”她说道，“说情况紧急。”

“要见你？”他惊恐地说道，“我之前告诉过你——你是知道的——我们早就讨论过这件事。千万不能单独去见菲尔。不是我信不过你处理事情的能力；只是，我是你的制作人，我觉得……”他拿出一块手帕来放到额头上。“伊丽莎白，”他降低声调说道，“这话只能你知我知，菲尔·莱布斯马尔不是什么好人——明白我什么意思吗？他这个人不值得信任。他处理问题的方式——”

“他把我解雇了。”

沃尔特一听，脸顿时煞白。

“还有你。”

“老天！”

“他把跟我们节目有关的人都解雇了。”

“不！”

“他说，你没能把我管好。”

沃尔特的脸色变成了灰白。“你要知道，”他手里紧紧握着手帕，说道，“你知道我对菲尔的印象，也知道我不与他的想法苟同。不过，我管过你吗？别开玩笑了。我逼着你穿那些可笑的衣服了吗？一次都没有。我求你读提示卡了吗？没错是的，但那也只是因为提示词是我写的。”他把两手举起来，“嗯，菲尔给我两周时间——两周的时间，让我想办法按照他那种粗暴的方式办事，收获理想的效果——就是收到更多影迷的来信，更多的电话，更多人排着队来做我们的现场观众，最好比参加其他节目的观众总数还要多，单单为了这个原因，你就应该留下。要知道，我不能随心所欲地说，‘菲尔，你是错的，她是对的。’那样无异于自杀。不。跟菲尔打交道就是要满足他的自尊心，要迂回，要说他想听的话。你知道我的意思。当你拿起那罐汤的时候，我还以为你做这种事轻而易举。哪承想你跟大家说它有毒。”

“它的确有毒。”

“你看，”沃尔特说道，“我是生活在现实世界的，在这个世界里，为了保住我们这份可怜的工作，就要说相应的话、做相应的事。你知道去年我受了多少委屈吗？还有，你知道吗？我们的投资商就要撤资了。”

“菲尔跟你说的。”

“没错，这是最新消息。无论你收到多少温暖亲切的来信——只要投资商说，‘我们不喜欢佐特’，那整件事就都完蛋了。菲尔掌握的信息表明，他们不喜欢你。”说着，他把手帕塞回到口袋里，然后起身往迪克西纸杯里倒满水，等着水凉凉之后一饮而尽，咕咚咕咚的声音让他想起了自己的胃溃疡。“这样，”他手捂着肚子说道，“这件事目前只能有我和你知道，等我想办法解决了再说。还有多少人知道这件事？只有你和我，对吧？”

“节目组所有人都知道了。”

“不会吧。”

“我敢说，现在整个大楼里的人都知道了。”

“不，”他用手掌捂着额头，又说了一遍，“该死，伊丽莎白，你在想什么？你难道不知道该如何处理被解雇这种事吗？第一步，不要跟任何人说出实情——就说你中了彩票，继承了怀俄明州的一家牧场，收到了纽约发来的入职邀请，等等。第二步，一醉方休，直到你想到接下来该怎么做。老天，好像你完全不熟悉电视行业的处世规则！”

伊丽莎白又抿了一口咖啡：“你想不想知道到底发生了什么？”

“还有吗？”他焦急地说道，“什么？他难道还要没收我们的车？”

她直视着他，平常没有抬头纹的额头现在出现了轻微的皱纹，他这才反应过来，刚才把她忘了。他觉得有些不好意思。刚刚完全忽略了她跟菲尔的碰面，那才是最重要的环节。她是单独去见他的。

“告诉我，”他觉得有点反胃，说道，“拜托，快告诉我。”

绝大多数男人都像菲尔那样吗？在沃尔特看来，并不是。那绝大多数男人对待别人的态度都会像菲尔那样吗，包括他自己在内？当然不是，虽然谁都不愿承认自己㞞包，觉得那样没面子、尴尬，老实讲，他又有什么办法呢？他不能跟菲尔那样的人针锋相对。为了避免发生正面冲突，只能老老实实听话。大家都知道这一点，也都是这样做的。但伊丽莎白跟普通人不同。他一只手颤颤巍巍地捂着脑门，恨自己没用。“他是不是想对你做什么？你反击他了？”他小声嘟囔着。

她在椅子上坐了下来，化妆镜上的灯光照在她脸上，突显出她刚毅的表情。他惊恐地看着她的脸，心想，或许当年，那些人要点燃柴火烧死圣女贞德时，贞德脸上就是这样的神情。

“的确。”

“老天！”沃尔特一只手将迪克西纸杯捏扁，“老天，不！”

“沃尔特，放松。他没有得逞。”

沃尔特迟疑了一下。“因为心脏病复发，”他如释重负地说道，“果然是这样！时机正好。心脏病。感谢老天。”

她不解地看着他，把手伸进包里，就是前一天晚上她拿去菲尔办公室的那把。

“我不会感谢老天。”她一边把那把14英寸主厨刀从包里抽出来，一边说道。

他倒吸了一口冷气。伊丽莎白跟绝大多数厨师一样，坚持要用自己的刀。每天早上，她把刀从家里带出来，到了晚上再把它带回去。这件事除了菲尔以外，其他人都知道。

“我没有碰他，”她解释说，“他自己就倒下了。”

“老天——”沃尔特小声嘀咕着。

“我叫了一辆救护车，可你也知道，那个时间段的交通状况，需要等上很长时间。所以，我好好利用了一下那段等待的时间。喏，看看吧。”她把莱布斯马尔之前拿给自己看的那摞文件夹递给他。“联播邀约。”他惊讶地看着邀约内容，她说道，“知道吗？在过去的三个月里，纽约州向我们发出了联播邀约。还有一些不错的新赞助邀约。其实并不像菲尔说的那样，想赞助我们节目的赞助商多得数不清。比如这个。”说着，她用手敲了敲RCA（美国广播唱片公司）维克多公司发来的宣传资料。

沃尔特低头盯着这摞东西。他示意伊丽莎白把她的咖啡杯递给他，她递了过去，他一饮而尽。

“抱歉，”等他缓过神来，说道，“一切来得太突然。”

她不耐烦地瞥了一眼墙上的挂钟。

“真不敢相信我们居然会被解雇，”他继续说道，“我的意思是，我们做了一档那么火爆的节目，居然被解雇了？”

伊丽莎白担心地看着他。“不，沃尔特，”她慢条斯理地说道，“我们没有被解雇，而是掌握了主动权。”

四天后，沃尔特坐在了菲尔那张旧的办公桌前，屋子里的烟灰缸、波斯地毯以及电话上的重要来电显示按钮统统不见了。

“沃尔特，只要你觉得有必要，就都可以去改变。”她说道。意思是在提醒他，现如今由他来代理执行制片。正当他搞不清楚自己的职责时，她帮他理清了思路，“做你认为正确的事，沃尔特。这个并不难，不是吗？再让其他人也这么做。”

事实并不像她说得那么容易——他所知道的管理方式只有威胁与背后操控，他一直都是这样被人管的。但是她坚信——老天，她怎么会如此天真！——当员工体会到被人尊重的感觉时，工作效率会更高。

“不要瞻前顾后，沃尔特，”两人在伍迪小学等着跟麦德福德见面时她说，“拿出领导的气势来。掌握好方向。举棋不定时，要假装镇静。”

假装镇静。他能做到。几天之内，他就跟几家电视台签了约，接受《六点钟晚餐》的联播邀请。随后，他又洽谈了一批新的赞助商，能使 KCTV 的盈利额翻倍。最后，他借着这股气势召开了一次全台大会，向大家公布菲尔心脏病的最新进展，包括当时伊丽莎白救他的这件事，虽然有之前“那档子”事，他依旧非常希望大家能在 KCTV 开开心心地工作。在公布菲尔心脏病复发这一消息时，大家的掌声最为热烈。

“我让我们的艺术家画了这张早日康复问候卡。”说着，他举起一张超大的卡片，上面画的是菲尔触地得分的卡通形象。不过，他手里抓住的不是足球，而是自己的心脏，此刻沃尔特想了一下，觉得还是有些不够尽兴。“请大家签上自己的名字吧，”沃尔特说道，“如果愿意的话，也可以留一段想说的话。”

后来，这张卡片被送到了沃尔特那里，等着他签名，他看了看大家在上面写的祝福语，绝大多数写的都是“早日康复！”不过，有几个写得狠了一些。

去你妈的，莱布斯马尔。

换成我，才不会帮你叫救护车呢。

恨不得你早死了。

他认出了最后那个人的笔迹——是菲尔手下的一名秘书写的。

他知道，肯定不止他一个人讨厌这位老板，他没有想到的是，讨厌他的人居然这么多。没错，这件事得到了证实，同时他也会觉得很痛苦。因为，身为制片人，他是菲尔管理团队中的一员，这就意味着在推行菲尔计划的时候，他也是参与其中的，而且完全没有顾及别人的切身利益。他伸手拿过一支笔，再一次（那天的第四次）接受了伊丽莎白·佐特那句箴言：做正确的事。

愿你永无康复之日。他在正中间用大号字体写道。接着，他把卡片塞进了一个大信封里，然后往寄件篮子里一扔，与此同时，内心做出了庄严的承诺：得改改风气了。就从自身开始。

第三十二章

三分熟牛排

“妈妈知道吗？”哈丽特把玛德琳抱到自己那辆克莱斯勒汽车上，玛德琳问道。今天正好是新学年开学，正如之前提到的，她又被分到了麦德福德的班级。所以哈丽特觉得，逃学一天无所谓。哪怕是二十天也行。

“小意思，不会知道的！”哈丽特一边说，一边调整着后视镜，“如果她知道，我们现在还能在这里吗？”

“可是，她会不会生气？”

“除非被她发现。”

“你模仿她的字迹模仿得不错，”玛德琳一边看着哈丽特写给学校的假条，一边说道，“除了这个 E 和这个 Z。”

“好吧，”哈丽特有些生气地说道，“学校没有雇法务笔迹鉴定专家，我真幸运。”

“的确很幸运。”玛德琳应和道。

“我们的计划是这样的，”哈丽特没有理会她，直接往下说，“我们跟大家一起站排，一旦进去，就找个后排的座位。没有人愿意坐在后排。我们之所以坐在那里是因为，万一出了什么问题，旁边就是紧急出口。”

“可是，紧急出口只能在紧急情况时才可以用。”玛德琳说道。

“没错，嗯，如果我们被你妈妈发现了，就是一种紧急情况。”

“可是门口会有人把守。”

“是——又说对了。所以，我们必须迅速撤离，因为吵闹声可能会分散她的注意力。”

“你确定我们要这么做吗，哈丽特？”玛德琳说道，“妈妈说电视台演播室不安全。”

“胡说。”

“她说——”

“玛德琳，那里是安全的。那里充满了学习的氛围。你妈妈在电视上教大家怎么做饭，难道不是吗？”

“她是在教大家化学。”玛德琳纠正道。

“那你说我们能遇到什么危险呢？”

玛德琳望着窗外。“过度辐射。”她说道。

哈丽特重重地吐了口气，这孩子越来越像她妈妈了。当然了，这是迟早的事，但玛德琳似乎提前了。想来，玛德琳如今已经像个大人了。再看自己那几个孩子，每天都要对他们大喊大叫：再告诉你们一次，这已经是第一千次了。不要在没人的时候开煤气灯！

“我们到了！”一看到电视台停车场，玛德琳突然说了这么一句。“KCTV！噢，拜托！”紧接着，只见她脸色一沉，“可是，哈丽特，看看那支长队。”

“天哪。”看到停车场周围涌动的那一大群人，哈丽特感叹道。那里有几百人，绝大多数都是拿着手提包的女性，把潮湿出汗的前臂垫在屁股下面坐着，还有十几个男人，用两根手指拎着自己的西装夹克。大家都在用手头的东西当作风扇用——地图、帽子、报纸。

“他们都是来参加妈妈节目的吗？”玛德琳说道，心里顿时对妈妈肃然起敬。

“不，亲爱的，他们是来这里录很多档节目的。”

“您好，女士。”这时，停车场的一位工作人员示意哈丽特把车停下。他在玛德琳这边俯下身来，“您看见指示牌了吗？停车场已经满了。”

“好吧，那，我应该把车停在哪儿呢？”

“你们是来录《六点钟晚餐》的吗？”

“是的。”

“抱歉通知您，嗯——您不能进去了，”他指了指那支长长的队伍说道，“那些人，绝大多数都是无功而返的。大家凌晨四点钟就已经开始排队了。所以说，大多数现场观众已经选定了。”

“什么？”哈丽特大叫了一声，“我怎么不知道。”

“这个节目很火爆。”那人说。

哈丽特犹豫了一下：“可是，为此我特意从学校把这孩子接出来。”

“抱歉了，这位奶奶，”他说道。接着，他又把身子探进来一些，

“抱歉了，孩子。我每天都要驱散很多人。这可不是项轻松的活儿，真的。总会有人朝我大吼大叫。”

“我妈妈可不喜欢那样，”玛德琳说道，“她不喜欢一个人对另一个人大吼大叫。”

“你妈妈听起来很和善，”那人说道，“可是，您能把车挪走吗？我还要去驱散更多人。”

“好吧，”玛德琳说道，“可是，你能帮我个小忙吗？能在我的笔记本上把你的名字写下来吗？我会告诉我妈妈你在场外的工作有多辛苦。”

“玛德琳。”哈丽特用嘘声表示反对。

“想要我的签名吗？”他哈哈大笑道，“这还是第一次。”还没等哈丽特阻止他，他就从玛德琳那里把笔记本拿过来，写下了“西摩·布朗”。他小心翼翼地按照她学校笔记本上的线格写着，长的字母该有多长，短的字母该有多短。写完合上本子时发现了封皮上的名字，吓了他一大跳。

“玛德琳·佐特？”他不敢相信地读道。

演播室里黑黢黢的，很凉快。一大团线绳从一头拉到另一头，两边都有大型摄像机，每一台都随时准备调整角度，将强光打到的地方拍摄下来。

“我们到了，”前排突然空出来两个座位，沃尔特·派恩的秘书领着玛德琳和哈丽特来到座位上说道，“这里是整场最好的位置。”

“其实，”哈丽特说道，“不知您方不方便，我们有点想坐在后排。”

“噢，老天，不，”那女人说道，“派恩先生会杀了我。”

“看来很严重。”哈丽特嘟囔道。

“我喜欢这两个座位。”玛德琳说完就坐下了。

“看现场直播跟在家里看电视感觉是完全不同的，”秘书解释说，“你不再是观看者的角色——而是参与其中。还有这里的灯光——它们可以改变一切。我保证，这里是最佳体验位置。”

“我们是不想分散伊丽莎白·佐特的注意力，”哈丽特又尝试着说道，“不想让她紧张。”

“佐特，紧张？”秘书哈哈大笑，“真有趣。不过，她是看不见观众的。因为有布景照明，所以她根本看不见你们。”

“你确定吗？”哈丽特说道。

“确定以及肯定，就像一个人难逃死亡与缴税一样。”

“人的确都会死，”玛德琳说道，“可并不是所有人都缴税。”

“你可真是个早熟的小家伙。”秘书说道，语气突然变得有些生气。还没等玛德琳说出具体的逃税数字，乐队就演奏起了《六点钟晚餐》的主题曲，秘书也随之不见了踪影。节目开始了，玛德琳坐在左侧观看，沃尔特·派恩则坐在一把帆布靠背的椅子上。他点了点头，紧接着，一台摄像机滑到指定位置，然后一个戴着耳麦的人竖了下拇指。等主题曲一放完，一个熟悉的身影昂首阔步地走上台来，像总统一样。她的头抬得高高的，身子挺直，在强光的照射下，头发也跟着变得锃亮。

玛德琳见过妈妈很多种样子——早起第一眼，晚睡最后一眼，从煤气灯跟前走开的样子，看显微镜的样子，面对麦德福德太太时的样子，对着化妆粉盒皱眉头的样子，从浴室里出来时的样子，抱她时候的样子。但是，眼前的妈妈她从没见过——从没见过这个样子的妈妈。妈妈，她心里骄傲极了，妈咪！

“大家好，”伊丽莎白说道，“我是伊丽莎白·佐特，这里是《六点钟晚餐》。”

那位秘书说得对。这里的灯光确实不一样，照出来的效果就是跟家里单调的光线不同。

“今晚是牛排之夜，”伊丽莎白说道，“也就是说，我们将探索一下肉的化学成分，尤其要探讨的是‘束缚水’和‘自由水’之间的区别，因为——说了大家或许会觉得惊讶，”说着，她拿起一大块顶部牛里脊，“——肉中含有 72% 的水分。”

“像生菜一样。”哈丽特小声说道。

“不，跟生菜不同，”伊丽莎白说道，“生菜中含有更多的水分——高达 96%。为什么水这么重要？因为人体中最普遍的就是水分子，60% 都是水分。我们人可以三周不吃饭，但是如果没有水，三天就会死。最多四天。”

观众席上传来一阵慨叹声。

“这就是为什么，”伊丽莎白说道，“当你想要给身体充电的时候，首选的是水。不过现在，让我们回到肉的话题上来。”她拿起一把又大又光的刀，一边教大家把一大块肉切开摊平，一边给大家讲牛排中含有的维生素。她不仅解释了牛肉中所含铁、锌和维生素 B 对人体的作用，还解释了在人体成长的过程中蛋白质为何起着至关重要的作用。

接着，她还给大家解释了肌肉组织中自由水分子的含量，最后，针对自由水与束缚水的定义，她给大家提供了一种她认为最为合理的说法。

在她讲解的过程中，现场观众一直都保持安静——没有咳嗽声，没有窃窃私语声，也没有把腿跷上去、放下来的声音。若说有声音，只有人们在记笔记时笔尖在纸上划过的声音。

“到了休息的时间，”伊丽莎白从摄像师那里接收到信号之后说道，“休息之后继续回来，好吗？”说完，她把刀放下，走下台去，中途稍微停顿了片刻，化妆师用海绵轻轻在她额头上拍了几下，又把几缕掉下来的头发帮她捋平。

玛德琳转身看了看观众。他们紧张地坐在那里，焦急地等着伊丽莎白·佐特再次上台来。她忽然有些嫉妒，突然感觉要跟这么多人一同分享妈妈。她不喜欢这样。

“在牛排上抹一层新鲜的大蒜之后，”几分钟后，伊丽莎白说道，“再将肉的两侧撒上氯化钠和胡椒碱。之后，等你发现黄油开始冒泡时……”她往一口热了的铸铁钢锅里指了指，“把牛排放进锅里。不过，一定要等黄油冒泡了才可以。冒泡意味着黄油中的水分被蒸发掉了，这是很关键的一步。只有这样才能保证这块牛排是在脂类物质中加热，而不是在吸水。”

牛排在一旁发出嗞嗞的声响，她从围裙口袋里拿出一个信封来。“趁着这个空当，我想跟大家分享长滩观众纳内特·哈里森的一封来信。纳内特在信中说：‘亲爱的佐特太太，我是一名素食主义者。不是因为宗教信仰的原因——只是因为，我觉得吃活生生的动物着实不太好。我丈夫说人是需要吃肉的，说我这种想法很愚蠢，可我一想到动物因为我们而牺牲了性命，我就很懊恼。耶稣就是那么做的，结果呢……您真诚的朋友，纳内特·哈里森太太，长滩，加利福尼亚州。'”

“纳内特，你提到的这个问题很有趣，”伊丽莎白说道，“食材的获得的确需要牺牲其他生物的性命。不过，植物也是生物。当我们用刀切、用牙咬、将它咽到食管里，然后在胃中用胃酸对其进行消化时，很少意识到其实它们也是一种鲜活的生命。简而言之，我欣赏你的这种想法，纳内特，在吃之前懂得思考。但是不要有这样的误区，不管怎样，你都是要通过牺牲其他生物的生命来维持自己的生命。这个没有其他解决办法。至于耶稣，我不做任何评论。”说完，她转过身去把牛排从锅里戳出来，上面依旧滴着鲜红的血，她正对着镜头。“我们先进一段广告。”

哈丽特和玛德琳转过身来看了看彼此，两人瞪大了眼睛。“有时我问自己：这个节目有多火爆呢？”哈丽特小声嘟囔了一句。

“两位女士，打扰一下，”那位秘书又回来了，“派恩先生说，能否邀请您二位过去一趟？”秘书虽然用的是征询的语气，实际则不然。“跟我来吧？”于是，她带着这两个人从台上下来，进到走廊里，一直走到沃尔特·派恩的办公室。此时，派恩正来回踱着步子。墙上并排挂着四台电视，都是《六点钟晚餐》的直播画面。

“你好啊，玛德琳，”他说道，“很高兴见到你，不过，也有些出乎意料。你不是应该去上学吗？”

玛德琳把头歪向一边。“你好，派恩先生。”她指了指哈丽特，“这是哈丽特。都是她的主意。是她伪造的假条。”

哈丽特听了这话，猛地回过头去看了她一眼。

“沃尔特·派恩，”沃尔特握住哈丽特的手说道，“终于见到您了。很高兴见到您，哈丽特……斯隆，对吧？一直听人在夸你。不过，”他压低声音说道，“你们俩是怎么想的？如果被她发现你们在这里——”

“我知道，”哈丽特说道，“所以，我们才想要坐在后排。”

“阿曼达也想来，”玛德琳说，“可是哈丽特不想再加重罪行。伪造笔迹可是重罪，但绑架就属于——”

“你想得还真周到，斯隆太太，”他插话道，“你俩也知道，这种事如果由我说了算，我会欢迎二位。但这事不是我说了算。你妈妈，”他转身对玛德琳说道：“这样做都是为了保护你。”

“保护我不被辐射到吗？”

他犹豫了一下：“你真是个聪明的小姑娘，玛德琳，那么，如果我告诉你，你妈妈是为了保护你不被很多人认出来，我猜你也一定能明白我的意思。”

“我不明白。”

“意思就是，她想要保护你的隐私。在人们眼中，你是公众人物，是名人，她是为了保护你不会成为大众谈论与思考的话题。”

“我妈妈有多有名？”

“目前，这是一档联播节目，”沃尔特用手指摸了摸额头，说道，“所以，她确实有些名气。因为现在，像芝加哥、波士顿以及丹佛之类的城市也都在播你妈妈的节目。”

“切开迷迭香，”伊丽莎白在背景中轻轻地说道，“要用最快的刀。因为这样对植物造成的损伤最小，也避免泄漏更多的电解质。”

“为什么出名不好？”玛德琳问道。

“不是不好，”沃尔特说道，“只是，会发生一些出乎意料的事情，而且，有些是不太好的事。有时候，人们想了解像你妈妈这种名人的私事，好给自己刷存在感。要想这样，就得凭空捏造一些你妈妈的故事，而且，有些故事的确不太好。你妈妈现在正是在努力保证别人不在你身上编造故事。”

“有人凭空捏造有关我妈妈的故事？”玛德琳警惕地说道。一定是因为那些灯光——因为它让妈妈看起来是那样无畏向前。观众应该看到的是：一个既有威严又受人尊重的女人——即便她的妈妈也像其他人那样有着各种问题。玛德琳猜想，这或许就像她假装不认字一样。为了生存，就必须得这样做。

“别担心，”沃尔特把手放在她那精瘦的肩膀上，说道，“如果说有谁能自己摆平一切难题的话，那个人非你妈妈莫属。很少有人会去找伊丽莎白·佐特的麻烦。她现在是为了保证不让那些人去找你的麻烦。懂吗？还有你，斯隆太太，”他转身看着哈丽特，说道，“你在伊丽莎白身边待的时间最长；我敢说，你身边的好朋友一定想听她所有的事。”

“我朋友不是很多，”哈丽特说道，“即便有，我也知道该怎么做。”

“聪明的女人，”沃尔特说道，“我的好朋友也不多。”

其实，他心里在想，他只有一个：那就是伊丽莎白·佐特。她不仅是他的朋友，而且是他最好的朋友。他从来都没对她讲过这些，即便没有，事实依旧如此。没错，很多人都说，男人和女人之间没有真正的友谊。但他们错了。他和伊丽莎白可以谈论任何事，包括私密的事情——死亡，性，还有孩子。此外，他们也像朋友那样互相支持，甚至可以像朋友那样一起放声大笑。这里不得不承认，伊丽莎白可不是那种轻易哈哈大笑的人。而且，虽然节目越来越火爆，她却比任何时候都要忧心忡忡。

“那么，”沃尔特说道，“趁你妈妈还没发现我们，生吃了我们，你们俩还是离开这里吧。”

“可是，你说我妈妈为什么这么出名呢？”玛德琳问道，她还是不希望跟那么多人分享妈妈。

“因为她能把自己的真实想法说出来，”沃尔特说道，“这一点是很难能可贵的。除此之外，还因为她做的食物非常棒。还因为，大家似乎都想学一学化学。这个很奇怪。”

“为什么说出自己的真实想法是难能可贵的呢？”

“因为那样会付出代价。”哈丽特说道。

“很惨重的代价。”沃尔特应和道。

在墙角一台电视的屏幕上，伊丽莎白说道：“看来，我们今天有时间让现场观众提一些问题了。是的——就是你，穿淡紫色裙子的女士。”

一位女士笑容满面地站起身来。“嗯，您好，我叫埃德娜·弗拉蒂斯坦，我来自加州里奇克雷斯特镇。我想说的是，我喜欢这个节目，尤其喜欢您之前说的，要对食物感恩。我想知道，为了感恩上帝的仁慈，您每顿饭之前喜欢念哪一段祷文吗？我想知道！谢谢！”

伊丽莎白把手放在眼眶上，好像是想看清埃德娜的样子。

“你好，埃德娜，”她说道，“感谢你的提问。我的答案是没有；我没有最喜欢的祷文。实际上，我根本就不念祷文。”

沃尔特和哈丽特脸色煞白地站在办公室里。

“拜托，”沃尔特小声嘀咕道，“别说出来。”

“因为我是一名无神论者。”伊丽莎白实事求是地说道。

“这下糟了。”哈丽特说道。

“也就是说，我不相信上帝。”正当观众大为震惊时，伊丽莎白补充道。

“等一下，这就是那种难能可贵的话吗？”玛德琳追问道，“不相信上帝属于难能可贵的事吗？”

“不过，我相信那些为我们创造食物的人，”伊丽莎白继续说道，“农民、收粮食的人、卡车司机、粮店货架的码货员。但是，我最相信的人是你，埃德娜。因为是你做的饭养活了你的家人。因为有你，下一代人才能茁壮地成长。因为有你，家里其他人才能健康地活着。”

她停顿了一下，看了看钟表，然后转身正对着摄像机。“我们今天就到这里。希望明天大家跟我一起探索温度这一神奇的世界，还有它是如何影响食物味道的。”接着，她稍稍把头向左一歪，好像在琢磨着自己到底是说得太多了，还是太少了。“孩子们，摆好桌子，”她加重了最后这句话的语气，“你们的妈妈要自己待一会儿。”

几秒钟后，沃尔特的电话开始响起来，而且一发而不可收。

第三十三章

信仰

1960 年，人们不会在电视上承认自己不信上帝，而且如果这样做了，也就别再期望能上电视了。事实的确如此，沃尔特很快就接到了投资商与观众的威胁电话，要么把伊丽莎白 · 佐特解雇，要么把她送进监狱，或者用石头把她砸死。说后面这种话的人自称是受上帝庇佑的人——没错，就是那个以仁慈、宽容著称的上帝。

“该死，伊丽莎白。”沃尔特说道，十分钟前，他刚把哈丽特和玛德琳送出门，“有些事最好不要说出来！”两人正坐在伊丽莎白的更衣室，黄色方格围裙依旧牢牢地系在她那纤细的腰身上。“你有权利有自己的信仰，但不该把你的信仰强加给别人，尤其是在这种全国联播的电视节目中。”

“我怎么把自己的信仰强加给别人了？”她一脸不解地问道。

“你知道我什么意思。”

"埃德娜·弗拉蒂斯坦简单明了地问了我那么一个问题，我回答她了。很高兴她能自由地表达自己对于上帝的信仰，我也尊重她的选择。而我也理应受到这样的待遇。很多人是不相信上帝的。有些人相信占星术或者塔罗牌。哈丽特甚至觉得，在玩儿骰子游戏的时候，如果对着骰子吹口气，就能掷出好点子来。"

"可是我们都知道，"沃尔特咬牙切齿地说，"上帝跟骰子游戏是不一样的。"

"我同意你的这种说法，"伊丽莎白说道，"掷骰子游戏比较有意思。"

"我们会为此而付出代价的。"沃尔特警告她道。

"拜托，沃尔特，"她说，"人要有自己的信仰。"

信仰——这应该属于神父韦克利的职业领域，可如今，他也有些找不到自己的信仰了。有那么一群喜欢怨天尤人、经常发牢骚的人，他要花几个小时的时间做安抚工作，那之后，他回到办公室，想一个人待会儿。却发现他雇来的兼职打字员福莱斯克女士正坐在他办公桌旁用他的打字机，动作缓慢，每分钟 30 个词，眼睛一直盯着他办公室那台电视看。

"好好看看这颗西红柿，"他听电视里那个似曾相识的女人说道，一根铅笔从她脑后支出来，"你或许不相信自己会跟这个水果有什么共同之处，但确实有。那就是 DNA。而且高达 60%。再转过头去看看坐在你旁边的那个人。你觉得她面熟吗？可能熟悉，也可能不熟。然而，你与她的共同之处更多：DNA 相似度高达 99.9%——地球上的任何人都跟你们俩有 99.9% 的相似度。”她把西红柿放下，拿起一张罗莎·帕克斯[①]的照片。“这正是我力挺民权运动领袖的原因，其中就包括这位勇敢的罗莎·帕克斯。从科学上来讲，肤色歧视是极为荒谬的，也是一种愚昧无知的表现。”

“福莱斯克女士？”韦克利说道。

“等一下，神父，”她竖起一根手指，说道，“马上就结束了。这是您的布道文章。”她从打字机里拿出一张纸来。

“有人觉得，无知的人早晚会死光，”伊丽莎白继续说道，“但达尔文忽略了这样一种事实，那就是，无知的人是很少忘记吃饭的。”

“这是什么？”

“《六点钟晚餐》。你从来没听说过《六点钟晚餐》吗？”

“到大家提问的时间了，”伊丽莎白说道，“好，这位——”

“您好，我叫弗朗辛·卢特森，来自圣地亚哥！我想说的是，虽然您不相信上帝，但我还是很喜欢您！我想问的是：我需要减肥，却又不想有饥饿的感觉，您能推荐一些合理的饮食吗？我现在每天都会吃减肥药。谢谢您！”

“谢谢你，弗朗辛，”伊丽莎白说道，“在我看来，你并没有超重。我猜，是现如今杂志上那些瘦得皮包骨似的女人给你造成了不当的影响，打压了你的自信心，也埋没了你的自我价值。你不应该节食或者吃减肥药……”她停顿了一下。“我能问一下吗？”她说，“现场有多

---

① 罗莎·帕克斯（Rosa Parks，1913—2005）：黑人民权行动主义者。1955 年 12 月 1 日因在公交车上拒绝为白人男子让座而被捕，从而引发了蒙哥马市长达 381 天的黑人抵制公交车运动。这场运动的结果是 1956 年美国最高法院裁决禁止公交车上的“黑白隔离”；1964 年出版的民权法案禁止在公共场所实施种族隔离和种族歧视政策。

少观众在吃减肥药？”

有几个人小心翼翼地把手举起来。

伊丽莎白等了一会儿。

后来，绝大多数人都举了手。

“不要再吃那些减肥药了，”她喝令道，“那些都是安非他明，会导致人精神错乱。”

“可是我不喜欢运动。”弗朗辛说道。

“或许是你没有找到合适的运动。”

“我看杰克·拉兰内的节目。”

一提到杰克的名字，伊丽莎白把眼睛闭上。“划船怎么样？”她突然一脸倦容地说道。

“划船？”

“划船，”她睁开眼睛，又说了一遍，“这是一种粗暴的娱乐方式，专门锻炼人的思维与人体的每一块肌肉。通常都是在天亮前进行，而且是在雨天。时间长了，手上会长厚厚的老茧。会加强手臂、胸肌与大腿的力量。还有可能会出现肋骨断裂，手泡。船手们有时会问自己，‘为什么要从事这样一种运动？’”

“老天，”弗朗辛一脸担忧地说道，“这种运动听上去很恐怖！”

伊丽莎白有些困惑：“我的意思是，你可以用划船代替节食和减肥药。对精神状态也有好处。”

“我原本以为您是不相信精神上的这类东西的。”

伊丽莎白叹了口气。她又闭上眼睛。卡尔文。你是在说女人不能划船吗？

“我们以前是同事。”福莱斯克一边说，一边把电视关掉了。

“在黑斯廷斯，后来我们就都被解雇了。说真的——你从没听说过她吗？伊丽莎白·佐特。她的节目是联播的。”

“她也是一名船手吗？”韦克利大为震惊。

“‘也’是什么意思？”福莱斯克问道，“你还知道其他船手吗？”

“玛德琳，”韦克利看了看玛德琳带到公园的那只大狗，说道，“为什么没告诉我你妈妈上了电视？”

“我以为你知道。大家都知道，尤其是她不相信上帝这件事。”

“不相信上帝也没有什么，”韦克利说道，“之所以说这是一个自由的国度，这就是其中的一种表现。鼓励人们自由选择自己的信仰，只要他的信仰不会对他人造成伤害。另外，我突然觉得，科学也是一种信仰。”

玛德琳扬起一边的眉毛。

“对了，它是谁？”他一边问，一边伸出手去让狗儿闻了闻。

“六点半。”她说。这时，正好有两个大声聊天的女人经过。

“你说我说得不对，那你说我听听，希拉，”其中一个女人说道，“她不是说，要想将铸铁中一克原子量的温度提高1摄氏度，就需要摄入0.11卡路里的热量吗？”

“没错，伊莱恩，”另一个女人说道，“所以，我才要去买一口新的煎锅。”

“我想起它了，”两个女人过去之后，韦克利继续说道，“在你的家庭照上。真是一只帅气的狗。”

六点半把脑袋放在这个男人的手掌上。这人不错。

“嗯，你是不是以为我把之前的事忘得一干二净了——过了这么久——不过，最终我还是找到了万圣之家。其实，我们第一次见面后，我打了好几次电话，却总也找不到主教大人。不过今天，我打电话找到了他的秘书，她说没有卡尔文·埃文斯这个人。看来是我们找错福利院了。”

“不，”玛德琳说道，“就是那家。我敢肯定。”

“玛德琳，我不相信一位教堂秘书会撒谎。”

“韦克利，”她说，“人都会说谎的。”

第三十四章

万圣之家

“那里叫什么来着？万圣之家？”主教一脸震惊地又说了一遍。那是 1933 年，他一直都希望自己能被派往可以喝到苏格兰酒的富裕教区去，没想到被塞到了艾奥瓦州一家破烂的男孩福利院，那里有一百多个各年龄段的男孩子，很有可能会成为将来社会中的犯罪分子。这也算是个刻骨铭心的教训，以后可再也不能当面取笑大主教了。

“万圣之家，”大主教是这么对他说的，“那里需要整顿一番。就像你一样。”

“事实上，照看孩子我不在行，”他跟大主教说，“寡妇、妓女——这才是我真正在行的。派我去芝加哥怎么样？”

“除了整顿以外，”大主教没有理会他的恳求，说道，“那里还需要钱。你到那儿以后，一部分工作任务就是要找到长期的资助项目。就这样吧，今后如果有好的去处我再派你去。”

然而，“今后”似乎永远都不会到来了。就这样一晃到了 1937 年，主教还没有解决资金周转问题。那他都做出了什么业绩呢？他列出了一份长达十页名为“我讨厌这个地方”的清单，最后归纳出五大核心问题：三流的神父、粗制的食物、霉病、恋童癖，还有一大群生性狂野、贪吃的男孩，无法被正常家庭所收养。总会有那么一些孩子是不被人看好的，主教也完全能够理解，若是换成他，他也不愿领养他们。

一直以来，他们都是通过天主教那些传统的筹资方式艰难度日：销售雪利酒、《圣经》书签、乞讨、拍投资者的马屁。不过，他们最需要的是之前大主教所说的——资助。问题是，人家有钱人资助的项目男孩福利院都没有：院系主任项目、奖学金项目、纪念项目。无论他怎样宣传捐赠思想，都会立即遭到潜在捐赠者的反驳：“奖学金？”紧接着便是一阵嘲讽。男孩福利院根本就不是正规的学校，就像监狱里不是修养人品格的地方一样——谁会愿意再次进来。院系主任？同样的问题——福利院连院系都没有，更别说主任了。还有纪念项目？里面的未成年人都还年轻，怎么会死，再者，即便死了，人们忘记都来不及，怎么还会去纪念呢？

于是，事情便到了这个地步，四年之后，他依旧被困在这个穷苦的地方，跟一群被遗弃的孩子在一起。事态再明朗不过了，念再多的祷文也无济于事。为了消磨时光，他有时会给这些孩子排名，看谁是最爱惹祸的，即便这样，其实也是在浪费时间，因为排在第一名的永远是那个孩子——卡尔文·埃文斯。

“加利福尼亚州的那位神父又打来电话了，还是要找卡尔文·埃文斯，”秘书对现如今已苍老许多、满头银发的主教说道，她把一些文件放到他桌上，“我已经按照您吩咐过的——告诉他我已经查过档案了，没有找到这个名字。”

“老天，为什么就不能让我们消停消停呢？”主教把那堆材料推到一边，说道，“这些新教徒永远都不懂得进退有度！”

“卡尔文·埃文斯到底是谁？”她好奇地问道，“是一名神父吗？”

“不。”主教一边说，一边想起了那个导致他被困在艾奥瓦州几十年的家伙，“简直就是一种诅咒。”

她走之后，主教摇了摇头，想起当初卡尔文经常来他办公室站着，因为接连不断的犯错来做忏悔——打坏玻璃、偷书、对神父（只是想让他感受到爱的神父）不敬。偶尔有好心的夫妇前来男孩福利院领养孩子，但从来都没有人对卡尔文感兴趣。这能怪他们吗？

然而，那之后有一天，一个名叫威尔逊的人突然出现了。说是来自帕克基金会，那可是一个富得流油的天主教基金会。当主教听说帕克基金会来人了，他确定那就是自己的最后一根救命稻草。一想到这个名叫威尔逊的男人可能会提出的捐款额度，他就心跳加速。他要先听听对方提出的额度，然后再用一种有尊严的方式争取到更多。

“您好，主教大人，”威尔逊先生说道，似乎没有闲时间与他浪费口舌，“我在找一个小男孩，今年十岁，很高的样子，金黄的头发。”他接下来解释说，这孩子四年前因为一系列事故而失去了亲人。根据所掌握的信息，他觉得那孩子就在这里，就在万圣之家。那孩子还有在世的亲戚，最近知晓了他的存在，于是想把他接回去。“他名叫卡尔文·埃文斯，”说完，他瞥了一眼手表，好像接下来还要去赴约，“如果这里有符合上述特征的孩子，请让我见见他。其实，我打算今天就把他带走。”

主教盯着威尔逊，失望地张着嘴巴。就在刚刚，听说这位有钱人来到这里，他们还礼貌地握了手，他连感言都已经在心里拟好了。

“一切都还好吗？”威尔逊先生问道，“我本不想催您，可是，我要赶飞机，还有不到两个小时的时间。”

根本就没有提到钱的事。主教甚至感觉到芝加哥正离自己越来越远。他意味深长地看了看威尔逊。那人个子高高的，举止傲慢，就像卡尔文一样。

“或许我可以出去看看那些孩子，看我能不能认出他来。”

主教转身朝向窗外。就在那天早上，他还抓到卡尔文在洗礼池里洗手。“这水根本就没有什么神圣的，”卡尔文理直气壮地对他说，“就是从水龙头里流出来的水。”

虽然他恨不能立马让卡尔文滚蛋，但他还有更棘手的问题——钱——要处理。他望着散布在院子里的那十几座孤零零的墓碑。他们把那称为纪念碑。

“主教大人？”威尔逊依旧站在那里，一只手已经拎起了手提箱。

主教没有回应。他不喜欢这个人，或者说不喜欢他那身精致的衣服，抑或是因为他来之前没有提前预约。他可是主教大人，看在老天的分儿上——应有的尊敬在哪里？于是，他清了清喉咙，望着先前那些受人欺负的主教的墓碑，拖延着时间。他不能让帕克基金会这笔数额不定的钱就这么从眼前溜走。

他朝威尔逊这边转过身来。“告诉您一个坏消息，”他说道，“卡尔文·埃文斯死了。”

“对了，如果再有烦人的神父打来电话，”秘书过来帮这位老主教收咖啡杯，他继续指示她说，“告诉他我死了。或者，等等，不——告诉他，”他一边说，一边手指轻轻叩着，“据你所知，另一家福利院有叫卡尔文·埃文斯的——比如，我也不太清楚，波基普西市？不过那里着了一场火，所有档案都烧毁了。”

“您想让我撒谎？”她担心地说道。

“这不是撒谎，”他说，“严格来讲不算。建筑被烧毁是常有的事。现在谁还拿建筑规范当回事呢。”

“可是——”

“按照我说的做，”主教说道，“那个神父就是在浪费我们的时间。我们的重点是筹集资金，明白吗？有钱才能让我们那些活泼可爱的孩子活下去。等接到捐款电话再来告诉我。但是这个卡尔文·埃文斯的烂事——到此为止。”

威尔逊听了这话有些不敢相信。“什么……您刚刚说什么？”

“卡尔文最近因为急性肺炎去世了，”主教简单明了地说道，“真是一次不小的打击。他在这里深受大家的喜爱。”编故事时，他提到了卡尔文的彬彬有礼，提到了他在《圣经》课上的过人表现，提到了他喜欢吃玉米。讲得越是详细，威尔逊就变得越呆愣。主教大人见这故事的效果还不错，便走到档案柜旁拿出一张照片来。“我们正想用这张照片来申请一项纪念基金，”他指着卡尔文的一张黑白照片说道，照片上的卡尔文双手放在腰间，身体前倾，嘴巴大张着，好像是在斥责着谁，“我喜欢这张照片。让我想起卡尔文的样子。”

他看着威尔逊静静地盯着那张照片。主教原本以为他会朝自己索要相关资料，然而并没有——威尔逊似乎受到了很大打击，甚至可以说是悲痛欲绝。

他突然萌生了这样一种想法，或许这个威尔逊先生并不是什么所谓的失散已久的亲戚。两人有一个地方很像——身高。或许，卡尔文是他的侄子？又或者，不——是他的儿子？老天。如果真是这样，那他可能不知道，自己给这位主教大人省了多少麻烦。只见主教清了清嗓子，给他几分钟时间消化一下这个悲痛的消息。

“当然了，我们愿意给这个纪念基金捐款。”威尔逊终于用颤抖的声音说道，“帕克基金愿意纪念这个小孩。”他长出了一口气，似乎没了之前的气势，随后，他伸手拿出一本支票簿来。

“当然了，”主教一脸同情地说，“我们就把它叫作卡尔文·埃文斯纪念基金，向一个特殊的孩子表达一种特殊的敬意。”

“我们后续再商量这一捐赠基金的筹备细节，主教大人，”威尔逊强撑着说道，“不过现在，我代表帕克基金会，请您接受这张支票。感谢您所做的……一切。”

主教接过支票，强忍着没去看，等威尔逊一出门，他就把它平铺在桌上。真可谓峰回路转。而且接下来会有更多的钱，多亏他胡乱编了这么一个纪念基金的说法，其实这孩子根本就没死。他靠在椅子上，手指放在胸脯上。若有人想进一步求证上帝的存在，眼前就是最好的例子。万圣之家：在这里，上帝会救助那些懂得自救的人。

在公园跟玛德琳分开之后，韦克利回到自己的办公室，不情愿地拿起了电话。他之所以会再次给万圣之家打电话，只是想证明玛德琳是错的。不是每个人都说谎。可笑的是——他自己首先就得说谎。

“下午好，”一听到对面秘书熟悉的声音，他模仿起英音说道，“我想找你们捐赠部的人。我想做一笔数额可观的捐助。”

“噢！”秘书高兴地说了句，“那我帮您转接我们主教大人。”

“听说您想要做捐助。”过了一会儿，老主教对韦克利说道。

“没错，”韦克利撒谎说，“我们教会想要帮助——嗯——孩子，”他说着，脑海里浮现出玛德琳愁眉苦脸的样子，“尤其是孤儿。”

可卡尔文·埃文斯是孤儿吗？韦克利心里想着，自己都觉得好笑。两人还是笔友的时候，卡尔文就明确地表示过，他是有亲生父母的。“我恨我的父亲，希望他早就死了。”韦克利依旧清楚地记得那句全部用**大写字母**写的话。

“说得再具体些，我是在找卡尔文·埃文斯长大的那家福利院。”

“卡尔文·埃文斯？抱歉，我没听过这个名字。”

电话的另一头，韦克利停顿了一下。那人在撒谎。他每天都听人撒谎，所以完全能听出来。然而，两个神职人员同时对彼此撒谎，该是一种怎样的巧合？

“噢，那真是太不巧了，”韦克利小心翼翼地说道，“因为我这项捐款是专门针对卡尔文·埃文斯幼年时期所待的那家福利院的。我想，您的工作一定非常出色，但是您也知道捐赠者的脾气，总是坚定不移的。”

电话的另一头，主教大人用手指按着眼皮。是啊，他知道捐赠者的脾气。帕克基金会让他生不如死：先是那些科学书籍和一堆划船用的破烂东西，后来他们发现，他们花钱纪念的那个人根本就没有死，于是做出了激烈的反应。那他们是怎么知道事实真相的呢？因为平安长大后的卡尔文成了名人，还成了《今日化学》的封面人物。很快，一位名叫艾弗里·帕克的女士就打来电话警告他，她要以近百项罪名起诉他。

艾弗里·帕克是谁？就是帕克基金会的帕克。

主教大人以前从未接触过她——平日里只跟威尔逊打交道，如今他推断，那人应该是她的私人代理兼律师。现在想来，过去十五年的所有捐赠文件中，威尔逊名字的旁边都会有一个不太引人注意的名字。

“你居然欺骗帕克基金会？”她在电话里喊道，“你骗我们说卡尔文·埃文斯在十岁的时候因为急性肺炎去世了，就是为了得到捐助款？”

听了这话，他心里想：这位女士，你可不知道艾奥瓦州的日子有多苦。

“帕克太太，”他镇静地说道，“我知道您现在很生气。但我发誓，在我们这里的卡尔文·埃文斯确实已经死了。那个出现在杂志封面上的人只不过是跟他同名，仅此而已。这个名字是很常见的。”

“不，”她语气坚定地说道，“那就是卡尔文。我立马就认出了他。”

“您之前见过卡尔文？”

她犹豫了一下：“嗯，没有。”

“我明白了。”他说道，以此来暗示她，这是一种无凭无据的说法。

五秒钟后，她就冻结了捐款。

“干我们这行的确不容易，您说是吧，韦克利神父？”主教说道，“捐赠者都精明得很。我实话实说——我们有资格接受您的捐赠。虽然卡尔文·埃文斯现在已经不在这里了，但是，我们这里的其他孩子也是值得您资助的。”

“我能理解，”韦克利应和道，“可是我也没有办法。我只能将这笔钱——不知我提过没有，我要捐五万美元？——捐给卡尔文·埃文斯待过的那家福利院。”

“等等，”一听有这么一大笔钱，主教立马心跳加速，说道，“请您理解，这涉及隐私。我们不能谈论别人的隐私。即便那孩子在这里待过，我们也不能轻易告诉别人。”

“没错，”韦克利说道，“不过……”

主教大人抬头看了看钟。他最喜欢的节目《六点钟晚餐》就要开始了。“不，等一等，”他赶紧喊了一句，既不想失去这次捐助机会，又不想错过节目，“我真是拿您没办法。不过，这只能是我们之间的秘密，其实，卡尔文·埃文斯就是在这里长大的。”

“真的吗？”韦克利立马坐得挺直，说道，“您有证据吗？”

“当然，当然有证据。”主教大人一边理直气壮地说，一边用手指尖摩挲着脸上这么多年来因为卡尔文的事而生成的皱纹，“如果他没在这里待过，我们怎么会成为卡尔文·埃文斯纪念基金的受助者呢？”

韦克利吓了一跳：“什么？”

“卡尔文·埃文斯纪念基金。几年前，为了纪念那个宝贝孩子而设立的，后来，那孩子成为一名出色的青年化学家。随便一家正规的档案机构都能找到相关的税务文件。不过，这个帕克基金——他们自称——坚持不让我们对外宣传，你或许能猜到这其中的原因。毕竟，他们可资助不起所有无家可归的孩子。”

“无家可归的孩子？”韦克利说道，“但是埃文斯死的时候已经成人了。”

“是——是的，”主教结结巴巴地说道，“没错。那是因为，只要是在我们这里待过的，都会当孩子一样提起，因为那是我们最了解他们的时候——孩童时期。卡尔文·埃文斯也是一个了不起的孩子，十分聪明，个子很高。现在我们来谈一谈捐款的事吧。”

几天后，韦克利在公园里遇到了玛德琳。“我这里有好消息，也有坏消息，”他说，“你说的没错。你爸爸之前的确是在万圣之家。”他把主教的话讲给她听：说卡尔文·埃文斯是个“了不起的孩子”，而且“十分聪明”。“他们甚至创建了卡尔文·埃文斯纪念基金，”他说，“我到档案馆查过了，确实有一个叫作帕克基金会的组织给它做过十五年的资助。”

她皱着眉头：“做过？”

“一段时间之前，那个基金会停止了捐赠。这是常有的事。人家也是要衡量利弊的。”

“可是韦克利，我爸爸是六年前去世的。”

“所以呢？”

“为什么帕克基金会提供了十五年的捐赠款？”她掰手指头算了算，“先前的九年是怎么回事？那个时候他还没有死。”

“噢。”韦克利红着脸说道。他没有注意到日期上的差错。“嗯——那个时候，可能还算不上是真正的纪念基金，玛德琳。或许顶多算是荣誉基金吧——他说是为了向你爸爸表示敬意的。”

“如果他们有这项基金，为什么不从一开始你打电话的时候就告诉你？”

“涉及个人隐私。”他重复着主教跟他说过的话。至少这种说法还算合理，“总之，关键的信息来了。我查了帕克基金会，发现是由一个名叫威尔逊的先生经营的。他住在波士顿。”他满心期待地看着她。“威尔逊，”他又说了一遍，“也可以把他说成是你那颗橡子，相当于仙女教父。”他靠在长椅背上，等着她积极的回应。可这孩子什么都没说，他只好又补充道：“威尔逊听上去像是一位很高贵的人。”

“听着像是被人骗了，”玛德琳一边说，一边查看了一下血痂，“貌似他从来没读过《雾都孤儿》。”

玛德琳的话有道理。但韦克利在这件事上花了那么多心思，他本以为这多少能让她兴奋些，或者至少表达一下感激之情。不他为什么要这么想呢？从没有人对他的工作表示过感谢。他每天都竭尽所能地安慰那些经历着各种考验与磨难的人，耳边听到的总是那句：“上帝为什么要惩罚我？”老天，他怎么会知道？

“总之，”他压抑着心中的失望，说道，“事情就是这样。”

玛德琳两臂交叉放着，一脸的失望。“韦克利，”她说，“这算是好消息还是坏消息？”

“好消息，”他明确表示。他没有跟孩子相处的经验，而且逐渐觉得不应该期望太多，“坏消息就是，我虽然有帕克基金会威尔逊先生的联系方式，但也只是一个邮箱地址。”

“那怎么了？”

“有钱人通常都是用邮政信箱来屏蔽那些不必要的信件，就像电子邮件中的垃圾箱一样。”他把手伸进包里，翻找了一通，之后拿出来一张纸。他把纸递给她，说道，“给你，这是邮箱号码。不过，玛德琳，不要有过高的希望。”

“我没有希望，”玛德琳仔细地看着那个地址，解释道，“我有的是信仰。”

他吃惊地看着她：“嗯，这话从你嘴里说出来还真有趣。”

“为什么？”

“因为，”他说，“嗯，要知道，宗教的存在就是以信仰为基础的。”

“然而你突然意识到，”她小心翼翼地说着，似乎是不想让他过于尴尬，“信仰并不是以宗教为前提条件的。对吗？”

PART

4

科学与生活：以爱联结，永不相负

“卡尔文·埃文斯是我这辈子最美好的经历。他是最聪明、最善良的人，也是最友好、最有趣的人……我不知道该怎样解释，……“只能说，我们是被彼此所吸引的。那种真正的化学反应。绝非偶然。”

第三十五章

失败的味道

周一早上 4:30，伊丽莎白跟往常一样出门，天还没亮，她就穿得暖暖的，朝船库方向去了。可是，她一开进那原本空荡荡的停车场，就发现车位几乎已经停满了。此外，她还有了些其他发现。女人，很多女人，正在黑暗中大批地朝这边赶来。

“噢，老天。”她小声嘟囔了一句，顺手将连衣帽戴到头上，从那一小群人中混了过来，希望能赶紧找到梅森医生解释一下。可是一切都太迟了。此时，他正坐在一张长桌上发登记表。他抬头看了看她，没有笑。

“佐特。”

“您可能在想，这到底是怎么回事。”她低声说道。

“并没有。”

“我想，”伊丽莎白说道，“可能是因为我的一名观众当时询问我有关减肥建议的问题，我就建议她划船。我好像是这样说的。所以，就变成这个样子了。”

“好像是这样说的。”

“或许是吧。”

排里的一个女人转过身来看着她的朋友。“我想我已经喜欢上划船了，”她指着一张八人赛艇的照片说道，“因为整个过程都是坐着的。”

“不知道你是否还记得，”梅森递给排中下一位女士一支笔，说道，“刚开始，你把划船说成是一种最严酷的惩罚手段。后来，你又建议全国的女士们来划船。”

“嗯。我觉得，我好像不是那么说的——”

“就是这么说的。因为我当时正在等一名产妇的宫口开到足够大，顺便看了你的节目。还有我太太，她也是一次不落地看。”

“抱歉，梅森，真的。没想到——”

“真的吗？”他惊声说道，“因为两周前，我的一位患者生孩子时不配合用力，一定要等你解释完什么是美拉德反应才肯罢休。”

她一脸惊讶地抬起头，之后又想了想。“嗯。那是一种复杂的反应。”

“从这周五开始，我就一直给你打电话。”他重点强调道。

伊丽莎白也开始帮他发起表格来。他早就在这里发了一阵子。的确，他往电视台和家里都打了电话，然而她实在是太忙了，一直忘了给他回电话。

“抱歉，”她说道，“我太忙了。”

“就应该让你来帮忙维持秩序。”

“是啊。”

“看来，我们今天别想下水了。”

“再次表示抱歉。”

“知道真正要命的是什么吗？”他指了指旁边正在做跳跃运动的女人，说道，“我一直都在劝我太太参加船队，劝了好几年。知道吗，我认为女人的痛觉阈值更高。可就是没能说服她。没想到，伊丽莎白·佐特的一句话——”

只见那位做跳跃运动的女人停下来，朝伊丽莎白竖了竖大拇指。

“——她下蹲的速度不够快。”

“噢，我知道，”伊丽莎白一边向她微微点头回应，一边慢条斯理地说道，“所以说真的，你一定很高兴。”

“我……”

“所以，你是想说，谢谢你，伊丽莎白。”

“不。”

“您太客气了，梅森医生。”

“不。”

她又回头看了看那女人：“您太太要去练习划船器了。”

“噢，老天，”梅森叫道，“贝琪[①]，不会吧。”

全国各地的其他船库也都发生了类似的事。突然有女人出现，一些俱乐部鼓励她们加入。但并非所有的俱乐部都是如此。同样，观看

---

① 伊丽莎白的昵称。

伊丽莎白节目的观众也并不都喜欢她说的话。

“无神论的异教徒！”一个长相刻薄的女人站在KCTV演播室门外举着伊丽莎白的画像，上面用潦草的笔迹写着这句抗议词。

那天早上，伊丽莎白先后找了两处停车场，结果第二处跟第一处一样，都异常爆满。

“都是抗议的人，”沃尔特从她后面跟上来说道，“所以说，不能在电视上随便说话，伊丽莎白，”他提醒她道，“所以说，要保留自己的观点。”

“沃尔特，”伊丽莎白说道，“和平方式的抗议是一种很可贵的辩论方式。”

“你管这叫辩论？”他说道，这时，只听有人喊，“让地狱之火烧死她！”

“他们只是想引起人的关注，”她说道，仿佛是自己的经验之谈，“到后来自己就放弃了。”

可是，他依旧很担心。她如今还收到了死亡恐吓。他早就跟警方和电视台保安交代了此事，甚至打电话告诉了哈丽特·斯隆。不过，他没有告诉伊丽莎白，因为他知道，她一定会自己处理这件事。再者，警方并没有拿这样的恐吓当回事。“都是群虚张声势的家伙。”他们只是这样说。

几个小时后，在这座城市的另一端，佐特家客厅里的六点半也开始焦虑起来。上周五伊丽莎白节目的结尾时，它就发现现场观众没有都鼓掌。今天的节目又是这样，还是有一个人没鼓掌。

焦虑中的六点半趁小家伙和哈丽特在实验室忙活的工夫，从后门溜了出去，向南穿过四条大街，又向西穿过两条街，一直来到匝道入口附近。趁一辆平板车减慢速度跟着一排车汇入高速公路时，它跳了上去。

很明显，它知道去 KCTV 的路。凡是读过《不可思议的旅程》[①] 这本书的人都知道，小狗什么东西都能找到，简直令人无法置信。伊丽莎白曾经给它讲过干草堆里藏针的故事，它很是不解——之所以不解，是因为它觉得，在干草堆里找到一根针就那么难吗？高碳钢线的味道是不难闻出来的。

其实，去 KCTV 不是件难事。难的是怎么进去。

它穿过停车场，穿梭在车辆之间，车辆尾灯与引擎盖上的饰物在异常炎热的太阳底下闪闪发光，它终于找到了一处入口。

“嘿，小狗。”一个身穿深蓝色制服的大块头喊道。此时，六点半正站在一处看似很重要的入口前面。“你要去哪儿？”

六点半此时想说：我要进去，我也跟这个穿着蓝色制服的人一样，是保护人安全的。不过看上去已经来不及解释了，它索性直接开始行动（action）——跟电视行业的术语一样[②]。

“噢，老天！”正当六点半想自信满满地起跳时，却突然倒下了，见此情景，那人说道，“坚持住，小伙子，我这就过来帮你！”他敲了敲门，直到有人出来把门打开，然后他抱起六点半，带它进到了装有

---

① 《不可思议的旅程》（*Journey*）：获得过凯迪克奖的无字绘本。

② 指开拍时的术语。

空调的大楼里。一分钟后，六点半就可以用伊丽莎白自备的搅拌碗喝水了。

要说人类这种生物，他们的善良——在六点半看来——是比高智商还要珍贵的。

“六点半？”

伊丽莎白！

它朝她跑过去，完全看不出中过暑的样子。

“这个——”见识到它惊人的身体素质，穿蓝色制服的那个人惊得说不出话。

“你是怎么到这儿来的，六点半？”伊丽莎白一下子抱住它，说道，“你是怎么找到我的？这是我的狗，西摩，”她跟那个穿蓝制服的人说，“它叫六点半。”

“实际上，女士，现在是五点半，不过，外面还是很热。嗯，这只狗晕倒了，我就把它抱了进来。”

“谢谢你，西摩，”她滔滔不绝地说着，“我欠你一个人情。它一定是一路跑到这里来的，”她不敢相信地说道，“九英里[①]远。”

“或许，它是跟你们家那个小姑娘一起来的，”西摩说道，“还有开着克莱斯勒汽车的那个奶奶？就像她们几个月前那样？”

“等等，”伊丽莎白猛地抬起头说道，“什么？”

---

① 约 14.5 千米。

“我来解释一下。”沃尔特举起双手，生怕会遭到她的一顿毒打。

伊丽莎白很早之前就明确交代过，玛德琳不能来演播室。他也不知道其中的原因；阿曼达就经常来。只是，伊丽莎白每每提起，他都点点头，表示理解与同意，不过，他不知道她的用意，也并不关心这种事。

“是家庭作业，”他撒谎说，“观察工作中的父母亲。”他也不知道为何灵机一动替哈丽特·斯隆编了这个理由出来。“你很忙，”他说，“或许忘记了。”

伊丽莎白有些疑惑，或许真是自己忘了。那天早上梅森不是也这样说过她吗？“我只是不想让我女儿觉得我是电视名人，”她卷起一边的袖子，解释道，“我不想让她以为我是在——嗯——做表演。”说话时，她脑子里浮现出父亲的样子，表情僵硬得跟水泥一样。

“别担心，”沃尔特不知所措地说道，“没有人把你在台上的表现误会成表演。”

她身体前倾，脸上带着诚挚的表情。“谢谢你。”

这时，他的秘书进来了，拿着一厚摞信件。“我把一些需要紧急处理的放在最上面了，派恩先生，”她说道，“不知您是否知道，走廊里有一只大狗。”

“一只什么——？”

“是我的，”伊丽莎白赶紧说道，“是六点半。正是因为它，我才知道玛德琳为了完成‘观察工作中的父母亲’的作业来看过我。西摩告诉我——”

一听到有人说它的名字，六点半就站起身来，进到办公室里，仰头闻了闻屋子里的气味。沃尔特·派恩。缺乏自尊心。

沃尔特两只眼睛瞪得老大，一屁股坐回到椅子上。这只狗体形很大。他深吸了一口气，转而关注起那堆邮件来，伊丽莎白滔滔不绝地说着那狗都会做什么——坐、站、取东西，他在一旁漫不经心地听着，老天才知道她说的是不是真的。养狗的人总是这么无端自信，狗儿只要会一点东西，他们就骄傲得不得了。不过，趁她说个不停的时候，他在想，应该马上给哈丽特·斯隆打个电话，让她编好理由，帮忙圆谎。

“你觉得怎么样？你不是一直想要尝试搞一些创新吗，”伊丽莎白说道，“你觉得可以吗？”

“为什么不可以？”他应和道，其实根本不知道自己同意的是什么。

“太棒了，”她说，“那我们明天就开始？”

“棒极了！”他说。

“您好，”到了第二天，伊丽莎白的节目开始了，“我是伊丽莎白·佐特，这是六点半。我想把我的狗介绍给大家，六点半。跟大家打个招呼，六点半。”六点半把头歪到一边，惹得观众一片笑声与掌声，十分钟前，沃尔特接到通知说，不仅这只狗狗再次进到这栋大楼里来，发型师还要为其修剪发型，以备待会儿镜头特写之用。知道此事后，他瘫坐在制片人椅子上，发誓从今往后再也不撒谎了。

六点半参加节目一个月了，真是遗憾，没能从一开始就参加这个节目。大家都喜欢它，甚至开始有了粉丝的来信。

唯一不愿意看见它的人就是沃尔特。它猜想，或许因为沃尔特不是所谓的“养狗人”吧——其实它也不怎么理解这个概念。

“三十秒之后开门，佐特。”它站在舞台右侧，听见摄像师说了句，此时的它正想着要如何赢得沃尔特的欢心。上周，它朝沃尔特脚边扔了一只球过去，想邀请他一起玩儿。它不喜欢自己玩，觉得这游戏很无趣。结果，沃尔特也这么想。

“好，让他们进来。”最后，有人喊了一声，门开了，一群兴高采烈的观众走了进来。他们欢呼着，找到自己的座位，有人指着上面那只大钟，就像游客指着拉什莫尔山那样，那钟的指针永远都指在六点钟的位置。“看，”他们说，“是那只大钟。”

“还有那只狗狗！”几乎所有人都这样说，“看——是六点半！”

它不理解，为什么伊丽莎白不想成为明星。它可是爱死这种感觉了。

“土豆皮，”十分钟过后，伊丽莎白说道，“是由栓化细胞组成的，进而构成了块茎表皮，是土豆的一种保护屏障。”

它像一名特工一样站在她旁边，扫视着观众席。

“——说明，就连块茎都懂得这样一个道理，那就是，好的防守相当于最强劲的进攻。”

观众们全神贯注地听着，很容易捕捉到他们每一个人的面部表情。

“土豆皮中含有生物碱类物质，”她继续说道，“这种毒素很顽固，无论是高温烹煮还是煎炸，都能够存活下来。而我依旧用它的表皮，不只是因为它含有丰富的纤维，还因为它每天都能提醒我，生活就如同这个土豆，到处都会有危险因素。最好的应对措施就是不要惧怕危险，要去正视它。然后，”她拿起一把刀补充道，“把它处理掉。”说完，她麻利地将一个土豆芽剜了出来，镜头进行了放大特写。“要把土豆芽和绿斑去掉，”她一边抠着另一个土豆，一边教大家。“这里聚集着生物碱。”

六点半仔细盯着观众席，尤其关注着其中的某一个人。啊，就是她，那个不鼓掌的人。

伊丽莎白宣布中场休息，然后就下了台。它以往都是跟着她下去，今天，它却下到观众席，这立即引来了人们激动的掌声和欢叫声，“过来，小伙子！”沃尔特不同意它这样做——因为有人可能会怕它，或是对狗毛过敏——但六点半还是去了，因为它知道，必须得仔细查看一下观众席，还有一个原因，它想要接近那个不鼓掌的人。

她正坐在第四排的尽头，脸上稍微挂着那么一丝愤愤不平的表情。它了解那种人。那排的其他人都伸出手来摸它，它像一台 X 光机器一样对那女人进行了一番扫描。她看上去冷冷的，很难对付。说实话，它有些可怜她。若不是有一番痛苦的经历，谁会变成这个样子呢？

这个薄嘴唇的女人转过身来看了看它，脸上的表情僵硬。她小心翼翼地把手伸进包里，拿出一盒烟来，放到大腿上轻轻拍了两下。

看来，这个女人会抽烟。众所周知，人类自以为是地球上最聪明的生物，然而，也是唯一一种心甘情愿把致癌物吸入体内的生物。它刚想转身离开，突然停住了，除了尼古丁的味道以外，它还闻到了别的。气味虽微弱，却很熟悉。这时，《六点钟晚餐》的乐队演奏起了《她回来了！》的曲子，它又闻了闻，又瞥了一眼那个不鼓掌的人。只见她把包放在过道边缘的地上，颤巍巍地将烟递到嘴边。

它扬起鼻子。硝化甘油？不可能。

“把大锅里填满水，”伊丽莎白在台上说道，“然后把土豆……”

它又闻了闻。硝化甘油。若使用不当，就会发出吓人的声响，就像爆竹那样，或者——它想起了卡尔文，努力地咽了一口口水——像汽车回火那样。

“把土豆放到高温加热的锅里。”

“找到它，妈的，”它耳边又传来彭德尔顿营驯犬师的口令，“找到那颗该死的炸弹！”

“土豆中的淀粉，就是一种由直链淀粉和支链淀粉分子组成的长碳水化合物——”

硝化甘油。失败的味道。

“当淀粉开始分解时——”

是从那个不鼓掌的女人的手包里散发出来的。

在彭德尔顿营，狗狗的任务只是定位炸弹，不用拆除——拆除是驯犬师的职责。不过偶尔也会有一些爱出风头的家伙——德牧——去拆弹。

虽然演播室里很凉快，六点半却喘起粗气来。它努力地想往前迈步，腿却像是灌了铅一样。它停下了。它对自己说，现在只能再玩一次它最讨厌的游戏了——把东西取回来——还要闻它最不喜欢的味道——硝化甘油。一想到这个，它就觉得恶心。

“这是什么东西？”西摩·布朗发现一只女士手包，拎手的地方湿乎乎的，就放在门口他的保安桌上，“不知是哪位女士的，一定急坏了。”他打开手包准备查看一番，没想到一打开，一股刺鼻的味道直冲出来，他赶紧打了电话。

“现在，请您这样双手交叉站着。”一名记者给西摩摆造型时说道，并把一只新的闪光灯泡放进摄像机里，“表情严肃——感觉像是要给那人一点教训一样。”

没想到，居然还是那个记者——那个在墓地出现过的记者。还在追逐着他的记者梦，最近还在车里装了非法警用无线电，今天终于派上用场了：有人在KCTV演播室的一只女士手包里发现了一颗小型炸弹。

西摩解释说，不知为何，这包就放在了自己的桌上，记者在一旁做着笔记；他不知道这包是怎么跑到自己桌上的。原本是想打开看看里面有没有能够验证失主身份的东西，结果却发现有一沓传单，谴责伊丽莎白·佐特是无神论者，还有两根用细电线绑在一起的炸药棒，外表看上去就像个坏掉的玩具。

“可是，为什么有人想要炸掉KCTV呢？”记者问道，“你们做的不都是些午后档节目？或者肥皂剧？小丑表演吗？”

“我们各种节目都做，”西摩一边说，一边用发抖的手摸了摸头顶，“不过，我们的一位主持人曾说过她不相信上帝，从那以后，我们就经常遇到麻烦。”

“什么？”记者一脸惊诧地说道，“谁不相信上帝？我们刚刚说的到底是什么类型的节目？”

“西摩——西摩！”沃尔特·派恩喊道。只见他和一名警官从一小堆神情忧虑的员工中间穿过来，“西摩，谢天谢地你没事。要知道——这可是要冒生命危险的！”

“我没事，派恩先生，”西摩说道，“我没有做什么。真的。”

“其实，布朗先生，”那名警官一边看着笔记，一边说道，“你可是做了一件了不起的事。我们已经追踪这名女士有一阵子了。她是一名顽冥不化的麦卡锡主义者，名副其实的疯子。听说她几个月来一直在发死亡恐吓信。”他合上笔记本，“我猜，她是想引起大家的注意。”

“死亡恐吓？”记者猛地抬起头，“那么这是——什么—— 一档新闻节目吗？带有政治评论的？辩论的那种？”

“是烹饪节目，”沃尔特说道，“如果不是你拿到了那只包，布朗先生，今天的结局可能就大不一样了。你是怎么做到的？”警官特别问道，“怎么在她没有察觉的情况下拿到包的？”

“这也正是我一直跟大家说的。我没有做什么，”西摩坚持说道，“它自己就跑到了我的桌上。”

“你太谦虚了。”沃尔特轻轻拍了拍他的背，说道。

“这才是真正的英雄。”警官点头说。

“我们编辑一定喜欢这种题材。”记者说道。

远处，六点半正趴在角落里看着这群人，它累坏了。

“再拍几张照片，应该……”这时，记者用眼角的余光瞄到了六点半。“嘿，”他说，“我是不是见过那只狗？我认识那只狗。”

“大家都认识那只狗，”西摩说道，“人家可是上了节目的。”

记者看了看沃尔特，一脸的不解。“我刚刚听您说这是一档烹饪节目。”

“的确。”

“狗上烹饪节目？它能做什么呢？”

沃尔特犹豫了一下。“什么都不做。”他坦言道。可话音还没落，他突然觉得心里有些不是滋味。

对面六点半的眼神刚好与他相遇。沃尔特不养狗，即便如此，他也能明白它的意思：那个杂种东西彻底完蛋了。

第三十六章

生与死

“好消息！”一周后，沃尔特过来与伊丽莎白、哈丽特、玛德琳和阿曼达一同坐到桌旁，他激动得浑身发抖。这已然成为一种常态——星期天在伊丽莎白家实验室享用晚餐，“《生活》杂志今天打来电话。他们想做个报道！”

“不感兴趣。”伊丽莎白说道。

“这可是《生活》杂志！”

“他们想听的是我的私生活——可这跟别人没有任何关系。我知道他们是怎么想的。”

“喏，”沃尔特说道，“这是一次不错的契机。死亡恐吓的事已经过去了，但是好的出镜机会，我们还是可以利用一下的。”

“不。”

“每一家杂志都遭到了你的拒绝，伊丽莎白。不能老是这样。”

“我很乐意接受《今日化学》的采访。”

“好吧，”他翻了翻眼睛，说道，“棒极了。但它的读者并非我们的目标观众，而且我也已经给他们打过电话，实在没办法。”

“然后呢？”她迫切地说道。

“他们说，对电视上做饭的女士不感兴趣。”

伊丽莎白听后，起身出去了。

“帮帮忙，哈丽特。”晚饭后，沃尔特和哈丽特一同坐在后门的台阶上。

“你不该说她是在电视上做饭的人。”

“我知道，我知道。但是她也不应该告诉所有人她不相信上帝这件事。这样我们怎么能有出路呢。”

这时，纱门开了。“哈丽特，”阿曼达打断了他们的谈话，“过来一起玩儿吧。”

“等一会儿，”哈丽特用胳膊一把搂过小姑娘，说道，“你先去和玛德琳搭城堡怎么样，我一会儿就来。”

“阿曼达很喜欢你，哈丽特。”见女儿跑回屋子里去了，沃尔特悄悄地说道。他刚想说，我也很喜欢你，不过忍住了。过去的几个月里，他之所以经常来佐特家，就是为了能经常见到哈丽特。每次一离开，他就情不自禁地想她，一想就是几个小时。她已经结婚了——听伊丽莎白说并不幸福——但那又能如何呢，她对他根本就没兴趣，这也不能怪人家。他今年已经五十五岁了，连头发都没剩几根，工作上也没什么业绩，还带着一个小孩，而且严格来讲，他们连血缘都没有。要是有一种《男人最不招人喜欢的几点特征》杂志，他一定能登上封面。

"噢，"听到他的赞美之词，哈丽特害羞得脖子都红了。她赶紧收拾了一下裙子，拉到袜筒那里。"我会跟伊丽莎白谈谈的，"她承诺道，"但是你应该首先找那位记者聊一聊，告诉他避开私人问题，尤其是跟卡尔文·埃文斯有关的事。只说伊丽莎白——说她在事业上的收获。"

采访定在接下来的那一周。那位记者名叫富兰克林·罗斯，是一名获奖记者，以赢得别人的信任为专长，就连那些最顽固的明星都能搞定。他悄悄地在《六点钟晚餐》的观众席上找了个座位，伊丽莎白正在台上切着一大把绿叶菜。"很多人都以为蛋白质的摄取要通过肉、蛋和鱼，"她说，"其实蛋白质是源于植物的，世界上那些体形最大、最强壮的动物都要以植物为食。"说着，她拿起一本讲大象的《国家地理》杂志，然后继续详细地解释了这个世界上体形最为庞大的陆地动物的新陈代谢过程，还让摄像机给其中一张大象粪便的照片做了特写。

"其实，大家能够看到里面的纤维。"她敲了敲那张照片，说道。

罗斯看过几次这档节目，觉得它确实很有趣，不过此时，身为现场观众的他发现周围的人——98%都是女性观众——完全融入了佐特所讲述的话题当中。所有人都带着笔记本和铅笔，其中有几名观众还带来了化学教科书。所有人都全神贯注地听讲，就像大学课堂或教堂上应有的场景那样（实则不然）。

趁着中间插播广告的时候，他转过身问旁边的一位女士。"您是否介意我问您一个问题，"他拿出记者证，礼貌地问道，"您为什么喜欢这个节目？"

"因为它能让我体会到被尊重的感觉。"

“不是因为烹饪方法吗？”

她用质疑的眼神看了他一眼。“有时候我就想，”她慢条斯理地说道，“如果让一个男人在美国体会一下做女人的感受，恐怕他连半天都撑不住。”

坐在他另一边的女人拍了拍他的膝盖：“我们可要准备反击了。”

节目结束后，他来到后台，佐特跟他握了握手，六点半像警察搜身一样在他身上闻了闻。简单的介绍之后，她邀请他和他的摄像师来到自己的更衣室，在那里讲了一些关于节目的事——更准确地说，是节目上提到的化学领域的话题。他礼貌地听着，然后评价了一下她的牛仔裤——大胆的尝试。她不解地看着他，随后也祝贺他做了同样大胆的尝试。语气中带着点情绪。

摄像师在一旁轻轻按快门拍照的时候，他把话题转移到她的发型上。她冷冷地看了他一眼。

摄像师焦急地看着罗斯，上面安排他至少要拍一张伊丽莎白·佐特微笑的照片。帮帮忙，他示意罗斯，聊些有趣的话题。

“我能问问您头发上的那根铅笔是做什么的吗？”罗斯尝试着问道。

“当然，”她说，“那是一根2号铅笔。‘2号’代表铅的硬度。其实，铅笔中并没有铅。里面的成分是石墨，是一种碳的同素异形体。”

“不，我的意思是，为什么——”

“是铅笔而不是钢笔？因为它跟墨水不同，石墨是可以擦掉的。罗斯先生，人是会犯错的。铅笔能让人改掉错误，继续前行。科学家喜欢试错，正因为此，我们才能欣然地接受失败。”说完，她用鄙夷的眼神看了看他的钢笔。

摄像师翻了翻白眼。

“喏，”罗斯合上笔记本，说道，“我原本以为您是愿意配合此次采访的，但是我觉得您好像并不愿意。我从来不会违背人的意愿做采访，非常抱歉打扰到您。”说完，他朝着摄像师点了下头，示意他准备离开。他们刚要穿过停车场，就被西摩·布朗喊住了。“佐特说请二位在这里等一下。”他说。

五分钟后，伊丽莎白·佐特开着那辆旧的蓝色普利茅斯，罗斯坐在前排，狗和摄影师坐在后排。

“它不咬人，对吧？”摄像师紧贴着车窗，问道。

“但凡是狗都有咬人的本能，”她朝身后说道，“就像人类一样，但凡是人，都有伤害他人的本能。关键就在于，行为举止要得当，这样才不会造成不必要的伤害。”

“那它到底会不会咬人？”他问道。这时，他们的车正好汇入到高速公路的车流中，所以，他的问题被发动机加速的声音盖过了。

“我们这是去哪儿？”罗斯问道。

“我的实验室。”

当他们把车开到一片陈旧而干净的小区，最后停在一所棕色的小平房前的时候，他觉得刚才一定是自己听错了。

“我想，今天应该是我向你道歉，”她一边把他们请到屋里，一边说道，“我的离心机坏了，不过依旧能做咖啡。”

摄像师开始拍照，她开始动手做咖啡，见到被改造后的厨房，罗斯惊得张大了嘴巴。有点像手术室，也有点像生化试验场所。

“这个负载有点失衡。”她一边指着一台大型银器，一边往里面加了些液体，液体因密度不同而出现了分层。离心？他不懂。他又把笔记本打开。随后，她把一盘点心端到他面前。

“这是肉桂醛。”她解释说。

他转过身，发现狗狗正在看他。

“给狗取六点半这个名字，确实有些不同寻常，”他说，“有什么含义吗？”

“含义？”她把煤气灯点上，朝他这边转过身来，她皱着眉头，依旧不理解他为何要问这种小儿科的问题。紧接着，她又仔细地讲述了有关巴比伦人的事，他们用的就是六十分制——她解释说，计数的时候也是以 60 为单位的——无论是数学还是天文学。“希望这样解释您能够明白。”她说。

与此同时，她邀请来的那位摄像师正在四处转悠，问放在客厅中央的那台机器是什么。“你是说划船器？”她说，“就是一种模拟划船的机器。我是一名船手。如今很多女性都在划船。”

罗斯把笔记本放在实验室的桌子上，跟着他们去了另一间屋子，屋子里摆满了船桨。“尔格是能量的计量单位。”她一边解释，一边前后摆弄了一下那机器，动作单调而乏味，摄像师从多个角度抓拍了几张照片。“划船需要消耗大量的尔格。”说完，她站起身来，摄像师给她手上的老茧拍了几张照片，之后三人都回到了实验室，罗斯发现那只狗把口水淌在了他的笔记本上。

于是，整个采访就成了这个样子：从头到尾都很无聊。他继续问他的问题，她也全部都做了回答——回答问题时礼貌、尽职尽责、客观科学。也就是说，他没问出来任何实质性的东西。

她把一杯咖啡端到他跟前。他本来是不喝咖啡的——他觉得味道太苦——不过，看她动用了那么多器材才做好：烧杯、试管、移液管，还有蒸汽管。出于礼貌，他抿了一小口，接着又抿了一口。

“这真是咖啡吗？”他问道，满脸的敬畏之情。

“或许，您应该见识一下六点半是怎么在实验室里给我帮忙的。”她邀请说。接着，她就给狗狗戴上了类似护目镜的东西，又解释了一下自己的研究领域——她称为无生源——之后把他的笔记本拿过来，用粗字体把这个单词拼写出来。这时，摄像师看见六点半按下按钮，控制通风橱的开关，赶紧拍了张快照。

“我之所以想把你们二位带到这里来，”她对罗斯说，“是因为我想让你们的读者知道，我真正的职业不是电视烹饪节目的主持人。我是一名化学家。一直以来，我的目标就是要解开当今时代中一个最为神秘的化学谜团。”

她继续解释无生源理论，深入浅出，看得出来，她很兴奋。他这才意识到，原来她真的很擅长给人讲解东西，能把很无聊的概念讲得很有趣。她兴高采烈地介绍着实验室中的各种器具，他做着详细的记录，她偶尔还会给他讲讲自己的试验与分析结果，并再次因为离心机的故障而表示歉意，还解释说，在家里安装回旋加速器是不可能的，暗指当前的城市地区法规不允许家庭安装具有放射性的装置。“政客们那一关难过，不是吗？”她说，“总之，生命的起源。我就是在研究这个东西。”

“仅此一项吗？”他问道。

“仅此一项。”她说。

罗斯坐在凳子上来回扭动着身体。他对科学没有丝毫的兴趣——人才是他感兴趣的东西。然而到了伊丽莎白·佐特这里，要想从她的事业自然而然地过渡到她的身世背景，似乎并不可行。他想，只剩一个办法了，可是，沃尔特·派恩之前明确警告过他，不能走这条路——如果他不听劝，那么采访就只能以失败收场。无论如何，罗斯决定试一试。“跟我讲讲卡尔文·埃文斯的事吧。”他说。

仅仅是提到卡尔文的名字，伊丽莎白就像被鞭子抽了一样，眼睛里一下子没了光。她静静地看着罗斯好长时间——就像在看一个违背了承诺的人一样。“所以，你对卡尔文的工作更感兴趣。”她语气平缓地说道。

摄像师朝罗斯摇了摇头，长长地吐了口气，好像在说“干得好，真是天才”。接着，他把镜头盖子盖上，觉得没有必要再拍下去了。“我在外面等你。”他厌烦地说了一句。

“我不是对他的工作感兴趣，”罗斯说，“我想知道更多有关你和埃文斯之间的事。”

“这关你什么事？”

他又一次感觉到那狗虎视眈眈。我已经找准了你的颈动脉。

“因为，关于你们俩之间的关系，外界有很多传言。”

“传言。”

“我知道，他有着丰富的成长经历——船手、剑桥大学——还有你，”他看了看自己的笔记，“曾经就读于加州大学洛杉矶分校。不过，我注意到，你是大学肄业。后来你去了哪里？我还了解到，你被黑斯廷斯解雇了。”

“你查过我的资料。”

“这是我的工作内容。”

“这么说，你还查过卡尔文。”

“嗯，不，因为没有太多的必要。他以前很有名气——”

她歪着头，这让他有些不安。

“佐特女士，”他说，“您也很有名——”

“我对名声不感兴趣。”

“佐特女士，不要任由旁人去揣测你的故事，”罗斯提醒她说道，“这样一来，他们总是会歪曲事实。”

“记者们就是这么做的。”她搬了张凳子坐在他旁边。有那么一瞬间，她看上去想要配合，之后又把话咽了回去，只顾盯着那堵墙。

他们就这样坐了好一阵子——久到咖啡都凉了，天美时手表似乎都没了精神。这时，外面响起一阵车喇叭声，紧接着是一个女人的喊声，“要跟你讲多少遍才行呢？”

如果说新闻界存在着真理，那就应该是这样的真理：只有当记者不再逼问时，话题才会自然而然地展开。罗斯深谙此道理，不过，这并不是他保持沉默的理由。他之所以不说话，是因为他恨自己。人家明明告诉他不要这么过分，可他还是这样做了。他明明已经赢得了她的信任，却又把一切都搞砸了。他想要道歉，然而身为一名记者，他知道，话语是没有用的，是无法真正表达歉意的。

突然，一阵汽笛声响起，她像只小鹿一样吓了一跳。

她身体前倾，帮他把笔记本打开。“想知道卡尔文和我的事吗？”她冷冷地说道。接着，她跟他讲起了那件任谁都不会与记者提起的事：赤裸裸的事实。他甚至都不知道该如何应对。

第三十七章

大卖

毫无疑问，在当今的电视领域，伊丽莎白·佐特绝对是最具影响力与智慧的人。在返回纽约的航班上，他坐在21C的位置上这样写道。接着，他就停下了，又点了杯加水苏格兰威士忌，漫无目的地向下望着。他是一名优秀的作家兼记者，也兼备二者的技能，再加上酒精的作用，本应该文思泉涌——他希望如此。她的经历坎坷，不过凭借他的经验，这往往是件好事。然而从这件事上来看，就这个女人来讲——

他的手指在飞机的盘桌上轻轻地敲着。一般来讲，记者说话都是不偏不倚的：公正，不带任何主观上的情感。然而，此时他似乎偏向了一边；更确切地说，是更偏向于她这边，根本不愿从其他角度审视她的故事。罗斯在座位上翻来覆去，一口气把新倒的酒都喝了。

该死。他采访过这么多人——沃尔特·派恩、哈丽特·斯隆，还有黑斯廷斯的几个人，以及《六点钟晚餐》的所有参与人员。他甚至有机会去问那个孩子（玛德琳）几个问题，当时，那孩子正走到实验室去看书——她真是在读《喧哗与骚动》吗？不过，他没有问那孩子任何问题，因为感觉那样做是不对的，而且，那只狗一直都对他虎视眈眈。当伊丽莎白帮玛德琳处理腿上的一处小伤口时，六点半朝他转过身来，龇着牙。

可是，其他人的话也就算了，只有她的话，令他余生难忘。

“卡尔文和我是灵魂伴侣。”她开口说道。

接下来，她描述了自己对那个害羞、忧郁男人的情感，让罗斯深刻地体会到了那种失去爱人的痛苦。“其实，要想了解我与卡尔文之间这种罕见的经历，不用像探索高深的化学领域那样，”她说道，“卡尔文和我可不是普通意义上的碰见，而是撞到的。严格来讲，其实——是在一家剧院的大堂。他吐在了我的身上。您知道大爆炸理论，对吧？”

她继续用“膨胀”“密度”“热量”这种词来描述他们两人之间的恋爱关系，一直在强调激情的背后是一种对彼此的尊重。“你知道这有多么不同凡响吗？”她说道，“一个男人能够像重视自己的事业那样重视爱人的事业？”

他深吸了一口气。

“我是一名化学家，罗斯先生，”她说道，“所以，卡尔文有理由对我的研究内容感兴趣，不过这只是浅层意义上的。我跟其他那么多化学家共事，没有一个人把我当成化学家。除了卡尔文和另一个人。”说着，她眼神里流露着怒火，“还有就是多纳蒂博士，黑斯廷斯化学部的主管。他不仅知道我是一名化学家，还了解我的研究内容。事实上，他窃取了我的研究成果，据为己有后公开发表。”

罗斯瞪大了眼睛。

“就是在那一天，我辞职了。”

“你为什么不告诉出版社？”他说，“为什么不索要赔偿？”

伊丽莎白看着罗斯，好像他是生活在另一个星球的人。“我猜你是在开玩笑吧。”

罗斯突然觉得一阵羞愧。是啊，有谁会去相信一个女人的话，而不相信部门男领导呢？老实说，换成他，他也不会相信。

“我爱卡尔文，”她说，“因为他聪明又善良，因为他是第一个懂得尊重我的人。假如所有男人都尊重女人的话，教育领域一定会发生变化。劳动力领域会彻底获得革新。从今以后也就不会再有婚姻顾问什么事。您明白我的意思吗？”

他明白，只是，他其实不想让社会变成那样。他的妻子最近离开了他，说他不懂得尊重她这个家庭主妇兼母亲的劳动与付出。可是，家庭主妇与母亲算不上是真正意义上的工作，不是吗？更像是一种角色。总之，她离开了他。

“所以，我想通过《六点钟晚餐》来教大家化学。因为，女人一旦懂得化学，她们就明白了事物运行的道理。”

罗斯听得一脸的困惑。

“就拿原子和分子来打比方吧，罗斯，”她解释道，“物质世界是由原子和分子构成的。女人们了解了这些基本的概念之后，她们就能看透那些专门用来限制她们思想的东西。”

“你的意思是男人。”

“我的意思是那些人为的文化与宗教政策，是它们有意抬高了男性这种单一性别的领导地位，这是一种非自然化的现象。只要对化学领域有最基本的了解，就能清楚地意识到这种不平衡的现象有多么危险。”

“嗯，”他突然意识到，自己以前从没考虑过这个问题，“我也觉得这个社会还有很多有待改进的地方，但是说到宗教，我还是觉得，它能让我们变得谦卑——教我们认清自己在这个社会中的位置。”

“真的吗？”她惊讶地说道，“在我看来，它就是在让我们听天由命。让人以为一切都不是自己的错；有那么一种东西或者一个人在背后掌控着一切；最终，无论发生什么事都不怪我们；为了能顺心遂意，我们只能祈祷。然而事实是，世界上很多丑恶的事都是我们做的。此外，我们是有补救的能力的。”

“你该不会认为人类能拯救宇宙吧。”

“我说的是完善我们自己，罗斯先生——弥补我们的错误。大自然才是处于更高一层级的。我们可以更多学习、更多进步，但为了实现这一目标，我们必须打开这扇门。因为在性别与种族上的无知偏见，很多聪明的大脑被科研领域拒之门外。这让我觉得愤慨，你也应该因此而感到愤慨。科学领域还有很多问题有待解决：饥荒、疾病、物种灭绝。那些蓄意利用狭隘、陈旧的文化理念来将他人拒之门外的人不仅缺乏真诚，还异常狡诈懒散。黑斯廷斯研究所里就都是这样的人。”

罗斯停了笔，这让他想起了一些事情。那时，他在一家知名的杂志社工作，新来的编辑以前是《好莱坞报道》报社的——那是一家不怎么样的报社——而他，罗斯，即便拿过普利策奖，也还得在这个把“新闻”称作“热点”的人手下工作，而且这个人坚持认为，“不可告人的秘密”绝对是每日新闻报道中不可或缺的题材。新闻业是一种盈利性的行业！老板总是这样提醒他，人们想听那些肮脏污秽的东西！

“我是一名无神论者，罗斯先生，”她重重地叹了一口气说道，“实际上，是一名人文主义者。可是我不得不承认，有时候，人类物种真是让我觉得恶心。”

她站起身，把茶杯收起来，放到贴有洗眼站标识的旁边。他本以为这是一种明显的暗示，采访结束了，没想到她居然又转回身来。

“至于我的本科学历，”她说道，“我研究生没有毕业，也从没说过我拿到了学位。我能进迈耶斯的研究生培养项目，完全是靠自己自学的。说到迈耶斯，”她从头发上把铅笔拿下来，语气生硬地说道。“有些事应该让你知道。”接着，她把事情的经过告诉了他，并解释说，当初她之所以离开 UCLA，是因为男人强奸了女人，却还要让她们闭口不言。

罗斯使劲儿吞了口唾沫。

“至于我的背景，是我哥哥抚养我长大的，”她继续说道，“他教我读书，带我去看图书馆里的东西，父母视钱如命，哥哥尽量不让我受他们的影响。我们发现约翰在棚屋里上吊自杀的那天，父亲甚至都不愿等警察赶来，不愿为了此事而耽误了演出的时间。”她解释说，她父亲是一个宣扬世界末日的杂耍人士，目前正在服刑，当初为了奇幻的表演效果而导致三人被杀，结果被判了二十五年，真正神奇的地方在于，他的一番操作居然没有导致更多人死亡。至于她的母亲，她已经十二年多没见过母亲了。听说组建了一个新的家庭，到巴西去过好日子了。看来，避税的代价就是终身不能回国。

“不过，我觉得卡尔文的童年更令人心酸。”紧接着，她说到了他父母的死、他姑姑的死——后来，他只能去了天主教男孩福利院，在那里，他被神父们蹂躏，直到后来长大了，足以应对这些事，才结束了这一切。在之前跟福莱斯克一同偷来的箱子里，她发现了他放在箱底的一本旧日记。虽然不太能读懂他年幼时写的那些字，但字里行间能够感受到他的忧伤。

她没有告诉罗斯，她就是在卡尔文那几页日记中发现了埋藏在他心底里那股仇恨的根源。*虽不该至此，但命运使然。*他写道，仿佛暗示着本应有其他选择。*我永远都不会原谅那个人，那个他。永远不会。有生之年都不会。*直到读了他写给韦克利的那封信，她才明白，原来那个人就是他恨极了的父亲。那个他发誓有生之年都不会原谅的人。他果然守住了承诺。

罗斯坐在桌旁，低着头。他是在一个正常的家庭中长大的——父母双亲，没有人自杀，也没有谋杀，甚至连本教区的神父都没有随便摸过他一下。即便这样，他心里依旧有很多抱怨。到底是怎么回事？人们总是有这种坏毛病，看不到别人的艰难与悲惨，无视自己所拥有的东西，或者曾经拥有过的东西。他想念自己的妻子。

“说到卡尔文的死，”她说，“我是百分百有责任的。”她继续说起了那场事故、狗绳以及汽笛声，也正是因此，她不再以任何形式对别人的做法强加干涉，再也不会。在她看来，他的死亡使得后续的一系列事情都遭遇挫败：猝不及防地被多纳蒂窃取了研究成果，无奈只能放弃了自己的研究；为了教女儿与人和谐相处，她把女儿送进了学校，结果却与自己的初心背道而驰；更糟糕的是，她成了自己最不想成为的人，一个像她父亲一样的表演者。噢对了，她还让菲尔·莱布斯马尔的心脏病犯了。“不过，我觉得最后一个其实不算是坏事。”她说道。

“你们在里面都谈了些什么？”在赶往机场的路上，摄像师问道，“我错过什么了吗？”

“没有。”罗斯撒谎道。

上车前，罗斯就已经决定把自己知道的这些事尘封心底了。他会赶在截止日期之前把报道交上去，完全按照规矩办事，一个字都不多说。他会写一长篇内容，却不透露任何信息。他会跟读者说一说她的事，却不会提及她的私事。也就是说，他会在截止日期之前交稿，而这也是新闻行业中最为重要的规矩。

“抛开伊丽莎白·佐特跟大家所讲的内容，其实《六点钟晚餐》不仅仅可以帮大家打开化学领域的大门。”那天，他在飞机上这样写道，“这是一档三十分钟时长的节目，也是每周五天的生活课。它并不强调人的背景与经历，而是关注人们成就未来的能力。”

在个人信息部分，他用长达两千字的篇幅描述了无生源理论，后面还用五百字的篇幅解释了大象消化食物的原理。

“这不是报道！”新任编辑读完他的初稿后写下了这样的评语，“佐特那些见不得人的事呢？”

“没有什么见不得人的事。”罗斯说道。

两个月后，她登上了《生活》杂志的封面。她两臂交叉放在胸前，表情严肃，旁边的标题是《为什么她做什么我们都喜欢吃》。六页文章中总共有十五张伊丽莎白的照片——在节目上的、蹬划船器的、化妆时的、轻轻拍六点半的，还有跟沃尔特·派恩谈话的、整理头发的。文章开头，罗斯说她是现如今电视行业中最有大智慧的人，后来编辑把“大智慧”换成了“有魅力”。接下来，文章抓取了她在节目上的几次高光时刻——灭火器的场景，毒蘑菇的场景，还有不相信上帝的场景，以及其他——他在结尾的评价是，她的节目其实是一种生活课。然而，接下来呢？

“她是死神。”这是一位初出茅庐的记者在纽约州新新监狱探访佐特父亲时听到她父亲的评价，“生来带有魔鬼的基因，而且桀骜不驯。”

这位记者还想方设法采访到了UCLA大学的迈耶斯博士，他说佐特是“一名平淡无奇的学生，跟分子相比，她对男人更感兴趣”，还说生活中的她并没有电视上那么好看。

“谁？”这名记者首次提到佐特的工作履历时，多纳蒂这样问道，“你说佐特？噢，等等——你是说那个小妞儿莉齐？我们大家都叫她‘小妞儿’，”他说道，“她经常拿出女人那套抵抗的手段，其实，那根本就算不上是抵抗。”为了证明他的这一说法，他笑着拿出她那件旧的实验服，上面依旧印着她名字的首字母，E.Z.“那小妞儿是一个不错的实验室技术员——这个岗位是我们专门为那些想要进入科学领域却又没有真正实力的人设置的。”

最后的评价是来自麦德福德太太的。“女人是属于家庭的，就是因为伊丽莎白·佐特没有回归家庭，所以她的孩子才会做出那些不妥的行为。她经常夸大自己孩子的能力——地位意识较强的父母往往都会有这种表现。当然了，她的女儿是我的学生，我很努力地在帮她抵消她妈妈对她造成的这种负面影响。”麦德福德还在这番评论后面附了一份玛德琳的家庭树复印版照片。“谎话连篇！”麦德福德在最上面写道，“看哪！”

文章中，最具杀伤力的就是那棵树。因为在那上面，玛德琳只写了沃尔特一个人——读者们立即联想到伊丽莎白跟自己的制片人有不正当的关系——不过，画上还有一个在牢门后面的外祖父，还有一个在巴西啃着玉米面团包馅饼的外祖母，一只读着《老黄狗》的大狗，一颗标有“仙女教母”的橡子，一个名叫哈丽特的女人正在毒害自己的丈夫，此外，还有已故的父亲的一块墓碑，一个脖子上套着绳子的孩子，还有一些跟奈费尔提蒂、索杰纳·特鲁思和阿梅莉亚·埃尔哈特扯不清的关系。

一天之内，这些杂志就销售一空。

第三十八章

核仁巧克力饼
1961 年 7 月

有人说，根本就没有什么所谓的负面宣传，在这件事上，的确如此。《六点钟晚餐》声名大噪。

“伊丽莎白，”她来到沃尔特办公室，冷着脸坐到他对面，沃尔特说道，“我知道文章的事你很生气——我们都很生气。不过，我们应该往好的方面想一想。新一批广告商都排成了队。几家制造商求着要以你的名字开设全新的生产线。锅、刀，所有这类东西！”

她噘起嘴唇，他看出情况不妙。

“美泰公司甚至说要送过来一些女孩儿用的化学试验玩具……”

“化学试验玩具？”她有些兴奋地说道。

“要知道，这还仅仅是模型，”他一边小心翼翼地说，一边递给她一份提议，“我敢说，还会——”

“‘女孩子们！’”她大声读道，“‘制作一款属于你自己的香水吧……运用科学的方法！’”“老天，沃尔特！盒子是粉色的吗？立即给这些人打电话——让他们把那些塑料瓶子送到该送的地方。”

“伊丽莎白，”他用安抚的语气说道，“虽然我们不用对每件事情都点头同意，但像这种有可能给我们提供终生财务保障的事，不只要为我们自己考虑，还得为我们的孩子考虑。不能只想着我们自己。”

“这不是为谁考虑的事，沃尔特，而是一种营销行为。”

“派恩先生，”一位秘书说道，“罗斯在二号线打来电话。”

“不要接，”伊丽莎白警告道，看得出来，她依旧在为之前一系列污蔑之词而感伤，“别接他的电话。”

“大家好，”几周后，伊丽莎白在台上说道，“我是伊丽莎白·佐特，这里是《六点钟晚餐》。”

她站在菜板后面，眼前摆着一堆五颜六色的蔬菜。“今晚我们吃茄子，”她拿起一大紫茄子说道，“或者，在别的地方，它又被称为矮瓜。茄子的营养成分很丰富，不过，由于它含有酚类化合物，所以口感有些苦涩。为了去除这种苦味……”说着，她突然停下了，看着手中的蔬菜，似乎有些不太满意。“我们还是换一种说法吧。为了预防茄子产生苦涩的口感……”说着说着，她又停下了，然后重重地吐了口气，接着把茄子扔到一边。

“算了，”她说道，“生活已经够苦了。”她转身把橱柜打开，从里面拿出一些新的食材来。“重新来。”她说道，“我们今晚做核仁巧克力饼。”

玛德琳正趴在电视前，两只腿交叉在身后摇晃着。“看来我们今晚又要吃核仁巧克力饼了，哈丽特。已经连续五天了。”

“我心情不好的时候通常都会做核仁巧克力饼，”伊丽莎白坦言道，“不得不说，糖是使人心情愉悦的一种必要成分，单从个人经验来讲，我吃了以后确实会感觉好一些。那么，就让我们开始吧。”

“玛德琳，”哈丽特盖过电视里伊丽莎白的声音，一边涂着口红，一边把头发打松。“我要出去一会儿，好吗？别开门，也别接电话，不要出家门。我会在你妈妈回来之前赶回来。明白吗？玛德琳？听见我说话没有？”

“什么？”

“一会儿见。”说完，她就把身后的门关上了。

“用高质量的可可粉或不加糖的烘焙巧克力制作出来的核仁巧克力饼是最棒的，”伊丽莎白继续说道，“我更喜欢荷兰可可。它里面含有大量的多酚类物质，它是一种还原剂，使人体免受氧化作用……”

玛德琳认真地看着电视里的妈妈把可可粉和融化后的黄油和糖混合在一起，然后拿木勺沿着碗的边缘用力搅拌，力道大得连碗都要被打碎了。《生活》杂志上市以来，她一直觉得很骄傲。她的妈妈——登上了杂志的封面！可是还没等她看一看，妈妈就把她买来的所有杂志——包括哈丽特的——都扔进了垃圾桶，然后又把重重的垃圾袋拖到路边。“别看这些杂志上的谎话，”她告诉玛德琳说，“明白吗？无论什么时候，都不可以。”

玛德琳点点头。可是第二天，她直接去了图书馆，一口气把杂志读完，她用手指引领视线，按照目录查找。“不，”她气得说不出话来，

“不，不，不。”眼泪滴落在妈妈的一张照片上，照片上的妈妈正在整理头发，似乎整天只知道这样搔首弄姿。“我妈妈是一名科学家、一名化学家。”

她把注意力又拉回到电视上，电视里的妈妈正在切胡桃。“胡桃中以生育酚形式存在的维生素 E 的含量特别高，”她说道，“有保护心脏的作用。”虽然她继续切着胡桃，但看得出来，那胡桃并没有让她那受了伤的心有任何好转。

这时，门铃突然响了，玛德琳吓了一跳。哈丽特从不让她给人开门，可是哈丽特现在不在家。于是，她从窗户偷偷往外看，以为是陌生人，没想到看见的是韦克利。

“玛德琳，”她打开门，韦克利神父说道，“我一直都很担心。”

电视上的伊丽莎白·佐特正在给大家解释空气是如何遍布粗糙的糖晶体表面，然后被锁到一层脂肪膜下、鼓出泡沫的。“我打入鸡蛋时，”她说，“一遇到热，鸡蛋中的蛋白质就会防止充满脂肪的气泡破碎。”说着，她放下碗，“我们稍后回来。”

“希望我突然造访没有给你带来不便，”韦克利说道，“我原本以为趁着你妈妈做节目的时候来你家找你。她今晚真要做核仁巧克力饼当晚餐吗？”

“她今天心情不好。”

“因为《生活》杂志上的那篇文章——我能想象得到。照看你的保姆呢？”

“哈丽特一会儿就回来。”她犹豫了一下，知道不应该问他这句话，“韦克利，想留下来吃晚饭吗？”

他犹豫了一下。如果可以根据心情来选择食谱的话，他恐怕每顿都得吃核仁巧克力饼。“我可不想那样莽撞，玛德琳。我只是想过来看看你怎么样。关于那棵家庭树的事，我没能帮上什么忙，真的很抱歉，不过，我为你的做法而感到骄傲。你把自己的家庭背景做了一个广泛而真实的定义。家庭的含义可比血缘关系广泛多了。”

“我知道。”

他看了看这间堆满了书的小屋子，无意中发现了那台划船器。“是它，”他惊奇地说道，“那台划船器。我在杂志上见到过。你爸爸的手还真巧。”

“我妈妈的手也很巧，”她语气坚定地说道，“我妈妈把我们家厨房改装成了——”还没等她给他展示那间实验室，就听电视里的伊丽莎白转过头来说。“说到做饭，我最喜欢的一件事就是，”她一边添加调料，一边说道，“它永远都是有价值的。当我们烹饪食物时，其实不只是在创造好吃的东西——而是在给我们的细胞提供能量，生命才得以维持。这跟其他事物完全不同。比如——”她停顿了一下，然后正对着摄像机，眯起眼睛，“杂志。”

“你可怜的妈妈。”韦克利摇了摇头，说道。

这时，后门砰的一声开了。

“哈丽特吗？”玛德琳喊道。

“不，亲爱的，是我。”那语调有些奇怪，“今天回来得早。”

韦克利吓得一动不敢动：“是你妈妈？”

他可没准备要见伊丽莎白·佐特。来到卡尔文·埃文斯曾经的家已经是够可以了，此刻，他还要突然与那个女人碰面，那个他没能在埃文斯葬礼上赶过去安慰的女人？那位有名的无神论电视节目主持人？那个登上了近期《生活》杂志封面的人？不。他得马上离开——立刻，不能让她看到一个成年男子跟她的小女儿独自待在一间空屋子里。老天！他在想些什么？还有什么比现在更糟糕的吗？

“再见了。”他小声对玛德琳说道，说完就赶紧转身朝前门走去。可还没等他开门，六点半就跑到他旁边。

韦克利！

“玛德琳？”伊丽莎白一边把包放到实验室，一边喊道，紧接着走进客厅。“那个——”她话没说完就停住了。“噢。”她皱起眉头，惊讶地发现一个戴着硬白领[1]的男人正握着她家前门的门把手。

“嗨，妈咪，”玛德琳努力装出若无其事的语调说道，“这是韦克利，我的一个朋友。”

“神父韦克利，”韦克利只好硬着头皮松开门把手，伸出手去跟她握手，“第一长老会的。很抱歉打扰到您，佐特太太。”他紧张地说道：“嗯，非常抱歉。我敢说，您忙了一天一定很累了。玛德琳和我是之前在图书馆认识的，她说得没错，我们是朋友，我们是——我刚要走。”

“是韦克利帮我完成了家庭树的作业。”

“都是一些破烂作业，”他说，“太误导人了。我非常反对这种窥视家庭隐私的作业——不过，其实，我也没帮上什么忙。我本来是

---

① 某些教士所带的硬白领。

希望能帮上忙。卡尔文·埃文斯给我带来过巨大的影响——他的成就——嗯，就我现在所从事的职业来看，说这话有些不合时宜，但我的确很敬佩他，我是他的粉丝；埃文斯和我其实……”他停住了。“您失去了亲人，我非常难过——我敢肯定，您一直……”

韦克利都能感觉到，自己说话有如那滔滔不绝的河水。他越是喋喋不休，伊丽莎白·佐特看他的眼神就越令他害怕。

“哈丽特去哪儿了？”她转身问玛德琳。

“有事出去了。”

电视里的伊丽莎白·佐特正在说：“到了提问的时间。”

“您真的是一名化学家吗？”有人问，“因为《生活》杂志上说——”

“没错，我是，”她肯定地说道，“能问一些有用的问题吗？”

伊丽莎白站在客厅里，听到这里一下子慌了。“马上把电视关掉。”她说。可还没等她够到按钮，演播室里的一位女观众就打探说：“听说您的女儿是私生女，是真的吗？”

韦克利两步就蹿到电视跟前，把电视关掉了。“别听这个，玛德琳，”他说。“这个世界充满了无知的人。”说完，他赶紧环视了一下屋子，好像在确认自己没落下什么，随后说道，“非常抱歉打扰了。”可是，当他再次把手放到前门的门把手上时，伊丽莎白·佐特一只手放到了他的袖子上。

“韦克利神父，”那是他听过的最为悲伤的语调，“我们之前见过的。”

“你从来没跟我说过，”玛德琳拿起第二块核仁巧克力饼，说道，

“为什么没告诉我你之前参加过爸爸的葬礼？”

“因为，”他说道，“我只是个小角色，仅此而已。我非常敬佩你的爸爸，但这并不意味着我了解他。我本想去帮助——我本想说些合适的话安慰你妈妈，却不知道说些什么。要知道，我从未见过你的爸爸——不过，我觉得我是很懂他的。这话听上去有些自不量力，”接着，他转身朝着伊丽莎白说道：“抱歉。”

整顿晚餐，伊丽莎白没说几句话，但韦克利这番肺腑之言似乎在某种程度上给予了她些许慰藉。她点点头。

“玛德琳，”她说，“私生的意思就是，你不是爸爸妈妈结婚生的。意思就是你爸爸和我没有结婚。”

“我知道这是什么意思，”她说，“我只是不懂，这有什么大不了呢。”

“对于那些蠢人来讲，这确实是件很大的事，”韦克利插话说，“我每天都在跟这种蠢人打交道，我了解。作为一名神父，我一直都希望能够让人变得不那么愚蠢——让他们意识到自己的行为是如此赘余……总之，你妈妈在文章中说得很对，我们这个社会中的事情，绝大多数都是虚构出来的，我们的文化、宗教信仰以及政策，某种程度上都会扭曲事实。私生就是其中一种虚构出来的事情。不要理那些话，也不要理会说这些话的人。”

伊丽莎白抬起头，一脸的惊讶。“我没在《生活》杂志上说那些话。”

“哪些话？”

“就是虚构的事情。还有扭曲事实。”

这回该轮到他一脸惊讶了。“对了，不是在《生活》杂志上，是在罗斯那本新……”他看了看玛德琳，好像才想起来自己此次前来拜访的目的。“噢，老天。”他弯腰从包里拿出一个没有封死的马尼拉信封，放到伊丽莎白面前。封面上写着：伊丽莎白·佐特。个人隐私。

“妈妈，”玛德琳赶紧说道，“罗斯先生几天前来过。我没有开门，因为我是不可以开门的，而且那个人是罗斯，哈丽特说罗斯是头号公敌。”说着，她停下了，耷拉着脑袋。“我看过他在《生活》杂志上写的文章了，”她承认说，“我知道你不让我看，可是我看了，写得确实很糟糕。还有，我不知道罗斯是怎么知道家庭树的事的，都是我的错，还有——”说着，眼泪从她的脸颊上滚落下来。

“亲爱的，”伊丽莎白把她抱到腿上，低声说道，“不，当然不是你的错，这些都不是你的错。你没有做错任何事。”

“不，是我的错，”妈妈抚摸着她的头发，玛德琳哽咽着说道。“那个，”她指着韦克利放在桌上的马尼拉信封，“那是罗斯送来的。他把它放在门口台阶上，我把它打开了。虽然上面写的是个人隐私，但是我看了，而且还把它拿给了韦克利。”

“可是玛德琳，你为什么……”说着，她停下了，警惕地看了看韦克利，“等等。你也看过了？”

“玛德琳去找我时我不在，”韦克利解释说，“不过，我的打字员告诉我说玛德琳去过，还说她很不高兴。所以，坦白讲——我也看了那篇文章。其实，我的打字员——很——”

“我的天！”伊丽莎白气极了，“你们这些人是怎么回事？看不到‘个人隐私’这几个字吗？”说完，她伸手去拿桌上的信封。

“可是玛德琳，”韦克利没有理会伊丽莎白的愤怒，说道，“是什么事让你不高兴？至少罗斯先生是在尽自己最大努力做正确的事，至少他把事实写了出来。”

“什么事实？”伊丽莎白说道，“那个人根本就不知道该怎样——”说着，她把手伸进信封里，拿出里面的东西，之后停住了。文章标题写的是《论思想的重要性》。

这是一篇文章的初稿——还没有被发表。标题下面是一张伊丽莎白在家中实验室里的照片，还有旁边戴着护目镜的六点半。照片周围点缀着世界上其他女性科学家在各自实验室中的照片。“面对科学界的偏见，”副标题写道，“这些女人是怎样应对的。”

最上面还写着一句话。

抱歉佐特。我从《生活》杂志辞职了。我依旧想把事实讲出来，却没有人愿意听。已经被十几家科学杂志社拒稿。我要去越南挖掘故事了。

挚友，

FR[①]

伊丽莎白屏住呼吸读完了这篇截然不同的报道。她想要的效果都在里面了：她的目标，她的试验。还有这些女人和她们的成就——有了这些战友，她突然觉得自己坚守的堡垒强大了许多，深深被她们的

① 罗斯全名的首字母缩写。

成就所鼓舞。

然而就在这时，玛德琳哭了起来。

“亲爱的，”伊丽莎白说道，“怎么了，为什么不开心？罗斯先生做得不错，是一篇好文章。我没有生你的气；我很高兴你把它读了一遍。里面的我和其他女科学家，他写的都很真实，我特别希望这篇文章能够发表。在某个杂志上。”她又看了看他的留言。已经遭到十几家科学杂志社的拒稿？真的吗？

“我知道，”玛德琳用手在鼻子下面擦了擦，“我正是因为这个伤心，妈妈。因为，你是属于实验室的。可是现在在电视上做晚餐……而且……而且，都是因为我。”

“不，”伊丽莎白温柔地说道，“不是这样的。所有的父母都要赚钱养家。这是成年人的一种责任。”

“可是你不能待在实验室，都是因为我——”

“不，不是这样的——”

“没错，就是这样的。韦克利的打字员告诉我的。”

伊丽莎白张大了嘴。

“老天。”韦克利用手捂住脸，说道。

“什么？”伊丽莎白说道，“你的打字员是谁？”

“我想，她或许认识你。”韦克利说。

“听我说，玛德琳，”伊丽莎白说，“仔细听我说。我现在依旧是一名化学家，一名上了电视的化学家。”

“不，”玛德琳悲伤地说，“你不是了。”

第三十九章

亲爱的先生们

两天前，正好赶上福莱斯克女士当班。通常情况下，她打字的速度是 145 词 / 分钟——无论按照什么样的标准都已经算是很快了——不过，世界纪录是 216 词 / 分钟，今天，福莱斯克用咖啡吃了三片减肥药，感觉能打破这一纪录。可是，当她的手指在键盘上跳跃，马上要打最后一段时，一旁的秒表在嘀嗒作响，突然听到有人说话。

“打扰了。”

“哎呀！”她从桌旁稍微离开一点，喊道。她把头往左边一甩，看到一个精瘦的、手里拿着马尼拉信封的小孩子。

“嗨。”那孩子说道。

“到底什么事！”福莱斯克不耐烦地说道。

“女士，您打得很快。”

福莱斯克用手按着心脏，好像在做自我安抚。“谢谢你。”她最后说了句。

“你的瞳孔在放大。”

“什么？”

“韦克利在吗？”

福莱斯克坐回到椅子上，心脏依旧颤抖个不停，只见那孩子把身子探过来，看了看打字机上的内容。

“有什么不对吗？”福莱斯克说道。

“我在计算，”那孩子解释说。随后，只见她一脸的敬畏之情，“哇哦，你已经能赶上斯特拉·帕朱纳斯了。”

“你是怎么知道斯特拉……”

“世界上速度最快的打字员。一分钟 216 个词。”

福莱斯克听了，眼睛瞪得老大。

“——不过，我中间打断了你，如果把这个算上的话……”

“你是谁？”福莱斯克语气坚定地问道。

“女士，您在流汗。”

福莱斯克赶紧用手擦了擦脑门。

“你每分钟能打 180 词。如果我们把刚才耽误的时间算进来的话。”

“你叫什么名字？”

“玛德琳。”那孩子说道。

福莱斯克看了看那孩子厚厚的、有些发紫的嘴唇，再加上那又长又笨的四肢。“埃文斯？”她脱口而出。

说完，两人都震惊地看着对方。

“你妈妈和爸爸以前在一起工作，”福莱斯克拿来一盘减肥饼干，一边吃饼干一边跟玛德琳解释说，“在黑斯廷斯。我在人力资源部，你妈妈和爸爸在化学部。你爸爸很有名气——这你肯定知道。现在你妈妈也很有名。”

“都是因为《生活》杂志。”那孩子耷拉着脑袋，说道。

“不，”福莱斯克语气坚决地说道，“不是因为它。”

“我爸爸是什么样的人？”玛德琳吃了一小口饼干，问道。

“他——”福莱斯克犹豫着。她这才意识到，原来自己根本就不了解他是个什么样的人，“他全心全意地爱着你的妈妈。”

玛德琳高兴坏了：“真的吗？”

“你的妈妈，”她第一次不带有嫉妒的情绪说道，“也全心全意地爱着他。”

“还有呢？”玛德琳好奇地追问道。

“他们在一起很幸福。很幸福，在你爸爸去世之前，他给你妈妈留下了一份礼物。你知道是什么礼物吗？”她把头朝玛德琳这边靠过来，“就是你。”

玛德琳轻轻地翻了翻眼睛。大人们在把坏事往好处说时，总会这个样子。她曾经听韦克利对一位图书馆管理员说，虽然她的堂妹乔伊斯去世了——在急救室因心脏病去世了——但她没有遭受痛苦。真的吗？有人问过乔伊斯本人吗？

“后来发生了什么？”

发生了什么？福莱斯克心想，嗯，我恶意散播了关于你母亲的谣言，导致她被解雇，害她没有了收入来源，后来又不得不回到黑斯廷斯。后来，你妈妈在女洗手间里对我大吼大叫。再后来，我们发现彼此都遭遇过性侵，也因此都没有拿到博士学位。于是就到了这样一家公司，做着一些可有可无的事，而且那家公司里全都是些窝囊废。这就是接下来所发生的事。

没想到她说："嗯，你妈妈觉得还是待在家里跟你在一起比较好。"

玛德琳放下手里的饼干。又来了。大人总是对事实遮遮掩掩的。

"我不知道那样有什么好。"玛德琳说道。

"你的意思是？"

"她难道不难过吗？"

福莱斯克把视线转向一边。

"我难过的时候可不想一个人待着。"

"再来点饼干吗？"福莱斯克漫不经心地问道。

"独自一人在家，"玛德琳继续说道，"没有爸爸，没有工作，没有朋友。"

福莱斯克突然对一本名叫《民以食为天》的出版物来了兴致。

"到底发生了什么？"玛德琳试探着问道。

"她被解雇了。"福莱斯克说，并没有考虑到这话可能对孩子产生的影响，"被解雇了，因为当时她怀了你。"

玛德琳听了一愣，好像身后被人打了一枪。

"再说一遍，这不是你的错。"福莱斯克安慰道，那孩子已经哭了十几分钟。"真的。你无法想象，黑斯廷斯的那些人思想有多保守，都是一群浑蛋。”福莱斯克心想，自己以前就是其中的一个浑蛋。她一边想，一边吃着剩下的饼干。这个时候的玛德琳，虽然哭得上气不接下气，却还在提醒她说，这饼干里含有酒石黄，一种食品着色添加剂，可能导致肝肾功能衰竭。

“总之，”福莱斯克继续说道，“这一切并不像你想的那样。你妈妈不是因为你才离开黑斯廷斯的。但多亏了你，她才得以离开那个地方。虽然她后来不得不再次回去，却是另一回事了。”

玛德琳重重地叹了口气。“我得走了，”她看了看钟，擦了擦鼻子，说道，“抱歉打扰了你的打字测试。能把这个转交给韦克利吗？”说着，她把那个没有封死的马尼拉信封拿过来，上面写着“伊丽莎白·佐特：个人隐私”。

“我会的。”福莱斯克一边抱了抱她，一边承诺道。可是，门一关，她就忘了那孩子的叮嘱，把信封打开了。“什么烂东西，”看了罗斯最近写的那篇文章，她咒骂道，“佐特太冤了。”

三十秒后，她奋笔疾书，给《生活》杂志的编辑们写了封信。“先生们，贵方关于伊丽莎白·佐特的封面故事我已经拜读过了，简直匪夷所思，我觉得，贵方有必要把相关信息核实人员辞掉。我知道伊丽莎白·佐特——之前同她一起共事过——而且我也知道，这篇文章里讲的都是谎话。我还和多纳蒂博士共事过。我知道他在黑斯廷斯的那些勾当，而且也有相关的证据作为支撑。”

她继续写着，将身为化学家的伊丽莎白的成就一一列出，当然了，绝大多数都是在读了罗斯那篇新文章之后得知的，与此同时，她尤其强调了佐特在黑斯廷斯遭受的那些不公平的待遇。她这样写道："多纳蒂挪用了她的科研资金，还蛮横霸道地将她解雇。我是知情人。"她承认说，"因为我也参与了其中——我目前正以打印布道文章为生，算是对我之前所作所为的一种惩罚吧。"接着，她继续解释说，在那之后，多纳蒂不仅窃取了佐特的研究成果，还骗取了巨额投资资金。结尾，她坦白到，她知道《生活》杂志不会有勇气发表这封信，却依旧觉得应该把它写出来。

后续将有谜底揭晓。

"伊丽莎白，看看这个！"哈丽特双手拿着最新一期的《生活》杂志，兴奋地说道，"全国各地的女人都给《生活》杂志写信表示抗议。这俨然成为一场战争——所有人都站在你这边，其中甚至有一个人说你们曾在黑斯廷斯共事过。"

"没兴趣。"

伊丽莎白把每日便条放到玛德琳的午餐盒里之后，把盖子盖好，然后假装鼓弄起本生灯来。过去的几周里，她一直都在尽最大努力让自己振作起来——她告诉自己，不要理会那篇文章。加油。想当初在经历自杀、性侵、谎言、剽窃以及各种毁灭性打击时，她都是采取的这种解决办法；这一次也一定可以。因为以往都可以。然而这一次，无论她的头抬得有多高，《生活》杂志中对于事实的扭曲都再一次将她击倒。这一次给她造成的伤害似乎是永久性的，就像打上了某种烙印一样。她永远都别想翻身了。

哈丽特大声地读着信的内容："如果不是伊丽莎白·佐特——"

“哈丽特，我说了，我不感兴趣。”她厉声说道。这有什么意义呢？她这一生已经能一眼望到头了。

“可罗斯这篇没有发表的文章，”哈丽特没有理会伊丽莎白的语气，说道，“把你称为科学家的这篇。我真不知道居然还有其他女性科学家——我的意思是，除了你和居里。我从头到尾读了两遍，觉得它写得很精彩。要知道，这是一种声音。科学界会注意到的。”

“可它已经被十几家科学杂志社拒绝了，”伊丽莎白绝望地说道，“人们对科学领域的女人不感兴趣。”说着，她拿起车钥匙。“我去看看玛德琳，然后就去上班了。”

“帮个忙行吗？尽量不要吵醒她。”

“哈丽特，”伊丽莎白说道，“我以前吵醒过她吗？”

听到伊丽莎白开走普利茅斯后，哈丽特打开了玛德琳的午餐盒，好奇地想看看伊丽莎白今天给她写了什么箴言。这并非臆想，最上面一行字写道，其实绝大多数人的本性都是恶的。

哈丽特忧心地用指尖按着额头。她在实验室周围来回忙活着，擦着柜台，伊丽莎白的情绪从未如此低落过。一堆空白的研究笔记，蒙了尘的化学器材，还有那没动过的铅笔。她心想，都怪那该死的《生活》杂志。可惜了它这名字，《生活》杂志，毁了伊丽莎白的生活——或者说是结束了她的生活——很大程度上都是因为多纳蒂和迈耶斯那种人的满嘴胡言。

“噢，亲爱的，”哈丽特看到走廊里的玛德琳，说道，“是妈妈把你吵醒了吗？”

“又是新的一天。”

两人一同坐下来，夹起早上伊丽莎白做的早餐松饼。

“我真的很担心，哈丽特，”玛德琳说道，“关于妈妈。”

“嗯，她现在心情非常不好，玛德琳，”哈丽特说，“不过，她很快就会重新好起来的。等着瞧吧。”

“你确定吗？”

哈丽特眼神移向别处。不，她不确定。她从未如此心神不宁过。每个人都有崩溃的临界点，她担心这有可能就是伊丽莎白的临界点。

随后，她又想起了《女士家庭》杂志上最新的讨论话题。“你能相信自己的理发师吗？”一篇文章的标题这样问道。另一篇文章的标题也提醒了她，“今年的衬衫可要穿对”。她一边叹气，一边拿起另一只松饼。当初是她劝伊丽莎白接受《生活》杂志采访的。如果要追究责任的话，那也只能怪她。

两人就这样静静地坐着，玛德琳拿掉松饼上的包装纸，哈丽特心里想着伊丽莎白刚刚说的话，没有人对科学领域的女人感兴趣。听上去真是这样。难道不是吗？

她把头歪向一边。“等等，玛德琳，”她一字一句地说着，似乎想起了什么，“等一下。”

第四十章

回归正轨

“我时常会想到死亡。”十一月一个清冷的夜晚，伊丽莎白对韦克利坦言道。

“我也是。”他说。

他们一同坐在后门的台阶上，低声聊着天。玛德琳在屋里看电视。

“我觉得这不太正常。”

“或许不正常吧。”他应和着，“不过，我不知道什么才算是正常的。在这方面，科学领域有明确的定义吗？你是怎样定义正常的？”

“嗯，”她说，“我觉得正常的定义有点像普通。”

“我也不知道。它不像天气，你不能期待正常，甚至无法做到正常。据我所知，正常这种东西很有可能就不存在。”

她斜着眼睛看她：“一向视《圣经》为常规典范的人居然会说出这种奇怪的话。”

“才不是，”他说，“我敢说，在《圣经》中，没有一件事物是正常的。这也有可能就是它广受欢迎的原因之一。有谁会相信生活就是它表面的样子呢？”

她一脸好奇地看着他：“但你相信那些故事，还到处去做宣传。”

“我只相信那么几件事，”他纠正道，“大致归纳一下就是，不放弃希望，不向黑暗低头。至于‘宣传’，我更喜欢用‘叙述’这个词。总之，我的信仰总是不入流的。在我看来，如果你的心死了，那么你整个人都死了。实际上你没有死，而且活得很好。这会让你陷入一种困境当中。”

“你在说什么？”

“你知道我在说什么。”

“你真是一个奇怪的神父。”

“不，我是一个糟糕的神父。”他纠正道。

她犹豫了片刻：“我要跟你坦白一些事情，韦克利。我看过你们的信。你和卡尔文给彼此写的信。我知道那是隐私，但那属于他的遗物，所以，我就看了。这是几年前的事了。”

韦克利转过身来看着她。“埃文斯还留着那些信？”突然，他十分想念这位老朋友。

“我不清楚你是否知道，他来黑斯廷斯是因为你。”

“什么？”

“你跟他说过，这里的天气是最棒的。”

“我说过吗？”

“你也知道，卡尔文对天气的要求有多高。他本可以去其他很多地方，赚更多的钱。但是他来到了这里，来到了康芒斯，‘那里的天气是世界上最棒的。’我记得你当时是这么描述的。”

突然，韦克利觉得他随口一说的话居然导致了这么严重的后果。因为他说了这些，埃文斯才来到了康芒斯，最后死在了康芒斯。“可是，只有等天大亮以后天气才算好。”他赶紧解释道，仿佛一定要有这句解释才能安心。“要等早上的雾散了才行。真不敢相信，他来这里是为了在晴空下划船。也就是说，在练习划船的时候——是没有太阳的。”

“你不用非得跟我解释这些。”

“我得解释。”他惶恐地说着，此刻才意识到，卡尔文的英年早逝多半是因为自己。“都是我的错。”

“不，不。”伊丽莎白叹气道，“买狗绳的人是我。”

接着，他们就这样坐着，听玛德琳跟着电视一起哼唱背景主题曲。*A horse is a horse, of course, of course, and no one can talk to a horse of course, that is, of course, unless the horse is the famous Mister Ed!*

听着听着，韦克利突然想起了那天在图书馆玛德琳跟自己说的那句悄悄话。我的狗能认识981个单词。听完，他震惊了。为什么像玛德琳这种尊重客观现实的孩子愿意相信这种显而易见的荒谬之词？

那他跟她说了什么呢？简直糟糕透了。我不相信上帝。

她轻轻闭了一下眼睛，然后清了清喉咙。“我原本有一个哥哥，韦克利，”她说道，语气像是在忏悔罪过，“他也死了。”

韦克利眉头紧皱：“一个哥哥？真遗憾。这是什么时候的事？发生了什么？”

“那是很久以前的事了。我当时十岁。他上吊自杀了。”

“老天。”韦克利声音颤抖着说道。突然，他想起了玛德琳的那棵家庭树。最下面有一个孩子，脖子上套着绳子。

“有一次，我也差点死了，”她说，“我跳进了采石场的一个水坑里。我不会游泳。现在也不会。”

“什么？”

“我哥哥跟着我跳了下去，把我救上岸。”

“我明白了，”韦克利稍微理解了她内心的愧疚，说道，“是你哥哥救了你，所以，你觉得自己也本该去救他。对吗？”

她转过身来看着他，脸上没有什么表情。

“可是伊丽莎白，你当时不会游泳——所以他才跟着你跳了下去。但是，自杀的意义完全不同。要复杂多了。”

“韦克利，”她说，“他当时也不会游泳。”

他们不再讲话了，韦克利有些绝望，因为他不知道该说什么，伊丽莎白有些沮丧，因为她不知道该做些什么。这时，六点半推开纱门，过来靠在了伊丽莎白身上。

“你一直都没原谅自己，”后来，韦克利说道，“但你必须放下他。你需要做的是接受。”

听完这番话，她发出一阵悲伤的声音，像一只逐渐漏气的轮胎一样。

“你是一名科学家，”他说，“提出质疑是你的使命——为了找到答案。但有时——这也是事实——是没有任何解决方法的。知道那句祷告词吗，开始的时候是这样说的‘上帝啊，若我不能改变事物，就请让我心甘情愿地接受它吧'。”

她皱着眉头。

“但这绝不是你的性格。”

她歪着头。

“化学的本质就是变化，而这又是你的核心价值观念。这很好，因为我们需要更多这样的人——拒绝接受现状，敢于承担痛苦。有时候，有些痛苦——比如你哥哥的死，还有卡尔文的死——实际上，它已经是既成事实，伊丽莎白。事情已经发生了，已经成为事实。”

“有时，我能够理解为何哥哥要离开这个世界，”她平静地说着，“经历了这么多事情之后，有时，我也想逃避。”

“我能理解。”韦克利想到《生活》杂志那篇文章对她造成的伤害，说道，“相信我，你的问题并不在此。你并没有想要逃避。”

她转过身来，一脸疑惑地看着他。

“而是想直面这一切。”

第四十一章

重拾自我

“大家好，”伊丽莎白说道，“我是伊丽莎白·佐特，这里是《六点钟晚餐》。”

沃尔特·派恩坐在制片人椅子上，闭着眼睛，回想着他们当初见面的那天。

她当时穿着一身白色的实验服，步履如风地越过他的秘书，头发扎在脑后，口齿清晰。他还记得，自己当时被她震撼到了。没错，她的确很迷人，不过他现在才意识到，那其实跟她的外表没什么关系。而是她的自信，那种对于自我的认可。她就像播种机一样，让这种自信在其他人心中生根发芽。

“今天节目一开始，我要跟大家宣布一件重要的事，”她说，“我要离开《六点钟晚餐》了，即刻起生效。”

说完，观众席上一阵惊叹。“什么？”大家你问我、我问你，“她刚刚说什么？”

“这将是我的最后一次节目了。”她再次声明。

在河畔一间低矮的平房里，一个女人听了这话，惊得把一盒鸡蛋掉在了地上。“您该不会是认真的吧！”第三排的一位观众喊道。

“我一向是认真的。”伊丽莎白说道。

紧接着，演播室里的气氛异常压抑。

伊丽莎白没想到会是这样的效果，于是，她转身看了看沃尔特。他点点头，以示鼓励。他已经尽可能不让自己崩溃了。

她昨晚没有提前打招呼就直接开车去了他家。当时，他正在家里放松娱乐，险些没听见她敲门。当他透过门眼看见她站在那里，玛德琳在路边的车里睡着了，六点半像个车夫一样杵在方向盘后面，他急得赶紧把门打开了。

“伊丽莎白，”他心跳加速，说道，“怎么了——发生了什么？”

“是伊丽莎白吗？”身后传来一阵焦急的声音，“老天，怎么了？是玛德琳吗？她受伤了吗？”

“哈丽特？”伊丽莎白一脸惊讶地往后退了一步。

三人就这样沉默了片刻，仿佛是在表演的过程当中忘词了一样。终于，沃尔特开口说道：“我们本打算再保密一段时间的。”哈丽特脱口而出：“等我离了婚再说。”说着，沃尔特握起她的手，伊丽莎白惊得尖叫了一声，把六点半也吓了一跳，不小心按到了汽车喇叭——又按了一次——结果把玛德琳吵醒了，接着阿曼达也醒了。后来，附近凡是那些不小心早睡的人都被吵醒了。

伊丽莎白依旧愣愣地站在台阶上。“我居然不知道，”她嘴里不停地叨咕着，“我怎么能不知道呢？是我瞎了吗？”

哈丽特和沃尔特彼此看着对方，互相递了个眼神，好像在说：嗯，是的。

“待会儿再把事情的经过跟你讲一遍，”沃尔特说，“可是，你为什么来这儿？现在是九点。”伊丽莎白居然不请自来，她可是从没做过这种事。“到底是怎么了？”

“一切都很好，”伊丽莎白说，“只是，我今天来这儿的目的有些难以启齿。你俩有这么好的事，而我今天带来的消息却——”

“怎么了？怎么了？”

“其实，”她一边说，一边像是在弥补刚刚那句不妥的话语，“我带来的也是好消息。”

沃尔特不耐烦地把双手挥了挥，像是不愿听她这番客套话。

“我已经……我已经决定离开节目组了。”

“什么？”沃尔特倒吸了一口冷气。

“明天。”她补充说。

“不！”哈丽特说。

“我要走了。”她又说了一遍。

从她的语气中能够听出来，虽然这明显是她在短时间内做出的决定，但她是不会改变主意的。再商谈也是无用；诸如合约、未来的收益，或者，如果她不在了，位置会由谁来填补等这种琐事，再提也是没有意义的。她已经下定了决心，因此，沃尔特哭了起来。

哈丽特也听出了她的口气，只能假装骄傲，就像妈妈听孩子说她已经决定要把毕生精力都投入收入微薄的事业中一样，于是，哈丽特也开始哭起来。接着，她伸出两只胳膊，把沃尔特和伊丽莎白搂到自己身边来。

“在担任《六点钟晚餐》主持人的这段日子里，我非常愉快。”伊丽莎白继续说道，她静静地看着镜头，“不过，我已决定回到我的科研领域中去。我想借此机会感谢大家，不只感谢大家观看我的节目。”说着，她提高音量，好盖过观众席上的嘈杂的说话声，“还感谢大家对我的情谊。过去的两年里，我们收获了很多。大家相信吗，我们居然做了数百道菜。但是，我们的使命不只是做晚餐，女士们，我们还要去创造历史。”

说完，她往后退了一步，因为她惊奇地发现，观众们都从座位上站了起来，为她刚刚的话而欢呼。

“在我离开之前，”她喊道，“我猜大家一定想听听这个——”说着，她举起双手，示意观众安静下来。“还有人记得那个乔治·菲利斯太太吗——就是那个勇敢地告诉我们她想成为心脏外科医生的观众？”说着，她把手伸进围裙口袋里，拿出一封信来。“我这里有她的最新消息。看来，菲利斯太太不仅按时完成了医科大学预科班课程，还成功地被一家医学院接收了。祝贺乔治太太——不，抱歉——应该是马乔里·菲利斯。我们从未对你的能力产生过怀疑。”

观众们一听到这一消息，立即产生了强烈的反响，就连一向严肃的伊丽莎白都情不自禁地脑补菲利斯医生的样子。她笑了。

“不过，我敢说，马乔里也一定同意我这种说法，”伊丽莎白再次提高音量说道，“那就是，回到学校学习并不难做到，难得的是有这样的勇气。”说着，她拿起马克笔，大步流星地走到黑板架前。“化学的本质就是变化。”她这样写道。

“当你怀疑自己的时候，”她转过身来对观众说，“当你害怕时，一定要记得。勇气是变化的源动力，而变化一直都是化学的使命。所以，当你明早醒来时，要对自己做出这样的承诺。不要再止步不前了。不要在意别人眼中的你是否能够成功。不要再任由别人将你按照性别、种族、经济地位或是宗教信仰这类标准进行划分。不要再让你的聪明才智被埋没，女士们，要规划自己的未来。今天，你回到家后，问问自己想要实现什么样的改变。接着，就去行动吧。”

整个国家的女人听了这番话，都从沙发上跳了起来，敲打着厨房的餐桌，既为她这番慷慨激昂的话语而感到振奋，也因为她的离开而感到心痛。

“在我离开之前，”她再次大声喊道，“我要感谢一位非常特殊的朋友。她就是哈丽特·斯隆。”

当时，正在伊丽莎白家客厅里的哈丽特惊得张大了嘴巴。

“哈丽特，”玛德琳低声说了句，“你要出名了！”

“知道吗，”伊丽莎白又用双手示意观众安静下来，然后继续说道，“在节目的结尾我总是让孩子们摆好桌子，好让妈妈们自己待一会儿。‘自己待一会儿’——这句话是我和哈丽特·斯隆认识的第一天她告诉我的，也正是她的这个建议，让我决定离开《六点钟晚餐》。是哈丽特告诉我，要用这段自己的时间来探寻自己内心的需求，来定位人生真正的方向，来重拾自我。谢谢哈丽特，我终于做到了。”

“我的老天……”哈丽特脸色煞白，说道。

“嘿，派恩会杀了你。”玛德琳说道。

“谢谢你，哈丽特，”伊丽莎白说，“谢谢大家。”她一边朝观众点头，一边说道。“最后一次，再让孩子们摆好桌子。然后，我要让你们每一个人都花些时间，重拾自我。挑战一次自我吧，女士们，运用化学定律，改变现状。”

观众们再次起身，再次响起了雷鸣般的掌声。正当伊丽莎白转身要离开时，观众们都不知所措起来——因为他们没有听到最后的指令。她也不知道该如何进行，于是看了看沃尔特。他做了个手势，好像早就有了主意，接着在一张提示卡上写了几笔，然后拿给她看。她点点头，转身朝向摄像机。

“化学入门课到此结束，”她宣布，“下课。”

第四十二章

人事变动
1962 年 1 月

所有人都以为——包括哈丽特、沃尔特、韦克利、梅森以及伊丽莎白自己——会有很多地方给她发来入职邀请。大学、研究室，甚至是国立卫生研究院。虽然《生活》杂志对她的声誉造成了负面影响，但她依旧是一位杰出的人物，是一位影视名人。

然而事实并非想象的那样，什么事都没有发生。不仅一个电话都没接到，就连发到研究所的简历都没有人理会。虽然她外表看上去很有名，但科学机构依旧严重质疑她的学历。迈耶斯博士和多纳蒂博士——是很有声望的化学家——在《生活》杂志上说她算不上是真正意义上的科学家，所以才出现了如今的局面。

于是，她终于用切身经验体会出了成名这种现象背后的另一个真理：一切都是转瞬即逝的。大家感兴趣的只是那个系着围裙的伊丽莎白·佐特。

“你可以再回去做节目，”伊丽莎白从图书馆抱来满满一摞的书籍和六点半进了家门，哈丽特见状说道，“只要你愿意，沃尔特立马能让你回到节目组去。”

“我知道，”她把书放下，说道，“但是我不能回去。至少，重播节目挺不错的。要来点咖啡吗？”她点着了一只本生灯，问道。

“没有时间了。我要去见我的律师。对了，”哈丽特说着，从围裙口袋里拿出几张小字条来，“梅森医生说想要商量一下女队新制服的事——你准备好了吗？——还有，黑斯廷斯那边打过电话来，差点就被我挂掉了。你能想象得到吗？黑斯廷斯，他们居然还敢打电话来。”

“是谁打来的？”伊丽莎白问道，努力地掩饰着自己的焦虑。过去这两年半的时间里，她生怕哪一天黑斯廷斯发现卡尔文的箱子丢了。

“是人力资源部经理。别担心。我直接跟她说，让她下地狱吧。”

“她？”

哈丽特翻看着记录。“这里，一个叫福莱斯克的女士。”

“福莱斯克不在黑斯廷斯了，”伊丽莎白松了一口气说道，“她几年前就被解雇了。现在在给韦克利打印布道的文章。”

“挺有意思，”哈丽特说道，“嗯，她说她是黑斯廷斯人力资源部的经理。”

伊丽莎白皱着眉头：“她这个人真喜欢开玩笑。”

等哈丽特把车开出去，伊丽莎白一口气把咖啡喝完，然后拿起电话。

“这里是福莱斯克女士的办公室，我是芬奇女士。”那边说道。

“福莱斯克女士的办公室？”伊丽莎白轻蔑地笑了一下。

“您好。”对方说道。

伊丽莎白犹豫了片刻。“抱歉，”她说道，“你是？”

“你是？”对方反问道。

“好吧，好吧，”伊丽莎白说，“我先说。我是伊丽莎白·佐特，我要找福莱斯克女士。”

“伊丽莎白·佐特，”那边那个人说道，“电话来得正好。”

“有什么问题吗？”伊丽莎白问道。

正是这种语气。电话另一头的女人立即听出了这种语气。“噢，”她倒吸了一口冷气。“是您。抱歉，佐特女士。我是您的粉丝。能跟您通电话真是太荣幸了。请稍等。”

“佐特，”稍后，有一个声音说道，“这电话打得真他妈是时候！”

“你好啊，福莱斯克，”伊丽莎白说，“黑斯廷斯的人力资源部经理？韦克利知道你擅自用电话打外线吗？”

“三件事，佐特，”福莱斯克干脆地说道，“一、我很喜欢那篇文章。我就知道总有一天会在某期杂志的封面上见到你，但说到那种杂志？真是太委屈你这种天才了。如果你想要进唱诗班，那就得去他们做礼拜的地方。”

“什么意思？”

“二、我喜欢你们家的保姆——”

“哈丽特不是保姆——”

“——我刚说我是黑斯廷斯的人，她就让我下地狱。让我这一天都过得很愉快。”

“福莱斯克——”

“第三，我要你尽快过来一趟——今天——如果可能的话，在一小时之内。还记得那个肥猫投资人吗？他回来了。”

“福莱斯克，”伊丽莎白叹气道，“要知道，我喜欢有趣的玩笑，可是——”

福莱斯克哈哈大笑。“你喜欢玩笑？这听上去像是玩笑吗？不，佐特，听着。我回到黑斯廷斯了——而且，我当上了部门的最高领导。给你投资的那个人看了我写给《生活》杂志的信，然后找到了我。稍后我再跟你交代细节，我现在没有时间。我在打扫。老天，我喜欢打扫！你能不能过来？还有，我真无法相信自己会说这样的话，嗯，你能把那只狗也带来吗？投资人说想见它。”

哈丽特进到汉森 & 汉森律师事务所，双手一直在发抖。过去的三十年里，她一直都在跟神父抱怨自己的丈夫酗酒、骂人，还从不去参加弥撒，此外，他还把她当成自己的私人奴隶，任意打骂。过去的三十年里，神父听了这话只是点头，然后解释说，绝对不可以离婚，她还有很多别的选择。比如，她可以祈祷，看看如何才能做一名更好的妻子，她可以好好审视一下自己，试着找到令他不愉快的原因，还可以再注意一些自己的外在形象。

所以，她才去看各种女性杂志——因为那些杂志里写的都是有关自我提升的箴言，会告诉她怎么做。然而，无论她如何按照上面说的建议做，她和斯隆先生之间的关系依旧没有改善。更糟糕的是，有时这些建议会产生负面效果——比如那次，她烫了个头发，有杂志说这样能“让他立马提起兴致来，引起他的注意”，结果却招来他不断的嘲讽，说她身上有股难闻的味道。后来，伊丽莎白·佐特进入了她的生活中，她这才意识到，或许她需要的根本就不是什么新衣服和不同的发型。或许，她需要的是事业。在杂志方面的事业。

世界上还能有谁比她更了解杂志吗？不可能。为了证明这一点，她懂得该从何做起，就从罗斯那篇未能发表的文章开始。

在哈丽特看来，罗斯犯了典型的刻板印象错误——一门心思以为只有科学领域的杂志才会对做科研的女人感兴趣。哈丽特觉得这种思路是错的。于是，她给他打了电话，准备将自己的想法说给他听，可是答录机里的留言说罗斯目前还在——那个叫什么地方来着？对，是越南。所以，她打算在没有经过他同意的情况下把他的文章投出去。为什么不呢？如果被哪家杂志接收了，他还得感谢她；如果没被接收，也不会比现在的境况更糟糕。

于是，她把东西带到邮局去称重，另外附加了一个信封，上面写了自己的地址，还贴好了邮票，以便得到尽快的答复。接着，她念了三遍“万福马利亚”，又画了两遍十字，做了个深呼吸，把信扔到了邮筒里。

两周之后还是没有音信，她有些担心。四个月过去了，看来是遭到了拒绝。于是，她做好了面对现实的准备。或许，她没有自己想象中的那样了解杂志行业。或许，没人想要哈丽特和罗斯那样的文章，就像没有人想接收伊丽莎白和她的无生源项目那样。

或者是斯隆先生不愿看到哈丽特找到了新的幸福，所以决定用一种新的方式报复她。所以，或许是他把她的信扔了。

“佐特女士，”伊丽莎白一进大厅，黑斯廷斯的接待员惊讶得差点晕过去，“我这就向福莱斯克女士汇报，说您到了。”于是，她拨通了分机电话。“她来了！”电话另一头，只听那女人跟另一个人说道。“不知您是否介意？”说完，她拿出一本《贝格尔号航行日记》。“我刚刚开始读了夜校。”

“很不错，”伊丽莎白一边说，一边在封面上签名，“干得不错。”

“都是因为您，佐特女士，”那位年轻的女士热切地说道，“还有，如果您不嫌弃的话，能否在我的杂志上签个名呢？”

“不可以，”伊丽莎白说道，“《生活》杂志于我而言是禁区。”

“噢，抱歉，”那年轻的女士说道，“我不读《生活》杂志。我说的是最近那篇有关您的文章。”说着，她拿出一本厚厚的、精美的出版物。

伊丽莎白低头瞥了一眼，结果令她十分震惊，封皮上的人物居然是自己，目光正直视着她。

《论思想的重要性》——《时尚》杂志的封面标题这样写道。

她们沿走廊往前走，鞋跟发出的声音与其他实验室里发电机的轰轰声和冷却扇的声音形成了鲜明对比，福莱斯克约伊丽莎白到卡尔文的那间旧实验室见面。

“为什么去那儿？”伊丽莎白说道。

“那只肥猫坚持要去那里。”

“很高兴见到你，佐特女士。”威尔逊说道，只见他正坐在凳子上，修长的四肢无处安放。正当伊丽莎白仔细打量他的时候，他伸出手去：精心修剪的灰色头发，鼠尾草色的眼睛，条纹羊毛西装。六点半也过来在他身上仔细闻了闻，然后回过头示意伊丽莎白。这个人是安全的。

“很久之前就一直想见你，”威尔逊说道，“能在这么短的时间内赶过来，我们很欣赏你的诚意。”

“我们？”伊丽莎白一脸疑惑地问道。

“他说的是我。”这时，只见一位五十几岁的女士从实验室里挂着笔记板的储藏柜旁走出来。看得出来，她年轻时一定是一头金黄色的头发，随着年龄的增长才逐渐褪了色。她跟威尔逊一样，都穿着西装，只不过，她的西装是浅蓝色的，一看就是精心裁剪的，由于翻领处别了一枚雏菊胸针，所以看上去并没那么严肃。“艾弗里·帕克，”她上前抓住伊丽莎白的手，紧张地说道，“很高兴见到你。”

六点半查看了威尔逊一番以后，又过去仔细研究了一下帕克。它闻了闻她的腿。“你好啊，六点半。”她说。紧接着，她就弯下腰去，把它的头抵在大腿上摸了摸。它探索性地闻了闻，然后惊讶地把头缩了回去。“它可能是闻到我家狗狗的味道了。”说着，她又把它搂了过去。“宾果可是你的超级粉丝，”她低头看着它说道，“很喜欢你在节目中的表现。”

这人真聪明。

“我们这里需要每一间实验室的财产目录，”她转身对福莱斯克说道，“还需要知道佐特女士您的需求，”她用敬重的语气说道，“您的科研需求。我的意思是，在黑斯廷斯的科研项目。”

“请你继续从事无生源项目的研究，”威尔逊插话道，“你在最后一次节目中宣布说，要回到科研工作中去。还有比这更好的去处吗？”

伊丽莎白把头歪向一边：“去处嘛，我倒是能想到几个。”

上一次来这间屋子时，福莱斯克也在，不过那个时候福莱斯克告诉她说卡尔文的东西都已经被拿走了，还让她带着六点半离开，玛德琳还没有出生。她看了看那块令人伤心的黑板，上面是别人写的字，接着，她转过身来看着威尔逊先生。他正像一坨布料一样瘫在卡尔文的那张旧凳子上。

“我不想浪费你们的时间，”伊丽莎白说，“但是我不想回到黑斯廷斯来，因为一些私人原因。”

“我能理解，”艾弗里·帕克说道，“毕竟，这里发生了那么多事，不能怪你。不过，我还是希望你能改变主意。”

伊丽莎白望了一圈实验室，目光定在了卡尔文的一块旧指示牌上。上面写着“请留步”。

“抱歉，”她说，“你们这是在浪费时间。”

艾弗里·帕克望着威尔逊，而此时的威尔逊正望着福莱斯克。

“我们还是喝点咖啡吧，”福莱斯克突然想起来，说道，“我这就去新泡一壶。正好趁这工夫听一听帕克基金会的计划。”还没等她走到一半，实验室的门就忽的一下开了。

“威尔逊！”多纳蒂喊道，像是在跟一位久违的朋友打招呼，“刚听说你来了。”说着，他冲上前去，像一个过度热情的推销员一样伸过手去。“我暂停了一切事务，立马赶过来了。其实，我还在休假期间，不过——”他突然停住了，看到一张熟悉的面孔，有些惊讶。“福莱斯克女士？”他说，“你这是——”紧接着，他转过头，发现一位老妇人正拿着一块笔记板，皱着眉头。而她旁边站着的——怎么回事？——是伊丽莎白·佐特。

“你好，多纳蒂博士，”艾弗里说道，随后伸出手去，他却把手放下了，“很高兴，我们终于见面了。”

“抱歉，您是……？”他态度极为谦逊地说道，尽量不去看佐特，就像人不敢看日食那样。

“我是艾弗里·帕克，”她把手收了回去，说道。见他困惑的表情，她又说道，“帕克。帕克基金会的帕克。”

他吓得连嘴巴都张开了。

“抱歉打搅了您的假期，多纳蒂博士，”艾弗里说道，“好消息是，你将有大把的时间休息了。”

多纳蒂朝她摇了摇头，然后转身朝着威尔逊。“瞧您说的。早知道你们过来……”

“我们并没想让你知道我们过来，”威尔逊亲切地解释道，“我们想给你一个惊喜。或者，不，严格来讲，我觉得这更像是一种刻意的隐瞒。”

“您说什么？”

“隐瞒，”威尔逊又说了一遍，“就是，像你隐瞒我们挪用帕克基金会的资金一样。或者说，就像你隐瞒佐特女士——或许我应该称呼佐特先生？——窃取了她的成果那样。”

听了这话，屋子另一边的伊丽莎白惊讶地抬起了眉毛。

“喏，是这样的，”多纳蒂用手指指着佐特所在的方向说道，“我不知道那个女人跟你们说了什么，但是我敢说——”他话说到一半停下了，“你为什么会在这里？”他指着福莱斯克追问道，“你给《生活》杂志写了封破信，胡说一通，现在又来这里？我的律师可是要起诉你呢。”接着，他朝威尔逊那边转过身去。“您可能不知道，威尔逊，早在几年前，我们就把福莱斯克解雇了。她这是在报复。”

“的确，”威尔逊应和道，“而且还是一次强有力的报复。”

“没错。”多纳蒂说道。

“我知道，”威尔逊说，“因为我是她的律师。”

多纳蒂听了，眼睛瞪得溜圆。

“多纳蒂，”艾弗里·帕克把手伸进包里，拿出一张纸来，“我本不想这般无礼，但是我们赶时间。我们这次来就是想尽快拿到签字协议，然后你就可以想去哪里就去哪里了。”说着，她拿出一份文件来，标题简单明了地写着几个字：“停职通知”。

多纳蒂哑口无言地盯着那份文件，威尔逊解释说，帕克基金会近来收购了黑斯廷斯的大部分股权。威尔逊说，正是因为福莱斯克写给《生活》杂志的那封信，他们才得以仔细调查一番——一系列事情——不法行为，等等——最后决定彻底进行一番整顿——而此时的多纳蒂，完全无心听他讲话。这里不是卡尔文·埃文斯的那间旧实验室吗？怎么隐约听见的是威尔逊喋喋不休的声音，说他“管理不善”“篡改试验结果”“剽窃别人的成果”。老天，他现在需要喝一杯。

“我们正打算裁员。”福莱斯克说道。

“我们是什么意思？”多纳蒂厉声回击道。

“是我正打算裁员。”福莱斯克说道。

“你只是一个秘书，”多纳蒂长出了口气，仿佛不屑于她这种小伎俩，“而且已经被解雇了，记得吗？”

“福莱斯克是我们新聘任的人力资源部经理，”威尔逊告诉他，“我们让她重新任命一位化学部主管。”

“可是，我就是化学部主管。”多纳蒂提醒他道。

“我们决定另寻他人接手这项工作。”艾弗里·帕克说道。接着，她朝伊丽莎白点点头。

伊丽莎白惊讶地往后退了一步。

“绝对不可能！”多纳蒂吼道。

“我这可不是在征询你的意见，”艾弗里·帕克一边说，一边拿起手中的停职通知，“如果你有所质疑，我们可以把你的职位空出来，等找到真正适合这一岗位的人来接替你。”说着，她把头歪向伊丽莎白。

所有人都看着伊丽莎白，只有她没有反应过来，她一直都在关注着不肯善罢干休的多纳蒂。她两手叉腰，身体微微前倾，像是在看显微镜一样眯着眼睛。紧接着是片刻的宁静。然后，她站直身体，好像已经看够了眼前发生的事。

“抱歉，多纳蒂，”她递给他一支笔，说道，“你的智商还不够。”

第四十三章

夭折的孩子

“很少有人能令我出乎意料，帕克太太，”看着福莱斯克跟多纳蒂走了出去，伊丽莎白说道，“但是您真的让我很意外。”

艾弗里·帕克点点头。“很好。我是真心邀请你能来这里工作。希望你能接受。对了，请称呼我帕克女士。我还没有结婚。其实，”她又说道，“我这辈子都没结过婚。”

“我也没有。”伊丽莎白说道。

“嗯，”艾弗里·帕克降低声调说道，“我知道。”

伊丽莎白感受到了她语调的变化，突然像是被什么刺激到了。多亏了《生活》杂志，仿佛全世界都知道了玛德琳是私生女的事，也正因为此，她总是能听人用这种语调跟她说话。

“我不知道你了不了解帕克基金。”威尔逊在实验室里一边踱着步子，一边说道，然后在一个文件夹前短暂停留了一下，看了看上面的说明。

“我知道你们的主要投资方向是科研，”伊丽莎白转身朝向他说道，“不过，你们最初是天主教慈善机构。教堂、唱诗班、福利院……”她突然停住了，最后一个词提醒了她。于是，她更加认真地看了看威尔逊。

“没错，我们的投资人都是终身献身于天主教事业的；不过，我们的宗旨是跟现实社会息息相关的。就是想物色到最优秀的人，致力于当今至关重要的科研事业。”说着，他把那个文件夹放下，好像在说，这不是他要找的东西。“七年前，我们资助你的时候，你正在研究——无生源。我们不知道你是否知情，佐特女士，其实，我们投资黑斯廷斯，就是因为你。你和卡尔文·埃文斯。”

一提到卡尔文的名字，她的心就紧了一下。

“一提到埃文斯就觉得奇怪，对吧？”威尔逊说道，“没有人知道他的成果后来怎么样了。”

他这番轻描淡写的言辞如同一阵狂风一样击中了她。她拉过来一张凳子坐下，看着他像个考古学家一样到处巡视这间实验室，一会儿看看这里，一会儿看看那里，似乎觉得会有什么发现。

“我知道你已经下定了决心，”他继续说道，“不过我觉得，若是跟你说，我们打算更新一大批仪器设备，我想你一定感兴趣。”说着，他指了指架子上一台已经停用的蒸馏机，说道。正当他抬起胳膊时，闪闪发光的袖扣从西装袖子下面露了出来。“比如，像那种机器，好像已经几年没有用过了。”

然而，伊丽莎白没有任何反应，整个人静静地坐在那里。

卡尔文在留下来的日记中提到过这样一个人，那时，他十岁，那人个子高高的，看上去很有钱，袖扣闪闪发光，乘着一辆豪华轿车来到男孩福利院。卡尔文隐约觉得，就是因为这个人，福利院才有了那些科学书籍。然而，卡尔文并没有因为读到这些书而觉得快乐，反倒觉得很沮丧。"虽不该至此，但命运使然，"他字迹潦草地写道，"我永远都不会原谅那个人。永远不会。有生之年都不会。"

"威尔逊先生，"她语气僵硬地说道，"你说你们基金会只资助跟现实社会相关的项目，其中包括教育吗？"

"教育？嗯，没错，当然，"他说，"我们资助了好几所大学——"

"不，我指的是，你给学校捐过教科书吗——"

"偶尔吧，不过——"

"那福利院呢？"

威尔逊突然停下了，一脸的惊异，眼神突然转向了帕克。

伊丽莎白想到的是卡尔文那封写给韦克利的信。我恨我的父亲。希望他早就死了。

"一家天主教男孩福利院。"她解释说。

威尔逊再一次看了看帕克。

"在艾奥瓦州的苏城。"

紧接着三个人都不说话了，最后，排气扇猛然的一阵呼啸，打破了这里的沉寂。

伊丽莎白盯着威尔逊，神情不太友好。

事情似乎一下子变得明显了：他们给她提供工作只是一个诱饵。

而真正的目的只有一个，那就是：为了得到卡尔文的成果。

那些箱子。看来他们知道了。或许是福莱斯克告诉他们的，或许是他们凭借经验猜到的。无论如何，威尔逊和帕克已经收购了黑斯廷斯；从法律上来讲，卡尔文的成果就是他们的了。他们在用各种好话与承诺哄骗她，希望这样能引出最重要的东西。如果这样行不通的话，他们还有最后的撒手锏。

那就是与卡尔文·埃文斯之间的血缘关系。

“威尔逊，”帕克用颤抖的声音说道，“能不能让我和佐特女士单独说会儿话？”

“不，”伊丽莎白冷冷地说道，“我还有问题要问，我要弄清真相——”

帕克看了看威尔逊，神情有些哀愁。“没关系的，威尔逊。我一会儿去找你。”

随着门咔嗒一声关闭，伊丽莎白朝艾弗里·帕克这边转过身来。“我知道是怎么回事，”她说，“我知道你们今天为什么找我来。”

“我们找你来是为了给你一份工作，”帕克说，“仅此而已。很久以来，我们一直欣赏你的成就。”

伊丽莎白仔细打量着这女人的脸，寻找着欺骗的痕迹。“喏，”她用更加平静的口吻说道，“我要问的事情跟你没关系，得找威尔逊。你认识他多久了？”

“我们共事将近三十年了，所以我说，我很了解他。”

“他有孩子吗？”

听了这话，她觉得有些奇怪。“我觉得，这件事跟你没有关系，”她说，“不过，他没有孩子。”

“你确定。”

“我当然确定。他是我的律师——这是我的基金会，佐特女士，不过，他是代理人。”

“为什么要这样？”伊丽莎白追问道。

艾弗里·帕克目不转睛地看着她。“没想到你会这样问。虽说我有很多资产，但是我跟世界上绝大多数女人没什么区别，能做的事太过受限，甚至连写一张支票都得威尔逊来签字。”

“怎么可能呢？那可是帕克基金，”伊丽莎白强调说，“不是威尔逊基金。”

帕克哼了一声。“是啊，我继承的遗产，一应财政大权却要掌握在我丈夫手里。由于当时我没有结婚，所以董事会任命威尔逊作为代理人。后来，我一直没有结婚，威尔逊就继续出面掌控大局。佐特女士，打了败仗的人不止你一个。”说着，她站起身来，用力拉了拉西装。“不过我算是幸运的：威尔逊是一个很正派的人。”

说完，她转身走开了，伊丽莎白又问了一个问题，不过艾弗里·帕克没有理会。她到底在想什么？伊丽莎白·佐特对于回黑斯廷斯工作这件事并不感兴趣，再者，她刚刚那样问威尔逊问题——其他事暂且放在一边——最好还是不要回去了吧，那样对谁都好。艾弗里似乎想起了别的事，她抬手摸了摸那枚廉价的雏菊胸针。她是个多么愚蠢的女人。收购黑斯廷斯，来到这里，见到了佐特。没错，她一直都很欣赏佐特以及她的成就——她也曾经梦想着成为一名科学家。然而，家里人一心一意要将她培养成贤良淑德的女人。不幸的是，在父母与天主教教堂眼中，她并没有做到这一点。

“帕克女士——”伊丽莎白追问道。

“佐特女士，”艾弗里态度明确地转过身来说道，“是我错了。你不想回黑斯廷斯来。好吧，我不再强求。”

伊丽莎白一惊。

“我这辈子一直都在求人，”帕克继续说道，“早已厌倦了。”

伊丽莎白把一绺头发捋到一边。“你想要的不是我吧，”她简单明了地说道，“难道不是吗？你来只是为了那些箱子。”

艾弗里歪着头，好像没听明白她的话。“箱子？”

“我明白。你收购了黑斯廷斯，它们就是你的了。不过这种伎俩——”

“什么伎俩？”

“……我想了解关于万圣之家的事，而且我觉得我有权利知道。”

“什么？”帕克说道，“有权利？那就让我来给你讲一讲什么是权利吧。其实它根本不存在。”

“对于有钱人来讲是存在的，帕克女士，”伊丽莎白坚持说，“跟我说说威尔逊的事吧。威尔逊和卡尔文的事。”

艾弗里·帕克困惑地盯着她：“威尔逊和卡尔文？不，不……”

“我再说一遍，我觉得我有权利知道。”

艾弗里两手扶拄在工作台上：“我今天本不打算做这些。”

“做什么？”

“我本想先来了解了解你，”艾弗里继续说道，“我觉得那是我的权利。了解你这个人。”

伊丽莎白端着胳膊：“什么？”

艾弗里伸手拿起黑板擦：“嗯。我……我要给你讲一个故事。”

“我对故事不感兴趣。”

“那是关于一个十七岁女孩的故事，”艾弗里·帕克没有理会她，说道，“她爱上了一个年轻的小伙子。总之就是那种经典的故事情节。”她冷冷地说着，“后来，这姑娘怀孕了，拥有显赫地位的父母因为女儿这种不当的行为感到羞耻，于是便把她送到了专门为未婚妈妈设置的天主教福利院。”她背对着伊丽莎白说道：“你可能听说过这种福利院，佐特女士。那里就跟地狱一样。去那儿的大都是境况相似的年轻姑娘。她们生完孩子后要放弃抚养权。要在一张官方表格上签字，绝大多数人都签了。凡是抵抗的人都会遭受这样的威胁：独自忍受分娩的痛苦，甚至要冒着死亡的危险。即便如此，那个十七岁的女孩依旧没有签字。她坚定地认为自己是有权利的。”说到这里，帕克停下了，她摇了摇头，似乎不相信有这种幼稚的女孩。

“结果，他们真那样做了，她快要分娩的时候，他们把她独自关在一间屋子里，把门锁上。她一个人待在那里，痛苦地嘶喊着，就那样过了整整一天。后来，医生被那吵闹声惹烦了，终于决定出手。于是，他进到屋子里，给她打了一针麻醉药。几个小时后，等她醒过来，却听到了可怕的消息。她的孩子夭折了。惊恐之下的女孩要求见孩子，可医生说他们已经把那孩子处理掉了。”

“后来，十年很快就过去了，”艾弗里·帕克紧绷着下巴，转身面对伊丽莎白继续说道，“未婚妈妈福利院的一位护士联系到了彼时已经二十七岁的女孩，让女孩出钱买她知道的真相。她告诉那女孩，当年的孩子没有死，而是像其他那些孩子一样，被送去福利院了。让人没有想到的是，那孩子的养父母在一场车祸中去世了，后来那孩子的姑姑也死了。之后，他就被送到了艾奥瓦州一个名叫万圣之家的地方。”

伊丽莎白呆呆地听着。

“从那天起，”艾弗里·帕克语气变得十分悲伤，“这位年轻的女士就开始寻找她的儿子。”她停顿了一下。“我的儿子。”

伊丽莎白一愣，脸色煞白。

“我是卡尔文·埃文斯的生母。”艾弗里·帕克一字一句地说着，灰色的眼眶里噙满了泪水，“如果你同意的话，佐特女士，我很想见一见我的小孙女。”

第四十四章

橡子

屋子里的空气仿佛一下子被吸光了一样。伊丽莎白盯着艾弗里·帕克，不知道该说些什么。这不会是真的。卡尔文在日记中说，他的生母早在他出生的时候就死了。

“帕克女士，”伊丽莎白小心翼翼地说道，如同在热炭中寻路一般，“过去的几年里，很多人都曾试图贪占卡尔文的便宜，很多人甚至装作他失散多年的家人。你的故事……”她停住了，回想着卡尔文保管的所有信件。可怜的母亲——她曾经给他写过几次信。“如果你知道他当时在男孩福利院，为什么不去把他接回来？”

“我去了，”艾弗里·帕克说道，“或者说，是我派威尔逊去的。我当时没有勇气亲自前去，说起来真是惭愧。”说完，她沿着工作台的长边踱着步子。“你要理解。那么长时间以来，我一直以为孩子死了。现在突然听说他还活着，我害怕希望会落空。我跟卡尔文一样，一度也是骗子们行骗的目标，曾经有数十人称自己与我有亲缘关系。所以，我就派威尔逊去了。”她又强调了一遍，低头看着地面，好像是再一次审视自己当初的决定。“第二天，我就派他去了万圣之家。”

屋子里再一次变成了真空空间，这时，实验室里传出一阵咝咝的声音。

“然后……”伊丽莎白试探着说道。

“然后，”艾弗里说，“主教告诉威尔逊，卡尔文已经……”她话没说完就停下了。

“怎么了？”伊丽莎白焦急地问道，“怎么了？”

老妇人垂着脸：“死了。”

伊丽莎白听完一惊。福利院需要钱，主教看准了机会，这才建立了纪念基金。那女人平静而索然地讲述着事实。

“你失去过家人吗？”艾弗里突然语气平和地问道。

“我哥哥。”

“因病吗？”

“是自杀。”

“噢，老天，”她说，“所以，亲人去世时的那种负罪感，你是了解的。”

伊丽莎白的心一紧。这话说得太贴切了，就像两块严丝合缝的蕾丝料子，十分贴合。“但是，卡尔文不是因你而死。”她心情沉重地说道。

“不，”帕克语气十分懊悔地说道，“我犯了比那更严重的错误，是我毁了他的人生。”

这时，屋子北侧的闹钟响了，伊丽莎白失魂落魄地走过去把它关掉了。接着，她转过身来看着那个站在黑板前的女人。她身体微微向右倾斜。六点半站起身来，走到艾弗里身边。它把头紧紧地贴在她的大腿上。我知道辜负了一个自己爱的人是什么感受。

“很久以来，我父母一直在资助未婚妈妈福利院和孤儿院，”艾弗里一边摆弄着黑板擦，一边继续说道，“他们以为这样就能成为好人。他们盲目地忠诚于天主教会，我的儿子却成了孤儿，都是拜他们所赐。”说完，她停住了。“还没等我儿子去世，我就建立了纪念基金，佐特女士，”她急促地呼吸着，“我毁了他两次。”

伊丽莎白突然感到一阵恶心。

“威尔逊从男孩福利院回来之后，”艾弗里继续说道，“我就陷入了绝望。我再也没有机会见到儿子了，再也不能抱他，再也不能听到他的声音了。更糟糕的是，我得知他一直过得不好，心里更是煎熬。他先是没有了我这个母亲，然后没了养父母，最后流落到男孩福利院那种垃圾地方。所有这些伤害的根源都是教会。”她突然停下，脸涨得通红。“你不相信上帝是因为科学，对吗，佐特女士？”她突然一字一句恶狠狠地说，“嗯，我不相信上帝，是因为私人恩怨。”

伊丽莎白想说些什么，却没能说出口。

“我所能做的，”艾弗里·帕克努力地控制自己说话的音调，说道，“就是保证所有的基金都作为科学教育之用。生物学、化学、物理学、还有体育训练。卡尔文的父亲——我指的是他的生父——是一名运动员、一名船手。所以，万圣之家的男孩子们才会学习划船。这样算是一种心意吧。为了纪念他。”

伊丽莎白眼前浮现出卡尔文的样子。他们两人一起，清晨的阳光照在他脸上。他笑着，一只手拿着船桨，另一只手正朝她这边伸过来。“他因此才去了剑桥，”说着，卡尔文的样子渐渐在她眼前消散了，“凭借划船奖学金。”

艾弗里放下黑板擦：“这我就不清楚了。”

虽然一些细节逐渐露出了水面，但伊丽莎白心里还是有些不痛快。

“可是……你最终是怎么发现卡尔文还……”

“《今日化学》，”帕克一边说，一边拿了张凳子，挨着伊丽莎白坐下，“就是封面是卡尔文的那一期。我依旧记得那天——威尔逊冲进我的办公室，手里拿着那本杂志。嘴里说着：‘你一定不会相信。’后来，我立即给主教打电话。当然了，他坚持说那是一场误会——‘埃文斯，’他说，‘这个名字很常见的。’我知道他在说谎，于是想起诉他……后来，威尔逊劝我说，这种公开的控诉会消耗基金会大量资金，而且也会让卡尔文难堪。”她身子往后靠了靠，深吸了一口气，继续说道：“我立即停止了资助。然后写信给卡尔文，写了好几次。我尽可能地做了解释，说想要见他，告诉他我想投资他的项目。我能猜到他的想法。”她沮丧地说道，“怎么会有个女人突然冒出来称自己是他妈妈。或许，他就是这样想的，因为他从来都没有给我回过信。”

伊丽莎白回想起了那些信。眼前再次浮现出那位悲伤母亲的来信，而且每封信下面的署名也一下子变得清晰了。艾弗里·帕克。

“但是，如果你安排见面，飞到加利福尼亚去——”

艾弗里的脸色突然变得惨白。“嗯。如果他还是个孩子，那这种穷追猛打或许会有效果。一旦孩子长大成人，就完全不一样了。于是，我决定慢慢来。给他时间，让他接受我，弄清楚我的背景，知道我不是在欺骗他。我知道这有可能会花上几年的时间。所以，我强迫自己耐心地等待。然而，"她说道，"从接下来发生的事来看……"她死死地盯着一摞笔记本，说道："我太过——耐心了。"

"噢，老天。"伊丽莎白把脸埋在手心里，说道。

"还有，"帕克有气无力地继续说，"我调查过他的研究方向。本以为或许这样能找到机会，能帮到他。事实证明，他并不需要我的帮助，而你需要。"

"你是怎么知道卡尔文和我——"

"你俩在一起的事？"她嘴角挂着一丝伤感的微笑，"大家都在讨论这件事。自从威尔逊去黑斯廷斯的那一刻起，就听到了这种谣言，流传着卡尔文·埃文斯和他那些见不得人的事。这也正是威尔逊告诉多纳蒂要资助无生源项目时，多纳蒂总是想把他往其他方向引的原因之一。他怎么会愿意看到卡尔文或者跟卡尔文有关的人成功呢？而且，你还是个女人。多纳蒂主观臆想，认为绝大多数投资人都不会愿意资助一个女研究员。"

"可是，在这些人当中，为什么你愿意这样做呢？"

"说到这个，我有些羞愧，不得不承认，我觉得他在整件事当中扮演着不可或缺的角色。他费了好大劲儿让威尔逊相信你是一个男人。不过威尔逊原本打算再多纳蒂不知情的情况下见你一面。其实，他连机票都订好了。可是接下来……"她就再也没说下去。

"怎么了？"

“可是接下来，卡尔文就死了，”她说，“而你的研究似乎也随之终止了。”

伊丽莎白像是被人抽了耳光一样：“帕克女士，我被解雇了。”

艾弗里·帕克叹了口气。“我现在才知道，多亏了福莱斯克女士。不过当时，我还以为你是想重新过自己的生活。你和卡尔文并没有结婚。我以为，你和我儿子之间的感情并没有那么好。大家都说他这个人很难相处——说他记恨心强。而且，我也不知道你当时怀孕了。《洛杉矶时报》上的讣告还说，你甚至都不太了解他。”她深吸了一口气，“对了，我当时也在场。去参加了他的葬礼。”

伊丽莎白眼睛瞪得老大。

“威尔逊和我就站在离墓地不远的地方。我本想去见他最后一面，然后跟你说说话。可还没等我鼓足勇气，你就离开了。甚至没等仪式结束，你就走了。”她把脸埋在手心里，眼泪夺眶而出，“那时我才知道，有人还爱着我的儿子……”

听了这番话，一直遭人误解的伊丽莎白一下子释然了。“我的的确确爱着你的儿子，帕克女士！”她尖叫着，“全心全意地爱着。时至今日依旧如此。”她抬头看了看这间他们第一次相见的实验室，脸上带着痛苦的表情。“卡尔文·埃文斯是我这辈子最美好的经历，”她哽咽着，“他是最聪明、最善良的人，也是最友好、最有趣的人……”她停住了。“我不知道该怎样解释，”她失声说道，“只能说，我们是被彼此所吸引的。那种真正的化学反应。绝非偶然。”

或许是最后这句“偶然”，也许是因为再也无法承受失去的痛苦，她靠在艾弗里·帕克肩头，破天荒地痛哭起来。

第四十五章

六点钟晚餐

实验室里，时间似乎停止了。六点半抬起头，看着这两个女人。年长的那位用胳膊紧紧抱住伊丽莎白，如同蚕茧一样保护着她，似乎能切身地感受伊丽莎白的痛苦。虽然六点半不是化学家，但它可是一只狗。身为狗，它立刻察觉到，眼前这两个人之间的关系绝对是稳定而持久的。

“我这大半辈子都不知道儿子是怎么过的。”帕克紧紧地抱着颤抖的伊丽莎白，说道，“我不知道领养他的家庭是怎样的，不知道主教说的是否都是假话，还是有一部分是真的。我甚至都不知道他是怎么到黑斯廷斯的。其实，我到现在都了解得不多，直到我在基金会的邮政信箱里翻找了数月以来的垃圾信件，才发现了一点不同寻常的信息。”

说着，她伸手从包里拿出一封信来。

伊丽莎白立马认出了上面的笔迹，是玛德琳写的。

“你女儿给威尔逊写了封信，信中提到了她的家庭树作业——就是《生活》杂志上提到的那个。她坚持说她的父亲是在苏城的一家男孩福利院长大的——不知为何，她得知了威尔逊是资助人。她想以个人的名义向他表示感谢，还跟他说已经把帕克基金会填到了那棵树上。我原本以为那或许是一封不怀好意的信件，但是她说出了很多细节信息。领养信息通常都是保密的，佐特女士——虽然这种做法很不近人情——但是从玛德琳掌握的信息来看，应该是有私家侦探的帮忙，才能查出这些实情。我知道的只有这些。”说着，她伸手从包里拿出一个大文件夹来。“看看这个，”帕克打开自己那份假的死亡证明，不屈不挠地说道，“都是因为我当初不配合未婚妈妈福利院导致的。一切都是源自这里。”

伊丽莎白手里拿着那份证明。她听玛德琳说过，韦克利认为过去的东西只属于过去，因为它只有在过去才有意义。事实真如韦克利所说的那样，伊丽莎白突然意识到了这句话中蕴含的智慧。不过，她觉得卡尔文一定还想让她帮忙问清楚一件事。

“帕克女士，”伊丽莎白小心翼翼地说道，“卡尔文的生父后来怎么样了？”

艾弗里·帕克再一次把文件夹打开，又递给她一份死亡证明——不过这份是真的。“他因为得了肺结核去世了，”她说，“在卡尔文出生之前就去世了。我这里有张照片。”说着，她打开皮夹子，从里面抽出一张褪了色的照片来。

“可是他……”伊丽莎白一看照片吓了一跳，照片上，一个年轻的男人站在更加年轻的艾弗里旁边。

“是不是跟卡尔文长得很像？我就知道你会这么想。”她拿出那本旧的《今日化学》，放在照片旁边。两个女人并肩坐着，照片上的卡尔文和他彼时更加年轻的父亲正在不同的时空里望着她们俩。

“他是个什么样的人？”

“是个桀骜不驯的人，”艾弗里说，“他是一个音乐家，或者说，他想成为一名音乐家。我们是偶然遇到的。他当时骑自行车从我身上轧了过去。”

“你受伤了吗？”

“是啊，”她说，“不过还好。他把我抱起来，放到了车把上，告诉我坚持住，赶紧带我去看医生。后来医生给我缝了十针。”说着，她指了指胳膊上的一处旧疤，说道。“后来，我们就恋爱了。他送给我这枚胸针，”她一边说，一边指了指领口处别着的那枚雏菊胸针，“至今我都每天戴着它。”她环视了一圈实验室。“抱歉让你来这里见面，现在才意识到，这样可能会惹你伤心。抱歉。我只是想在这里……”她停住了。

“我理解，”伊丽莎白说道，“完全能够理解。很高兴我们能在这里见面。这是我和卡尔文第一次相遇的地方，就在那里。”说着，她指了指，“我那时候需要烧杯，所以就拿了他的烧杯。”

“听着很有意思。”艾弗里说，“你们是一见钟情吗？”

“不是。”伊丽莎白说道，想起当时卡尔文让她找上司来跟他谈，“不过，我们后来的相遇是很美好的。等有时间再说给你听。”

“我非常想听，”她说，“若是能早些认识他就好了。我指的是，通过你认识他。”她哽咽了一下，然后清了清嗓子。“我很想成为你们家庭中的一员，佐特女士，”她说，“希望你不要觉得我太过无礼。”

“请叫我伊丽莎白吧。你就是我们的家人，艾弗里。玛德琳很早之前就懂得这个。家庭树上的那颗不是威尔逊——而是你。”

“我不明白你的意思。”

“你就是那颗橡子。”

艾弗里灰色的眼睛满含泪水，盯着远处屋子对面的一个地方。“那颗象征着仙女教母的橡子，”她自言自语地说，“就是我。”

这时，她们听到门外有脚步声，紧接着是一阵急促的敲门声。实验室的门忽的一下开了，威尔逊走进来。“抱歉打扰了，”他谨慎地说道，“我只是想来确认一下，是否一切都——”

“都很好。”艾弗里·帕克说道，“终于真相大白了。”

“谢天谢地，”他捂着胸口说道，“虽然这种场合不应该提公事，但是，明天我们离开之前，的确还有很多事需要您处理，艾弗里。”

“我这就来。”

“你这就要走了吗？”威尔逊关上门，伊丽莎白惊讶地问道。

“恐怕必须走，”艾弗里说，“就像我之前说的，原本没打算今天跟你说这些——本来想等我们有机会了解对方了再说。”紧接着，她满怀希望地说道，“不过，我们很快就会回来的，我保证。”

“那我们就六点钟一起吃个晚饭吧。”伊丽莎白说道，心里并不想让她走。“在家里的实验室。叫上大家——你、威尔逊、玛德琳、六点半、我，还有哈丽特和沃尔特。你还得见一见韦克利和梅森。我们一大家子。”

突然，艾弗里·帕克脸上的笑容跟卡尔文好像，她回过身，把伊丽莎白的手放在手心里。“一大家子。”她说道。

门关上了，伊丽莎白俯下身，用手捧起六点半的头。“告诉我。你是什么时候知道的？”

两点四十一的时候。它想说，我打算干脆称呼她“两点四十一”。

紧接着，它转过身去，跳到对面的工作台上，叼起一个新的笔记本。她把头发上的铅笔拿下来，又接过它的笔记本，打开第一页。

“无生泉。”她说道，“让我们开始吧。”

（全书完）